BASTEI
LÜBBE

Konsalik

Begegnung in Tiflis

BASTEI LÜBBE

BASTEI-LÜBBE-TASCHENBUCH
Band 10678

Lizenzausgabe: Gustav Lübbe Verlag GmbH, Bergisch Gladbach
Printed in Great Britain 1986
Einbandgestaltung: Manfred Peters
Titelbild: Mall Design
Satz: Fotosatz Froitzheim, Bonn
ISBN 3-404-10678-4

Der Preis dieses Bandes versteht sich einschließlich
der gesetzlichen Mehrwertsteuer

In der Kanzel des Flugzeugs war es fast dunkel. Nur die schwache Beleuchtung der vielen Uhren, Meßinstrumente, Tachometer und Kontroll-Lampen warf einen fahlen, geisterhaften Lichtschein über die Gesichter der beiden Piloten. Vor den gebogenen Fenstern wischten die Scheibenwischer in eintönigem Rhythmus hin und her, der Regen prasselte gegen die Scheiben, aber jeder Laut von außen ging unter in dem gleichmäßigen Brummen der vier Motoren unter den weit ausladenden Flügeln.

Chefpilot Werner Pohlmann sah kurz hinüber zu Copiiot und Funker Paul Andresen und überflog dann die Kontrolluhren. Auf dem Radarschirm geisterte schwach ein flimmernder Finger. Der Flugplatz von Ankara meldete sich.

Paul Andresen nickte zurück und drückte auf die Taste Sendung.

»Hier XA-19–XA-19–XA-19, Flug 27. Alles okay, Jungs. Flughöhe 6400 Meter. Wetter schlecht. Regenfront. Stellen um auf Blindflug. Bitte Einweisung ...« Und dann, nach einer Pause, sagte Andresen: »Abdul, bist du's? Grüß dich, alter Junge. In einer Stunde landen wir auf deiner mistigen Piste! Ich soll dich übrigens grüßen von Bjodera, dem süßen Püppchen aus dem ›Transatlantik-Club‹ in Teheran. Ende.«

Werner Pohlmann lächelte und beobachtete Radarschirm und Navigationsinstrumente. »Privatgespräche sind während des Fluges verboten, Paul!« sagte er. »Du lernst es nie! Das kann dir die fünfte Verwarnung einbringen.«

»Scheiß was drauf!« Paul Andresen lehnte sich zurück und sah hinaus in die Nacht. Der Regen peitschte gegen die Fenster, Wolkenfetzen trieben an ihnen vorüber, die

Schwärze war undurchdringlich. Eine scheußliche Nacht. »Sieh dir bloß das Barometer an, Werner. Es fällt wie ein k.o.-geschlagener Boxer. Wenn das stimmt, sitzen wir mitten im Auge eines Taifuns. Und das ist Blödsinn. Hier gibt's keine Taifune. Haste schon mal 'n Barometer gesehen, das funktioniert?«

Chefpilot Pohlmann starrte auf die kleine, runde, erleuchtete Scheibe des Instruments. Der schwarze Zeiger zitterte unaufhaltsam nach links. Der Luftdruck fiel und fiel. Pohlmann schüttelte den Kopf. Die Maschine flog ruhig durch das Gewitter, sie sackte weder ab, noch wurde sie von groben Winden geschüttelt. »Wir sollten ausweichen«, sagte er und beobachtete den Radarstrahl, auf dem sie flogen und der sie sicher nach Ankara leitete. »Ruf noch mal Abdul an und sag ihm, daß wir versuchen werden, dem merkwürdigen Wetter auszuweichen –«

»Quatsch!« Andresen bückte sich, nahm eine Schachtel mit Keksen vom Boden und begann zu knabbern. »Das gibt in Ankara großes Geschrei, und außerdem, wo willste hin? Rauf oder runter, und im Bogen über Persien? Das Barometer dreht durch, und dem Mechaniker in Karatschi werde ich nächste Woche dreimal in den Hintern treten! Der hat zuletzt kontrolliert!«

Chefpilot Pohlmann schwieg. Die Maschine schwankte etwas. Wie das Wiegen eines Schiffes auf normaler See war es, nicht unangenehm und doch für Pohlmann das Zeichen, daß außerhalb der Maschine ein heftiger Sturm tobte. Der Windmesser zeigte Stärke 7 an, aber das paßte wiederum gar nicht zu dem unverständlichen Tief des Barometers.

»Frag mal an, was für Wetter die in Ankara haben«, sagte Pohlmann. Andresen nickte, klemmte das Mikrofon wieder an den Mund und suchte die Wellenlänge von Ankara.

In dem langen Rumpf des Flugzeuges war es geisterhaft still. Die Passagiere schliefen auf zurückgeklappten

Polstersesseln, die Köpfe in die weißen Daunenkissen gedrückt. Nur ein Herr, ein Inder, saß ganz hinten allein neben einer schwachen Leselampe und las in einem Buch.

Im Wachraum mixte Bettina Wolter einen Cocktail. Sie hatte heute Nachtdienst. Die zweite Stewardeß, Irene Heidfeld, schlief in einer Nebenkoje. In seinem Raum neben dem Gepäckraum lag Chefsteward Uwe Peters ebenfalls in tiefem Schlaf.

Bettina sah auf die elektrische Uhr über der kleinen weißen Anrichte. 3 Uhr morgens war es jetzt. Um 4 Uhr würde Zwischenlandung in Ankara sein. Ausladen der Postsäcke und einiger Kisten. Kein Passagier. 4.20 Uhr ging es weiter nach Istanbul. In der Morgensonne würde dann die herrliche Stadt auftauchen, wie mit Gold übergossen. Die Hagia Sofia, das Goldene Horn, die wie betende Finger zum Himmel gestreckten schlanken Minarette der vielen Moscheen, das Gewimmel der Altstadt, der Lärm und scharfe Geruch des Bazars, die eleganten Straßen der Neustadt, die Hotelpaläste am Bosporus, und über allem ein Flimmern aus Gold und Blau – eine wahrgewordene Fata Morgana. Und sie würden darüber hinwegfliegen, mit einer großen, gleichsam das Wunder begrüßenden Schleife, und wie immer würden sie alle an den Fenstern stehen und sich sagen: wie herrlich ist es, zu fliegen. Wie wunderbar ist doch die Welt. Wie unbeschreiblich schön ist es, zu leben . . .

Zwei Stückchen Eis, zerschlagen zu kleinen Splittern, den Rand des Glases in Zucker getaucht, eine Maraschino-Kirsche: Der Cocktail war fertig. Bettina trug das Glas auf einem Tablett zu dem lesenden Inder und stellte es auf dem Klapptischchen ab.

»Ein Gewitter«, sagte der Inder auf englisch und warf einen Blick in die brodelnde Nacht. »Werden wir den Flugplan einhalten?«

»Aber ja.« Bettina Wolter lächelte und nahm das

Tablett mit dem Rest einiger Sandwichs, die sie zuvor serviert hatte, vom Tisch. »Unser Chefpilot kapituliert nicht vor solchen Kleinigkeiten. Keine Sorge, mein Herr.«

Der Inder lächelte schwach und lehnte sich zurück. »Wir haben heute den 19. Mai?« fragte er.

»Ja, seit drei Stunden.« Bettina zögerte zu gehen. Das Lächeln des Inders war wie erstarrt. Eine Maske war sein Gesicht. So etwas habe ich in Bombay gesehen, bei den Fakiren, dachte Bettina erschrocken. In eine Trance versetzen sie sich, und man kann sie mit Nägeln und Nadeln stechen, Feuer auf ihre Haut legen und Dolche in ihre Muskeln treiben, sie spüren keinen Schmerz mehr, und sie bluten nicht einmal.

»Sie glauben an Gott?« fragte der Inder mit gleichgültiger Stimme.

»Ja«, sagte Bettina leise.

»Dann beten Sie!«

»Soll ... soll ich Ihnen lieber ein Glas Wasser bringen, Sir?« fragte Bettina gepreßt. Der Inder schüttelte den Kopf und sah wieder hinaus in die Nacht.

»Jeder Mensch hat sein Schicksal«, sagte er mit einer schwebenden, wie von seinem Körper losgelösten Stimme. »Ein Schicksal, das abläuft wie ein Uhrwerk. Da hilft kein Glas Wasser. Zu ändern ist nichts. Man kann nicht weglaufen, das Schicksal rennt hinterher. Man kann sich nicht verstecken, das Schicksal findet einen doch. Wenn das Meer über die Ufer tritt, hilft da ein Sandsack? Ein dummer Vergleich, ich weiß es, aber man muß das Unabwendbare deutlich machen. Und heute ist der 19. Mai! Beten Sie, Miß Bettina. Wir liegen auf der Handfläche des Schicksals und müssen warten, bis es die Hand umkehrt.«

Bettina Wolter antwortete nicht. Verwirrt ging sie zurück in ihre Koje und setzte sich vor die Anrichte.

Seit vier Jahren flog sie als Stewardeß. Erst innerdeutsche Strecken, dann mit den Europa-Jets nach Rom oder Paris. Seit einem Jahr aber, als Geschenk zu ihrem 21. Geburtstag, wie der Direktor der Luftlinie es ausdrückte, durfte sie die großen Strecken fliegen, und die liebste wir ihr die Strecke Frankfurt–Wien–Istanbul–Teheran–Karatschi und zurück. Die 1001-Nacht-Linie, wie Chefpilot Pohlmann es nannte. Ein Flug, der immer von neuem den Zauber des Orients über sie streute. Die Faszination einer Welt, die sie nie verstehen konnte, aber der sie auch nie entfliehen wollte.

Jetzt jedoch war sie unruhig, von einer merkwürdigen Angst durchzogen, die sie kribbelig machte und aufspringen ließ. Sie ging durch den kleinen Vorraum, der Pilotenkanzel und Kaffeeküche trennte, und in dem in großen Kästen die Aggregate und Verdrahtungen der Funkanlagen hingen, und betrat die Kanzel. Paul Andresen, wieder Kekse knabbernd, winkte ihr zu.

»Unser Süßerli kommt!« rief er. »Langweilig, mein Mädchen? ... Alles schläft, einsam wacht nur Bettina in der Nacht...« Er zeigte auf einen Klappstuhl an der Kanzelwand.

»Komm, setz dich, Liebling!«

Cnefpilot Pohlmann wandte den Kopf zu ihr und nickte ebenfalls. Er war das Gegenteil des immer fröhlichen und oft frivolen Andresen, ein ernster, sachlicher, manchmal kalter Mensch, der nur sein Flugzeug kannte und als Pilot den besten Ruf genoß. Er war Ende der Vierzig, hatte ergraute Schläfen und blaue, fast graue Augen, die selten aus einer Freude heraus leuchteten, sondern immer blickten, als spähten sie durch ein Zielfernrohr.

»Etwas Neues?« fragte er und wandte sich dann sofort wieder den Instrumenten zu. Noch flogen sie auf dem Radarstrahl, aber das Unwetter draußen hatte zugenommen, die Maschine schwankte stärker, und wenn Andresen das Barometer ansah, blickte er gleich wieder weg, um sich nicht zu beunruhigen. So dusselig konnte kein Wetter sein, wie das Instrument es anzeigte.

»Nichts. Sie schlafen alle. Bis auf einen Inder.« Bettina setzte sich auf den Klappsitz und strich die kurzen, mittelblonden Haare aus der Stirn. »Der Mann macht mich nervös.«

»Ein Inder?« Andresen lachte. »Das ist was Neues. Inder sind sonst geborene Gentlemen. Was hat er getan, Süßerli? Dir in den Popo gekniffen?«

»Du bist unmöglich, Paul.« Chefpilot Pohlmann korrigierte die Flugbahn. Andresen verzog das Gesicht. Der steife Werner, dachte er. Wo andere lachen, säuft er Essig. Und dabei hat er, wenn man's glauben darf, drei Kinder zu Hause in Hamburg. Es wird ein ewiges Rätsel bleiben, wie er das fertiggebracht hat bei seiner Sturheit.

»Also nicht Popo«, lachte Andresen. »Was sonst?«

»Er sagt, ich solle beten.«

»O Himmel! Ist er von 'ner Sekte?«

»Er sagt, heute sei der 19. Mai, und wir liegen auf der Handfläche des Schicksals.«

»Ein lieber kleiner Somnambule! Der Mann hat schlecht geträumt. Zuviel gegessen, voller Magen, keine Verdauung. Ich kenne das. Du, da habe ich einmal geträumt, ich liege auf einer Wiese, habe nichts an, gar nichts, verdammt, schlafe ein, und da kommt doch eine Kuh über die Wiese und ...«

»Halt endlich den Mund!« sagte Chefpilot Pohlmann hart. Er drehte sich nach Bettina um, die wie ein verschüchtertes Hündchen auf dem Klappsitz hockte, die gefalteten Hände im Schoß. In ihren Augen erkannte er die leise Angst, die sie in sich bezwang und nicht wahrhaben wollte. »Was hat er noch gesagt, der Inder?«

»Wir entgingen dem Schicksal nicht.«

»Sag ich doch ... keine Verdauung!« rief Andresen.

»Kümmere dich um die Flugeinweisung!« Chefpilot Pohlmann erhob sich von seinem Sitz und legte den Arm um Bettina. Er spürte, wie sie zitterte, und nickte ihr ermutigend zu. »Ich werde mich mit dem Knaben mal unterhalten«, sagte er. »Ich habe da schon die tollsten Dinge erlebt. Bleib solange bei Paul, Betti. Und wenn er schweinigelt, hau ihm eine runter!«

Werner Pohlmann kam bis zur eisernen Tür der Kanzel, da geschah es.

Nur ein Schlag war es, ein helles Krachen, das den Motorenlärm übertönte. Die Maschine schüttelte sich wie ein Hund, der aus dem Wasser kommt. Die Metallwände schienen zu singen, sekundenlang nur, mit einer hellen, durchdringenden Falsettstimme; wie ein Frieren war es, das über den langen stählernen Leib glitt. Und wenn es möglich gewesen wäre – das Flugzeug hätte eine Gänsehaut bekommen. Dann war alles wieder vorbei, die Motoren brummten, das Flugzeug lag gerade in der Luft, die Düsen arbeiteten normal... nur die Instrumente versagten: Alle Zeiger, mit Ausnahme des verrückten Barometers, klappten auf Null, das Licht verlosch, um sie herum war es so finster wie draußen in der stürmischen, tobenden Nacht. Und nun, in der völligen Dunkelheit, sahen sie auch das zuckende Leuchten über und unter ihnen, die phosphoreszierenden Streifen, die aufblitzten und wieder verlöschten.

»O Scheiße!« sagte Andresen in die Dunkelheit hinein. Man hörte ihn hantieren und an Hebeln knacken. »Die gesamte innerelektrische Anlage ist im Eimer! Das war ein Blitzschlag, Werner! Die Funkanlage ist stumm! Und auch das Notaggregat hat's erwischt. Betti, mein Süßes, du mußt deinen Gästen klarmachen, daß es zum Frühstück nur Saft gibt.«

Werner Pohlmann stand vor den dunklen, toten Armaturen und hatte die Lippen zusammengepreßt. Auch der Radarschirm war ausgefallen. Der zuckende, glitzernde Finger war weg. Richtungslos, ohne Orientierung in der Nacht, flog die große Maschine durch die Gewitterfront.

»Was nun?« fragte Bettina leise hinter ihm. »Was passiert nun, Werner?«

Andresen tastete sich näher. »Radar auch weg!« stellte er fest. »O verfluchter Mist! Jetzt schwimmen wir in den Wolken wie ein Paddelboot im Ozean! Willst du runter, Werner?«

Pohlmann schüttelte den Kopf und setzte sich wieder in seinen Pilotensessel. Er nahm das Steuer in beide Hände und starrte hinaus in die zuckenden Blitze. »Ich gehe auf Höhe«, sagte er gepreßt, und schwenkte ab nach Nordosten. »Ich muß nach Gefühl fliegen. Wohin wir auch kommen, das ist gleichgültig. Sobald es hell wird, kann ich auf Sicht gehen. Ob Elbrus oder Kaukasus oder Wüste – irgendwo wird eine Landung möglich sein! Nur in der Nacht nicht! Bettina ...«

»Werner ...?« Ihre Stimme klang ganz klein, fast kindlich. »Sieh nach, ob die Passagiere was gemerkt haben. Beruhige sie. Paul wird unterdessen versuchen, die elektrische Anlage in Gang zu bringen.«

»Du Optimist! Wenn ein Blitz dir den Hintern aufreißt, hilft kein Chirurg mehr! Aber versuchen wir es.«

Mit etwas steifen Beinen verließ Bettina die Kanzel und betrat den langen Passagierraum.

Niemand hatte den Blitzschlag bemerkt. Die dreiundvierzig Reisenden schliefen. Nur der Inder ganz hinten machte sich bemerkbar, als Bettina an ihm vorbeiging. Durch den Stromausfall war auch seine Leselampe erloschen.

»Haben Sie Angst, Miß Bettina?« fragte er leise.

»Nein, Sir. Warum? Ein kleiner plötzlicher Stromausfall. Er ist gleich repariert ...«

»Ich weiß.« Bettina wußte, daß der Inder jetzt wieder lächelte. Sein Gesicht lag in der Schwärze der Dunkelheit. »Es ist gut, daß Sie keine Angst haben. Die ängstlichen Menschen sterben schrecklich. Dabei ist Sterben so leicht.«

Bettina wandte sich ab und rannte in ihre Koje. Und plötzlich hatte sie Angst, wahnsinnige Angst. Sie faltete die Hände und lehnte den Kopf an die glatte Kunststoffwand der eingebauten Küche.

Mutter, dachte sie. O Mutter, wenn mir etwas passiert. Immer warst du dagegen, daß ich Stewardeß werde, und bei jedem Absturz irgendwo in der Welt hast du mich angefleht, wegzugehen und einen anderen Beruf anzunehmen.

Ist es nun soweit? Ist das unser letzter Flug? Stürzen wir ab? Zerbrechen wir irgendwo dort unten bei einer Notlandung? Zerschellen wir an einem Felsen, der plötzlich vor uns auftaucht aus der Nacht?

O Mutter! Ich habe Angst!

Sie wurde auf ihrem Stuhl zurückgedrückt, schwankte und klammmerte sich an der Tischkante fest.

Chefpilot Pohlmann zog die Maschine steil nach oben. In achttausend Meter Höhe durchbrach er das Gewitter, und plötzlich war ein Sternenhimmel über ihnen, so ruhig und herrlich, daß sich Ergriffenheit wie ein Ring um das zuckende Herz legte.

Wir fliegen in den Himmel, dachte Bettina. Noch einmal sehen wir die Wunder Gottes, und dann . . . dann . . .

Der 19. Mai.

Wie sagte der geheimnisvolle Inder: Man kann seinem Schicksal nicht davonrennen. Es läuft einem nach.

*

Wladimir Mironowitsch Bubnow saß in seinem Radarkontrollturm und kaute Sonnenblumenkerne. Ein langweiliger Dienst war's, so herumzusitzen, auf die flimmernden Radarfinger zu sehen und zu kontrollieren, wer da in der nächtlichen Luft herumschwirrte und die Nachtruhe des guten, sanften Bubnow belästigte. Er hatte eine Liste der anfliegenden Verkehrsmaschinen vor sich, war über ein Sprechfunkgerät und sechs Telefone mit allen anderen Kontrollstellen verbunden, vor allem mit der Flugleitung – mit diesen vornehmen Genossen, die nur das Allernötigste sprachen und so taten, als sei der liebe Bubnow ein Stückchen vertrockneter Mist.

Dabei ist Radar das Wichtigste auf einem Flugplatz. Was wäre der ganze Flugbetrieb von Tiflis, wenn es Wladimir Mironowitsch nicht gäbe, ich bitte! Über den Schirm mit dem kreisenden Geisterfinger geht einfach alles, was in der Luft ist. Nichts bleibt ihm verborgen, und keiner kann sagen, das stimmt nicht, ich war um diese Zeit nicht am Himmel ... Wladimir Mironowitsch zeigte auf sein Berichtsbuch und ließ das besprochene Tonband ablaufen und sagte: »Brüderchen, lüg nicht wie ein Fischweib; du warst um 17.19 Uhr in der Luft!« Das kam allerdings nur bei den Sportfliegern vor, wenn sie den normalen Flugverkehr störten und in die Flugschneisen kamen. Das wurde streng bestraft, und es war immer Bubnow, der als wichtigster Zeuge auftreten mußte. Sie haben also gar keinen Grund, die weißhemdigen Genossen von der Flugleitung, die Nase so hoch zu halten, als umgebe den guten Bubnow ständig der Geruch eines entleerten Darmes.

In dieser Nacht also, am 19. Mai gegen 4 Uhr morgens, saß Wladimir Mironowitsch in seinem Kontrollturm, spuckte die Sonnenblumenschalen gegen die Wand und meldete auf Tonband und an die Kontrollstelle I, daß alles in Ordnung sei, der Himmel sei frei, jenseits des Kaukasus, zwischen dem Iran und der Türkei, herrschte ein ganz mistiges Gewitter, und im übrigen sei es toll, daß Spartak Moskau im Fußball gegen Partisan Kasan 2:0 gewonnen habe. Die ersten Frühnachrichten hätten das Ergebnis gebracht.

Um 4.10 Uhr wurde es jedoch im Kontrollturm bei dem guten Bubnow lebendig. Auf dem Radarschirm zeigte sich ein Punkt, der nicht dorthin gehörte. Es war ein konstanter Punkt, der schnell näher kam und der gut zu bestimmen war.

Ein Flugzeug.

Wladimir Mironowitsch überflog die Flugpläne vor sich auf dem Tisch. Die erste Maschine startete von Tiflis um 4.30 Uhr, die erste landende Maschine aus Taschkent traf um 5.07 Uhr ein. Privatmaschinen waren nicht gemeldet, auch keine Regierungsmaschine. Flugzeuge der sowjetischen Luftstreitkräfte hatten ebenfalls keine Übung. Nach Ansicht Bubnows mußte also der Himmel sauber sein wie ein eben gesaugter Teppich.

Aber der Punkt wurde immer größer. Ganz deutlich erfaßte ihn der kreisende Radarstrahl.

»Genossen!« rief Wladimir Mironowitsch aufgeschreckt in das Telefon der Flugsicherung I und gleichzeitig auf das Kontrolltonband, das nach dem Dienst vom Leiter des Flugplatzes abgespielt wurde. »In der Luft ist was! Aus Richtung Iran kommt es! Über den Kaukasus! Ein Flugzeug!«

»Erkannt, Genosse!« Die Flugsicherung schaltete sich ein in das Rundsprechnetz, das bei Alarm alle Stellen aufrief, die für Sicherung und Verteidigung zuständig waren. »Behalten Sie Objekt unter Kontrolle.«

»Unter Kontrolle, Genosse!« Bubnow beobachtete den Punkt auf dem Radarschirm. Objekt, dachte er. Wie vornehm das klingt. Die Leute haben so ihre eigene Sprache, je mehr Rubelchen sie verdienen. Oder sollte es gar kein Flugzeug sein? Objekt! Eine Rakete kann's sein. Ein niederkommender, nicht amtlich bekanntgegebener Satellit?

In Bubnow vermehrte sich die Unruhe. Er schaltete sich in die Rundsprechanlage ein und erlebte zum erstenmal, wie lückenlos, schnell und präzise die Verteidigung der Sowjetunion war.

Um Tiflis herum waren in dieser Minute alle Kommandos der sowjetischen Luftflotte alarmiert. Aus den unterirdischen Bunkern und Abschußrampen fuhren lautlos die Abwehrraketen hervor, die Flakbatterien wurden besetzt, auf ein zentrales Kommando hin flammten rund um die Stadt, bis zu den Rändern des Kaukasus, die Scheinwerferstellungen auf und tasteten mit ihren riesigen, grellen Fingern den Nachthimmel ab. Sogar General Fjodor Nikolajewitsch Oronitse hatte man aus dem Bett geholt. In Unterhosen, aber wegen der Nachtkühle mit umgehängter Uniformjacke, saß er neben dem Telefon und ließ sich informieren.

»Flugobjekt ausgemacht!« Die Rundsprechanlage summte. Die Luftbeobachtungen an der Grenze gaben die ersten genauen Meldungen durch. »Es handelt sich um ein großes vierstrahliges Flugzeug noch unbekannter Herkunft. Flughöhe zirka 8000 Meter. Flugrichtung Tiflis.«

General Oronitse legte den Hörer auf, rannte ins Schlafzimmer und zog sich an. Vor dem Haus fuhr bereits der große Moskwitsch-Wagen vor; im Hauptquartier verfolgte man an der großen Leuchtkarte, die an der Wand hing, den Flug des unbekannten Düsenriesen.

4.23 Uhr.

General Oronitse saß an seinem großen Schreibtisch im Hauptquartier Tiflis und telefonierte mit Moskau. Dort saß im Kriegsministerium ein verschlafener Oberst, der sich weigerte, verbindliche Befehle zu geben.

»Handeln Sie nach der Lage, Fjodor Nikolajewitsch«, sagte er zu General Oronitse. »Es wird kein amerikanischer Angriff sein. Und die U-2 fliegt 12000 Meter hoch!«

Oronitse warf den Hörer zurück auf die Gabel und befahl zunächst, drei Mig-Jäger aufsteigen zu lassen, um das unbekannte Flugzeug zu begleiten und zu beobachten.

Wladimir Mironowitsch in seinem Radarturm schwitzte vor Aufregung. Er hatte das alles entdeckt. Er hatte mit seiner Meldung den ganzen riesigen Apparat der Verteidigung mobilisiert. Welche Macht hatte er! Morgen früh würde er die Herren der Flugleitung in ihren weißen Hemden nicht zuerst grüßen und ihnen »Guten Morgen, Genossen!« zurufen. Was waren sie alle ohne ihn, den Radarmann Bubnow? Armselige Stiefelpisser! Jawohl! Man muß endlich mal die Wahrheit sagen, Brüder.

Über Tiflis jagten die drei alarmierten Mig-Jäger mit heulenden Motoren. Die Scheinwerferbatterien tasteten noch immer den Himmel ab, nun alle Strahlen konzentriert auf einen Himmelsstreifen, an dem die unbekannte Maschine auftauchen mußte.

General Oronitse ließ sich zum Flugplatz fahren, um vom Hauptturm aus mit einem Nachtglas das merkwürdige Ereignis zu beobachten.

»Es kann sich nur um eine verirrte ausländische Verkehrsmaschine handeln«, sagte er zuversichtlich. »Über dem Iran tobt ein schreckliches Unwetter. Sie muß vom Kurs abgekommen sein, obgleich mir das rätselhaft ist. Warten wir ab, Genossen!«

Die drei Mig-Jäger hatten unterdessen das fremde Flugzeug erreicht. Wie Mücken umkreisten sie den fliegenden Riesen, versuchten, in Funkverkehr mit ihm zu kommen und bekamen keine Antwort. Ein paarmal überflogen sie die viermotorige Maschine, jagten neben ihr her in bedrohlicher Nähe und kreisten dann wieder über ihr wie Aasgeier, die auf den Tod ihres Opfers warten.

»Da haben wir es!« sagte General Oronitse, als die erste Funkmeldung des Mig-Staffelführers ihm übergeben wurde. »Eine Maschine der DBOA. Reagiert auf keinerlei Anruf und zieht geradewegs nach Tiflis. Lassen Sie alle militärischen Maßnahmen abblasen. Was jetzt folgt, ist Sache der Zivilluftfahrt. Guten Morgen, Genossen! Ich hätte ruhig weiterschlafen können.«

In Tiflis atmete man auf. Aber es sollte sich zeigen, daß man zu früh aufgeatmet hatte. Auch General Fjodor

Nikolajewitsch Oronitse sollte nicht ruhig weiterschlafen können.

Was da durch den Nachthimmel heranbrummte, war ein Problem, das von Tiflis bis Moskau noch manche Gehirne heißlaufen ließ.

*

»Es ist alles Scheiße mit Soße!« sagte Paul Andresen und legte die verschiedenen Schraubenzieher hin. »Ich kriege die elektrische Anlage nicht hin. Zwei Hauptstellen sind durch den Blitzschlag durchgeschmort. Verlassen wir uns auf unsere Äugelchen.« Er sah hinaus in die sternenklare Nacht. Unter ihnen wogte ein grauweißes Wolkenmeer. »Wo fliegen wir eigentlich hin?«

Chefpilot Pohlmann hob die Schultern.

»Nach Nordosten«, sagte er nach einer ganzen Weile. Andresen kratzte sich den Kopf.

»Junge, dann sind wir bald in Rußland.«

»Unter uns muß der Kaukasus liegen, das stimmt.« Pohlmann sah auf den einfachen Kompaß, der unabhängig war von Strom und Meßinstrumenten. Eine Landkarte lag auf seinen Knien. »Wenn wir ganz großes Glück haben, landen wir in Tiflis.«

»Und wenn wir keins haben?«

»In der Kalmückensteppe oder im Kaspischen Meer...«

»Prost Onkel Willi!«

Pohlmann schwieg. Bettina kam in die Kanzel und setzte sich müde auf den Klappstuhl. Ihr Gesicht war bleich, und in ihren Augen lag eine unverhohlene Angst. Ihre Hand zitterte leicht, als sie sich durch das kurze Haar fuhr, eine müde, hilflose Bewegung.

»Was ist hinten los?« fragte Pohlmann hart.

»Noch schlafen sie. Aber ich habe Irene und Uwe geweckt. Sie stehen bereit, um eine Panik zu verhindern.«

»Und der Inder?«

»Er sitzt in seinem Sessel wie versteinert. Und er spricht auch nicht mehr.«

Von draußen hörten sie jetzt ein Heulen. Ein Schatten jagte nahe an ihnen vorbei, zog vor ihnen hoch und verschwand gegen den Sternenhimmel. Ein kurz blitzender, gezackter Pfeil. Pohlmann umklammerte das Steuer und sah hinüber zu Andresen. Der stand am Fenster und drückte das Gesicht gegen die Scheibe.

»Hast du gesehen?«

»Sowjetische Jäger!« Andresen ließ sich auf seinen Copilotensitz fallen. »Wir sind also schon über Rußland.«

Wieder das helle Heulen. Wieder ein Schatten ... und noch einer ... und ein dritter. Wie Libellen umschwärmten sie das große Flugzeug, stießen von oben und von den Seiten heran und jagten nun neben der gläsernen Kanzel her. In einem Jäger wurde Licht angeknipst ... Pohlmann, Andresen und Bettina sahen deutlich den Kopf des Piloten in dem dicken Lederhelm mit dem Kehlkopfmikrofon.

»Er ruft uns an«, sagte Andresen. »Spätestens in drei Minuten muß er merken, daß bei uns alles im Eimer ist.« Er klopfte an die große gebogene Scheibe und winkte. »Wir sind der Fliegende Holländer, Iwan! Mach drei Kreuzchen ...

»Jetzt winkt der Russe!« Bettina umklammerte den Arm Pohlmanns. »Was will er?«

Werner Pohlmann starrte hinüber zu dem gefährlich nahen sowjetischen Jäger. Der Pilot hob die Hand, winkte nach unten und dann in die Ferne. Dann drehte er ab, flog einen Kreis, kam zurück und drehte wieder ab.

»Wir sollen folgen«, sagte Pohlmann. Seine Stimme klang um einen Grad freudiger als sonst. »Er zeigt uns den Weg. Kinder, wir werden sicher in Tiflis ankommen. Wir haben es geschafft!«

Er beugte sich etwas vor und zog die schwere Maschine auf den Kurs, den ihm der sowjetische Jäger angab. Nun flog er hinter der kleinen, schillernden Libelle her, und die Sterne gaben ein trübes Licht, aber genug, um den leitenden Jäger zu sehen.

Paul Andresen wischte sich über das Gesicht. Jetzt erst merkte er, wie sehr er schwitzte, und wie groß innerlich seine Angst gewesen war. Als er ausatmete, war es ein lauter Seufzer.

»Junge, das geht ans Gemüt«, sagte er mit unsicherer Stimme. »Und dann noch der Inder mit seinen dämlichen Reden. Kennst du Tiflis, Werner?«

Chefpilot Pohlmann sah starr geradeaus.

»Nein«, sagte er gepreßt.

»Wie lang ist die Bahn?«

»Keine Ahnung.«

»Von wo mußt du denn anfliegen?«

»Die Mig wird es mir zeigen. Tiflis ist doch noch von keiner europäischen Gesellschaft angeflogen worden. Aber keine Sorge, Paul ... wir schaffen es, und wenn's auf dem Bauch ist.«

4 Uhr 42 Minuten.

Die Scheinwerfer hatten die Maschine voll im Licht. General Oronitse, der gerade in seinen Wagen steigen wollte, um noch ein paar Stunden zu schlafen, denn ein übernächtigter General ist so etwas wie eine Naturkatastrophe, stieg wieder aus, stellte sich auf die Straße und hob das Nachtglas an die Augen.

»Keine Positionslichter, alles dunkel ... Genossen, da kann eine große Schweinerei herunterkommen! Fahren wir zurück zur Flugleitung!«

Über das Flugfeld rasten bereits sowjetische Feuerwehren und Krankenwagen. Im Hauptgebäude wurden die ersten auf den Morgenflug wartenden Passagiere in eine Nebenhalle geführt, deren Türen man einfach abschloß. Man gibt da keine langen Erklärungen. Gehorchen und

Vertrauen ist alles, Genossen! Im nahe gelegenen Grusinischen Krankenhaus Nummer I sprangen die diensthabenden Ärzte aus den Betten und es wurden drei OPs vorbereitet. Dabei kam heraus, daß der junge Arzt Dr. Woroneff bei der Schwester Darja geschlafen hatte; ein fataler Fall, denn Oberarzt Dr. Scheslew war mit Schwester Darja offiziell verlobt.

»Wir reden noch darüber, Brüderchen«, sagte Scheslew zu Woroneff. »Auch Freiheiten im Arbeiterparadies haben doch gewisse Grenzen.«

»Tiflis«, sagte in diesem Augenblick Pohlmann und sah hinunter. Zwischen den Bergen des Kaukasus leuchtete auf einer Hochebene die Stadt auf. An den Hängen roter Hügel, die tagsüber wie in Glut erstarrte Lava aussehen, steigt sie empor über den Fluß Kura, ein orientalisches Märchen mit gewundenen, steilen, in sich verschlungenen Straßen und Gassen der Altstadt und breiten Alleen und Prachtstraßen der Neustadt, gesäumt von kaukasischen Platanen und gebaut auf einem Boden, aus dem die heißen Schwefelquellen sprudeln, die der Stadt ihren Namen gaben. Tbilisi ... die Stadt des warmen Wassers.

Jetzt, in der Nacht, flimmerten Tausende von Lichtern über Ebene und Hänge, über den Mtatsminda-Hügel mit dem Pantheon und den Sololaki-Hügel. Pohlmann hatte die Maschine tief heruntergezogen und die Motoren gedrosselt. Vor ihm her flog noch die kleine, schnelle, silbern blitzende Mig und leitete ihn zum Flughafen.

Im Passagierraum hatten die Stewardeß Irene und Chefsteward Uwe Peters die Reisenden geweckt und dreisprachig die immer wiederkehrende Bitte ausgerufen: »Bitte anschnallen! Ganz ruhig bleiben. Wir müssen in Tiflis zwischenlanden. Eine kleine Störung an der elektrischen Anlage. Bitte anschnallen! Es ist völlig ungefährlich. Behalten Sie bitte Ruhe, meine Herrschaften ...«

Bettina Wolter ging mit einer Taschenlampe von Sitz zu Sitz und verteilte Orangeade. Sie sah in schreckensweite Augen und bemerkte zitternde Hände, die das Glas annahmen und an die Lippen führten.

»Keine Angst, Madame«, sagte sie zu einer jungen Französin, die leise vor sich hin weinte. »Es ist wirklich nur ein kleiner Schaden an der Elektroleitung.«

»Merci, Mademoiselle.« Die Französin nickte Bettina zu. Sie flog zum erstenmal, und sie bekam Mut, als sie die Ruhe der Stewardeß sah.

»Der Flugplatz!«

Pohlmann und Andresen starrten hinunter. Die Landebahn war hell erleuchtet, am Rand der Betonpiste glühten die Grenzlichter. Ein starker Scheinwerfer vom Hauptturm erleuchtete zusätzlich das Feld. Vor ihnen drehte der kleine sowjetische Jäger ab, stieß steil in den Himmel und verschwand. Er konnte nun nicht mehr helfen ...

Pohlmann zog in einer weiten Schleife über den Flugplatz hin, um die Maße abzuschätzen. Der erste Anflug war mißglückt.

»Wir sind zu spät herunter«, sagte Pohlmann mit völlig ruhiger Stimme. »Wir müssen steiler aufsetzen.« Sein Blick überflog noch einmal die Meßinstrumente. Alle Zeiger auf Null. Das Höhenruder, die Kontrolle für das Räderausfahren – nichts.

»Räder raus!« sagte Pohlmann gepreßt. Paul Andresen drückte die nötigen Hebel. Die Kontrolluhren schwiegen. Es war nicht festzustellen, ob das Bugrad und die Haupträder überhaupt aus den Klappen ausfuhren, ob die Landeklappen reagierten. Nur die Motoren gehorchten ... Pohlmann drosselte sie und schaltete dann auf Bremswirkung.

Elegant schwebte die schwere Maschine herein, aus der Nacht, von den Bergen des Kaukasus kommend, steil auf die erleuchtete Landebahn zu.

Wladimir Mironowitsch Bubnow in seinem Radarturm

blieb der Sonnenblumenkern in der Kehle stecken, als er die dunkle fremde Maschine aus der Nacht herandonnern sah. Dann hieb er mit beiden Fäusten auf den Tisch und schrie.

»Heilige Madonna von Kasan!« brüllte er. »Zu kurz! Wo will er denn hin?! Zu kurz! Zieh hoch, Brüderchen, bei allen Heiligen, zieh hoch! Du springst doch nicht ins Wasser! Zieh hoch!«

Pohlmann erkannte die Lage sofort, als er die Betonpiste vor sich sah und den Landewinkel. Er startete durch, die Maschine gehorchte, ging in die Waagerechte und brauste heulend über das Flugfeld. Dann aber sackte sie durch, als gäbe es keine Luft mehr um sie herum. Wie ein Stein fiel sie herunter, und es half nichts, daß die Motoren aufschrien und Pohlmann auf Vollgas schaltete.

»Oh!« schrie Wladimir Mironowitsch in seinem Radarturm und warf beide Hände vor die Augen. »Madonna, oh! Er fällt in die Maulbeerplantage. Er fällt ... er fällt ... Genossen, ist das furchtbar!«

Dann war ein Krachen um ihn, so laut und mächtig, daß seine Trommelfelle zitterten, es war, als schrien tausend kleine Kinder mit hellen, sich überschlagenden Stimmen, und durch die Hände, die vor seinen Augen lagen, sah er noch das Aufzucken von Feuer.

General Oronitse, der am Rande des Flugfeldes stand, senkte den Kopf. Sein Nachtglas pendelte vor der breiten Brust mit den Ordensbändern.

»Scheußlich, Genossen«, sagte er leise. »Doppelt scheußlich, weil man nicht helfen kann. Fahren wir hin.«

Über das Flugfeld jagten die Feuerwehren und Krankenwagen. Vom Hauptturm aus ging der Alarm an das Grusinische Krankenhaus Nr. I. Die Ärzte und Schwestern standen bereit – falls es überhaupt noch etwas zu operieren und zu retten gab.

Die letzten Sekunden vor dem völligen Durchsacken und dem Aufprall auf die Erde erlebten Pohlmann,

Andresen und Bettina Wolter gemeinsam in der gläsernen Kanzel.

Als sie merkten, daß die schwere Maschine keinen Luftwiderstand mehr hatte, sahen sie sich alle an. Im Gesicht Andresens stand die Todesangst wie ein stummer Schrei; Werner Pohlmanns Augen waren grau und hart, seine Lippen ein dünner Strich. Ob er jetzt an seine Frau und die drei kleinen Kinder dachte, oder an die dreiundvierzig Passagiere, die hinter ihm in vier oder fünf Sekunden in einem Feuermeer verbrennen würden?

Bettina Wolter hatte die Fäuste gegen den Mund gepreßt und starrte auf das weite Feld der kleinen Maulbeerbaumzucht, über die sie hinwegjagten und in wenigen Sekunden hineinstürzen würden.

Mutter, dachte sie nur. Mutter – – Mutter – – Mutter – –

Dann war das unbeschreibliche Krachen um sie herum, sie wurde gegen das Glas geschleudert, sah noch, wie Pohlmann alle Motoren auf Aus stellte . . . und wie von einer Riesenhand gehoben wurde sie durch die Luft getragen, die plötzlich um sie war. Sie sah den Sternenhimmel, die Lichter des Flugplatzes, die heranrasenden Rettungswagen, bei vollem Bewußtsein war sie und doch von einer rätselhaften Schwerelosigkeit . . . dann fiel sie zwischen kleine, dunkelgrüne Bäumchen, die ihren Fall bremsten, rollte über die dünnen Zweige zu Boden und prallte auf, als sei sie nur einmal hoch in die Luft gesprungen.

Hinter ihr flammte Feuer aus den Trümmern des Flugzeuges. Grelle Schreie durchbrachen das Prasseln und das Sirenengeheul von Feuerwehr und Krankenwagen . . . auf den Knien lag sie und starrte wie gebannt auf ihr Flugzeug, das in der Mitte durchgebrochen in der Schonung lag, von hinten her zu brennen begann und mit zuckenden Flammen die Menschen beleuchtete, die auf allen vieren von dem Wrack wegkrochen oder noch angeschnallt in den Sitzen hingen.

Was sie in den nächsten Minuten tat, geschah ohne einen eigenen Willen. Sie taumelte zurück zu den Flugzeugtrümmern und kroch über zerbeulte Blechwände, zerknickte Spanten und wild zerrissene Holzverkleidungen in das Innere des auseinandergebrochenen Rumpfes. Mit einer Kraft, die ihr völlig fremd war, schnallte sie die ohnmächtig in den Gurten Hängenden los und schleppte sie nach draußen. An der zerborstenen Wand lag Irene Heidfeld, die zweite Stewardeß. Ihr Kopf war aufgerissen, und das Blut lief in Strömen über den zukkenden Körper. Neben ihr lag unter einem Blechstück Chefsteward Uwe Peters. In der Brust stak, wie ein Speer, eine abgebrochene Sessellehne. Die Augen waren in weiter Ungläubigkeit erstarrt.

In seinem Sessel hing der Inder und brannte. Schaurig war der Anblick. Von den Füßen her flammte das Feuer an ihm hoch, und er hatte die Hände im Schoß, den Kopf geneigt, als schlafe er, und um seinen Mund lag ein Lächeln.

Es ist sinnlos, vor seinem Schicksal wegzurennen... es läuft einem hinterher...

Bettina Wolter riß Irene Heidfeld ins Freie. Dort standen jetzt Feuerwehr und Krankenwagen. Sanitäter zerrten die noch Angeschnallten ins Freie oder sammelten aus den Maulbeerbüschen die Körper, die hinausgeschleudert worden waren oder mit letzter Kraft flüchteten. Über vier brennende Menschen, die brüllend durchs Gras krochen, warf man Decken und erstickte die Flammen. Aus den Feuerwehrwagen zischten die Schaumlöscher und übergossen den zerborstenen Rumpf wie mit Schnee. Neue Krankenwagen jagten heran, Milizsoldaten sperrten in weitem Umkreis die Absturzstelle ab, ein Mann in einer goldbetreßten Uniform schrie Kommandos – es war General Oronitse –, und vier Männer zerrten aus der Kanzel den schlaffen Körper Pohlmanns, der fast nackt war und wie mit Blut lackiert.

Bettina schwankte inmitten der rettenden Menschenmenge, jemand sprach sie an, sie gab keine Antwort, man nahm ihr den blutüberströmten Körper Irenes ab, legte ihn auf eine Segeltuchtrage; irgendwo zischte es, die Wagensirenen heulten und rasten vom Flugzeug weg, sie sah Menschen wie um ihr Leben rennen und begann selbst zu laufen, irgendwohin, nur weg von dem brennenden Wrack.

Und dann kam die Explosion. Die Tanks mit dem hochexplosiven Benzin sprangen auf, der Druck warf Bettina in die Maulbeerbäume, sie fiel auf das Gesicht, krallte die Finger in die weiche Erde und verlor die Besinnung.

Sie erwachte von einer angenehmen Kühle. Lange mußte sie nicht gelegen haben, denn das Flugzeugwrack brannte noch immer, jetzt durch die Explosion bizarr zerrissen wie eine moderne Plastik. Die Krankenwagen und die Feuerwehren waren wieder so nahe wie möglich heran, aber es war sinnlos, etwas zu unternehmen. Die Glut schien so stark, daß selbst die Männer in den Asbestanzügen und hitzeabweisenden Folien – wie Marsmenschen sahen sie aus – nicht mehr näher als einen Steinwurf an das Flugzeug herankonnten.

Bettina kniete auf der Erde und sah noch einmal auf den glühenden Haufen von Metall, Glas und Holz.

Ich lebe, dachte sie nur. Ich lebe, Mutter. Ich lebe.

Aber wie werde ich leben.

Es ist das eingetroffen, was nie kommen durfte: Ich bin in Rußland. Ich bin in einem Land, das ich nie betreten durfte. Ich lebe ... aber ich habe von dieser Stunde an tot zu sein.

Während die Feuerwehren versuchten, die höllische Glut des Metalls einzudämmen, und während die letzten Krankenwagen über das Feld rasten zum Grusinischen Krankenhaus Nr. I, kroch Bettina ein Stück durch die Maulbeerschonung, erhob sich dann und rannte geduckt, wie ein flüchtendes Wild, in einer kleinen Talsenke davon. Nach hundert Metern blieb sie noch einmal stehen, sah zurück und nahm endgültig Abschied von dem brennenden Wrack, in dem auch das Leben der Stewardeß Bettina Wolter zurückblieb.

Dann wandte sie sich ab und lief, so schnell es ihre zitternden Beine vermochten, der dunklen Wand entgegen, die den Himmel in der Ferne teilte.

Das Gebirge. Der Kaukasus. Die Schluchten und Felsen, aus denen einst die heilige Schuschanik heruntersteig, um in Tiflis den Märtyrertod zu sterben.

Und niemand um das brennende Flugzeug herum bemerkte die schmale Mädchengestalt, die in den weiten Plantagen verschwand. Auch nicht General Oronitse, der rußgeschwärzt noch immer ausharrte und Befehle gab. Auch er sah das Mädchen nicht.

Das war ein Fehler, denn mit dieser Nacht begann ein unruhiges Leben für Fjodor Nikolajewitsch.

*

Gegen 10 Uhr vormittags sah man endlich klar.

Die Toten und Verletzten waren vollzählig zusammen. Die Toten – neunzehn Männer und Frauen – lagen im Keller des Grusinischen Krankenhauses Nr. I, im Kühlraum 4, um genau zu sein, und wurden eingefroren, denn nun begann ein langes Verfahren mit Untersuchungen, Identifizierungen, diplomatischen Noten und Überführungen in verlöteten Zinksärgen an die Heimatorte der Toten. Die Verletzten – vierundzwanzig – lagen zwei Stockwerke höher in sauberen weißen Betten, unter Sauerstoffzelten, an Blutplasmaflaschen, zwei sogar an künstlichen Nieren. Professor Klimenti Kusmanowitsch Semlakow, der Chef des Krankenhauses, hatte eine kurze, aber klare Besprechung mit seinen Ärzten gehalten.

»Genossen!« hatte er gesagt. »Ab morgen blickt die Welt nach Tiflis! Vor allem die kapitalistische Welt, denn alle Verletzten kommen aus den westlichen Ländern. Wir haben Gelegenheit, endlich zu demonstrieren, wie fortschrittlich und den anderen Ländern weit überlegen nicht allein die sowjetische Medizin, sondern auch die grusinische Chirurgie ist! Es ist deshalb klar, daß keiner der Verletzten sterben darf! Wir verstehen uns? Danke, Genossen!«

Die Ärzte gingen stumm zu ihren Stationen. Wer Professor Semlakow kannte, der wußte, was diese Ansprache bedeutete. Ein Ausspruch Semlakows war geradezu klassisch geworden: »Ein sowjetischer Chirurg ist in der Lage, dem Teufel den Schwanz zu amputieren und ihn einem Engel zu transplantieren!« Und so wurde jeder der vierundzwanzig Verletzten von zwei Schwestern betreut und bekam an ärztlicher Pflege, was nur menschenmöglich war.

Der einzige, der nicht zufrieden war, war General Oronitse. Er hatte per Funk die Passagierliste aus Karatschi bekommen und die Zusatzliste aus Teheran. Beide lagen vor ihm auf der Schreibtischplatte, und Oberst Safon Kusmajewitsch Jassenskij, ein widerlicher Mensch, wie Oronitse fand, mit dünnem, asketischem Gesicht und abstehenden Ohren unter der Offiziersmütze, aber mit aller Macht der GRU ausgestattet, beugte sich über die Schulter des Generals.

Man muß wissen, was diese GRU ist, um zu verstehen, daß Oronitse den Oberst Jassenskij widerlich fand. GRU ist die sowjetische Abkürzung für das »Hauptdirektorat für Nachrichtenwesen im Generalstab der Sowjetarmee«, ein langes Wort, aber nüchtern betrachtet nichts anderes als die gefürchtete Spionageabwehr des sowjetischen Militärs. Die Männer der GRU, die auch die wichtige Kremlwache stellen, sind Soldaten wie alle anderen auch, aber ihre interne Macht in der Armee ist so groß, daß soldatenbewußte Männer wie etwa General Oronitse in Gegenwart eines GRU-Offiziers rote Ohren bekommen und einen höheren Blutdruck vor innerer Abwehr.

»Die Zahlen stimmen nicht«, sagte Oberst Jassenskij und tippte mit einem Finger, der braun von Tabakbeize war, auf die Passagierliste.

»Einer fehlt!«

»Natürlich!« General Oronitse lehnte sich zurück. »Ich kann ja lesen, Genosse Safon Kusmajewitsch. Wir haben neunzehn Tote im Keller, vierundzwanzig Verletzte im Spital, macht zusammen dreiundvierzig! An Bord waren aber vierundvierzig! Neununddreißig Fluggäste und fünf Besatzungsmitglieder. Und um ganz klar zu sein: An den Uniformen haben wir die Besatzung identifiziert. Es fehlt eine Stewardeß.«

»Sind Sie sicher, Genosse General?« Oberst Jassenskij überlas noch einmal die Namen auf den Listen. »Es kann auch sein, daß die Stewardeß unter den Toten ist – wer kann an einer verkohlten Leiche noch erkennen, was sie trug? – und ein Passagier ist verschwunden?«

»Es kann, Safon Kusmajewitsch. Aber es ist nicht.« General Oronitse putzte sich die Nase. Der Mensch stinkt, dachte er. Er stinkt nach Arroganz und Überheblichkeit. »Alle Toten sind in einem, sagen wir es pietätlos, verhältnismäßig guten Zustand. Die meisten sind nicht verbrannt, sondern sind durch mechanische Einwirkung getötet worden. Drei an einem Herzschlag sogar. Der einzige Verbrannte ist ein Inder. Man kann also Ihre Theorie ausschließen. Es ist ganz klar: Es fehlt ein Mädchen.«

»Nervenschock? Lief weg und irrt herum...«

»Haben wir in Erwägung gezogen. Aber es irrt kein fremdes Mädchen lange durch Tiflis, ohne daß es nicht aufgesammelt wird. Das ist die große Frage: Wo ist das Mädchen?«

»Und warum ist sie weg?« Oberst Jassenskij tippte mit

seinen unästhetischen Tabakfingern die Namen der Liste ab. »Wer ist es? Irene Heidfeld oder Bettina Wolter?«

»Das werden wir in einer Stunde wissen. Der Copilot Andresen ist vernehmungsfähig. Er wird uns genaue Angaben machen können. Fahren Sie mit ins Spital, Safon Kusmajewitsch?«

»Aber ja, Genosse General.« Das klang, als habe man Safon in das Gesäß getreten und dann gesagt: »Hei, was sind wir fröhlich, Brüderchen!« Wie kann man fragen, ob ein Oberst Jassenskij mitfahren will.

Im Grusinischen Krankenhaus Nr. I war Paul Andresen schon frisch verbunden worden und lag auf einem Rollbett im Verbandszimmer V, als Oronitse und Jassenskij eintraten. Seine Verletzung war verhältnismäßig leicht. Ein Beinbruch, eine Zertrümmerung der linken Kniescheibe und eine Kopfwunde mit einer Gehirnerschütterung. Sein Schädel brummte wie ein Bienenschwarm, aber daß er lebte, war für ihn so unfaßbar, daß er sich öfter aufrichtete und laut Hallo rief, nur um zu hören, daß er wirklich noch eine Stimme besaß und sich selbst hörte.

»Wie gäht es Ihnän?« fragte General Oronitse in hartem Deutsch. Auf der Schule hatte er es gelernt, auf der Kriegsakademie aufgefrischt und es bis zum fließenden Sprechen verbessert als Stadtkommandant von Frankfurt/Oder. »Kopf kaputt?«

»Er ist noch drauf.« Paul Andresen lächelte schwach. Er musterte die Uniform des Besuchers. Viel Gold, eine Menge Orden. In Deutschland ist so was General, in Rußland sicher auch. »Ich habe großes Glück gehabt, Herr General. Ich bin mit eingezogenem Kopf durch das Fenster geflogen.« Andresen sah sich um. Zwei Ärzte in weißen Kitteln standen stumm an der gekachelten Wand. »Wieviel Tote hat's gegeben, Herr General?« fragte Andresen leise. »Die Ärzte und Schwestern sagen es nicht, die können plötzlich kein Deutsch mehr, wenn man sie fragt. Ich bitte Sie, Herr General, sagen Sie mir wenigstens eins: Leben die Mädchen noch? Die Stewardessen?«

»Darum bin ich hier.« General Oronitse legte tröstend die Hand auf die Schulter Andresens. Das war von einem sowjetischen Militär so ungewöhnlich, daß Andresen tief aufatmete und rötliche Augen bekam.

»Also tot . . . beide . . .« stammelte er.

»Njet.« Oberst Jassenskij sah die Zeit kommen, seine Methode anzuwenden, die nichts mehr mit Pietät zu tun hatte. Ein GRU-Mann hat da eigene Ansichten. »Sie läbben beidä. Nur Sie müssen uns sagän, wär ist wär.«

»So zugerichtet sind sie?« fragte Andresen leise. »Mein Gott . . . und Werner! Unser Chef! Werner Pohlmann?«

»Weiß nicht. Määdchen wichtigär.« Oberst Jassenskij winkte zwei Krankenpflegern, die hinter Andresens Kopf standen und die er bisher noch nicht bemerkt hatte. »Dawei! Gehen wir.«

Man rollte Andresen zum Fahrstuhl, fuhr mit ihm in den zweiten Stock und schob ihn durch blitzende weiße Gänge bis zu einem Zimmer, vor dem eine Schwester saß wie eine Wache. Die Tür schwang auf, das Bett mit Andresen rollte lautlos ins Zimmer und hielt vor einem anderen Bett. Unter einem Sauerstoffzelt lag ein blasses, ohnmächtiges Mädchen mit dick verbundenem Kopf. Volle Lippen hatte es, ein rundes Gesicht, und ein Grübchen im Kinn.

»Wär ist das?« fragte Oberst Jassenskij.

»Irene Heidfeld«, sagte Andresen ohne zu zögern.

»Sind Sie sichär?«

»Ganz sicher. So ein Grübchen hat nur die Irene.« Andresen sah die Ohnmächtige genau an. »Unter dem Verband, man sieht es ja nicht, muß sie schwarze Haare haben.«

»Hatte sie schwarze Haare?« fragte General Oronitse die wachhabende Schwester.

»Ja, Genosse General!«

»Na also!« Oronitse nickte zufrieden zu Oberst Jassenskij. »Nun wissen wir es ganz klar: Die Verschwundene ist Bettina Wolter.«

Bei dem Namen warf Andresen den Kopf herum. Über sein Gesicht zuckte es. »Bettina?« rief er. »Ist sie tot? Sagen Sie es mir, Herr General!«

»Leidär kann ich Ihnen nichts sagen, Mädchen ist wäg... Einfach wäg.« Oronitse hob die Schultern. »Nix da.«

»In... in den Trümmern...« sagte Andresen leise.

»Nix! Wir habän Trümmer einzeln untersucht. Nix! Ist wäg. Verstähn Sie das?«

»Nein«, sagte Andresen ehrlich. »Das ist mir ein Rätsel.«

»Nix Erklärungen?« fragte Oberst Jassenskij scharf. »Hat Mädchen gemacht Sabotage mit Flugzeug?!«

Andresen sah den Oberst groß an. Dann nickte er und streckte sich aus. »So war es«, sagte er mit bitterer Stimme. »Bettina griff in die Luft, holte sich einen Blitz aus den Wolken und feuerte ihn auf das Flugzeug! Es war glatte Sabotage...«

»Gähen wir!«

Oberst Jassenskij drehte sich um und verließ mit stampfenden Schritten das Zimmer. Auf dem Flur wartete er auf General Oronitse, der sich noch von Andresen verabschiedete. Schließlich war er ein höflicher Mensch.

»Sie muß einen Grund gehabt haben, warum sie als einzige im Flugzeug verschwunden ist«, sagte Jassenskij und steckte sich eine Papirossa an. »Es kann kein Schock gewesen sein. Auch keine Angst. Ein Mädchen, das Angst hat, sucht Schutz, aber es läuft nicht in eine dunkle Nacht hinein, in einem fremden Land. Das hat andere Gründe, Genosse General.«

»Wie Sie wollen, Safon Kusmajewitsch.« Oronitse hob die Schultern. »Ihr Leute vom GRU seht hinter jedem schwanzlosen Fuchs einen Agenten! Tun Sie, was Sie für richtig halten. Was schlagen Sie also vor?«

»Zunächst Nachrichtensperre über dieses Vorkommnis.«

»Die besteht schon, Genosse.« Oronitse lächelte. »Das ist immer das erste. Und weiter?«

»Wir suchen das Mädchen!«

»Weidmannsheil!«

»Ihr Humor in Ehren, Genosse General, aber das ist ein ernster Fall. Wir werden die Genossen in Rolandseck einschalten müssen. Diese Bettina Wolter ist eine Westdeutsche. Wissen wir, mit welchen Aufträgen man dort Stewardessen in die Luft schickt?« Oberst Jassenskij sog nervös an seiner Papirossa. »Ich sage Ihnen, Fjodor Nikolajewitsch: Wenn wir das Mädchen innerhalb drei Tagen nicht haben – und das ist ein langer Toleranzraum –, dann bin ich überzeugt, daß wir eine Laus im Pelz haben. Und Sie können sich darauf verlassen, daß ich mich so lange kratzen werde, bis ich sie unter den Fingernägeln zerdrücke.«

General Oronitse schwieg. Natürlich. Was soll man darauf noch sagen?

*

Das Wäsche- und Ausstattungsgeschäft der Witwe Agnes Wolter in Göttingen lag in einer Nebenstraße, fern des großstädtischen Verkehrs, und war ein kleiner Laden mit einem schmalen Schaufenster. Frottierhandtücher, bedruckte Decken, Badetücher, Bettbezüge in weißem Damast und buntem Druck, Bettücher, Aussteuerwaren mit verstärkter Mitte, Gedecke mit sechs Servietten, Spitzendeckchen, Bademäntel und Waschlappen, Fäustlinge, weich und sehr saugfähig, lagen hinter der blanken Scheibe. Aber sie lockten kaum Kunden heran. Wer bei Agnes Wolter kaufte, war Stammkunde, durch Weitersagen informiert, und so hatte es sich durch Göttingen geflüstert, daß man bei Agnes Wolter gut und billig kaufen könne und sie eine so nette, tapfere und immer freundliche Frau sei. Manches war zwar im Konsum oder im Kaufhaus noch billiger, und die Auswahl war auch größer, aber weder Konsum noch Kaufhaus hatten den Mann im Krieg verloren und hatten es nötig gehabt, mit eigenen Händen die Trümmer wegzuräumen und selbst – 1947 war's – mit Truffel und Speisbottich Stein auf Stein zu mauern. Nach dem Tode ihres Mannes in russischer Gefangenschaft hatte sie ihre beiden Kinder großgezogen, ohne Hilfe, nur mit ihrem Mut zum Leben und ihrer Energie, für die Kinder zu schaffen.

So entstand das Geschäft wieder, das kleine Wohnhaus, der Laden. Das Schicksal der Witwe Wolter sprach sich herum. Als das Wirtschaftswunder kam, ging es an Agnes Wolter vorbei. Die Wunderschlucker, eben die Kaufhäuser, wurden zur Konkurrenz, die den zaghaften Einzelhandel in die Knie zwang. Aber Agnes Wolter klagte nie. Das lag ihr gar nicht. Sie lebte, sie konnte ihre Kinder satt machen, sie gab ihnen eine gute Ausbildung. Wolfgang machte sein Abitur mit einer glatten Zwei und ging zur Bundeswehr und wurde aktiver Offizier. Bettina, ein überaus kluges Kind, bestand schon mit achtzehn Jahren ihre Reifeprüfung und meldete sich dort, worüber Agnes Wolter zum erstenmal verzweifelt war: Sie wurde Stewardeß.

Aber auch das war nun vorbei, an alles gewöhnt man sich, auch an die tägliche Sorge: Kommt sie wieder aus Karatschi oder Tokio, ist sie gut angekommen in New York oder Toronto? Bettina verhalf ihr sogar durch einen Direktor zu einem großen Auftrag: Agnes Wolter durfte zweihundert Badetücher liefern. (Sie wurden später zu Weihnachten verschenkt, aber das wußte Agnes Wolter nicht und erfuhr es auch nie.)

An diesem 19. Mai zog sie wie jeden Morgen ihre

Scherengitter hoch, mit dem sie ihr Geschäft gegen Einbruch sicherte, putzte schnell mit einem Fensterleder über die Scheibe und ging dann ins Hinterzimmer des Ladens, wo der Kaffeetisch für sie allein gedeckt war. Wie jeden Morgen stellte sie das Radio an, denn es aß sich allein besser in Begleitung flotter Musik. Mit achtundvierzig Jahren ist man noch keine alte Frau, auch wenn die Haare grau geworden sind, denn zuviel Sorgen hatte der Kopf zu speichern gehabt.

Agnes Wolter goß sich Kaffee in die Tasse, griff zur Zeitung und hörte gleichzeitig Musik. Vor neun Uhr kam kein Kunde, das wußte sie aus zehnjähriger Erfahrung. Und – zugegeben – was gibt es Schöneres als einen geruhsamen Morgenkaffee.

Die Musik im Radio schwieg. Die Morgennachrichten. Politik, Innenpolitik, Parteien, Gewerkschaften, Sport. Und dann, nach einem Stocken des Sprechers:

»Soeben kommt folgende Meldung aus der Sowjetunion. Ein viermotoriges Flugzeug vom Typ Zero 9 der Fluggesellschaft DBOA ist heute morgen gegen 4.50 Uhr Ortszeit bei einer mißglückten Notlandung auf dem Flugplatz in Tiflis, Sowjetunion, abgestürzt. Das Flugzeug zerschellte auf dem Boden, brach in der Mitte auseinander, fing Feuer und explodierte trotz Großeinsatz aller verfügbaren Feuerwehren. Bisher sind 19 Tote und 24 zum Teil schwer Verletzte zu beklagen. Die Ursachen werden noch untersucht. Eine Kommission von Sachverständigen ist auf dem Weg nach Tiflis ...«

Agnes Wolter hatte zugehört, ohne sich zu rühren. Wie erstarrt saß sie da, die Tasse mit Kaffee, die sie gerade an den Mund führen wollte, in der Hand. Dann aber, mit dem letzten Wort des Nachrichtensprechers, fiel die Tasse aus ihrer Hand und zerschellte auf dem Boden. Der Kaffee spritzte über den Teppich und über die Strümpfe Agnes Wolters.

»Bettina ...« stammelte sie. »Mein Gott, es wird doch

nicht Bettina sein... Sie ist in Indien... wenn es die Maschine aus Indien ist... die Maschine... die Maschine... O Gott, mein Gott...«

Agnes Wolter konnte kaum die Hände falten. Aber dann löste sich ihre Erstarrung so plötzlich, wie sie von ihr überfallen worden war. Sie sprang auf und rannte, den Tisch zur Seite stoßend, zum Telefon. Aus dem Radio kam wieder flotte Musik, Schlager, Filmchansons... sie hörte überhaupt nichts mehr, sie drehte mit zitternden Fingern die Nummer der Fluggesellschaft in Hamburg und wartete, bis sich jemand meldete, mit dem Kopf an der Wand, mit geschlossenen Augen.

»Wolter... hier Wolter, Agnes Wolter, die Mutter von Bettina Wolter. Stewardeß bei Ihnen. Indienstrecke. Haben Sie das eben im Radio gehört? Haben Sie schon nähere Angaben? Ist... ist meine Tochter... ich bitte Sie, sagen Sie mir etwas...«

Und die Stimme in Hamburg sagte nüchtern: »Einen Augenblick, ich verbinde Sie mit der Direktion.«

»Meine Tochter...«, stammelte Agnes Wolter, als sich einer der Direktoren meldete. »Der Absturz in Tiflis... ist meine Tochter... bitte!« Alle Kraft verließ sie, sie lehnte sich gegen die Wand und warf den Kopf zurück und schnappte nach Luft. »Sagen Sie doch etwas!« schrie sie in höchster Qual.

»Wir können noch gar nichts sagen, Frau Wolter.« Die Stimme aus Hamburg klang gepreßt. »Wir erwarten selbst noch genaue Meldungen. Aber soviel scheint sicher, daß Ihre Tochter nicht dabei ist.«

»Nicht? War es denn ihr Flugzeug? War es die Maschine aus Karatschi?«

»Bitte, rufen Sie in einer Stunde noch einmal an.«

Klick. Tot die Leitung. Tot wie Bettina...?

Frau Wolter drückte die Gabel hinunter. Rufzeichen. Neue Nummer. Bonn. Das Bundesverteidigungsministerium. Die Anmeldung. »Oberleutnant Wolter. Abteilung III c/A? Einen Augenblick.« Und dann die Stimme von Wolfgang.

»Was ist, Mama?«

»Bettina ... Junge, hast du gehört.Eben im Radio? Eine Maschine der DBOA! Kann es Bettinas Maschine sein? O Gott, Wolf, Junge, hilf mir, ich werde verrückt! Kann es Bettina sein? Kannst du das feststellen lassen? Keiner hilft mir. In Hamburg weichen sie aus ... Junge, ich werde verrückt. Wenn es Bettina ist ...« Agnes Wolter sank auf einen Stuhl neben dem Tisch. Ihr Kopf fiel auf die Kante, sie weinte.

»Mama, sei ganz ruhig.« Die Stimme Wolfgangs klang beschwörend. »Mama, reg dich nicht auf. Ich werde, so gut ich es von hier aus kann, sofort Erkundigungen einziehen. Wo ist die Maschine abgestürzt?«

»In Tiflis«, weinte Agnes Wolter.

»In Tiflis?« Die Stimme Wolfgangs schien viel ruhiger zu sein. »Wirklich Tiflis?«

»Ja, mein Junge.«

»Dann ist es nie und nimmer Betti! Sei ganz ruhig, Mama. Bettis Linie fliegt nie und nimmer Tiflis an! Tiflis liegt doch in Rußland, Mama. Da fliegen wir gar nicht hin. Das muß ein Irrtum sein! Reg dich nicht mehr auf, Mama.«

Klick. Tot die Leitung.

»Es ist kein Irrtum!« schrie Agnes Wolter und schüttelte verzweifelt den Hörer in ihrer Hand. »Junge! Höre doch! Eine Maschine der DBOA! Abgestürzt ...«

Sie ließ den Hörer vom Tisch pendeln und lief in den Laden. Was soll ich jetzt tun, sagte sie sich immer wieder. Was soll ich tun? Schreien? Weglaufen zu den Nachbarn? Ganz ruhig sein und warten. Aber das macht mich wahnsinnig! Das halte ich nicht aus! Das kann keiner, keiner von mir verlangen.

Und dann saß sie doch allein, klein und grau im Hinterzimmer ihres Ladens, hatte die Hände hilflos im

Schoß gefaltet und sah aus dem Fenster hinaus in den schmutzigen Hinterhof mit den Mülltonnen.

»Bettina«, sagte sie. »Meine kleine Bettina . . .«

Und die Tränen rannen ihr lautlos über die kleinen Runzeln in den halboffenen Mund.

*

19. Mai, abends 20 Uhr 19 Minuten.

Oberst Jassenskij hatte sich bei General Oronitse melden lassen und brachte einen Stapel Papiere mit. Glänzender Laune war er, und seine abstehenden Ohren leuchteten rot wie bei einem zufriedenen Schweinchen.

»Sagte ich es nicht, Fjodor Nikolajewitsch?« rief er und breitete seine Papiere vor Oronitse aus. »Ein dicker Fisch hat sich selbst ausgesetzt. Aber ich fange ihn, bei Lenins Bart, ich fange ihn.«

»Lassen Sie Lenin schlafen«, sagte General Oronitse und sah über die Papiere. »Was macht Sie so fröhlich, Brüderchen?«

»Die erste Information unserer Botschaft in Rolandseck! Lesen Sie, Genosse. Bettina Wolter, Tochter eines in sowjetischer Gefangenschaft gestorbenen Feldwebels. Ihr Bruder ist Oberleutnant der Bundeswehr bei der Abteilung ›Fremde Heere Ost‹. Na, sagt das nicht alles? Und wie gründlich sie gearbeitet haben, die Genossen in Bonn. In ein paar Stunden haben sie alles herausbekommen. Nun, Ihre Meinung, Genosse General.«

»Gratuliere, Safon Kusmajewitsch.« Oronitse überlas die Funkmeldungen aus Deutschland und von der GRU-Zentrale in Moskau. Sie ließen keinen Zweifel mehr zu: Diese Bettina Wolter hatte sich abgesetzt, um einen Auftrag zu erfüllen. War auch der Absturz über Tiflis gewollt?

Oronitse sah Jassenskij groß an. Der Oberst nickte mit glänzenden Augen.

»Genau das denke ich auch«, sagte er. »Ich lese die Frage in Ihren Augen, Fjodor Nikolajewitsch. Ein Blitzschlag im Flugzeug. Das kommt in unserem Jahrhundert einmal oder zweimal vor. Sie müssen uns für armselige Bettnässer halten, die Kapitalisten. Alles, vom Blitz bis zum Absturz, war geplant. Überlegen Sie, Genosse General . . . alle sind schwer verletzt oder tot, nur sie lebt weiter wie ein munteres Vögelchen im Frühling. Das sieht ein Blinder, Genosse. Und wir haben scharfe Augen.«

»Ihre Logik ist zwingend, Safon Kusmajewitsch.« General Oronitse erhob sich seufzend. »Ich werde sofort Miliz und Militär alarmieren für eine Suchaktion.«

»Sie sind es bereits. Moskau hat befohlen.« Oberst Jassenskij lächelte selbstzufrieden. Die Macht der GRU war wieder spürbar. »Vier Bataillone sind im Einsatz. Gegen ein einziges Mädchen. Keinerlei Chancen hat sie, Genosse. Wir brauchen nur zu warten, bis man sie uns bringt.«

*

Es sah alles wie eine harmlose Übung aus. Die großen Mannschaftswagen fuhren zum Flugplatz. Miliz und Rotarmisten formierten sich zu vorher genau festgelegten Gruppen und schwärmten sternförmig von den noch immer qualmenden Flugzeugtrümmern aus. Ein fahrendes Kommando aus zwanzig Jeeps kontrollierte alle Häuser und die zu den Bergen hin verstreut liegenden Höfe der Weinbauern und Seidenraupenzüchter, und es kam zu bösen Begegnungen zwischen den Soldaten und den Bauern, die um diese Zeit schon im Bett lagen und von der Seite ihrer Weibchen getrommelt wurden.

»Was wollt ihr, Genossen?« schrie man. »Ein Mädchen sollen wir versteckt haben? Ein deutsches auch noch? Bei meiner Seele, das ist eine Frechheit! Sind wir nicht gute

Kommunisten, he? Melden würden wir es sofort, wenn so etwas bei uns auftaucht! Welches Mißtrauen, Brüder!«

Die Straßen in die Berge wurden gesperrt. Jeder Wagen, selbst der dreckigste Eselskarren, wurde kontrolliert. Man mußte Säcke, Kisten und Kästen auf die Straße werfen, und alles Haareraufen nutzte nichts ... erst, wenn die Wagen leer waren, sagten die Rotarmisten: »Kann passieren!« und machten plötzlich ein gelangweiltes Gesicht.

Über die einsamen Felspfade des Kaukasus kletterten die Gebirgstruppen und suchten in den Höhlen und zerklüfteten Schluchten. Die Grenzstationen erhielten strenge Anweisungen. Hier stauten sich bald die Wagen, und selbst eine Kamelkarawane, die von Leninakan nach Kars in der Türkei ziehen wollte, mußte auf freiem Feld übernachten, weil die sowjetischen Grenzbeamten jeden gerollten Teppich aufrollen ließen. Gibt es ein besseres Versteck als einen Teppich, Freunde? Erinnern wir uns an Kleopatra. Auch sie ließ sich in einen Teppich gerollt zu Caesar bringen, und das Unglück begann für Rom.

General Oronitse hielt wenig von dieser Suche. Aber er sagte es Oberst Jassenskij nicht. Er hat's angeordnet, dachte er hämisch. Er wird's auch ertragen, wenn die Suche erfolglos ist. In Moskau ist man da kleinlich; Blamagen drücken mehr als Hühneraugen, auf die man mit einem Stiefel tritt.

»Ich habe eine Nachricht von Professor Semlakow hier«, sagte Oronitse gegen 22 Uhr zu Oberst Jassenskij. »Alle Überlebenden sind jetzt so weit außer Gefahr, daß sie Aussagen machen können. Sollten wir uns nicht anhören, was sie über diese Bettina Wolter sagen? Es könnte möglich sein, daß vielleicht ein Satz alles klärt.«

»Ein guter Gedanke, Genosse General.« Jassenskij packte seine Papiere aus Moskau und Rolandseck ein. »Fahren wir.«

Im Grusinischen Krankenhaus Nr. I erwartete sie Professor Semlakow persönlich. Er war stolz und doch tief beleidigt.

»Was soll das, Genossen?« rief er gleich zur Begrüßung. »Eine vollkommene Nachrichtensperre, höre ich? Wieso? Warum? Erklären Sie mir das? Wir vollbringen hier medizinische Leistungen, über die man in der Welt reden soll, und was tut man? Man verbietet uns den Ruhm! Ist das im Sinne einer Verbreitung sowjetischer Überlegenheit?«

»Es hat politische Gründe, Genosse Semlakow.« Oberst Jassenskij lächelte nachsichtig. »Man wird noch über Sie reden, keine Sorge. Die Verletzten sind vernehmungsfähig?«

»Wir haben sie dem Tode entrissen«, sagte Semlakow etwas dramatisch. »Wohl fühlen sie sich, nur der Flugkapitän macht uns Sorgen.«

General Oronitse sah auf die Liste, die er aus der Tasche zog. »Werner Pohlmann heißt er?«

»Wahrscheinlich. Mich interessiert der Mensch als medizinischer Fall, nicht als Name.« Professor Semlakow war rechtschaffen böse. Das sind mir Genossen, dachte er. Politik! Da stürzt ein verirrtes Flugzeug ab, und sie machen daraus gleich einen internationalen Konflikt. Immer diese Militärs. Mit dem Säbel rasseln müssen sie, und wichtig tun sie sich, und eine große Schnauze haben sie unter der Uniformmütze. So böse dachte Semlakow.

»Dann fangen wir bei dem Flugkapitän an,bevor er stirbt«, sagte Oberst Jassenskij. »Den Copiloten haben wir schon . . . er ist ein Idiot.«

Werner Pohlmann lag allein in einem kleinen Zimmer, und auch an seinem Bett saß eine Nachtschwester und wachte über ihn. Er war bei Besinnung, aber vor seinen Augen war es dunkel. Eine dicke Binde lag über seinem Gesicht, die Augen brannten, und er versuchte vergeblich, sich zu erinnern, was geschehen war, als sein Flugzeug auf der Erde auseinanderbrach. Vom Pilotensitz war er geschleudert worden, das wußte er. Dann waren Flammen um ihn, er hörte tierische Schreie, war herumgekrochen, ohne etwas zu sehen, denn gleich nach der Explosion und dem Flammenschein war etwas gegen seinen Kopf geprallt und hatte Nacht um ihn gebracht. Dann stürzte er in die Tiefe und verlor die Besinnung. Nun lag er in einem Bett, er hatte es vorsichtig abgetastet, eine sanfte Mädchenstimme sprach zu ihm, russisch, das er nicht verstand, die Augen brannten höllisch, und in seinem Herzen quoll die Angst auf, blind zu sein.

Eine Tür hörte er leise klappern, Schritte kamen näher, hielten vor seinem Bett. Er hörte die Schwester etwas sagen. Dann sprach eine tiefe Männerstimme zu ihm, und es waren harte, deutsche Worte.

»Hären Sie mich?« fragte General Oronitse. Er beugte sich über das Bett und berührte Pohlmann an der Schulter.

»Ja«, sagte Pohlmann leise. »Wer sind Sie?«

»General Oronitse. Isch habbe Fragän an Sie ...«

»Bitte ...« Der Kehlkopf Pohlmanns zuckte wild. »Bin ... bin ich blind?«

»Nein.« Oronitse sagte es gleichgültig. Es war der beste Tonfall zur Tröstung. »Kännän Sie Bettina Wolter?«

»Ja, natürlich.« Pohlmann wollte sich aufrichten. Er ächzte, in seiner Brust sprang ein höllischer Schmerz auf, und da war auch schon die warme, weiche Hand der Schwester, die ihn ins Bett zurückdrückte. »Was ist mit Bettina? Ist sie tot?«

»Wäg ist sie«, sagte Jassenskij hart. »Wie lange kännän Sie Bettina?«

»Zwei Jahre. Wieso ist sie weg?« Pohlmann atmete röchelnd. Er wußte nicht, daß eine abgesplitterte Rippe in die Lunge gestoßen war und sie zerfetzt hatte. Nur wahnsinnige Schmerzen spürte er bei jedem tieferen Atemzug.

»War Bettina eine Spionin?« fragte Jassenskij rücksichtslos. Pohlmann wollte sich wieder erheben.

»So ein Blödsinn«, keuchte er. »Was wollen Sie von mir? Wer sind Sie . . . Sie, der andere . . . Ein Blitz hat eingeschlagen, alle Instrumente fielen aus, ich flog einfach nach Gefühl und kam so nach Tiflis. Ein reiner Zufall war das . . . Das ist alles.« Er hob die Arme und preßte sie auf seinen brennenden Brustkorb. »Es war meine Schuld. Ich habe die Maschine zu steil gelandet.«

Oronitse und Jassenskij verließen das kleine Zimmer mit dem Gefühl, indirekt Idioten genannt worden zu sein. Vor allem Jassenskij, der Eifrige, war sehr nachdenklich.

»Gut«, sagte er draußen auf dem Flur. »War es ein Blitz, Genosse General. Sie haben sich verirrt. Er ist zu steil gelandet, Sie haben es ja selbst gesehen . . . alles war so, wie wir es schon seit Stunden wissen. Aber warum versteckt sich das Mädchen, dessen Bruder in Westdeutschland bei der Abwehr ist?«

»Vielleicht deshalb«, sagte General Oronitse ruhig. Beleidigend war es, wie er an Jassenskijs abstehenden Ohren vorbeisah.

»Stellen Sie sich vor, dieses Mädchen hat Angst: der Vater in Rußland vermißt, angeblich in Gefangenschaft gestorben, der Bruder bei der Abwehr in Bonn – und nun fällt sie vom Himmel und ausgerechnet nach Rußland hinein. In ein Rußland, von dem man im Westen Wunderdinge erzählt.«

»Infame Lügen, Genosse!« rief Jassenskij laut.

»Natürlich. Aber ein Mädchen glaubt es. Und es wird versuchen, entweder nach dem Iran oder nach der Türkei durchzubrechen. Zumal sie Russisch sprechen kann.«

»Ein großes Verdachtsmoment, Genosse General.« Jassenskij blätterte wieder in seinen Papieren. »Warum lernt ein junges Mädchen Russisch?«

»Warum nicht, Genosse? Wir sprechen doch auch Deutsch.«

»Das brachte der Krieg mit sich. Aber ein junges, modernes Mädchen?«

»Englisch, Französisch und Spanisch kann sie bereits. Ein kluges Täubchen, Safon Kusmajewitsch.« General Oronitse winkte ab, als Jassenskij etwas sagen wollte. »Seien wir klüger, Brüderchen. Lassen Sie uns keinen Mist riechen, wo es nach Rosen duftet.«

Bis 23 Uhr dauerten die Verhöre der Überlebenden, und sie waren sinnlos wie alle Verhöre vorher. Die Passagiere lobten die Stewardeß Bettina, mehr konnten sie nicht sagen. Und auch Paul Andresen, den sie noch einmal sprachen, brachte nichts Neues. Im Gegenteil, er sagte: »Meine Herren, ich habe es Ihnen doch schon erzählt: Bettina holte sich einen Blitz vom Himmel, sagte zu Petrus ›Danke schön, Väterchen mit dem weißen Bart‹ und lenkte den Blitz auf das Flugzeug.«

»Ein unangenehmer Mensch«, sagte Jassenskij nach diesem letzten Verhör. »Lächerlich macht er sich über uns. Bevor wir ihn abschieben nach Deutschland, sollte man ihn noch einmal verprügeln. Aus Versehen, verstehen Sie, Genosse?«

Nach dem Besuch im Grusinischen Krankenhaus Nr. I fuhr man noch einmal zu den Trümmern des Flugzeugs. Oronitse und Jassenskij krochen selbst durch die ausgeglühten und mit dem Schaum des chemischen Löschmittels überzogenen Wrackteile und ließen sich vom Major der Flugplatzfeuerwehr alles erklären.

»Hier ist kein Toter mehr drin«, sagte der Major. »Alle Überreste haben wir zusammengetragen. Sie waren so beschaffen, daß man sie noch identifizieren konnte. Eine Stewardeß war nicht darunter. Ganz sicher ist das, Genosse General.«

»Über die Grenze kommt sie nicht.« Oberst Jassenskij steckte sich nach der Besichtigung der Trümmer eine

Papirossa an. Ein wenig bebten seine Finger, denn es war entsetzlich, die verkohlten Sessel anzusehen und sich vorzustellen, wie die angeschnallten Menschen dort verbrannten. »Zur Türkei und zum Iran ist alles abgeriegelt, und es ist nicht anzunehmen, daß sie das Kaspische Meer oder das Schwarze Meer durchschwimmt.«

Es sollte ein Scherz sein, aber Oronitse nahm ihn wonnevoll auf.

»Ein Glück, daß Sie wenigstens das nicht ernst nehmen, Safon Kusmajewitsch«, sagte er. »Es wäre schwierig, sie daran zu hindern, indem man die Meere trockenlegt.«

Oberst Jassenskijs abstehende Ohren glühten wieder. Ein widerlicher Mensch, dieser Fjodor Nikolajewitsch, dachte er. Ein General mit zersetzendem Intellektualismus. Man wird ihn im Auge behalten müssen, denn nicht jeder General ist ein guter Kommunist.

*

20. Mai, morgens 9 Uhr.

Das Mitglied der sowjetischen Botschaft in Rolandseck bei Bonn, Jurij Alexandrowitsch Borokin, sah ungeduldig auf seine Armbanduhr. In einem Café am Rheinufer saß er, wo man einen herrlichen Blick hinüber zu den Rheininseln Nonnenwerth und Grafenwerth hatte, auf Bad Honnef und das Siebengebirge mit den sagenumwobenen Bergen Drachenfels, Petersberg und Ölberg. Es war ein heißer Maitag, der Himmel lag fahlblau hinter der Sonne, und über dem Rhein flimmerte die verdunstende Feuchtigkeit wie Glas eines Zerrspiegels. Borokin saß in einer Ecke, an einem Fenster der Rheinterrasse, trank ein kühles Bier und rauchte eine amerikanische Zigarette.

Er fiel in keiner Weise unter den anderen Gästen auf, die an diesem Morgen schon das Café füllten. Meist waren es Autofahrer, die eine kurze Rast einlegten, ehe sie weiterfuhren zu dem schönsten Teil des Rheins, dem romantischen Strom mit seinen Burgen auf den Weinhängen. Borokin trug einen hellgrauen Anzug, einen diskret gemusterten Schlips, flache Sandalen, und sein Gesicht war alltäglich, von einer langweiligen Regelmäßigkeit. Sogar sein dunkelbraunes Haar war glatt und zurückgekämmt und damit fast übersehbar.

Ein wenig lebhafter wurde er, als auf dem Parkplatz vor dem Café ein weißer, kleiner Sportwagen vorfuhr und eine junge Dame mit leuchtend blonden Haaren ausstieg. Sie hatte lange, schlanke Beine, trug ein Kleid mit einem Rock, der gerade die kleinen Knie bedeckte, und als sie jetzt mit trippelnden, wiegenden Schritten auf das Café zukam, ein Gesichtchen mit roten Lippen und nachgezogenen Augenkonturen, war sie eine Augenweide für einen Mann und ein Ärgernis für andere Frauen, vor allem für die verheirateten. Borokin beobachtete durch das Fenster, wie sie näher kam. In ihrem Gang drückte sich das Wissen aus, einen schönen, wohlgeformten Körper zu haben. Und wer ihre Augen sah, dunkelblau und samtweich, dachte an eine Schlafpuppe, die man in den Arm nimmt und nach hinten beugt, und die dabei die Wimpern schließt und leise »O Mama« flüstert.

»Da sind Sie ja«, sagte Borokin wenig höflich, als die schöne Dame an seinen Tisch trat und ihre weißen Handschuhe auf einen Stuhl warf. Ein wenig hatte er sich erhoben, aber nicht zu voller Höhe, und er saß schon wieder, als sich die Dame ebenfalls setzte und ihre langen blonden Haare ordnete. »Nachts sollten Sie lieber schlafen.«

»Lassen Sie bitte Ihre schweinischen Reden, Borokin«, sagte die Dame. Eine sanftklingende Stimme hatte sie, obwohl die Worte nicht gerade Glockentöne waren. »Was wollen Sie?«

»Zunächst sollte man Sie erinnern, daß Ihre Mutter

noch immer in Küstrin in Untersuchungshaft sitzt. Die Anklage des Staatsanwaltes ist noch nicht erfolgt, wir halten sie noch zurück.«

»Ich weiß.« Irene Brandes sah hinaus auf den flimmernden Rhein. Ein Kellner brachte eine Karaffe mit schwarzem Johannisbeersaft, den Borokin schon vorsorglich bestellt hatte.

Mutter, dachte sie. Wenn du wüßtest, was sie hier mit mir tun. Aber vielleicht halten sie ihr Wort und lassen dich frei. Nur darum, weil ich daran glaube, tue ich es. Sie haben mich in der Hand.

Das Leben der Irene Brandes war nicht aufregend gewesen. Als die Welle der Roten Armee, von Ostpreußen und Oberschlesien kommend, gegen Berlin rückte und auch Küstrin eroberte, war sie mit einem Treck noch in letzter Stunde den sowjetischen Panzerspitzen entkommen. Vier Wochen lang zogen sie durch Deutschland bis nach Husum, ein klappriger Leiterkarren und zwei magere Pferde, und in dem Karren zwei Großmütter und ein vor Gram irr gewordener Großvater. Die Mutter saß auf dem Bock und lenkte die Pferde, der Vater war irgendwo an der Front, und man hörte nie wieder etwas von ihm; und sie, die kleine Irene, kaum vier Jahre alt, lag meistens zwischen den beiden Großmüttern im Stroh oder hockte neben der Mutter auf dem Kutschbock und betrachtete die sich auflösende Welt mit staunenden, weiten, nichts begreifenden Kinderaugen.

Nach zwanzig Jahren sah diese Welt nun anders aus. Satter als je zuvor, glänzender, lockender, brutaler, herzloser und kälter. Irene Brandes nahm nach der mittleren Reife eine Lehre in Flensburg an, wurde Sekretärin bei einer Lebensmittelgroßhandlung, erhielt, als sie zweiundzwanzig Jahre alt war, ein Angebot nach Bonn und übernahm den Posten einer Chefsekretärin in einer Kohle- und Stahl-Exportgesellschaft.

In Bonn lernte sie Reiner Burckhardt kennen, einen

jungen Leutnant der Bundeswehr. Sie verlobten sich, aber vier Wochen vor der Hochzeit fuhr ein betrunkener Autofahrer ihn um und verletzte Burckhardt tödlich. Es war ein mysteriöser Unfall, den Autofahrer entdeckte man nie. Aber Augenzeugen berichteten, daß der Wagen mit einer Nummer, die es gar nicht gab, plötzlich Zickzack gefahren sei, über den Gehsteig raste und den jungen Leutnant gegen die Hauswand quetschte. Dann war das Auto, diesmal ohne Anzeichen eines betrunkenen Fahrers, mit heulendem Motor in der Nacht davongefahren.

Ein paar Wochen später erhielt Irene in ihrer kleinen Appartementwohnung in Bad Godesberg Besuch. Ein Herr, der sich zunächst Albrechten nannte, überbrachte Grüße der Mutter aus Husum, und Irene ließ ihn ahnungslos in das Wohnzimmer. Dort setzte sich Herr Albrechten in einen der kleinen Sessel, musterte Irene mit dem sachverständigen Blick eines Frauenkenners und nickte mehrmals.

»Sie haben die Begabung, die man ausbauen kann«, sagte er ruhig. »Bitte starren Sie mich nicht so an, Irene – es hat gar keinen Sinn, mir etwas vorzuspielen.«

»Ich weiß nicht, wovon Sie reden«, hatte Irene gesagt. »Woher kennen Sie meine Mutter?«

Und Herr Albrechten hatte leise gelacht und geantwortet: »Ich habe Ihre Mutter nie gesehen. Aber ich kannte Reiner Burckhardt. Geben wir das Versteckspielen doch auf. Ich heiße Jurij Alexandrowitsch Borokin, und wir beide wissen nur zu genau, warum der ›betrunkene Autofahrer‹ Reiner getötet hat.«

Als Borokin eine Stunde später ging, hatte er Irenes Zukunft in den Händen. Sie erfuhr, daß Reiner Burckhardt einer der kleinen Kontaktmänner gewesen war, die der sowjetische Geheimdienst in die Bundeswehr eingeschleust hatte; ein winziges Auge Moskaus, das plötzlich beschlossen hatte, blind zu werden und sich weigerte, weitere Informationen zu liefern. Um allen Unannehmlichkeiten zu entgehen, ließ man das kleine Auge Moskaus vollends erblinden.

Verzweifelt hatte sich Irene dagegen gewehrt, das alles gewußt zu haben. Borokin lächelte über ihre Beteuerungen.

»Mein Täubchen«, sagte er freundlich, aber diese Güte war gefährlich wie das Zähneblecken eines Wolfes, »geben Sie sich keine Mühe. Keine deutsche Behörde würde Ihnen das glauben. Es werden Zeugen auftreten, die gegen Sie aussagen, man wird beeiden, daß Sie an den Treffs mit den Kontaktmännern teigenommen haben.« Und dann verbeugte sich Borokin im Sitzen und sagte: »Es ist angenehm, mit einem so schönen Mädchen zusammenzuarbeiten.«

Das war vor zwei Jahren gewesen. Ein Jahr darauf – Irene hatte nie wieder etwas von Borokin gehört – erhielt ihre Mutter einen Brief aus Küstrin, daß der zurückgebliebene Onkel gestorben sei und ihr ein Haus und 8000 qm Ackerland vererbt habe. Wenn sie selbst nach Küstrin komme, könne sie die Erbschaft antreten und dann, das nehme man an, verkaufen.

Frau Brandes fuhr nach Küstrin und wurde dort verhaftet mit der Begründung, im Krieg deutschen Werwölfen Unterschlupf gewährt zu haben (obgleich sie zu dieser Zeit schon auf dem Treck in den Westen war). Als sie in Untersuchungshaft saß, erschien Jurij Alexandrowitsch Borokin wieder in Irenes Wohnung und sagte:

»Nun ist es soweit, mein Täubchen. Sie können Ihre Mutter vor Strafe bewahren, wenn Sie ein kluges Mädchen sind und Ihre Schönheit in den Dienst der Völkerverständigung stellen.«

Und Irene Brandes sagte zu.

Seitdem hatte sie fünf kleinere Aufträge erledigt. Fotokopien von Staatsaufträgen, das Protokoll ihres Chefs über eine Besprechung in Tel Aviv ... Nichtigkeiten, wie sie glaubte, aber für ihre Mutter ein neues Stück Weg in die Freiheit.

»Was denken Sie?« fragte Borokin jetzt, als sich Irene vom Anblick des Rheins und der Insel Nonnenwerth abwandte.

»Wann kommt meine Mutter frei?« fragte Irene Brandes hart.

»Nach Erledigung dieses neuen Auftrages.« Borokin schüttelte den Kopf, als ihn Irene kritisch ansah. »Ich habe die Vollmacht, Ihnen die Fotokopie der Freilassung Ihrer Mutter zu zeigen. Es fehlt nur noch die Unterschrift. Sie wird daruntergesetzt, wenn dieser Auftrag beendet ist.« Borokin griff in die Brusttasche, aber Irene winkte ab. Ihr Herz schlug bis zum Hals. Nur noch dieses eine Mal, dachte sie. Dann ist Mutter frei. Dann werde ich Bonn verlassen, am gleichen Tag, und weit, weit weg gehen . . . nach München, oder an die Nordseeküste oder an die Ostsee. Nur weg von hier, wo vier Jahre lang jeder Atemzug Angst einsaugte, jedes Klingeln an der Wohnungstür das Herz vor Schreck stillstehen ließ. Und den Namen Borokin werde ich hassen wie den Satan.

»Um welche Fotokopie handelt es sich jetzt?« fragte sie rauh.

»Um gar keine. Es geht um einen Menschen.«

Irene Brandes sah Jurij Alexandrowitsch Borokin mit gesenktem Kopf an. Ihre umrandeten Augen glitzerten in der Sonne.

»Wie soll ich das verstehen?« fragte sie.

»Kommen Sie, mein Täubchen.« Borokin sah schnell auf seine Uhr. »Wenig Zeit bleibt uns. Sie haben keinen Sinn für Pünktlichkeit. Ich fahre Sie. Ihren Wagen holen wir gegen Mittag ab.«

Borokin bezahlte beim Hinausgehen, dann stiegen sie in den unauffälligen dunklen Wagen des Kulturattachés und fuhren zurück nach Bonn. Auf der Zufahrtsstraße zum neuen Bundesverteidigungsministerium hielt Borokin am Straßenrand, holte eine Packung Zigaretten aus dem Rock und bot Irene Brandes eine Zigarette an. Rauchend saßen sie darauf im Wagen und sahen die Straße hinunter.

»Er kommt um zehn Uhr«, sagte Borokin. »Immer zu Fuß. Seine Wohnung liegt zehn Minuten entfernt, und es macht ihm Spaß, durch den Morgen zu gehen. Da, sehen Sie, mein Täubchen?«

Die Straße herauf kam ein junger Mann in der Uniform eines Oberleutnants. Er ging schnell und mit weit ausgreifenden Schritten. Über seinem Jungengesicht lag die strahlende Morgensonne, unter der Mütze quollen blonde Haare hervor. Auf der anderen Straßenseite ging er an den schwarzen Wagen vorbei, ohne einen Blick zur Seite zu werfen. Borokin stieß Irene Brandes leicht an.

»Ein netter Mensch, nicht wahr?« Er lächelte breit. »Sie müßten keine Frau sein, Täubchen, um jetzt zu sagen: Mir gefällt er nicht.«

»Er sieht so ahnungslos aus«, sagte Irene leise. »So unbekümmert. Was wollen Sie von ihm?«

»Er heißt Wolfgang Wolter. Siebenundzwanzig Jahre alt. Offizier der Abwehr, Abteilung ›Fremde Heere Ost‹. Der Vater in Rußland vermißt, die Schwester seit gestern bei Tiflis verschwunden. Irgendwie gibt es einen Zusammenhang zwischen Schwester und Bruder, so vermutet man in Moskau. Das herauszubekommen, ist Ihre Aufgabe, Irene.« Borokin lehnte sich zurück. Wolfgang Wolter war stehengeblieben und sah einem Mann nach, der einen Hund, einen Spaniel, spazierenführte. »Beobachten Sie ihn genau. Täubchen. Oberleutnant Wolter ist Tierliebhaber. Ein Hundenarr. Er hat selbst einen einjährigen Schäferhund, den er ab nächste Woche zur Dressur führen wird. Im ›Verein Deutscher Schäferhunde‹ in Bonn-Duisdorf. Kommenden Sonntag, um 10 Uhr, ist die erste Stunde.«

»Warum erzählen Sie mir das alles?« fragte Irene Brandes. Ihre Stimme war plötzlich klein und kindlich. Sie sah Wolfgang Wolter nach, wie er sich bückte, den Spaniel streichelte, ein paar Worte mit dem Mann sprach und dann weiterging zu dem großen Gebäudekomplex des Ministeriums. Borokin lächelte breit.

»Ein schöner Mann, nicht wahr, Irene? Es freut mich, daß Ihr Herz Anteil nimmt. So wird es leichter für uns alle.« Borokin wurde plötzlich ernst und dienstlich. »Sie werden die Bekanntschaft Wolters suchen und – ich zweifle nicht daran – auch machen, und es wird Ihnen nicht schwerfallen, zu erreichen, daß er sich in Sie verliebt. Ich wüßte keinen Mann, der an Ihnen vorbeigehen könnte ...«

»Das ist gemein, Borokin!« sagte Irene laut. »Das ist niederträchtig!«

»Aber notwendig, mein Täubchen. Ihre Mutter wartet auf eine Unterschrift, Moskau auf eine wichtige Information. Gemein und niederträchtig ist allein das Jahrhundert, in dem wir leben, und aus dem wir machen müssen, was sich daraus machen läßt.«

Borokin ließ den Motor an, drehte auf der breiten Straße und fuhr zurück nach Bonn und an den Rhein zu dem kleinen Café, wo Irenes kleiner weißer Wagen in der Sonne stand. Stumm fuhren sie die ganze Strecke, nur Irene rauchte mit hastigen Zügen zwei Zigaretten hintereinander. Erst als sie auf dem Parkplatz hielten, sprach Borokin wieder.

»Sie werden morgen einen kleinen Boxerhund bekommen«, sagte er. »Ein Weibchen. Wolters Schäferhund ist ein Rüde. Auch Ihr Hund – er heißt übrigens Anette von der Hardthöhe, schön, nicht wahr? – ist bereits zur Dressur angemeldet. Ein leichteres Kontaktnehmen gibt es nicht. Die beiden Hunde werden sich begrüßen, es ist ein besonders schönes Boxerweibchen. Sie werden Oberleutnant Wolter sofort sympathisch sein.«

»Und wenn ich mich in Wolter ernsthaft verliebe, Borokin?« Das war eine Drohung, und Jurij Alexandrowitsch verstand sie sofort.

»Damit rechnen wir, mein Täubchen. Aber wir rechnen auch mit Ihrer Liebe zur Mutter.« Borokin öffnete die Tür seines Wagens, und Irene Brandes stieg aus. »Heute abend bringe ich Ihnen die schöne Anette von der Hardthöhe«, sagte er und winkte Irene fröhlich zu. »Ein wirklich süßes Tierchen. An Ihrer Seite – man wird staunen, wie verschwenderisch die Natur sein kann bei Mensch und Tier.«

Ohne sich umzublicken, stieg Irene Brandes in ihren Wagen, und in einer Staubwolke jagte sie hinüber zu der breiten Rheinstraße.

Jurij Alexandrowitsch Borokin sah ihr nachdenklich nach. Er liebte keine Geschäfte mit Frauen, das Herz ist ein zu großer Unsicherheitsfaktor. Aber gab es eine andere Möglichkeit, an Wolfgang Wolter heranzukommen? Moskau verlangte eine Aufklärung; um die Wege kümmerte es sich nicht.

Borokin seufzte tief und fuhr langsam ebenfalls zum Rhein hinunter. Das Leben eines Kulturattachés ist schwer, wenn er sich nicht nur mit der Kultur beschäftigen muß.

*

An diesem 20. Mai geschah noch manches. In Göttingen und in Tiflis.

Agnes Wolter erhielt nach einer schlaflosen Nacht, in der sie unruhig hin und her wanderte und die Spät- und dann die Frühnachrichten aller Sender abhörte, Besuch von einem Herrn, der sich Erich Hornberg nannte. Er war der Göttinger Vertreter der Fluggesellschaft DBOA, und er war sehr verlegen, als er von Frau Wolter zu einer Tasse Kaffee eingeladen wurde. Er sah ihre rotumränderten, verweinten Augen, ihre zitternden Hände, das Zukken in den Mundwinkeln, und er wußte auch, daß sie die Nacht nicht geschlafen hatte, denn wer kann Schlaf finden, wenn sein Kind irgendwo einen grauenhaften Tod gefunden haben soll.

»Sie bringen mir die Nachricht, nicht wahr . . .?« sagte Agnes Wolter tapfer, als sie den Kaffee eingegossen hatte. Erich Hornberg drehte den Löffel stumm in der Tasse, obwohl er gar keinen Zucker genommen hatte, der sich auflösen mußte. »Bitte, sagen Sie es! Ich habe die ganze Nacht Zeit genug gehabt, mich auf diese Nachricht vorzubereiten. Ich habe gegen Gott gemurrt, und ich habe gebetet, und danach wurde mir leichter. Es ist doch nicht zu ändern, nicht wahr? Man begreift es nicht, man will es einfach nicht begreifen, aber es ist ja wahr. Damals, als mein Mann nicht wiederkam, habe ich jahrelang gehofft. Vermißt ist nicht tot, sagte ich mir immer. Vermißte können zurückkommen. Und dann wußte ich, nach zehn Jahren, daß Karl nie wiederkommen würde. Ein Kamerad aus der Gefangenschaft besuchte mich. Karl war an Typhus gestorben. Im Lager Porsu-Burun. Auf der Karte habe ich es dann gesucht . . . ein kleiner Ort am Kaspischen Meer. Es ist ein Name geworden, den ich nie vergessen werde . . . wie Tiflis.« Agnes Wolter faltete die Hände vor der weißen Schürze, die sie auch im Laden immer trug. So sauber sah sie darin aus, so mütterlich und ehrlich. »Sie . . . sie ist tot, nicht wahr?«

Erich Hornberg zog den heißen Löffel aus der Kaffeetasse. Sein rundes, gebräuntes Gesicht – er hatte in Göttingen ein kleines Haus und lag nach Dienstschluß immer im Garten – wirkte etwas fahl.

»Die Maschine, die Ihre Tochter flog, die XA-19, war es, ja . . .« Hornberg atmete ein paarmal auf. Er verfluchte innerlich den Auftrag der Direktion in Hamburg. Davor drücken sie sich, dachte er erbittert. Das überlassen sie den kleinen Angestellten. Im Namen der Direktion . . .

das ist so einfach für die in Hamburg. »Es hat neunzehn Tote gegeben. Aber Ihre Tochter ist nicht darunter.«

In Agnes Wolter zerriß der dünne Panzer, den sie sich in der Nacht um ihr Herz gelegt hatte. Sie schrie auf und klammerte sich an der Kante des Wohnzimmerschrankes fest. Erich Hornberg sah schnell zur Seite, er spürte ein Brennen in seinen Augen.

»Sie ... sie ... Bettina lebt?« stammelte sie.

»Die Toten sind sämtlich identifiziert worden. Auch die Verletzten. Sie sind, mit Ausnahme von Chefpilot Pohlmann, alle außer Lebensgefahr. Aber ...« Hornberg stockte. Erst der Mann vermißt, dachte er. Jetzt muß man ihr sagen, daß auch die Tochter in Rußland ... Oh, dieser Mist! Diese verfluchte Welt! Er sah aus dem Fenster hinaus in den Hinterhof mit den Mülltonnen.

»Aber ...?« wiederholte Agnes Wolter leise. »Was ist mit meiner Bettina geschehen ... Ist ... ist sie schwer verletzt ... Mußte man etwas amputieren? Oder ist sie blind? Sagen Sie es ruhig, Herr Hornberg ... es ist alles nicht so schlimm. Sie lebt ja ... ich habe sie wieder ... sie wird jetzt immer bei mir bleiben.«

Erich Hornberg trank etwas Kaffee. Seine Kehle war wie ausgedörrt. Man muß es sagen, dachte er bei den kleinen Schlucken. Man kann sie nicht länger belügen. Wie gemein das Schicksal sein kann, wie hundsgemein!

»Bettina ist vermißt«, sagte er leise.

Die Augen Agnes Wolters wurden weit, ungläubig, voll grenzenlosen Entsetzens.

»Vermißt ...«

»Ja. Bei den Toten ist sie nicht und nicht bei den Verletzten, auch nicht in den Trümmern. Sie ist einfach weg. Wir alle, auch die russischen Behörden, stehen vor einem Rätsel.«

»Fängt das jetzt wieder an ...«, sagte Agnes Wolter leise. »Ist es wieder wie bei Karl ... zehn Jahre lang warten ... warten ... warten ... und glauben: sie lebt.

Sie kommt wieder. Irgend etwas ist geschehen. Sie hat das Gedächtnis verloren, einen Nervenschock hat sie, lebt woanders, und eines Tages erinnert sie sich und kommt zurück... Und so wartet man und wartet und wartet... und die Jahre gehen dahin, bis man weiß: sie kommt nie wieder. Herr Hornberg, das halte ich nicht mehr aus! Das halte ich nicht noch einmal zehn Jahre aus!«

»Ich kann Ihnen nichts anderes sagen, Frau Wolter.« Erich Hornberg legte die Hände um die Kaffeetasse. Er mußte Halt suchen, denn seine Finger zitterten gleichfalls. »Es sind ja auch nur die ersten Meldungen aus Tiflis. Vielleicht ist morgen alles ganz anders. Vielleicht jetzt schon. Die Direktion wollte nur, daß ich Ihnen eine Nachricht bringe, damit Sie nicht ganz ohne Informationen sind. Es kann ja sein, daß Bettina jetzt schon gefunden worden ist.«

Agnes Wolter nickte, aber es war ein mechanisches Nicken.

»Glauben Sie daran?« fragte sie mit tonloser Stimme.

»Nein«, sagte Hornberg ehrlich.

»Das ist schön, daß Sie eine alte Frau nicht belügen.«

»Sie sind doch nicht alt, Frau Wolter.«

»Über hundert Jahre. Eine Greisin unvorstellbaren Alters. Das Äußere... es hat nichts zu sagen, Herr Hornberg. Im Inneren bin ich uralt.« Agnes Wolter setzte sich an den Tisch. Ihre bebenden Hände lagen in ihrem Schoß. »Jetzt habe ich nur noch meinen Jungen. Meinen Wolfgang. Er ist Offizier in Bonn, Oberleutnant. Ein schöner, großer, kluger Junge. Ich werde ihn nachher anrufen. Er soll mich nach Bonn holen. Das Geschäft kann ich ruhig für ein paar Wochen schließen. Aber ich kann jetzt nicht allein sein. Es ist mir, als falle die Decke runter, wenn ich allein bin...«

Erich Hornberg verließ das kleine Wäschegeschäft mit gesenktem Kopf und geröteten Augen. Er hatte noch ein Stück Kuchen essen müssen, und er hatte es hinuntergewürgt, als sei es ein Riesenknäuel Watte. Dann war er gegangen, obgleich er sah, wie sehr sich Agnes Wolter an seine Gegenwart klammerte, wie schrecklich ihr das Alleinsein war.

Auch Erich Hornberg hatte nur normale Nerven, und sie waren jetzt überfordert.

Er ging in die nächste Wirtschaft und trank drei Kognaks hintereinander. Und er schwor sich, einen solchen Weg nie mehr zu machen.

Um die gleiche Zeit, am 20. Mai gegen Mittag, überreichte ein Kurier aus dem Kreml dem deutschen Botschafter in Moskau einen Protest. In dürren Worten wurde darin behauptet, daß ein westdeutscher Geheimdienst unter Hinmordung neunzehn unschuldiger Menschen und unter Gefährdung des ganzen Flughafens Tiflis eine Agentin abgesetzt habe. Die sowjetische Regierung halte es unter diesen Umständen für nötig, einige deutsche Journalisten auszuweisen und keine neuen Agreements zu erteilen, bis die gewisse Bettina Wolter gefunden sei.

»Das ist doch vollendeter Blödsinn«, sagte der Botschaftsrat, als er die sowjetische Note übersetzt hatte. »Das ist doch an den Haaren herbeigezogen. Hält man uns für solche Dilettanten?«

Und er brachte die Note zum Botschafter, der sofort ein Gespräch mit dem Außenminister in Bonn führte.

Der »Fall Bettina Wolter« war geboren.

Im Kreml, bei der Leitung der GRU, bekam sie ein besonders hellrotes Aktenstück.

Und General Oronitse sagte in Tiflis zu Oberst Jassenskij: »Safon Kusmajewitsch, man soll es nicht für möglich halten: Aus einem Furz wird ein Taifun.«

Es war unter der Würde Jassenskijs, darauf zu antworten. Oronitse war ein Außenseiter, und wenn er unhöflich sprach, war es besser, Diskussionen auszuweichen. Wie konnte ein General auch einsehen, daß die Politik immer wieder neue Nadeln braucht, die man dem Gegner in den Hintern sticht?

*

Bettina war drei Stunden gelaufen, quer durch die Felder und Schonungen, über unbefestigte Wege und durch steinige, ausgetrocknete Bachläufe. Ab und zu, wenn die Füße zu sehr brannten und das Herz zu schnell schlug, setzte sie sich auf einen Stein und ruhte sich aus, oder sie umfaßte den Stamm eines Baumes, drückte den Kopf gegen die rauhe Rinde und atmete tief durch, um ihre flatternden Lungen zu beruhigen.

Vor sich sah sie die grandiosen Umrisse der Kaukasusberge, Felsen, die schwarz in den Himmel stießen, die greifbar nahe schienen und doch viele Kilometer entfernt waren. Zwischen ihr und den Bergen lag ein Fluß: die Kura, die steil aus den Felsen herunterkommt nach Tiflis. Sie stürzt in ein tief ausgeschabtes Bett, bildet zwei Inseln, Maidatowski und Ortaschala, und rauscht dann weiter zwischen siebenhundert Meter hohen, fast kahlen Bergen.

Dort, hinter den schwarzen Felsen, liegt die türkische Grenze, dachte Bettina. Sie saß am Zaun eines wie verfallen aussehenden Bauernhofes und hatte die zerrissene und angesengte Jacke ihrer Stewardeß-Uniform ausgezogen. In zerfetztem Rock und einer ölverschmierten Bluse saß sie da, und sie wußte, daß sie in dieser Kleidung nie die Grenze erreichen konnte. Jeder Mensch, der sie sah, würde sie festhalten.

Die Stadt lag unter ihr. Vor ihr dehnte sich eine Ebene mit Wein und Obstbäumen, und dazwischen lagen Scheunen und Schuppen und vereinzelte Bauernhäuser aus Holzbrettern, bunt bemalt und mit geschnitzten Giebeln.

Der Anblick der Stadt und der schwarzen Felsen

machte sie unendlich müde. Sie lehnte den Kopf zurück an die morschen Latten des Zaunes und starrte in den Himmel, an dem Wolkenfetzen dahintrieben. Ich darf nicht schlafen, sagte sie sich. O Gott, ich darf nicht schlafen. Weiter muß ich, weiter! Ich muß in die Berge, und irgendwo wird eine Höhle sein, in die ich kriechen kann und abwarten, bis die nächste Nacht kommt.

Aber als sie aufstand, taumelte sie und hielt sich am Baum fest. Jeder Schritt war eine Qual, die von den Fußsohlen bis unter die Schädeldecke zog und den Körper wie ein schleichendes Gift lähmte. Mit letzter Kraft erreichte sie einen Schuppen, fiel gegen die Tür, stolperte in die Dunkelheit hinein, spürte, wie sie gegen einen hohen Haufen Maisstroh fiel, und so blieb sie liegen, halb nach hinten gesunken, halb stehend, mit weit ausgebreiteten Armen.

Aber es war nur der Körper, der ihr nicht mehr gehorchte. Ihre Gedanken arbeiteten weiter, und sie hörte die Geräusche außerhalb des Schuppens, das Bellen von zwei Hunden, ein Pferdescharren hinter der Nebenwand, ein Rascheln wie von Ratten und Mäusen unter dem Maisstroh, und das Knarren alter Holzbalken unter dem schwachen Druck des Windes, der von den Bergen hinunter nach Tiflis wehte.

Was hat Wolfgang einmal zu mir gesagt? dachte sie, und sie wunderte sich, wie deutlich die Gedanken in einem solch erschöpften Körper sein konnten. »Wenn der Teufel es will, Betti, und ihr müßt einmal in Rußland notlanden, gib dich nie in die Hand sowjetischer Behörden. Versuch unter allen Umständen, durchzukommen in ein westliches Land. Du weißt, was ich in Bonn tue – Mutter weiß es nicht, sie kann sonst nicht mehr schlafen, du weißt ja, wie sie ist –, und wenn die Sowjets dich in die Hand bekommen, hätten sie ein wirksames Erpressungsmittel gegen mich. Sie kennen keine Rücksicht. In unserem Metier ist alles erlaubt.«

Das war es, was Bettina eingefallen war, als sie außerhalb des brennenden, explodierten Flugzeugwracks zwischen den kleinen Maulbeerbäumen lag und wegkroch aus dem Flammenschein. Das Leben Wolfgangs konnte man zerstören, und sie war sich sicher, daß die Russen diese Möglichkeit ausgenutzt hätten, wenn sie sich bei ihnen gemeldet hätte. Sie schauderte bei dem Gedanken an die Gefängnisse und an die Frauenlager, über die so viel geschrieben worden war, und sie dachte an die Verhörmethoden und die Gnadenlosigkeit sowjetischer Justiz. Da war zu der Angst um Wolfgang die eigene große Angst gekommen, und sie war fortgerannt mit dem Ziel, sich durchzuschlagen in die Freiheit, zur türkischen Grenze jenseits der Kaukasusberge.

Wie lange sie an dem Maisstrohhaufen gelehnt hatte, wußte sie nicht. Bei dem Gefühl der geringsten Kraft raffte sie sich auf und kroch auf allen vieren den Strohberg hinauf, wühlte sich in die harten, stechenden Halme und schlief ein, als sie ausgestreckt lag und über ihr die Dachbalken im Wind seufzten.

Der Morgen war hell und sonnig. Durch das schadhafte Dach fiel das Sonnenlicht auf Bettina, und sie erwachte seufzend und mit starren Gliedern. Einen Tag und eine Nacht hatte sie in völliger Erschöpfung geschlafen.

Von draußen hörte sie Stimmen. Jemand schrie nach seinem Beutel Wein, eine Frauenstimme beschimpfte den Schreier und nannte ihn einen Dummkopf, und Bettina wunderte sich, wie gut sie die russische Sprache verstand. Leise sprach sie die Sätze nach, die sie von draußen hörte, dann kroch sie auf dem Strohhaufen zur Wand und sah durch eine Ritze der Bretter hinaus. Auf vier Leiterwagen mit Traktoren davor fuhren Bauern in blauen Hosen und weißen Hemden auf die Felder, Mützen oder Strohhüte auf den Köpfen, und die Frauen in langen, weiten Röcken oder ebenfalls in blauen Drillichhosen saßen auf einem Lastwagen, der gerade anfuhr und den Staub in dicken Wolken aufwirbelte.

Dann war es still zwischen Haus und der Scheune. Bettina rutschte den Strohhaufen hinunter und wartete an der angelehnten Tür. Aber niemand kam aus dem Haus, selbst die Hunde bellten nicht. Man hatte sie mitgenommen auf die Felder.

Bettina wartete noch eine halbe Stunde in der Scheune, bis sie langsam die Tür öffnete und hinaustrat. Ein Wagnis war's, und doch war es der erste richtige Schritt in die Freiheit.

In der Hütte rührte sich nichts, als Bettina die angelehnte Tür aufstieß. In einem kleinen Flur stand sie, in dem an Nägeln Schürzen und Hosen hingen, auch einige Pelze aus Schafsfell, denn der Winter in den Bergen ist erbarmungslos und eisig. Noch einmal blieb Bettina stehen, lauschte mit angehaltenem Atem, dann stieß sie die Tür zu ihrer Rechten auf und betrat einen großen Raum, den Wohnraum des Hauses. Gegenüber der Tür war die gemauerte Wand mit dem Kamin und der offenen Feuerstelle. Ein Wasserkessel hing an einer eisernen Kette über den Flammen, und auf der Ofenbank saß eine alte, eisgraue Frau und entkernte Maiskolben. Mit ihren rissigen Händen schabte sie über die Kolben, und die Körner fielen in einen Trog zu ihren Füßen. Dann bückte sie sich, warf den leeren Kolben weg, einfach in die Stube, und griff nach einem neuen Maiskolben aus dem Korb zu ihrer Linken.

Den Windzug von der Tür her spürte sie. Das alte Weibchen hob den Kopf und starrte zu Bettina, aber die Augen waren grau und glanzlos und stierten ins Leere.

»Was ist, Axinja?« schrie sie mit fast quiekender Stimme. »Ein Weibsstück ist das! Immer vergißt sie etwas! Schleicht sich ins Haus wie andere in das Bett fremder Ehefrauen! Zum Teufel... was fehlt denn, Axinja?«

Bettina kam leise näher. Die toten Augen der Alten sahen an ihr vorbei, aber man sah, daß sie lauschte.

»Was schleichst du herum, he?« Sie nahm einen vollen Maiskolben und warf ihn zur Tür, weit an Bettina vorbei, die schräg durch das Zimmer ging. »Wo ist Piotr?«

»Gott grüße Sie, Mütterchen«, sagte Bettina. Sie stand neben der Alten, und der Kopf der Greisin fuhr herum in die Richtung, aus der die fremden Laute gekommen waren.

»Wer ist da?« schrie sie. Den Korb stieß sie weg und auch den Trog mit den Körnern, und ihr runzeliges Gesicht mit den verschleierten Augen nahm einen schrecklichen, verzerrten, ängstlichen Ausdruck an. »Piotr!« schrie sie grell und schlug mit den Armen um sich. »Piotr, mein Söhnchen! Wo bist du? Hinaus mit dir! Wenn Piotr kommt, die Knochen bricht er dir. Ein Bär ist er, mein Piotr. Hinaus!«

»Ich bin ein armes Mädchen, Mütterchen.« Bettina lief leise zu dem Fenster an der Längswand und sah hinaus. Nichts war zu sehen. Die Bauern waren weit weg auf den Feldern, und bei ihnen schien auch der Bär Piotr zu sein. »Mitleid solltest du haben mit mir, getreten und gekniffen hat man mich, hungern mußte ich und den Stall mit den Händen misten... sag, Mütterchen, ist das eine menschenwürdige Behandlung?«

»Woher kommst du?« fragte die Alte. Sie hatte sich an die Ofenwand zurückgelehnt, und ihre blassen Augen starrten an die Decke. »Blind bin ich, fast blind. Ein Nebel ist um mich, verstehst du? Vor vier Jahren fing es an, und dann wurde es immer schlimmer, und die Ärzte... anspucken sollte man sie. Was wissen sie denn, he? Ein Geschwür können sie aufschneiden, und wenn Piotr und Iwan sich streiten, dann flicken sie sie wieder zusammen. Aber meine Augen... fremde Wörter haben sie dafür, die studierten Idioten!« Die Alte pendelte mit dem Kopf hin und her und schmatzte mit den Lippen, hinter denen keine Zähne mehr waren. »Hast du Hunger?«

»Ja, Mütterchen.«

»Dann such dir etwas. Im Kessel links neben dem Feuer. Kascha ist's mit Hammel. Und mit Thymian gewürzt. Magst du Thymian?«

»Sehr, Mütterchen.« Bettina starrte die Alte an. »Hast du Kleider für mich?«

»Bist du nackt, he?« schrie die Alte. »Komm her, ich will dich anfassen! Läuft nackt herum, das Hurchen. Welche Zeiten! Komm her, du Bastard!«

Bettina trat näher. Die Hände der Alten tasteten sie ab, blieben an der Bluse hängen und an den Ölflecken, strichen über die Brust, hinunter zum Leib und zu dem zerfetzten Rock.

»Ein schönes Weibchen.« Die Alte schmatzte wieder mit den runzeligen Lippen. »Ein strammes Weibchen. Kennst du Piotr? Gefallen wird er dir. Eine Frau sucht er, seit drei Jahren, aber was ist schon zu finden? Die einen schminken sich, die anderen stinken nach saurer Milch. Nichts für meinen Piotr. Aber du bist ein gutes Weibchen. Ich fühl's. Aber du klebst.«

»Ich bin in eine Öllache gefallen, Mütterchen. Darum frage ich, ob du Kleider für mich hast.«

»Wie heißt du?«

Es war eine Frage, auf die Bettina gewartet hatte. Und ohne Zögern sagte sie: »Wanda Fjodorowa, Mütterchen.«

»Geh in die nächste Kammer, Wanduscha, und such dir etwas. Und dann komm her und erzähle mir von dir. Kannst du Maiskolben ausnehmen?«

»Natürlich, Mütterchen.« Bettina sah sich um. Eine schmale Tür führte in einen Nebenraum, und sie stieß die Tür auf und sah vier Betten an den Wänden stehen. An einer Holzstange mit eisernen Haken hing Männer- und Frauenkleidung, und Bettina suchte sich einen alten

Rock aus Baumwolle, blau gefärbt mit roten Streifen, eine hellgraue Bluse und eine gestrickte, oft geflickte Jacke aus ausgewaschener, farbloser Wolle aus. Zu einem Bündel rollte sie ihre zerfetzte Uniform und klemmte sie unter den Arm. So kam sie zurück in das große Zimmer, wo die Alte am Ofen stand und den Topf mit dem Hammel-Kascha aufs Feuer geschoben hatte.

»Was hast du genommen?« fragte die Blinde und rührte in dem Brei.

»Einen alten blauen Rock, Mütterchen.«

»Von Axinja ist er.« Die Alte drehte sich um. Mit ihren toten Augen suchte sie Wanda Fjodorowa. Ein beklemmender Anblick war's. »Wo willst du hin, Vögelchen?«

»Zu Onkelchen Wanja«, sagte Bettina. »In Tiflis hat er eine Schuhsohlerei.«

»Ein hübsches Mädchen, und geht zu einem Onkelchen. Ha!« Die Arme warf sie empor, die blinde Alte, und schlug mit dem hölzernen Kochlöffel gegen die Wand. Der Kascha spritzte in ihre eisgrauen Haare, und was ihr dabei übers Gesicht lief, leckte sie ab. »Onkelchen sind Gauner, Täubchen. Die Flügelchen stutzt er dir, und dann baut er einen Käfig um dich, und singen mußt du, wenn er winkt. Ein so schönes Weibchen, und geht zu einem Onkelchen Wanja. Willst du nicht bei Piotr bleiben?«

»Ich kenne deinen Piotr nicht, Mütterchen.« Bettina ging langsam durch das Zimmer. Eine Tasche fand sie aus braunem Wachstuch, und da hinein legte sie, was sie auf dem Tisch, auf dem Bord neben dem Feuer und in den Fächern eines offenen Bretterschrankes fand. Ein großes Stück Brot, eine harte Eselswurst, ein schwarzgeräuchertes Stück Speck und zwei in der Hand gedrehte Käsekugeln aus Ziegensahne. Die blinden Augen der Alten wanderten mit. Auf dem Feuer blubberte der Kascha.

»Sieh dir alles an, Täubchen«, sagte sie. »Piotr ist ein schöner Mann. Ein großer Mann. Ein starker Mann. Na ja, auf einem Bein hinkt er, ein Unfall war's, ein dummer Unfall. Mit der Rübenhacke schlägt er sich ins Bein, das Jungchen. Bis auf den Knochen. Und keinen Laut hat er von sich gegeben, nicht einen Piepser. So ein Kerl ist mein Piotr. Sieh dir alles an. Wer geht zu einem Onkelchen in die Stadt? Du bleibst hier, und ein neues, strammes Töchterchen habe ich.«

Bettina hatte eine große, offene Flasche in die Tasche gelegt und schöpfte nun aus einem Kessel Wasser hinein. Dann knotete sie einen Lappen darüber, gewiß, ein primitiver Verschluß, aber was sollte sie anderes tun?

»Gefällt es dir, Wanduscha?« fragte die Alte. Sie hatte den Kessel vom Feuer geschwenkt und tastete nach einer irdenen Schüssel, die neben dem Feuer stand. Der Geruch von Thymian zog würzig durch das Zimmer, und in Bettinas Magen knurrte der Hunger.

»Ist Piotr auf dem Feld?« fragte sie.

»Gewiß, gewiß. Im Weinberg ist er, mit den anderen.«

»Ich gehe zu ihm, Mütterchen, und frage ihn, ob ich bleiben kann.«

»Ein liebes Töchterchen.« Die Alte setzte sich wieder hinter ihren Trog und den Korb mit den Maiskolben. Und sie lächelte, als die Tür klappte und dann auch die Außentür zuschlug.

»Ein Töchterchen«, sagte sie verzückt. »Und nicht solch ein faules Schweinchen wie Axinja.«

Bettina lehnte draußen an der Wand des Hauses und sah hinüber zu den Feldern und Weinhängen. Im Tal lag unter der gleißenden Morgensonne die Stadt Tiflis mit ihren Hügeln und breiten Straßen der Neustadt und dem Gewirr von Gassen und ineinander gebauten Häusern der Altstadt. Und mit der alten Metechi-Kirche, von der man sagt, sie stamme aus dem 5. Jahrhundert.

Der Weg geht nach Süden, dachte Bettina und schaute hinter sich. Durch Armenien muß ich, vorbei am Massiv des Ararat, auf dem die Arche Noah gelandet sein soll, nachdem Gott die Sintflut geschickt hatte. An den Südhängen Armeniens entlang läuft die türkische Grenze. Ein lächerlich kurzes Stück für russische Weiten ist es; nur 150 Kilometer ungefähr, und irgendwo wird es einen Bauern geben, der sagt: »Steig ein, Täubchen, und ruh dich aus.« Oder ein Lastwagen wird zur Grenze fahren, und zwischen Kisten und Körben vergeht die Zeit und schrumpfen die Entfernungen.

Bettina stieß sich von der Hauswand ab. Ein klarer Weg, dachte sie. Noch einmal sah sie zurück auf Tiflis und auf die Weinhänge, über die weiße Tupfen sich bewegten wie weiß gestrichene Ameisen. Leb wohl, Piotr, dachte sie. Mamuschka wird sehr böse sein, wenn du am Abend nach Hause kommst.

Dann lief sie weiter die Hochebene hinauf, den in der Ferne im Sonnenglast schwimmenden armenischen Bergen entgegen. Heiß war es, und in einem Hohlweg voller Steine – im Frühjahr raste hier ein Strom von Schmelzwassern aus den Bergen ins Tal – vergrub sie die zusammengerollte Stewardeßuniform in einer Mulde und häufte Steine darüber. Bis gegen Mittag ging sie nach Süden, ruhte sich aus unter mächtigen Ulmen oder Buchsbäumen und verkroch sich – als die Hitze es unmöglich machte weiterzuwandern – in einem Hain von wilden Feigenbäumen, aß ein Stück Brot und etwas Käse, trank ein paar Schlucke des warm gewordenen Wassers und kroch in eine Aushöhlung der Felswand.

Sie wachte auf vom Lärm ratternder Motoren und wußte erst da, daß sie eingeschlafen war. Dreißig Meter von ihr, zur anderen Seite – und deshalb hatte sie es nicht gesehen – war eine Straße, und über diese Straße fuhren Lastwagen mit Soldaten der Roten Armee ins Gebirge. Jeeps und Motorräder folgten, ein regelrechter Aufmarsch war's, Kolonne nach Kolonne, und die Soldaten scherzten und sangen, und der Geruch von Papirosyqualm zog bis zu Bettinas Feigenhain.

Mit großen, starren Augen sah sie auf die Rotarmisten. Flach auf der Erde lag sie, die braune Wachstuchtasche über den Kopf geschoben, damit ihr blondes Haar nicht in der Sonne leuchtete, und als zwischen Lastwagen und neuen Kolonnen ein kleiner Zwischenraum war, riß sie vom Saum des Rockes ein Stück ab und band es als Kopftuch um die Haare.

So lag sie flach unter den wilden Feigenbäumen und mußte hilflos zuschauen, wie man ihr den Weg nach Süden und zur türkischen Grenze versperrte. Daß der Aufmarsch ihr galt und General Oronitse in einem Tagesbefehl unter Geheimstufe I an die Truppen mitteilte, daß die Entdeckung der deutschen Agentin lebensnotwendig für Rußland sei, ahnte sie nicht. Sie glaubte an eine Übung; aber welch ein Unterschied war's schon? Der Weg zur armenischen Grenze wimmelte von Soldaten, und eine Maus hätte man entdeckt, wenn sie in die Türkei gelaufen wäre.

Bettina kroch zurück in ihre Höhle und lehnte sich an die rissige Wand. Aller Mut, alle Kraft waren aus ihr gewichen. In einer zugeschlagenen Falle sitze ich, dachte sie.

Ein riesiger Käfig, und ich kann in ihm herumirren: im Süden Armenien, im Norden der Kaukasus, im Westen das Schwarze Meer, im Osten das Kaspische Meer – gibt es ein besseres, sichereres Gefängnis?

Sie schloß die Augen und stellte sich das Land vor, wie sie es von der Karte her kannte. Einen Weg vielleicht gab es, hinunter in den tiefen Süden, nach Aserbeidschan und zur iranischen Grenze. Man konnte ihn nicht verfehlen; man brauchte nur an der Erdölleitung entlangzugehen, die von Baku nach Batum führt, quer durch Georgien und durch das Tal von Tiflis. Bei Baku erreichte man das Kaspische Meer, und an der Küste entlang war es leichter, nach Persien zu kommen, als über die Gebirge in die Türkei.

Welch ein Weg, dachte Bettina, und ein Frieren überzog sie trotz der Hitze des Mittags. War er jemals zu überwinden? Und wieviel Wochen brauchte man dazu, denn nur nachts konnte sie wandern, auf dem schmalen Streifen zwischen Erdölleitung, Bauernpfaden und der Eisenbahnlinie, die von Tiflis nach Baku führt.

So saß sie den ganzen Tag über in dem Hain wilder Feigenbäume und lauschte auf die Geräusche, die von der Straße zu ihr drangen. Einmal zog eine Kamelkarawane an ihr vorbei, beladen mit Ballen gepreßten Tees, Teppichen und Seidenstoffen. Dann erneut ein Wagen mit Soldaten. Und sie kroch wieder in ihre Höhle und wartete auf die Nacht.

*

Dimitri Sergejewitsch Sotowskij war ein schöner Mann. Schwarze, lockige Haare hatte er, schwarze, feurige Augen, ein gut gebautes Körperchen mit Muskeln und stählernen Sehnen, und wenn er lachte, o Genossen, man kann es den Weibchen nicht übelnehmen, daß sie dann kindisch wurden und sich drehten wie Hündinnen auf den Gassen. Und ein kluger, fleißiger Mann war er. Mit 25 Jahren leitender Ingenieur der Tiflis-Ölkombinate – ich frage, wer hat schon eine solche Karriere hinter sich? Die Bauern, die an der Ölleitung wohnten, nannten ihn immer nur »Das Herrchen«, aber die Genossen in der Hauptverwaltung – der Teufel hole die Beamten – betrachteten ihn böse und bezeichneten ihn als einen »westlich angehauchten Affen«. Purer Neid war das, Freunde, denn wo Dimitri Sergejewitsch hinkam, zum Direktor Polowoj zum Beispiel, oder in ein Café auf der Ketschoweli-Straße, überall grüßte man ihn höflich, sprach ein paar nette Worte mit ihm, sah ihm dann nach und sagte ehrlich: »Ein angenehmer Mensch. Er wird noch einmal ein großer Mann werden.«

Zur Aufgabe Dimitri Sergejewitsch Sotowskijs gehörte es, die Ölleitung zwischen Tiflis und Kasach zu kontrollieren. Nicht, daß sie auseinanderbrechen konnte, denn sie war aus bestem Rohrstahl, nahtlos und glänzend, als poliere man sie jeden Tag, und sie war der große Stolz von ganz Grusinien, ein Weltwunder gewissermaßen und die Lebensader von Mütterchen Rußland, denn wie hätte man den Großen Vaterländischen Krieg gewonnen ohne das Öl aus Baku – o nein, nur Angst hatte man um die schöne Leitung. Ein Russe ist mißtrauisch, überall sieht er Saboteure und Agenten, und man hat's ja erlebt in den vielen Jahren, daß immer wieder böse Menschen kamen und den Aufbau störten. Und so war es die Aufgabe von Dimitri Sergejewitsch Sotowskij, zweimal in der Woche und nachts – denn nachts kommen sie immer, die Saboteure – die Ölleitung abzufahren, hier zu klopfen, dort ein Pumpventil zu kontrollieren und am Morgen einen Bericht zu schreiben, daß alles in Ordnung sei.

Einmal in zwei Jahren nur hatte er erlebt, daß jemand an der Pipeline Unrechtes tat. Ein alter, schnauzbärtiger Bauer war's, der einmal wöchentlich in der Nacht in einer Schlucht, durch die die Ölleitung sich zog, einige Fässer Rohöl abzapfte. Ein Löchlein hatte er einfach in das Stahlrohr gebohrt, und daraus sprudelte es lustig in die Fässer. Waren sie voll, verschloß er das Loch mit einem eisernen Stöpsel, den er mit einem Splint sicherte. So raffiniert war das schnauzbärtige Väterchen, aber Dimitri entdeckte es, fing das Bäuerchen ein wie eine wilde Stute, jawohl, mit einem Lasso – ha, welch ein Kerl, der Dimitri Sergejewitsch! – und brachte ihn ins Gefängnis. Heraus kam dabei, daß das schnauzbärtige Väterchen seit einem Jahr Öl abzapfte und es auf dem Markt verkaufte. Man gab Dimitri die Hand, beglückwünschte ihn und nannte ihn einen »Held der Arbeit«.

Genossen, was gibt es Herrlicheres für einen Russen, als ein »Held der Arbeit« zu sein?

In dieser Nacht war es wieder nötig, die Leitung abzufahren. Dimitri Sergejewitsch zog seine Stiefel an und über die Stiefelhose einen handgestrickten Pullover mit Rollkragen, denn kalt ist es in der Nacht im Gebirge, wenn auch am Tage die Sonne glutete. Er setzte sich in seinen Jeep und fuhr durch das nachtstille Tiflis hinaus zur Pipeline. Sein Vater, Kolka Iwanowitsch Kabanow, der zweite Mann seiner Mutter, war noch wach, sah aus dem Fenster und winkte ihm zu und rief: »Dimitri, bring zweihundert Gramm Wodka mit, wenn du morgen zurückkommst!«

Und Dimitri Sergejewitsch rief zurück: »Ich vergesse es nicht, Väterchen!«

(Wobei man wissen muß, daß in Rußland der Wodka nicht nach Flüssigkeitsmaßen, sondern nach Grammgewicht verkauft wird.)

Gegen zwei Uhr früh war es, als Dimitri seinen Jeep verließ und hinunterstieg in einen Hohlweg, durch den sich die stählerne Schlange der Pipeline zog. Ein böser Ort war das, steinig und mit Dornenhecken bewachsen, und hier hatte es sogar einmal einen Bruch gegeben, weil ein dicker Stein von den Felsen herunterrollte und mit spitzer Kante das Stahlrohr einschlug. So eine Wucht hatte er, oben vom Gipfel kommend. Wie gesagt, eine böse Gegend war's.

Dimitri stand oben auf dem Pfad und sah hinab auf die im Mondlicht glitzernde Stahlröhre. Den Jeep hatte er zurückgelassen auf der Straße, jenseits des Hügels, denn auf dem Trampelpfad konnte man nicht fahren. Und plötzlich sah er einen Schatten, der durch die Schlucht wanderte, an der Ölleitung entlang, eine große, huschende Fledermaus, die an der Pipeline entlangrannte, dem einzigen von Dornenbüschen freien Weg.

Dimitri trat zurück in den Schatten der Felsen. Eine Pistole zog er aus der Hosentasche und drückte mit dem Daumen den Sicherungsflügel herum.

Der Schatten wanderte weiter. Ein freies Stück kam jetzt, im Mondlicht glänzte die Stahlröhre, und der Schatten trat in die bleiche Helligkeit. Ein Kopftuch, ein flatternder Rock, nackte, im Mondschein schimmernde Beine. Dimitri Sergejewitsch schüttelte den Kopf, sicherte die Pistole wieder und steckte sie zurück in die Hosentasche.

Ein Frauchen, dachte er. In der Nacht läuft sie an der Pipeline entlang. Was soll das? Verboten ist's doch, jeder weiß das. Man muß sie erschrecken, daß sie es nie vergißt.

Dimitri Sergejewitsch trat an den Rand des Hohlweges und legte die Hände trichterförmig vor den Mund. Schrecklich dröhnte seine Stimme zwischen den Felsen, als er brüllte.

»Stoij!« schrie er. »Stoij, Mütterchen! Ich schieße, wenn du nicht stehenbleibst!«

Der Schatten wirbelte herum. Das Kopftuch rutschte ab, und Dimitri sah im Mondlicht blonde Haare und ein erschrockenes, bleiches Gesicht, das zu ihm hinaufstarrte. Dann duckte sich die Gestalt wieder und rannte mit flatterndem Rock die Ölleitung entlang ins Dunkel.

Ein Mädchen, dachte Dimitri verblüfft. Wirklich, ein junges Mädchen ist's. Was sucht sie an der Pipeline? Kommt sie von einem Liebestreffen? Oder hat man wieder irgendwo die Leitung angezapft, o verflucht noch mal.

»Stoij!« brüllte er noch einmal. »Ich schieße. Komm heran!« Aber während er rief, lief er schon in den Hohlweg hinunter, denn wenig Sinn hatte es, zu drohen, wo man niemanden mehr sah.

Dimitri erreichte die Pipeline, indem er rücksichtslos durch das Dornengestrüpp brach. Zwanzig Meter vor ihm jagte der Schatten an der Stahlröhre entlang, mit schlenkernden Armen und wehendem Rock.

Kein Problem für Dimitri, dachte er und streckte sich

wie ein Rennpferd. Dann lief er, mit großen, weiten Sätzen, so wie eine große Wildkatze läuft, mit den Muskeln federnd und fast lautlos.

Bettinas Herz schlug wie wild, ihre Lungen keuchten, und sie spürte, wie ihre Beine nachließen und weich in den Knien wurden. Da sah sie sich um, und zwei Meter nur hinter ihr, wie ein schwarzer Panther, schnellte der fremde Mensch durch den Mondschein, die Hände vorgestreckt, um sie sofort greifen zu können, wenn er sie erreichte. Da schrie sie auf, und alle Not,alle Angst, alle Hoffnungslosigkeit lagen in diesem Schrei. Sie warf sich herum, duckte sich, streckte die kleinen Fäuste vor und hieb Dimitri beim letzten Satz gegen die Brust und zwischen die Augen. Zwei harte Schläge waren es, in die er hineinsprang, er taumelte zurück, griff an seinen Kopf, aber dann knirschte er mit den Zähnen und rannte weiter, erreichte das Mädchen, riß es an der Schulter herum, warf sich auf sie wie ein Wolf auf ein zitterndes Lamm, und so fielen sie zu Boden, ineinander verkrallt, und sie trat um sich und kratzte und biß und spuckte, und Dimitri Sergejewitsch hatte alle Mühe, sein Gesicht vor ihren Nägeln zu schützen und sie mit seinem Körper auf die Erde zu drücken.

»O du Satanchen!« keuchte er. »Du wildes Adlerchen! Laß das Beißen, du! Ich will dir nicht die Knöchelchen zerbrechen! Lieg still, kleine Katze!«

Er faßte ihre Arme, bog sie über ihren Kopf zurück und lag auf ihr mit seinem ganzen Gewicht. Da streckte sie sich, alle Gegenwehr zerschmolz, nur ihre Augen starrten ihn wild und haßerfüllt an, und ihre Lippen zitterten, als friere sie.

Tief atmend sah Dimitri sie an, und er sah, wie schön sie war, wie jung und wie fest ihr Körper. Die Bluse hatte er ihr zerrissen, und ein Teil ihrer Brust schimmerte im Mondlicht.

»Welch eine Nacht«, sagte er keuchend, aber er hielt

ihre zuckenden Arme noch wie mit Eisenzangen umklammert. »Nichtsahnend fährt man durch die Berge, und was geschieht? Ein Engel fällt vom Himmel.«

Bettina schloß die Augen. Den Kopf wandte sie ab, drückte ihn in das harte Gras, und dann weinte sie.

Da ließ Dimitri Sergejewitsch sie los, kniete sich neben sie, beugte sich vor und zog die zerrissene Bluse über ihre entblößte Brust.

Und plötzlich, als er sie wieder ansah, das weinende, zerbrochene Täubchen, wußte er, daß diese Nacht eine ganz besondere Nacht war und daß ein neuer Abschnitt im Leben des Dimitri Sergejewitsch Sotowskij begonnen hatte.

Nun lag sie da und weinte. Ein schmutziges Gesichtchen hatte sie, von den Dornenhecken zerkratzte Beine, vom Rocksaum fehlte ein Fetzen, und an den Füßen, man soll's nicht glauben, trug sie moderne Halbschuhe, wie sie Dimitri noch nie in Tiflis gesehen hatte. Ein jammervoller Anblick war's, und man wußte in den ersten Minuten auch gar nicht, was man sagen sollte. Da läuft ein Mädchen nachts die Ölleitung entlang, flüchtet beim Anruf, wehrt sich wie eine Tigerin, und dann ist sie plötzlich ein wehrloses Täubchen und zittert und bebt und macht einem das Herz schwer mit den Tränen.

»Warum weinst du?« fragte Dimitri nach einer ganzen Weile stummer Betrachtung und einem zu nichts führenden Nachdenken. »Gebissen hast du wie ein Frettchen ... sieh es dir an ... meine Hand blutet.«

»Ich bitte um Verzeihung«, sagte Bettina leise. »Du hast dich auf mich geworfen wie ein angeschossener Bär.«

»Ich bin verantwortlich für die Ölleitung.« Dimitri Sergejewitsch stand auf und klopfte Gras und Erde von seinen Hosen. »Wer nachts hier entlangrennt, hat kein gutes Gewissen.«

»Ich habe eins, Genosse.« Bettina drehte den Kopf

zurück und sah empor an Dimitri. Die Stiefel, die Stiefelhose, ein Pullover mit einem Rollkragen, darüber ein schönes, scharf geschnittenes Gesicht mit einem Kranz aus schwarzen Locken. Als er den Kopf jetzt etwas neigte, fiel das Mondlicht in seine Augen, und sie leuchteten wie geschliffene und polierte Glasperlen. Und als sie diese Augen sah, wich alle Angst aus ihr; sie setzte sich, raffte die zerrissene Bluse über der Brust zusammen und starrte hinauf zu den im Nachtschatten schwarzen Felsen. »Du wirst mich jetzt gehen lassen, nicht wahr, Brüderchen?« fragte sie leise.

Dimitri Sergejewitsch war etwas enttäuscht. Hundert langweilige Nächte liegen hinter einem, dachte er. Immer die gleiche Nacht, die gleiche Stahlröhre, die gleiche Meldung am Morgen: Keine Vorkommnisse, Genossen! Und nun erlebt man etwas – natürlich würde man das nicht melden, sondern ebenfalls langweilig am Morgen in den Bericht schreiben: Nichts Neues! –, ein schönes Vögelchen ist herbeigeflattert, man hat's gefangen, und jetzt soll man's wieder fliegenlassen, auf Nimmerwiedersehen, irgendwohin in die Berge . . . ein böser Gedanke ist das, man muß das zugeben.

»So einfach ist das nicht, Genossin«, sagte Dimitri. »Ein Protokoll müssen wir aufsetzen, das ist Vorschrift.«

»Ein Protokoll? Worüber?«

»Du hast die Ölleitung belästigt.« Dimitri lächelte freundlich. »Das gehört in das Berichtsbuch. Ich muß dich mitnehmen.«

»Und wenn ich mich weigere, Brüderchen?«

»Es ist schwer, mein Täubchen, sich gegen mich zu weigern.« Dimitri zog den Pullover gerade; ein peinlich ordentlicher Mensch war er, der in seinem Büro die Bleistifte der Größe nach geordnet in der Schale liegen hatte und nie vergaß, sich täglich zu rasieren, was allen denen mißfiel, die dazu zu faul waren, und das waren die meisten. »Mein Name ist Dimitri Sergejewitsch

Sotowskij«, sagte er. »Ingenieur bin ich beim Tiflis-Ölkombinat. Es hat keinen Sinn, sich zu weigern.«

Bettina erhob sich. Dimitri stützte sie, und er tat es gern, denn er spürte ihre glatte, warme Haut, und als sie sich etwas schwach noch an ihn lehnte, atmete er einen verwirrenden Duft aus Heu, einem fremden Parfüm und süßlichem Schweiß, was ihn unruhig und befangen machte.

»Ich bin Wanda Fjodorowa«, sagte sie und wischte sich ein paarmal über die brennenden Augen. »Auf dem Weg zu Onkelchen Wanja bin ich.«

»In der Nacht?«

Dimitri gab ihr sein Taschentuch, sie putzte sich die Nase, er nahm das Tüchlein zurück und beschloß im Inneren, es nicht zu waschen, so verrückt war er plötzlich, der schöne Dimitri.

»Ich bin ein armes Mädchen.« Bettina hielt mit beiden Händen die zerrissene Bluse über der Brust zusammen, und die Schultern zog sie ein, als friere sie. »Eine lange Geschichte ist's, Dimitri Sergejewitsch. Mit dem Tode von Mamuschka beginnt sie, an einem Bluthusten starb sie, vor vier Jahren, auf dem Feld, neben dem Garbenbinder ... und sie hört auf mit Dunja, dem zweiten Weibchen von Papuschka. Ein schönes, junges, wildes Weibchen, das er sich da genommen hat. Nicht viel älter als ich, aber ich mußte ›gnädiges Mütterchen‹ zu ihr sagen, bedienen mußte ich sie, ihr die Schürzen waschen und die Strümpfe flicken und Hemdchen bügeln. Und geschlagen hat sie mich ... mit einem hölzernen Löffel, mit der Nagaika, mit einem Stock, an dem eine eiserne Spitze war, gestochen hat sie mich mit ihr, und es war die Hölle, Dimitri Sergejewitsch. Da bin ich weggelaufen, einfach weg nach Süden, zu Onkelchen Wanja, der in Tiflis wohnen soll. Und nun kommst du und überfällst mich wie ein Wolf und willst auch noch ein Protokoll machen. Soll ich zurückgeschickt werden zum Teufelsmütterchen Dunja? Soll ich sterben unter ihren Schlägen? Willst du das?«

Sie sah ihn aus großen blauen Augen an, und in Dimitri entstand ein Sternenhimmel, und es war ein ganz großer Stern, der herumflog und alle anderen blank putzte.

»Diese Dunja muß ein Satan sein«, sagte er gepreßt. »Gut war's, wegzulaufen, Wanda Fjodorowa! Seien wir Mensch und nicht Beamter – du weißt, wie selten so etwas ist – und schreiben wir in den Bericht: Nichts Neues!«

»Ich danke dir, Dimitri Sergejewitsch.« Bettina stellte sich auf die Zehenspitzen, machte die Lippen kraus und gab Dimitri einen Kuß. O Freunde, kennt ihr die Wirkung, wenn zwischen hohen Bergen ein Donner grollt? Dann schwankt die Erde, die Ohren dröhnen, das Herz wird schwer, der Kopf scheint zu zerspringen – kurzum, man ist nicht mehr normal. Und so erging es Dimitri nach diesem Kuß. Er schluckte mehrmals, in seinen Handflächen sammelte sich Feuchtigkeit, sein Hirn sagte: Oje, bist du ein glücklicher Mensch! Gratuliere, Dimitri, aber sein Mund blieb stumm, und nur seine dunklen Augen wurden trübe vom Herzbluten, und sein Kehlkopf zuckte. Dann umarmte er Wanda Fjodorowa, entschuldigte sich vorher: »Man muß dich trösten, armes Vögelchen«, und küßte sie dann mit einer Glut, die Bettinas inneren Widerstand wegsengte wie eine Feuersbrunst.

Dann standen sie sich gegenüber, schwer atmend, sahen sich an und waren sehr verlegen. Dimitri war's, der zuerst sprach. »Der Mondschein macht's«, sagte er stockend. »Ich bin empfindlich gegen diesen Magnetismus.«

»Es ist ein schöner Mond«, sagte Bettina und lehnte sich gegen die stählerne Röhre der Ölleitung. Was ist mit mir, dachte sie erschrocken. Ich habe keine Angst mehr. Nicht einmal das Gefühl, in einem fremden Land zu sein, beunruhigt mich. Es ist, als hätte das alles seine Richtigkeit, daß ich hier stehe, und vor mir steht Dimitri und hat mich geküßt. »Ich liebe den Mond«, sagte sie leise.

»Noch schöner ist die Sonne.«

»Ich habe Angst vor der Sonne.«

»Warum, Wanduscha?«

»Der Mond gehört jetzt uns – die Sonne wird uns auseinandertreiben.«

»Das wird nicht so sein.« Dimitri beugte sich etwas vor, streckte die Arme aus und zog den Pullover über den Kopf. Ein hellblaues Baumwollhemd trug er darunter, und in dem Gürtel, der die Hose hielt, stak ein Futteral mit einer Pistole. »Zieh den Pullover an«, sagte er. »Kühl ist's. Du zitterst.«

Bettina nahm den Pullover und streifte ihn über. Viel zu groß war er. Bis zu den Knien fast reichte er ihr. Und in den Ärmeln verschwanden ihre Hände, als habe man sie abgehackt. Dimitri lachte, und sie dachte: Schöne Zähne hat er. Ein gefährlicher Mensch ist er, zu schön fast für einen Mann, zu ebenmäßig, zu sicher, zu jungenhaft und doch männlich bewußt. Und was das Gefährlichste ist und den meisten schönen Männern fehlt: Klug ist er auch.

Sie nahm sich vor, auf der Hut zu sein und sich ganz fest zu zwingen, nicht dem Zauber nachzugeben, der sich um ihr Herz auszubreiten begann.

»Jetzt siehst du wie ein Junge aus«, sagte er lachend. »Wie ein verwahrloster, verlauster, trotziger, böser Junge.«

»Vielleicht ist das besser so, Dimitri Sergejewitsch.«

»Nur deine Lippen sind anders.«

»Wohin willst du mich bringen?« fragte Bettina und vermied es, ihn anzusehen.

»Zu deinem Onkelchen Wanja, natürlich.«

»Ich weiß nicht, wo er wohnt. Nur Tiflis, das wußte ich.«

»Und wie heißt er?«

»Wassilij Iwanowitsch Tschigirin«, sagte Bettina schnell. Ein Name, der ihr gerade einfiel, aber Dimitri zog das Kinn an und kraulte sich in den schwarzen Locken.

»Doch nicht der Genosse Tschigirin, der in der Zentralverwaltung sitzt?«

Ein eisiger Schreck durchzog Bettina. Es gibt diesen Tschigirin wirklich, dachte sie. O Gott, was wird daraus? Sie hob die Schultern, aber sie war zu müde, um weiter zu lügen.

»Wenn er Wassilij Iwanowitsch heißt...«

»Ich glaube es.« Dimitri sah sich um. Neben der Ölleitung lag ein zusammengeschnürtes Bündel. Er ging hin, hob es auf und klemmte es unter den Arm. Dann blieb er stehen und neigte lauschend den Kopf. Von der Straße hinter dem Berg hörte er Motorenlärm. Lastwagen oder sogar Panzer rollten dort durch die Nacht.

»Ein Manöver haben sie«, sagte er, denn auch er wußte nichts von einem gesuchten Mädchen aus einem deutschen Flugzeug. Die Nachrichtensperre Oberst Jassenskijs war vollkommen. »Ganz ungewöhnlich ist das. Und die Straßen kontrollieren sie wie im Krieg. An jeder Kreuzung muß man seinen Ausweis zeigen. Nehmen sich sehr wichtig, die Genossen vom Militär.« Er betrachtete Wanda Fjodorowa wieder und schüttelte den Kopf. Man soll nicht glauben, wie schön sie unter diesem häßlichen Pullover ist, dachte er. »Du hast keinen Ausweis?« fragte er.

»Dimitri Sergejewitsch«, Bettina lächelte ihn an, »wer denkt an ein Papierchen, wenn er aus der Hölle flüchtet? Nur weg wollte ich von Dunja, dem Teufelchen. Nur weg!«

»Das kompliziert alles noch mehr.« Dimitri lauschte auf die Geräusche jenseits der Felsen. Er hörte das helle Knirschen der Panzerketten und das Rumpeln der schweren Motoren. An jeder Kreuzung stehen sie, dachte er. Und streng sind sie, weiß der Teufel, warum. Was haben wir mit den Manövern zu tun? Aber es hat ja keinen Sinn, zu protestieren. Nur Ärger hat man mit den Uniformen, und Recht bekommen sie auch immer.

»Wir wollen es versuchen«, sagte er. »Auch Soldaten haben zuweilen ein Herz.«

Sie kletterten den Hang hinauf, und Dimitri bog die Dornenbüsche auseinander, damit Wanda Fjodorowa ohne Kratzer den Pfad erreichen konnte.

Oben küßte er sie noch einmal, und eigentlich wußte er gar nicht, warum. Doch ja, wenn man genau darüber nachdachte – Freude war's, daß sie da war, daß man den Pfad erreicht hatte, daß man gleich gemeinsam nach Tiflis fuhr, daß man morgen Onkelchen Wanja suchte . . . Genossen! Eine Wonne ist's, zu leben! Man muß es nur im richtigen Augenblick erkennen.

Dann saßen sie in dem kleinen Jeep Dimitris, bogen auf die Hauptstraße ein und stießen nach dreihundert Meter Fahrt, die wortlos war, denn jeder dachte über den anderen nach, und es waren zärtliche Gedanken, das sei verraten, Freunde, auf die erste Militärkontrolle. Ein Feldwebel und drei Rotarmisten standen mitten auf der Straße, schwenkten zwei rote Laternen und schrien: »Stoij! Stoij!« als wollten sie eine ganze Armee anhalten.

Dimitri hielt und beugte sich aus dem Jeep heraus.

»Ingenieur Sotowskij vom Ölkombinat!« brüllte er. »Der Teufel hole die leeren Hirnschalen! Schon sechsmal bin ich kontrolliert! Bin ich ein Chamäleon, das sich von Minute zu Minute verändert?«

O ja, brüllen konnte er, der gute Dimitri. Dabei fuchtelte er mit seinem Ausweis herum, und der Feldwebel bekam rote Ohren, einen wütenden Blick und rückte an seinem Koppel.

»Daß Sie kein Kamel sind, Genosse, sehe ich«, sagte er beleidigt.

»Chamäleon!« schrie Dimitri. »Soll man's für möglich halten? Aus dem Weg, Genossen, ehe mir die Hose platzt!«

»Wer ist neben Ihnen?« schrie der Feldwebel zurück.

»Ebenfalls kontrolliert! Wanda Fjodorowa, meine Assistentin!«

»Der Himmel segne die Sprache, die immer neue Wörter für bestimmte Dinge erfindet«, sagte der Feldwebel anzüglich. Mit einer Taschenlampe leuchtete er Bettina an. Dann grunzte er. »Haben Sie den Mondschein studiert und kontrolliert, Genosse Ingenieur?«

»Mondschein und Idioten gehören zum täglichen Leben!« brüllte Dimitri zurück.

»Ein ungehobelter Mensch. Passieren!« sagte der Feldwebel. »Immer müssen sie sich wichtig machen vor ihren Weibchen. Man sollte ihnen in die Schnauze schlagen dürfen.«

Bis Tiflis kontrollierte sie niemand mehr. Als die Straße sich senkte und aus den Bergen trat, und die Stadt vor ihnen lag – ein Meer von Lichtern, das gegen die Berge spülte und über die Hügel und Ebenen spritzte –, lehnte Bettina den Kopf wieder an Dimitris Schulter.

»Wohin fahren wir?« fragte sie leise. Und es war gar keine Furcht in ihrer Stimme. Nicht einmal Neugier.

»Zu mir, Wanduscha.«

»Zu dir?« Sie sah ihn von der Seite an. Das Profil seines Gesichtes war wie ein scharfer Scherenschnitt. »Schickt sich das, Dimitri Sergejewitsch?«

»Ich wohne nicht allein. Mein Väterchen ist bei mir. Kolka Iwanowitsch Kabanow.«

»Ich denke, du heißt Sotowskij?«

»Väterchen Kolka ist mein zweiter Vater. Mütterchen nahm ihn zum Mann, als ich schon siebzehn Jahre alt war. Mein Vater starb in Deutschland. In Gefangenschaft. In Moers liegt er begraben. An Furunkulose starb er. Unter Tage, im Kohlenbergwerk mußte er arbeiten, obgleich er ein Architekt war. Der Krieg, Wanduscha ... Aber Väterchen Kolka ist ein guter Vater. Ich liebe ihn, weil auch Mütterchen ihn so liebte. Bis zu ihrem Tode sagte sie, sie sei ein glücklicher Mensch, denn zweimal habe Gott ihr einen guten Mann gegeben.«

Bettina schwieg. Möge er nie erfahren, daß ich eine Deutsche bin, dachte sie. Möge das Schicksal so gnädig sein, ihm die Augen zu verschließen, bis ich aus Tiflis flüchten kann. O Himmel, was wird sein, wenn er die Wahrheit erkennt! Über die Berge zog der fahle Schein des Morgens, als sie vor dem Haus hielten, in dem Dimitri wohnte. Hinter einem der Fenster schimmerte Licht durch die Gardinen, und Dimitri zeigte nach oben.

»Väterchen Kolka ist schon wach«, sagte er. »Das Frühstück hat er fertig, wenn ich von der nächtlichen Runde komme. Eier brät er in der Pfanne, und dazu Speck und kleine, runde Kartoffeln. Und saure Milch hat er aufgesetzt, mit gezuckerten Erdbeeren. Er wird staunen, wenn er dich sieht, Wanduscha.«

Sie standen vor der Tür, und Dimitri schloß auf.

»Ich habe plötzlich Angst«, sagte Bettina leise. Es war, als verkröche sie sich in dem viel zu weiten Pullover.

»Angst? Warum, mein Täubchen?«

»Ich weiß es nicht, Dimitri«, sagte sie kläglich.

»Vor Kolka, dem Väterchen?«

»Ich glaube. Ein merkwürdiges Gefühl habe ich. Wie vor einem Gewitter ist's, wenn die Kühe sich zusammendrängen und stumm werden. O Dimitri, ich ahne ein Gewitter.«

»Müde bist du. Und du wirst schlafen, wenn Väterchen Kolka dich erst einmal umarmt und dich ›Töchterchen‹ begrüßt hat. Und morgen suchen wir dann deinen Onkel Wanja.«

Bettina nickte. Die Tür knirschte etwas, als sie aufging. Wie eine gefährliche Höhle gähnte ihr das dunkle Treppenhaus entgegen.

Was wird oben sein? Wie wird dieser Kolka Iwanowitsch Kabanow mich ansehen? Wie soll es überhaupt weitergehen? O Gott, wer kann darauf eine Antwort geben?

»Komm, Wanduscha«, sagte Dimitri, und seine Stimme klang wie der Anschlag einer Cellosaite. »Augen wird er machen, das Väterchen, wenn ich ihm zeige, welches Vögelchen ich eingefangen habe.«

*

In der gleichen Nacht hatte der arme Piotr in seiner Hütte in den Weinbergen eine schlechte Stunde.

Das blinde Mütterchen empfing ihn mit einem duftenden Braten, was schon ungewöhnlich war mitten in der Woche.

»Wie gefällt sie dir?« rief das blinde Mütterchen und spuckte Sonnenblumenkerne um sich.

»Wer?« fragte Piotr ein wenig blöde.

»Das neue Töchterchen, deine Frau, du Esel! Führ sie zu mir.«

Piotr wischte sich über die Augen, schnaufte laut und sagte dann: »Ich habe keine Frau, du weißt es doch, Mütterchen.«

»Wanda Fjodorowa!« schrie die Alte.

»Nie gesehen, Mütterchen.«

»Im Weinberg war sie doch, bei dir!«

»Bei mir war keiner, Mütterchen.«

»Ein sanftes, liebes Mädchen mit einer runden, festen Brust. Gefühlt habe ich sie. Gut genug für zehn Jungen. Wo ist sie?« kreischte die Alte.

»Ich habe niemanden mit einer runden Brust gesehen, Mütterchen«, sagte Piotr ehrlich. Im Hintergrund kicherte Axinja, die Schwester, wie ein blöder Geier.

»Ruhe!« schrie die blinde Alte. »Betrug war's! Kleider hat sie genommen! Butter und Speck und Schinken! Die

Hölle über sie! Zur Polizei gehst du und meldest es! Sofort! Und so lieb sprach sie, so nett war sie. Den Glauben sollte man verlieren an Gott und alle Engel. O welch ein Frauchen wäre es für meinen Piotr gewesen . . .«

Es half kein Widerreden; noch in der Nacht fuhr Piotr auf einem alten, rostigen Fahrrad hinunter nach Tiflis und meldete der Miliz den geheimnisvollen Vorfall. Und er wunderte sich, daß man sofort tätig wurde und ihn nicht mit einem Fußtritt auf die Straße setzte. Im Gegenteil, man umarmte ihn, nannte ihn ein kluges Bürschchen und alarmierte – so hörte es der staunende Piotr – telefonisch den General Oronitse.

»Eine heiße Spur, Genosse General?« rief der Milizhauptmann ganz aufgeregt. »In den Weinbergen nach Rustawi hin. Ich verhöre den Burschen sofort und fahre mit einem Kommando an den Ort. Jawohl, Genosse General. Mein Name ist Uman Tonjanowitsch Wjerenka. Hauptmann, Genosse General! Ich danke für das Lob, Genosse General.«

Piotr zuckte zusammen, als der Hauptmann mit den Stiefelhacken knallte. Er war nie Soldat gewesen. Zu blöd dafür, hieß es bei der Musterung. Und das will etwas heißen.

»Und nun zu dir, mein Lieber«, sagte der Milizhauptmann jovial. »Erzähle, was du weißt. Wie sieht sie aus?«

»Das weiß niemand, Brüderchen«, sagte Piotr und grinste freundlich.

»Das erschwert das alles ja.«

»Wie beschreibt dein Mütterchen das Mädchen?«

»Überhaupt nicht, Genosse Hauptmann. Gefühlt hat sie es. Abgetastet. Ein rundes Brüstchen soll sie haben, sagt sie. Mein Mütterchen ist blind.«

Hauptmann Wjerenka war ein cholerischer Mensch. Er gab Piotr sieben Ohrfeigen, und Piotr hielt sie aus, denn er war ein starker Idiot, kräftig wie ein Bulle. Nur wußte er nicht, warum er geschlagen wurde, und fragen mochte er nicht, denn das komplizierte alles nur noch mehr.

Sagte ich nicht, es war eine böse Nacht für Piotr?

Aber so ist es immer im Leben. Die Unschuldigen leiden . . .

*

Oberst Jassenskij und General Oronitse saßen auf der Ofenbank und kauten kalten Braten. In der »schönen Ecke« des Zimmers hockten Axinja und Piotr, und die blinde Alte lehnte am Ofen und murmelte unverständlich vor sich hin.

Draußen krochen vierzig Soldaten durch jeden Winkel von Haus und Scheune. Schweinwerfer erhellten den Garten und die Umgebung. Suchhunde bellten, und ein Jagdfieber hatte alle erfaßt, als die Hunde in der Scheune eine Spur aufnahmen, von einem Berg Maisstroh bis zum Haus und in die Stube vor den offenen Herd.

»Sie war hier«, sagte Oberst Jassenskij und polkte hinter der vorgehaltenen Hand eine Fleischfaser aus einer Zahnlücke. »Sie hielt sich in der Scheune versteckt und kam dann in die Hütte. Das Weitere kennen wir. Wie sprach sie, Mütterchen?«

Die blinde Alte unterbrach ihre leisen Selbstgespräche.

»Wie ein Töchterchen aus einer fernen Gegend. Weiß ich? Sie sprechen alle anders, die Menschen, und nennen sich doch alle Russen. Wie kann man sich da auskennen?« sagte sie böse.

»Sprach sie wie eine Deutsche, die Russisch gelernt hat?«

»O ihr toten Seelchen!« schrie die Alte. »Woher soll einer wie wir wissen, wie eine Deutsche spricht, he?«

»Das stimmt«, sagte General Oronitse leise. »Begnügen wir uns mit der Feststellung, Genosse Oberst, daß diese Bettina hier war. Die Alte ist blind, der Sohn ein Idiot, die Tochter ein blöde kichernde Maus. Mir scheint, das Mädchen hat eine natürliche Begabung, Spuren zu verwischen.«

Jassenskij sah den General böse an. »Warten Sie es ab, Fjodor Nikolajewitsch«, sagte er heiser. »Ein Mädchen hat nicht die Nerven eines Mannes. Vor einem Bataillon Soldaten mag es sich verstecken, und es schreit auf und wird kopflos, wenn ein Regenwurm über ihren Schenkel kriecht.«

»Warten wir also auf den Regenwurm«, sagte General Oronitse sarkastisch. Jassenskij nickte mehrmals.

»Es wird nicht lange dauern.«

Und wirklich, es schien, als sei man nahe am Ziel.

Die Spürhunde hatten die Witterung wieder aufgenommen. Hechelnd, die Schnauzen seibernd auf der Erde, liefen sie an langen Lederriemen kreuz und quer über das Land, zerrten dann an den Leinen und rannten leise heulend den armenischen Bergen zu. Vor einem Steinhaufen gebärdeten sie sich wie toll, fesseln mußte man sie, die blutgierigen Bestien, und dann warf man die Steine zur Seite, entdeckte eine Mulde und in ihr ein zusammengeknülltes Bündel angesengter Kleider.

»Aha! Aha!« schrie Oberst Jassenskij, als der Fund auf dem Tisch lag. Die blinde Alte und ihre Kinder hatte man hinaus in den Schuppen geschickt. Dort schäkerte Axinja mit einem rotbäckigen Rotarmisten. Ein bißchen blöd war sie, gewiß, aber stramme Schenkelchen hatte sie und auch sonst war alles an ihr so, wie ein Weibchen gebaut sein soll. Wen kümmert da die Blödheit? Wer eine Mettwurst ißt, fragt auch nicht, ob das Schweinchen schielte.

»Die Uniform ist's«, sagte General Oronitse und zerrupfte mit spitzen Fingern das Kleiderbündel. »Jacke, Bluse, Rock einer Stewardeß. Gratuliere, Safon Kusmajewitsch ... sie war es. Und nach Armenien will sie. Ganz klar über die türkische Grenze. Wir sollten sofort den Oberkommandierenden in Eriwan benachrichtigen.«

Und während Bettina und Dimitri zusammen an der Ölleitung rangen und sich später küßten und den Mond bewunderten und dummes Zeug redeten, fiel entlang der sowjetisch-türkischen Grenze ein unsichtbares Gitter. Auf den Straßen stauten sich die Lastwagen kilometerlang und wurden gründlich untersucht. Unter die Achsen kroch man sogar und stemmte die Kisten der grusinischen Strumpffabrik »Krzanissi« auf, trotz lauten Protestes des Transportleiters, der sich darauf berief, als staatlicher Funktionär brauche er nicht untersucht zu werden. Was half's? Man stemmte die Kisten auf und fand in sechs Kisten statt der Strümpfe Flaschen mit feinstem grusinischem Kognak »Jubileiny XX«.

»O ihr Teufelchen!« schrie der staatliche Transportleiter, setzte sich an den Straßenrand und weinte bitterlich.

Gegen Morgen wurde er abgeholt von der Miliz aus Tiflis.

Aber die deutsche Stewardeß Bettina Wolter entdeckte man nicht. Weder in Kisten noch unter den Achsen. Auch die Hunde versagten. An einem Bach verloren sie die Witterung, denn im fließenden Wasser bleibt kein Duft.

»Hunde sind das!« schrie Oberst Jassenskij, als man ihm das meldete. »Erbärmliche, stinkende Hunde! Eine Hündin riechen sie zehn Werst weit bei Windstille, aber hier versagen sie. Abschießen sollte man sie!«

Was half's? Es gab keine Spur mehr. Die Grenze war abgeriegelt. Irgendwo dort in den armenischen Bergen irrte das Mädchen herum, das nicht nur für Oberst Jassenskij zu einem entscheidenden Problem wurde. Auch Moskau hatte sich wieder gemeldet. Ein langes Fernschreiben fanden General Oronitse und Oberst Jassenskij vor, als sie in die Dienststelle nach Tiflis zurückkamen.

»Aha! Aha!« sagte Jassenskij wieder, und immer, wenn er so enthusiastisch »Aha« sagte, wurde Oronitse nachdenklich, denn was Jassenskij erfreute, war meistens der Kummer der anderen. »Meine Ahnung!«

Die Fernschreiben waren deutlich. Sie waren Befehle. Und wenn Moskau befahl, bedeutete das, mit dem eigenen logischen Denken aufzuhören. Nicht nur in Rußland ist es so, Freunde; überall, wo einer die Hacken zusammenschlägt und »Jawohl!« antwortet, hat der Geist nichts mehr zu suchen.

Die Befehle lauteten: Bettina Wolter muß unter allen Umständen aufgegriffen werden.

Bettina Wolter ist in Tiflis in Verwahr zu nehmen. Sie wird so schnell wie möglich nach Moskau überführt werden.

Die Nachrichtensperre bleibt.

Die Herren der deutschen Fluggesellschaft DBOA werden einige Fotos der Bettina Wolter mitbringen. Das beste Bild ist zu klischieren und anzudrucken. Alles unter Verschluß als G/Ib.

Bettina Wolter wird ab sofort zum militärischen Sicherheitsfaktor erklärt.

»Da haben wir es, Fjodor Nikolajewitsch«, sagte Oberst Jassenskij ein wenig bedrückt und legte die Fernschreiben zurück auf den Tisch. »Solche Dinge aus Moskau. Sehen Sie nun auch ein, daß hinter dem mysteriösen Flugzeugabsturz mehr steckt als nur ein dämlicher Blitzeinschlag?«

General Oronitse schwieg. An die Nacht auf dem Flugplatz dachte er, an die schwere Maschine, die ohne Lichter aus den Wolken schoß, zu steil zur Landung ansetzte, emporgerissen wurde und dann durchsackte. Er hatte das Tonband angehört, das auf dem Kontrollturm II von Wladimir Mironowitsch Bubnow beschrien worden war, in höchster Verzweiflung, als er das Unglück hilflos vor seinen Augen ablaufen sah. Und es war ein Unglück, weiter nichts. Aber Oronitse schwieg. Warum sich Unannehmlichkeiten machen, dachte er. Moskau befiehlt – das ist gut, Genossen. Damit geht die Verantwortung von uns weg in den Kreml, und auch die Blamage. Denn daran glaubte General Oronitse ganz fest: Bis auf die Knochen blamiert würde man eines Tages dastehen wie einer, der die Hosen voll hat.

Doch wer kennt die Gedanken des Kreml?

Dort saßen in einem kleinen Zimmer der GRU drei Männer an einem alten Tisch und blätterten in einigen Papieren.

Experten des Nachrichtenwesens, Sektion Westeuropa, Teil Bundesrepublik, waren es, und sie lasen in den wenigen Angaben, die man über Oberleutnant Wolfgang Wolter besaß.

»Er hat Verbindungen zur Gruppe Gehlen«, sagte einer der schlicht gekleideten Männer, mit einer Hornbrille auf der langen Nase. »Ein wertvoller Mann. Jassenskij muß das Mädchen sicherstellen. Haben wir das Mädchen, haben wir auch den Bruder. Uns fehlt ein Ohr im Amt Gehlen.«

In der gleichen Nacht landeten auch die deutschen Experten aus Hamburg und wurden zu den Flugzeugtrümmern geführt, die noch immer von Rotarmisten ringförmig abgesperrt waren. Dann fuhr man sie zum Grusinischen Krankenhaus Nr. I und ließ sie mit den verletzten Passagieren und mit den Piloten Pohlmann und Andresen sprechen.

Hier trafen die deutschen Experten auch auf Oberst Jassenskij und General Oronitse.

»Ein merkwürdiger Unfall, fürwahr«, sagte Jassenskij anzüglich. »Haben Sie die Bilder der Bettina Wolter mitgebracht?«

»Natürlich.« Der deutsche Delegationsleiter, ein Oberingenieur, überreichte dem sowjetischen Oberst ein Kuvert mit drei Bildern. Bettina Wolter in Stewardeß-

Uniform, einmal im Profil, einmal en face, einmal als Ganzfoto. »Es ist uns unerklärlich, wieso . . .«

»Ein hübsches Mädchen«, unterbrach Jassenskij. Auf Erklärungen der Deutschen legte er keinen Wert. Am allerwenigsten auf unerklärliche Dinge. Moskau macht sich allein ein Bild über die Vorkommnisse; man braucht keine kapitalistischen Ausflüchte. »Sie sprach Russisch?«

»Das wissen wir nicht.« Der Oberingenieur machte ratlose Augen. »Das müßte das Personalbüro wissen.«

»*Wir* wissen es!« sagte Jassenskij steif. »Das genügt vollauf. Die Trümmer des Flugzeuges stehen Ihnen zur Verfügung. Der Platzkommandant wird Sie bei allen Untersuchungen unterstützen.« Oberst Jassenskij wandte sich ab, aber er kehrte noch einmal zurück. »Kennen Sie Bettina Wolter?«

»Nein.« Der Oberingenieur starrte den Oberst etwas betroffen an. Bisher war der Empfang kühl, ja eisig gewesen. Ein paar Worte des Bedauerns, dann Fragen, die wie ein Verhör klangen. »Wir haben einige . . .zig Stewardessen. Man kennt sie beim fliegenden Personal, aber in der Konstruktionsabteilung . . .«

»Danke.« Oberst Jassenskij nickte wieder. »Die Toten und auch die verletzten Passagiere, soweit sie transportfähig sind, können in ihre Heimatländer geflogen werden. Lediglich die beiden Piloten bleiben in Tiflis.«

»Darf ich fragen, warum?« sagte der deutsche Delegationsleiter, nun ebenso kühl wie Jassenskij. Und er erhielt die Antwort, die er erwartet hatte und die ein Bibelspruch der Russen war:

»Fragen Sie bitte in Moskau nach. Wir haben Befehle direkt aus Moskau.«

Und man fragte nicht weiter. Moskau war weit.

Und im übrigen war das eine Aufgabe der deutschen Botschaft.

*

»Hast du die zweihundert Gramm Wodka mitgebracht, mein Söhnchen?« rief Kolka Iwanowitsch Kabanow, als er seinen Ziehsohn Dimitri im Flur hörte.

Auf einem Korbsessel saß er, in Hemd und Hose und Pantoffeln an den Füßen, die weißen Haare noch struppig von der Nacht. Die Zähne hatte er sich schon geputzt und einen Tee aufgeschüttet. Auf dem Gasherd stand die Pfanne mit Eiern und Speck bereit. Aus dem Backofen duftete frisches Weißbrot, denn der alte Kolka buk das Brot selbst, weil ihm das Brot in Tiflis nicht schmeckte. »Nach Öl riecht es!« sagte er immer. »Und wenn man's ißt – bei Gott, auch einen Öllappen könnte man kauen. Alles stinkt hier nach Öl.« Das war übertrieben, aber man hatte es sich angewöhnt, über das Nörgeln von Väterchen Kolka hinwegzuhören. Er meinte es auch gar nicht so, aber irgend etwas muß der Mensch ja haben, worüber er schimpfen darf. Um Politik kümmerte sich Kolka wenig, an die Rationalisierungen hatte er sich gewöhnt, das Thema der Parteibonzen war erschöpft, vom Großen Vaterländischen Krieg kann man nicht ewig erzählen ... ich frage, was bleibt einem alten Väterchen anderes übrig, als übers Essen zu schimpfen? Und da er ein vorzügliches Brot buk, ertrug Dimitri das Schimpfen und gab seinem Väterchen sogar recht. So hat man am ehesten Ruhe. Es ist ja so einfach, ruhig zu leben.

»Hast du den Wodka, Dimitri?« rief Kolka noch einmal, als die Haustür zuklappte.

Das mit dem Wodka war auch so eine Angewohnheit des Alten. Er trank ihn gar nicht am Morgen, aber er stellte die Flasche mit den 200 Gramm auf das Büfett, als sei es eine Blumenvase mit Orchideen, und besah sie sich den ganzen Tag. Erst am Abend begann er, ein Gläschen nach dem anderen zu trinken, zusammen mit kleinen Stückchen Speck, die er auf eine Messerspitze aufspießte. Das war sein Abendessen. Dazu eine dicke Scheibe seines Brotes. Seit Jahren kannte Dimitri das so:

ein blanker Tisch, ein Holzbrett mit Speck und das kleine, hohe Gläschen mit wasserhellem Wodka. Es war, als ob sich Kolka den ganzen Tag auf diese Stunde in der Abenddämmerung freute . . . vielleicht das letzte Vergnügen, das ihm nach einem schweren Leben geblieben war.

»Gibt es was Neues, Söhnchen?« fragte Kolka. Er stand auf, ging zum Gasherd, knipste die Flamme an, schob die Pfanne darauf und ging zu seinem Korbsessel zurück. »Du kommst später als sonst.«

»Nichts Neues, Kolka Iwanowitsch!« rief Dimitri vom Flur und schob ein Mädchen vor sich her zur Zimmertür. Unter seinen Händen, die auf ihren Schultern lagen, spürte er ihr Beben. »Keine Angst, Wanduscha«, flüsterte er und strich ihr über die kurzen blonden Haare. »Er ist ein gutes Väterchen. Ein wenig grob, aber was macht's? Ein hartes Leben hatte er. Mamuschka sprach darüber, er nie. Schwer verwundet war er im Krieg, auf den Tod lag er, mit drei Lungenschüssen. Und nie mehr erholt hat er sich davon. Ab und zu hustet er noch. Dann sagt er: ›Hört, hört – eine tönende Postkarte aus Smolensk.‹ Ein witziges Männchen ist's. Du brauchst nicht zu zittern.«

Als er mit Bettina – sie war das Mädchen – vor dem Wohnraum stand, stieß er die Tür mit einem Ruck auf, so daß sie gegen die Wand prallte. Bettina fühlte sich in das Zimmer geschoben wie ein großes, schweres, steifes Paket. Kolka Iwanowitsch Kabanow saß auf seinem Korbsessel, kratzte sich mit beiden Händen in den weißen Haaren und starrte das fremde Mädchen in dem zu langen Pullover Dimitris an.

»Mein Wodka, Väterchen«, sagte Dimitri hinter Bettina fröhlich. »Mehr als zweihundert Gramm. Und auch ganz umsonst. Kostet kein Rubelchen, Väterchen. Was sagst du nun?«

Bettina stand in der Tür, mit hängenden Armen, wie händelos, denn die Ärmel hingen ihr ja weit über die

Hände. Sie sah den alten Kolka Iwanowitsch mit ihren flehenden blauen Augen an, und wie sie sich so ansahen, stumm, auf der einen Seite ängstlich und bittend, auf der anderen Seite mit sprachlosem Erstaunen, webte etwas Unbegreifliches ein unsichtbares Band zwischen sie und fesselte sie aneinander. Sie spürten es beide . . . sie sahen sich in die Augen, und es war ihnen, als seien sie immer zusammen gewesen, als käme nicht ein fremdes Mädchen im beginnenden Morgen in ein unbekanntes Haus, sondern alles war so selbstverständlich, so richtig, so einfach, kurzum natürlich, daß Kolka nickte, aufstand, zum Gasherd ging, die Tür des Küchenschrankes öffnete und noch drei Eier herausnahm.

»Hunger wirst du haben, nicht wahr?« war das erste, was er zu Bettina sagte. »Ein paar Eierchen mit Speck sind das richtige.«

Dimitri lächelte glücklich. Er umarmte Bettina von hinten und preßte sie an sich.

»Wanda heißt sie, Väterchen. Wanda Fjodorowa. Sie sucht ihr Onkelchen Wanja in Tiflis. Gefällt sie dir?«

Kolka drehte sich am Gasherd um. »Müde ist sie. Sieh sie dir an, Dimitri. Geh, mach ihr das Bett in deinem Zimmer.«

»Eine böse Stiefmutter, Dunja, hat sie. Weggelaufen ist sie von ihr.«

»Essen und schlafen«, sagte der alte Kolka streng. »Du redest zuviel, Söhnchen. Ein Menschlein wie Wanda hat noch viele Tage Zeit, mir alles zu erzählen.« Er sah Bettina wieder an, mit einem Blick, der nicht einem Fremden gehörte, sondern wirklich einem Väterchen. Zärtlich war dieser Blick. »Hast du nichts anzuziehen?«

»Ich habe ihr die Kleider zerrissen«, sagte Dimitri.

»Was hat er? Zerrissen? Die Kleider? Mein Sohn?« Kolka schüttelte wild die Pfanne mit den Eiern und dem Speck. »Verzeih es ihm, Wanduscha. Ein guter Junge ist er, gut erzogen von seiner Mutter, ein kluger Kopf, fürwahr. Nur geht sein Temperament oft mit ihm durch. Ein Grusinier, weißt du. Ist wie schäumender Wein, sein Blut. Er wird dir nachher neue Kleider kaufen, auch wenn's seine Ersparnisse kostet. Aber zuerst eßt ihr.«

»Danke, Väterchen«, sagte Bettina leise. »Er hat mir die Kleider zerrissen, weil ich mich wehrte und ihn biß und kratzte. Ich wollte weglaufen vor ihm.«

»An der Pipeline, Väterchen. Ich war im Dienst«, erklärte Dimitri.

Kolka Iwanowitsch vergaß die Pfanne, als Bettina ihre ersten Worte sprach. Wahrhaftig, zum erstenmal vergaß er seinen Speck, und er wurde brauner, als er sein sollte.

Wie sie spricht, dachte er und bekam einen leichten Schwindel. Wie eine Ukrainerin . . . oder nein, nein . . . wie eine Deutsche, die Russisch gelernt hat. Da sind die Worte so klar, die Sätze so grammatisch richtig, die Sprache so kühl wie aus einem Eisschrank. Batjuschka sagt sie . . . aber nur eine Vokabel ist's, gelernt, ohne den inneren Ton, den ein Russe in ›Väterchen‹ legt. Und dagegen ihre Augen, so voller Güte und Vertrauen. Ein merkwürdiges Mädchen ist's, das muß man sagen. Man wird Dimitri genau befragen müssen, woher sie kommt und wie er sie gefunden hat. Und verliebt ist das Jüngelchen, man sehe nur seine glänzenden Pferdeaugen. Wie ein Affe springt er herum, holt Teller und Tassen und benimmt sich wie ein Idiot. Es werden schwere Tage werden, Kolka Iwanowitsch.

Dann aßen sie. Dimitri erzählte von den Manövern in den Bergen und wie er den Feldwebel angebrüllt hatte. Und noch während sie aßen, sank der Kopf Bettinas herunter, und sie schlief im Sitzen ein. Im Halbschlaf ließ sie sich von Dimitri ins Nebenzimmer führen, und so, wie sie war, in dem langen Pullover, fiel sie auf das Bett und schlief, kaum daß sie lag.

»Man muß sie ausziehen, Väterchen«, sagte Dimitri besorgt. Aber Kolka hielt ihn fest.

»Nicht alles auf einmal, Söhnchen«, sagte er und drückte ihn aus dem Zimmer. »Sag einmal, wo kommt sie her?«

»Von ihrer Hexe Dunja. Ihr Vater ...«

»Wo lebt denn diese Dunja?«

»Ich weiß es nicht. Aber sie ist ...«

»Ein merkwürdiges Russisch spricht sie.« Kolka setzte die Teller aufeinander und trug sie zum Spülbecken.

»Hast du schon einmal einen Usbeken sprechen gehört? Oder einen Jakuten? Oder gar einen Kirgisen?« sagte Dimitri.

»Geh schlafen!« Kolka zeigte auf eine andere Tür. »Mein Bett ist noch warm.«

»Ich bin nicht müde, Väterchen. Über Wanda will ich mich mit dir unterhalten.«

»Das hat Zeit, Dimitri.«

»Ich liebe sie, Väterchen! Ich verbrenne, als sei die Sonne in mir.«

»Dummheit ist's, weiter nichts!« Kolka ließ heißes Wasser über die Teller laufen. Dabei dachte er daran, wie Wanda Fjodorowa ins Zimmer kam und es ihm war, als sei sie schon seit ihrer Kindheit bei ihm gewesen.

»Ich werde sie heiraten!« rief Dimitri wild.

»Die Idioten sterben nie aus«, sagte Kolka grob. »Vielleicht ist sie eine Landstreicherin?«

»Und wenn sie in der Gosse geboren wurde, Väterchen – ich liebe sie!« schrie Dimitri.

»Halt den Mund! Du weckst sie auf.« Kolka klapperte mit den Tellern. »Geh ins Bett, du dämlicher Bär. Und in vier Stunden wecke ich dich. Dann gehst du ins Kaufhaus und holst ihr neue Kleider.«

»Die schönsten in ganz Tiflis!« rief Dimitri. »Du sollst sehen, Väterchen, wie ein Engel wird sie aussehen, und die Leute werden auf der Straße stehenbleiben, sich umdrehen und sagen: Nein, daß es so etwas unter den Menschen gibt!«

»O Himmel, leg dich hin. Du hast Fieber.«

Kolka wartete, bis Dimitri aus dem Zimmer gegangen war. Dann spülte er das Geschirr ab, trocknete es, räumte es säuberlich in die Schränke, überzeugte sich, daß Dimitri in festem Schlaf lag und schlich dann nebenan in die Kammer, wo Bettina schlief.

Vor dem Bett stand er, sah das Mädchen in dem weiten Pullover an und musterte das trotzige, im Schlaf zukkende Gesicht.

»Wer bist du?« sagte Kolka Iwanowitsch Kabanow leise, beugte sich vor und zog vorsichtig eine dünne Seidendecke über die ausgestreckte Gestalt. »Himmel, wer bist du, Töchterchen? Warum ist mir, als hätte ich dich schon gesehen mit langen blonden Zöpfen?«

Und er blieb an dem Bett sitzen, über eine Stunde lang, und starrte sie an.

*

Die Begegnung zwischen Irene Brandes und Wolfgang Wolter in Bonn verlief genau so, wie es Jurij Alexandrowitsch Borokin geplant hatte. Er brachte die junge Boxerhündin Anette von der Hardthöhe zu Irenes Appartement, und sie hatte drei Stunden Zeit, sich mit dem Tier anzufreunden, es zu füttern mit rohem Fleisch und zu lernen, wie man einen Hund dieser körperlichen Stärke fest in die Hand nimmt und kommandiert.

»Gut so«, sagte Borokin zufrieden und tätschelte der schnüffelnden Anette den dicken Kopf. »Muß ich wiederholen, was Ihre Aufgabe ist, Irene?«

»Nein, Borokin. Es wird mir nicht schwerfallen, mich in den jungen Oberleutnant zu verlieben.« Irene Brandes sah noch einmal in den Dielenspiegel. Ihre Eleganz war vollkommen. Kühl wirkte sie, aber von einer Kälte, an der man sich die Finger verbrennen konnte. »Und meine Mutter?« fragte sie, als sie sich abwandte.

»Wir halten unser Wort, Irene. Nach Erfüllung dieses Auftrages können Sie Ihre Mutter in Herleshausen abholen. Sie wird im planmäßigen Interzonenzug sitzen.« Borokin stieß die Tür zum Treppenhaus auf.

»Gehen wir. Oberleutnant Wolter wird schon auf dem Dressurplatz sein. Sie haben mit Ihrem Make-up zu lange gebraucht.«

Wie immer hatte Borokin recht. In Sichtweite des Hundedressurplatzes trennte er sich von Irene Brandes und fuhr zurück nach Rolandseck zur sowjetischen Botschaft. Irene lenkte ihren weißen Sportwagen auf den kleinen Parkplatz, nahm Anette von der Hardthöhe straff an die Hand und ging zum Eingang einer Holzbaracke, an deren Fenster ein Mann saß und rauchte. Auf dem Platz tummelten sich die Hunde, sprangen über Holzwände, krochen durch lange Säcke oder mußten sich auf Kommando hinlegen oder ihre langsam gehenden Herren umkreisen. Oberleutnant Wolter stand noch abseits, seinen schönen Schäferhund an der Leine, und sah zu.

Er war später als bestellt gekommen und mußte nun warten, bis einer der Hundelehrer frei wurde. Er hatte seine Mutter noch vom Bahnhof abgeholt, denn Agnes Wolter hatte ihn so lange gebeten, nach Bonn kommen zu dürfen, bis er zusagte. Seit sieben Uhr morgens war er durch Bonn gefahren und hatte für seine Mutter ein möbliertes Zimmer gesucht. Er selbst wohnte in einem Zimmer eines Dienstgebäudes, das man für ledige Offiziere gebaut hatte. Dort war es unmöglich, seine Mutter unterzubringen.

Nachdem er ein schönes Zimmer gefunden hatte, war er gerade noch rechtzeitig zum Bahnhof gekommen, hatte seine Mutter abgeholt und stand nun, eine halbe Stunde zu spät, auf dem Dressurplatz, unlustig und innerlich aufgewühlt von den Nachrichten, die seine Mutter von Bettina mitgebracht hatte. Am meisten aber quälte ihn ein Gedanke, den er Agnes Wolter nie anvertrauen konnte: Ist Bettina geflüchtet aus Sorge um ihn? Hat sie wirklich geglaubt, was ich damals aus einer großsprecherischen Laune gesagt habe, daß sie mich gefährden könne, wenn sie jemals in Rußland notlanden müsse? Hält sie sich darum versteckt? Das wäre Wahnsinn; denn wer ist schon der kleine Oberleutnant Wolter in dem Riesenapparat des Verteidigungsministeriums? Er ist so unwichtig, daß man seinen Namen nicht einmal drei Zimmer weiter auf dem gleichen Flur kennt, wo er seine Dienststelle hat.

»Sie wünschen?« fragte der rauchende Mann am Barackenfenster, als Irene Brandes mit ihrer unruhigen Boxerhündin herantrat. Anette witterte und sah die anderen Hunde, ihre Ohren standen steil hoch, über dem Rücken richteten sich die Haare auf. Zwei lange, stachelige Bürsten. Ein Zittern lief durch ihren schlanken, muskulösen Körper, ein Zittern von Wildheit und Angriffswut.

»Ich bin angemeldet. Erster Tag der Dressur. Um halb elf Uhr.«

»Jetzt ist's elf!« sagte der rauchende Mann.

»Ich mußte noch tanken. Ist das ein Verbrechen?«

Der Mann musterte Hund und Frauchen, zog die Nase kraus, dachte sich etwas Unhöfliches, aber sprach es nicht aus. Dann drückte er auf einen Knopf, im Törchen summte es, Irene konnte die Pforte aufdrücken und den Dressurplatz betreten.

»Sie müssen warten, bis jemand frei wird«, sagte der Mann, hustete und rauchte weiter. »Kassieren tun die Lehrer. Im voraus. Ist der Hund bissig? Maulkörbe kann man leihen. Pro Stunde zwei Mark.«

»Anette ist brav«, sagte Irene steif.

»Das sieht man. Sie zittert ja vor Frechheit. Aber bitte, meine Dame . . . die Hundehalter haften allein für ihre Hunde.«

Ein grober Lümmel, dachte Irene Brandes, nahm

Anette eng an die Leine und ging über den weiten Dressurplatz.

In der Nähe von Wolfgang Wolter geschah es dann.

Anette von der Hardthöhe sah den Schäferhund neben seinem Herrn sitzen, ein schönes, junges Tier mit einem hellbraunen Fell. Ihr Fell sträubte sich wieder, die breiten Lefzen sprangen auf, ein dumpfer, grollender Laut quoll aus dem blutroten Rachen, und dann duckte sie sich und sprang mit einem kreischenden Gebell auf Wolters Schäferhund. Ihre Kraft war so stark, daß Irene, die Lederleine fest um die Hand geschlungen, hinter ihr hertaumelte, mitgerissen wurde und erst festen Halt bekam, als beide Hunde sich gegenüberstanden und – an den Leinen zurückgezogen – auf den Hinterbeinen tanzten und wie toll bellten. Geiferflocken spritzten durch die warme Luft, und das Gebell war unerträglich.

»Nehmen Sie Ihre Bestie weg!« schrie Irene und zerrte vergeblich an Anettes Leine. »Sie zerfleischt ja meine Anette! So ein Raubtier gehört hinter Gitter!«

Wolfgang Wolter lachte. In seinem festen Griff tanzte sein Schäferhund noch immer auf den Hinterbeinen.

»Ihre junge Dame gefällt meinem Ajax!« rief er durch das kreischende Gebell. »Hunde sind nun mal anders als Menschen! Stellen Sie sich vor, wir machten auch solch einen Lärm bei einer schönen Frau.«

»Lassen Sie die dummen Witze!« Irene riß Anette zu sich. Alle Kraft mußte sie aufbieten. Das Weibchen war wie toll. Ein einziges wildes Zittern war der rehbraune, muskelbepackte Körper. »Ich kann sie ja kaum halten.«

»Ein mannstolles Mädchen.« Wolfgang Wolter zog seinen Hund zu sich, drückte seinen Rücken zur Erde, und Ajax knurrte, aber legte sich brav zu seinen Füßen. »Man muß Ajax verstehen«, sagte Wolter und musterte Anette. »Ein selten schönes Boxerweibchen. Aber wie kann es auch anders sein bei einem solchen Frauchen.« Er beugte sich zu Ajax hinunter und kraulte ihm den Kopf. »Ajax, alter Junge, erschrecke nicht, wenn dein Herrchen auch gleich bellt.«

»Sie kommen sich wohl sehr witzig vor, nicht wahr?« sagte Irene Brandes. Es tat ihr weh, so abweisend zu sein, aber es gehörte zu ihrem Spiel. Wolfgang Wolter nickte lebhaft.

»Und wie! So ein Hund ist etwas Unentbehrliches. Man kann ihm Dinge sagen, die eigentlich für einen Menschen bestimmt sind, und niemand nimmt es dann übel. Zum Beispiel jetzt« – er beugte sich zu Anette vor, die ihn dumpf anknurrte. »Mein liebes Mädchen, sag einmal deinem Frauchen, daß ich Wolfgang Wolter heiße und immer schon für blondes Haar geschwärmt habe.«

Und Irene Brandes zog an der Leine und legte ihre behandschuhte Hand auf den dicken Kopf Anettes.

»Und du, Anette, sag dem frechen Herrn, daß dein Frauchen, Irene Brandes, alle diese alten Tricks kennt, mit denen die Männer versuchen, Bekanntschaften zu machen.«

»Ein kluges Tier!« Wolfgang verbeugte sich lächelnd. »Auf so etwas hat mein Ajax immer gewartet.«

Eine Stunde später fuhren sie gemeinsam zurück nach Bonn. In einem Café am Münsterplatz rief Irene Brandes schnell in Rolandseck an.

»Wir trinken zusammen Kaffee, Borokin«, sagte sie. »Es hat geklappt.«

»Gratuliere.« Jurij Alexandrowitsch Borokin machte eine kleine Notiz auf einem Zettel. »Fallen Sie nicht gleich um, Irene. Lassen Sie ihn zappeln, auch wenn's Ihnen schwerfällt. Männer wie Wolter haben noch gewisse Ehrbegriffe, auch bei einer Frau. Mit solchen Männern gleich ins Bett zu gehen, wäre ein Fehler.«

»Sie sind ein Schwein, Borokin«, sagte Irene gepreßt. »Ich verachte Sie!«

»Leisten Sie sich diesen Luxus!« Borokin lachte laut. »Rufen Sie morgen früh wieder an und berichten Sie!

Und denken Sie an Ihre Mutter... es darf nichts fehllaufen!«

In diesem Augenblick hatte Irene Brandes große Lust, den Hörer gegen die Wand zu schleudern und zu zertrümmern und dabei zu denken, es sei der Kopf Jurij Alexandrowitsch Borokins.

Als sie zurück ins Café ging und Wolfgang Wolter am Fenster sitzen sah, übergossen vom Sonnenlicht und mit leuchtendem, jungenhaftem Gesicht, hatte sie wirklich Angst vor dem Ende dieses Tages und vor der kommenden Nacht.

»Was machen wir mit dem angefangenen Tag?« sagte Wolfgang Wolter, als Irene Brandes wieder an den Tisch trat und sich ihm gegenübersetzte. Ihr Gesicht lag im Schatten, und wieder wurde ihr das Herz schwer, als sie seine blauen, jungenhaften Augen sah, die kurzen hellblonden Haare und seinen lachenden Mund. So ahnungslos ist er, dachte sie bitter. So unbeschwert fröhlich. Wenn ich ihm sagen würde, wer ich bin – ich glaube, er würde mich nur anstarren und es gar nicht glauben. Für ihn gibt es keine schlechten Menschen. In seinen Augen ist immer Sonnenschein.

»Gehen wir gemeinsam essen?« fragte er weiter. Er sah auf seine Armbanduhr. »Gleich halb ein Uhr. Was meinst du, Ajax?«

»Ajax ist doch in Ihrem Wagen!«

»Stimmt. Aber ich unterhalte mich mit ihm auch, wenn er nicht da ist.« Wolfgang Wolter lächelte Irene an, und sie sah weg, weil es ihr fast körperlich weh tat, ihn so ahnungslos zu sehen. »Passen Sie mal auf: Ajax... was hältst du davon? Schildkrötensuppe, ein saftiges Steak mit Champignons und Spargelspitzen, hinterher Fürst-Pückler-Eis und einen Mokka? Na?« Wolter blinzelte Irene zu. »Was glauben Sie, was Ajax antworten würde?«

»Gehen wir, Herrchen«, sagte Irene gepreßt.

»Und Ihre Anette?«

»Da kann man nicht nein sagen.«

»Wundervoll! Ober – zahlen!« Wolter nickte zum Büfett. Irene beugte sich schnell vor und legte ihre Hand auf seinen Arm.

»Herr Wolter... es war doch nur ein Scherz.«

»Bei solchen Scherzen knurrt mein Ajax. Bitte, reizen Sie ihn nicht. Wir gehen jetzt gemeinsam essen.«

»Und Ihre Zeit? Können Sie so einfach über Ihre Stunden verfügen?«

Das klang völlig harmlos, ein wenig erstaunt, ein bißchen neugierig, so hintenherum gefragt, wie es Frauen gern tun. Wolfgang Wolter zahlte und antwortete erst, als der Ober wieder gegangen war.

»Ich habe heute einen freien Tag. Sonst sieht es anders aus. Heute ist überhaupt ein Glückstag. Ajax bezwingt die hohe Mauer, Ihre Anette verliebt sich in meinen Playboy...«

»Na na!« sagte Irene Brandes stockend.

»...die Sonne scheint heiß wie im August, und ich brauche keine Uniform zu tragen.«

»Ach«, sagte Irene Brandes etwas dümmlich, und sie schämte sich maßlos, eine solche Rolle zu spielen. »Sie sind von der Bundesbahn?«

»Nicht ganz. Ich bin Offizier.«

»Sie? Offizier? Aber nein...« Irene lachte gequält.

»Wieso?« Wolfgang Wolter sah an sich herunter. »Sehe ich so dumm und krumm aus, daß dies wie ein Witz klingt? Das wäre in meinem Alter traurig. Solche Mutationen finden erst ab Stabsoffizier statt.«

»Sie sind ein richtiger Offizier? So mit Uniform und Waffen und silbernen Litzen?«

»Sogar mit einem Gesangbuch für die Truppe und einem mit Erfolg absolvierten Tanz- und Anstandskurs für Bewerber vakanter Stellen an ausländischen Missionen.« Wolfgang Wolter winkte ab, als er Irenes gut gespielten, verwirrten Blick sah. »Das klingt alles sehr hochtrabend. Ich bin Oberleutnant, und wenn ich Glück habe, bekomme ich eines Tages die Stelle eines Attachés an einer Botschaft.«

»Ich glaube, man nennt das Militärattaché?«

»Ganz richtig.«

»Und so etwas werden Sie?«

»Wenn es den Ministern gefällt.« Wolter lachte und faßte Irene ungeniert unter. »Aber genug davon. Heute bin ich Zivilist – oder mit Faust: Heut bin ich Mensch, heut darf ich's sein! Und einen Bärenhunger habe ich auch. Ich sage das, bevor Sie mein Magenknurren erschreckt.« Es wurde ein schöner Tag.

Als man sich gegen 19 Uhr trennte, nach einer kleinen Bootsfahrt auf dem Rhein bis Bad Honnef und wieder zurück, vorbei am Drachenfels und seiner berühmten Burgruine, war sich Irene Brandes klar, daß Jurij Alexandrowitsch Borokin sie in einen Auftrag hineingesetzt hatte, der über ihre Kraft ging. Sie fühlte es ganz deutlich, als das kleine weiße Schiff um die Insel Nonnenwerth fuhr und auf dem Rückweg an dem in der Abendsonne weiß leuchtenden schloßähnlichen Gebäude der sowjetischen Botschaft in Rolandseck vorbeituckerte, dem Haus, in dem sie einmal auf den Knien gelegen und geschrien hatte: »Laßt meine Mutter frei! Ich werde alles tun, wenn meine Mutter freigelassen wird!«

Vielleicht steht Borokin am Fenster seines Zimmers und sieht jetzt hinunter auf den Rhein, dachte sie, während Wolfgang Wolter neben ihr über den Rolandsbogen sprach und sagte: »Sehen Sie dort, die russische Botschaft! Da müßte man mal Mäuschen sein ...« Wie immer wird er hinter der Gardine stehen, die Hände auf dem Rücken, und das kleine Boot beobachten, ohne zu wissen, daß ich mit Wolfgang Wolter darin sitze. Oder weiß er auch das? Borokin weiß alles, hatte er immer gesagt, und er bewies es auch mit Kenntnissen, die unheimlich waren.

Von dieser Minute an, während der ganzen weiteren Rückfahrt, war Irene einsilbig und wie verschlossen.

»Wann sehen wir uns wieder?« fragte Wolter, als sie sich am Alten Zoll in Bonn verabschiedeten.

»Ich weiß nicht«, sagte Irene ausweichend. »Vielleicht wieder auf dem Hundedressurplatz?«

»Erst nächste Woche? Unmöglich! Mein Ajax . . .«

»Sie haben sicherlich strammen Dienst.«

»Abends, nach zwanzig Uhr, könnte ich mich freimachen. Sagen wir übermorgen? Darf ich Sie irgendwo abholen?«

»Wenn wir uns treffen . . . am Alten Zoll.«

»Einverstanden! Übermorgen zwanzig Uhr.«

»Und wenn es nicht geht? Kann ich Sie erreichen, telefonisch?«

»Nur unter einer Dienstnummer. 20161, Apparat 918.«

Irene Brandes nickte. 20161, die Nummer des Verteidigungsministeriums, kannte sie. Apparat 918 . . . das war der erste kleine Schritt in das militärische Leben des Oberleutnants Wolter.

»Und wer meldet sich da?« fragte sie ganz harmlos.

»Ein Oberfeldwebel Schmitz.«

»Ach so.«

Sie gaben sich die Hand, und Irene genoß den Glanz in Wolters Augen. Als er ihr die Hand küßte, war es für sie mehr als eine Geste, auch wenn der Kuß nur gehaucht war.

»Es war ein schöner Tag«, sagte Wolfgang Wolter. »Ich danke Ihnen, Irene.«

Verwirrt sah sie ihm nach, wie er in seinen Wagen stieg und abbrauste. Schon als er längst über die Rheinstraße entschwunden war, stand sie noch immer am Straßenrand und starrte ins Leere.

Ich habe mich verliebt, dachte sie. Mein Gott, was soll daraus werden? Es geht ja jetzt nicht allein um mich, sondern auch um Mutter.

Und sie wußte plötzlich, daß Borokin ein Teufel war und sie einer gnadenlosen Zeit entgegenging.

*

Sie hatten Rosinenbrot mit dicker goldener Butter gegessen und dazu süße Kirschenlimonade getrunken. Väterchen Kolka bekam einen Krug Kwaß. »Das süße Zeug verklebt mir die Zunge, meine Lieben«, sagte er und schüttete sich den gegorenen Saft in einen Zinnbecher. »Und was ist ein Mensch, wenn er nicht mehr reden kann? Na? Ich weiß auch keinen Vergleich, woran man sieht, wie schlimm so etwas ist.«

Man redete eine Stunde so herum, schlich wie die Katze um den Rahmtopf, und keiner hatte den Mut, mit dem Pfötchen in die Milch zu treten. So einfach ist das nämlich gar nicht, Freunde. Da fängt man nachts an der Ölleitung ein flüchtendes Vögelchen, bringt es mit, hört sich eine Geschichte an, die einem die Tränen in die Augenwinkel drückt, man ist sogar bereit, sie zu glauben, weil das Vögelchen gar so schöne Augen hat und Wölbungen in der Bluse, die das Herzchen erfreuen – aber irgendwo, in einem Winkel des Verstandes, bleibt immer noch die Frage: Wie soll es weitergehen? Was machen wir morgen und übermorgen? Und nächste Woche? Und was am wichtigsten ist: Das Menschlein hat keinen Ausweis.

Probleme sind das! Ein Mensch ohne Papiere ist kein Mensch. Ein richtiger Mensch ist registriert, hat seinen Platz in vielen Akten und Karteikarten. Ein Heer von Beamten beschäftigt sich mit ihm. Eine wichtige Person ist er. Denn wäre er nicht da und die anderen auch nicht, ich frage: Wer sollte dann die Beamten beschäftigen, he? Und wenn man sich in der Öffentlichkeit bewegt, muß man einen Ausweis haben. Mit einem Foto, einigen Stempeln, einer Unterschrift. Erst dann lebt man. Atmen allein genügt nicht... ein Irrtum ist's, Freunde... man muß einen Stempel bei sich tragen. Die Ordnung in der Welt erfordert das.

An alles das dachten Dimitri und der alte Kolka, aber sie sprachen es nicht aus. Wanda Fjodorowa aß so hungrig das Rosinenbrot und trank so zierlich die Kirschenlimonade, daß es ein Frevel gewesen wäre, sie damit zu überfallen: Und wie wird es morgen?

»Wir werden ihr ein neues Kleid kaufen«, sagte Kolka endlich, als Dimitri unruhig auf seinem Stuhl hin und her rutschte. »Söhnchen, du gehst in den Bazar! Sieh dir ihre Größe an, kauf etwas Gutes und komm sofort zurück. Paßt das Kleidchen, kann sie mitgehen und sich das andere kaufen.«

»Sie sind so nett, Väterchen.« Bettina senkte den Kopf. »Aber wie soll ich es annehmen? Nicht einen Rubel habe ich.«

»Und wie bist du nach Tiflis gekommen?« fragte Kolka. Ein merkwürdiges Gefühl beschlich ihn. Diese Sprache, dachte er. So redet kein Bauernweibchen, das nur Schweine getrieben und Kühe gemolken hat und an der Butterwanne stand und leise singend die Butter ausflokken ließ. Wie eine Studierte spricht sie, und auch aussehen tut sie wie ein Mädchen, das mehr gesehen hat als Misthaufen und springende Hähne. Verdammt noch mal, Kolka Iwanowitsch, das ist eine wichtige Frage, woher sie wirklich kommt.

»Ohne Rubelchen geht man auf die Reise?« fragte er noch einmal.

»Gebettelt habe ich, Väterchen. Drei Wochen lang gebettelt. Um von Dunja wegzukommen, hätte ich den Teufel rasiert.«

»Sieh, Väterchen, welch ein erbarmungswürdiges Geschöpf!« rief Dimitri. »Ein Jammer ist's, diese Dunja nicht züchtigen zu können. Den Hals müßte man ihr umdrehen.«

»Geh das Kleid holen, Dimitri!« sagte Kolka streng. »Mit Schwätzen kann sich keiner anziehen.«

Dimitri rannte hinaus. Sein Kopf glühte. Das ist das Feuer der Liebe, dachte er. Oh, ich Glücklicher. Ein heiliges Feuer ist's! Wie schön sie ist, Wanda Fjodorowa! Und wie hilflos. Gebettelt hat sie, das arme Schwänchen. Und er rannte wie ein Stürmer auf einem Fußballplatz durch die Straßen zum Bazar, zu dem kasakischen Seidenhändler Luban Stepanowitsch Filowjew, und schrie schon in dessen Ladentür: »Brüderchen, ein Kleid brauche ich! Das schönste Seidenkleid von Tiflis! Mit großen Blumen und einem tiefen Hals. Sie kann's tragen, Luban Stepanowitsch. Oh, einen Busen hat sie! Aus Marmor, bei meiner Seele. Ich lüge nicht. Zeig mir ein Kleid, das eine Prinzessin tragen könnte!«

Unterdessen hatte Kolka Iwanowitsch sein drittes Becherchen Kwaß getrunken, stopfte sich eine Pfeife, brannte sie an, paffte den Qualm gegen die Decke und faltete die Hände über dem zufriedenen Leib.

»Erzähl mir aus deinem Leben, Wandascha«, sagte er dann.

»Ich bin ein neugieriger alter Mann. Alte Männer sind wie Marktweiber; sie können über einen Kohlkopf eine Stunde reden. Wo bist du zur Schule gegangen?«

»In unserem Dorf, Väterchen«, sagte Bettina. Sie spürte, wie Gefahr von Kolka zu ihr herüberschlich. Wie ein klebriger Strom war es. Wie Leim, der über die Dielen rinnt und sie festkleben würde, wenn er sie erreichte.

»Ein guter Lehrer, Töchterchen. War er strafversetzt aus der Stadt?«

»Ich weiß es nicht. Wir nannten ihn Onkelchen Gurjan.«

»Und du hast Mist gefahren und die Schafe geschoren?«

»Nein. Ich war im Büro des Brigadiers für Weizen.«

»Aha! Aha!« machte der alte Kolka und blies den

Rauch wieder gegen die Decke. »So ist das. Und da geht man einfach weg wegen des Stiefmütterchens Dunja? Und bettelt sich bis Tiflis. Das ist ein merkwürdiges Leben, Töchterchen. Sind wir noch im achtzehnten Jahrhundert? Gibt es keine Post, kein Telefon, keinen Zug, kein Auto? Kann man Onkelchen Wanja nicht benachrichtigen? Muß man wie eine Ratte durch die Berge laufen? Erklär es mir mal, Wandascha.«

Bettina atmete ein paarmal tief auf. In den grauen Augen Kolkas sah sie das Glimmen des Mißtrauens.

»Es ist alles so furchtbar«, sagte sie und begann schnell zu weinen. Eine Flucht war's, denn wer wagt es, wenn er ein fühlendes Herz in der Brust trägt, ein weinendes Mädchen weiterhin so scharf zu fragen?

Kolka Iwanowitsch Kabanow kaute an seinem Pfeifenmundstück. Zufrieden war er nicht mit der mageren Auskunft. Keine Logik war darin. Ein verliebter Tropf wie Dimitri, ha, der glaubte es, wenn man nur schön mit den Äuglein klappert. Aber einen alten Mann betrügen, dessen Herz im Eiswind Sibiriens zu Leder wurde, wer schafft das schon? Und als Kolka bei diesen Gedanken war, biß er heftiger auf seinen Pfeifenstiel.

Sibirien, dachte er. Das ist *mein* Geheimnis. Das weiß weder Dimitri, noch wußte es Mascha, Dimitris Mutter, als wir heirateten. Niemand weiß es. Aber so ist es. Jeder von uns trägt einen Packen Geheimnisse mit sich herum, und wenn wir sie alle ausschütteten, diese Säcke – die ganze Menschheit könnte man unter diesem Müll begraben.

»Nicht weinen, Wandascha«, sagte er brummend. »Ein verheultes Weibchen sieht aus wie ein Schweinchen mit Rotlauf. Trink noch eine Limonade. Es ist ja schon gut . . . gut ist's, hörst du . . . die Welt ist eben voller Merkwürdigkeiten.«

Als Dimitri zurückkam vom Bazar, das Seidenkleid über dem Arm – denn Packpapier gab es nicht, man müßte es sonst mitbringen –, stand Wanda Fjodorowa am Spülbecken und säuberte das Geschirr. Der alte Kolka saß vor einem krähenden Grammophon und spielte Platten mit donnernden Chören. Aber sie waren verkratzt und so oft gespielt, daß der Gesang klang wie das Stöhnen einer Rinderherde vor der Tränke. Kolka störte das wenig; er kannte jeden Ton, und wenn er genug Wodka getrunken hatte, sang er oft mit. »Auch ich war einmal ein guter Sänger!« brüllte er dann, wenn Dimitri ihn bat, der Nachbarn wegen leiser zu grölen. »Soll ich mich schämen? Ha! Und jetzt den Stenka Rasin! Jetzt gerade! Eine gute Stimme ist ein Geschenk Gottes! Sollen wir lästern, Bürschchen?«

So einer war Kolka Iwanowitsch.

»Welch ein schönes Kleid«, sagte Bettina leise, als Dimitri es hochhielt, als wolle er es auf dem Markt anpreisen. »Viel zu schade ist es für mich.«

»Er hat versprochen, daß du darin aussiehst wie eine Prinzessin, der Luban Stepanowitsch«, rief Dimitri mit glücklich glänzenden Augen. »Zieh es an, Wanda Fjodorowa. Sieh nur, die großen Blumen. Mohn ist es! Ein Mädchen mitten im roten Mohn. Sie werden in Tiflis die Mäuler aufsperren.«

Und so war es auch.

Bettina zog das Kleid an, und als sie aus dem Nebenzimmer herauskam, vergaß Kolka an seiner Pfeife zu kauen, und Dimitri klatschte in die Hände und war sichtbar verwirrt.

»Ein Elfchen«, sagte der alte Kolka. »Ohne Zweifel ein Elfchen.«

Bettina drehte sich im Kreise. Oh, wie raffiniert war das. Das Kleid hob sich von ihren Beinen ab, ein schwingender Reifen wurde der Rock, der höher und höher kletterte bis zu den Schenkeln, und die Brüste zitterten unter dem dünnen Seidenstoff und drückten sich durch, als wollten sie das Gewebe zerreißen.

So etwas macht atemlos, Freunde. Das sind Feierstunden des Lebens. So etwas brennt sich ins Herz ein, unauslöschlicher als jede Tätowierung.

»Es ist Dummheit, heute schon zu Onkelchen Wassilij Iwanowitsch Tschigirin zu gehen«, sagte Dimitri, als Bettina wieder ruhig stand und das Mohnkleid in der Sonne leuchtete, die durch das Fenster fiel wie der Strahl eines grellen Scheinwerfers. »Sag es auch, Väterchen! Sie ist noch zu müde von der langen Reise. Erholen soll sie sich bei uns.«

»Sehr müde ist sie«, sagte der alte Kolka und grinste über seinem Pfeifenstiel. »Kaum bewegen kann sie sich vor Mattigkeit.«

Es wurde ein schöner Tag.

Nach dem Mittagessen, das Kolka wie immer kochte – heute gab es Rassolnike, eine Suppe aus Schweinenieren, Gurken und Sahne –, trank man noch eine Tasse Tee, und dann führte Dimitri stolz wie ein Pfau die schöne Wanda Fjodorowa durch Tiflis. Zuerst fuhren sie zum Verwaltungsgebäude des Ölkombinats, wo sich Dimitri einen Tag Urlaub holte, was gar nicht so einfach war, denn er mußte dafür vier Fragebogen ausfüllen und genau zwölf Beamte belästigen, bis er den einen Tag bewilligt bekam.

»Wo wollen wir hin, Täubchen?« rief Dimitri lustig, als er endlich wieder auf der sonnenheißen Straße stand. »Die ganze Welt möchte ich dir zeigen, aber dazu ist ein Tag zu wenig.«

»Ich kenne Tiflis nicht. Führ mich hin, wo es schön ist und ich alles vergessen kann«, sagte Bettina. Und es war nicht so dahergeredet, sondern sie meinte es ehrlich. Vergessen, dachte sie. Und wenn es nur für einen Tag ist. Vergessen, daß ich aus den brennenden Trümmern kroch. Vergessen die Angst, in Rußland zu sein. Vergessen, was noch vor mir liegt: der lange Weg in die Freiheit. Und vor allem vergessen, daß ich sie verlassen muß . . .

den guten, alten, mißtrauischen Kolka, dessen Blick so merkwürdig vertraut ist; und Dimitri, den großen, fröhlichen Jungen, der es wert wäre, geliebt zu werden.

Vergessen. Für einen Tag. Wer weiß, was morgen ist?

»In ein Museum könnten wir gehen«, sagte Dimitri und legte den Arm um Bettinas Schulter. »Ins Grusinische Museum der Schönen Künste? Oder ins Lenin-Museum? Wir könnten auch zum Botanischen Garten und in den Wald von Chudiakov fahren. Oder zum Urdschi Monasteri, dem blauen Kloster?«

»Ich weiß es nicht.« Bettina lehnte den Kopf gegen seine Schulter, und alle, die es sahen auf der Straße, beneideten Dimitri darum und lächelten ihn an und kniffen ein Auge zu.

Viel Glück, Brüderchen. Frühling ist's. Und Februar wird's sein, wenn das Kindchen kommt. Vergiß nicht, eine Lammfelldecke zu kaufen. Rauhe Winde sind im Februar. Haha!

»Nein«, rief Dimitri plötzlich. »Ich weiß etwas Besseres. Wir fahren hinaus nach Mtscheta. Über die alte Heerstraße. Dreitausend Jahre alt ist die Stadt. Und in ihr ist die Sweti-Tschoweli-Kathedrale, die Kirche des ›Lebensbaumes‹ oder der zwölf Apostel. Wo die Kirche jetzt steht, so sagt man, fand man das Gewand Jesu Christi.«

Und so taten sie es auch. Mit Dimitris Jeep fuhren sie durch einen blühenden Garten, am Ufer der Kura entlang, sie gingen durch die prunkvollen Gewölbe der Kathedrale und standen vor den Särgen früherer georgischer Könige aus der Dynastie der Bagrationiden, aber wie unwichtig war das alles. Sie waren endlich allein, sie gingen Hand in Hand durch die Sonne und durch die Weinberge, saßen im hohen Gras und blickten über den Fluß, die uralte Stadt und die fernen Marmorbrüche, und als die Sonne gegen Abend pfirsichfarben wurde, standen sie zwischen Mandarinen- und Zitronenbäumen und sahen sich tief in die Augen.

»Bleib bei uns, Wanda Fjodorowa«, sagte Dimitri, und wahrhaftig, seine Stimme zitterte dabei.

»Es wird nicht gehen, Dimitri Sergejewitsch.«

»Bleib für immer bei uns. Väterchen wird alt, und er hatte immer Sehnsucht nach einem Töchterchen. Und auch ich, Wanda Fjodorowa, ich ...« Er stockte, kratzte sich den Kopf und war sehr verlegen. Schwer ist's, so einfach auszusprechen, was man fühlt. Bei den anderen Mädchen, bei Marina oder Sussja etwa, war das anders gewesen. Die wußten, was sie wollten, und sie warteten nicht, bis man es ihnen sagte, wie man dachte. Das waren nette Augenblicke, aber nie hätte Dimitri sie gefragt, was ihm jetzt auf der Zunge lag und so schwer auszusprechen war.

»Du liebst mich, Dimitri?« sagte Bettina in sein Zögern hinein.

»Ja, Wandascha, ja.«

Nun war es heraus. Ganz klar. Und das Herz schlug freier, wie von einem zwängenden Panzer befreit.

»Du weißt nicht, wer ich bin«, sagte Bettina und senkte den Kopf.

»Ich sehe, *wie* du bist. Was geht mich Dunja an, dein Stiefmütterchen? Was kümmert es mich, woher du kommst? Es wird unser Leben sein, das wir leben müssen, nicht das der anderen. Geben sie uns einen Rubel, wenn wir Unglück haben? Im Gegenteil, neidisch werden sie sein, wenn wir glücklich sind. Was kümmert uns das alles. Du bist da, und ich bin da – was wollen wir noch mehr vom Leben?«

Bettina schüttelte den Kopf und trat einen Schritt zurück. Schlaff fielen die Arme an Dimitris Seite herunter. Wie mit Wasser übergossen sah er aus, und trotz seiner braunen, sonnengegerbten Haut erkannte man, daß er in Wahrheit bleich war vor innerer Erschütterung.

»Ich bin nicht reich«, sagte er leise. »Neunhundert Rubel verdiene ich. Werde ich Oberingenieur, vielleicht in fünf Jahren, bekomme ich zwölfhundert Rubel. Aber ich spare. Eine kleine Datscha will ich mir eines Tages kaufen, draußen in den grusinischen Bergen, wo noch die Luchse leben und die braunschwarzen Bären. Ich jage gern, ein guter Schütze bin ich, und wenn ein Braten überm offenen Feuer hängt, glänzend im eigenen Fett...« Er wischte sich mit zitternden Händen über das schöne schmale Gesicht. »Wandascha!« sagte er heiser. »Warum willst du nicht bei uns bleiben? Bin ich ein Ekel? Stinke ich nach Aussatz? Ist mein Anblick so, daß man Brechreiz bekommt? Oder liebst du schon einen anderen?«

»Du bist ein so lieber, guter Mensch, Dimitri Sergejewitsch«, sagte Bettina leise und ergriff seine Hände. »Und weil du es bist, sollten wir nur Freunde sein. Es gäbe zu große Komplikationen.«

»Mit deinem Paß?« Über das Gesicht Dimitris glitt ein freudiger Schimmer.

»Keine Sorge, Wandascha! Wassilij Iwanowitsch Tschigirin, dein Onkelchen, wird das regeln. Ein einflußreicher Mann ist er in Grusinien. Mitglied der Volkskammer. Ein Wort von ihm, und man wird dir einen neuen Ausweis ausstellen.«

»Gewiß, gewiß.« Bettina nickte. Tschigirin, dachte sie. O armer Dimitri, wenn du wüßtest, daß ich eine Deutsche bin... »Laß uns zurück zu Väterchen Kolka fahren.«

Dimitri sah sie an. Seine schwarzen Augen bettelten wie die eines Hundes. Hilflos war er, obzwar in ihm ein Vulkan tobte.

»Mir wird die Sonne nie mehr so hell scheinen, wenn du weggehst«, sagte er leise. »Ewiger Winter wird um mich sein, und ich werde frieren vor Kummer.«

»Komm!« Sie ergriff seine schlaffe Hand und zog ihn aus dem Mandarinenhain. Auf dem schmalen Feldweg, der hinunter zur Straße an der Kura führte, wo Dimitris kleiner braunlackierter Jeep stand, verhielt sie den Schritt, wandte sich um und schlang die Arme um seinen Hals.

»Ich liebe dich doch auch!« schrie sie, und es war wilde Verzweiflung in ihrer Stimme. »O Himmel, wie liebe ich dich! Aber wir werden daran zugrunde gehen, glaube es mir, Dimitri. Wir werden elend daran zugrunde gehen. O Dimitri, unser Schicksal ist so gemein, so gemein, so verdammt gemein!«

So standen sie eine ganze Zeit in der pfirsichfarbenen Abendsonne, küßten sich, beklagten ihr Schicksal und spürten, wie sie innerlich von Kuß zu Kuß mehr zusammenwuchsen, bis es keine Trennung mehr geben würde.

Es war schon Nacht, als sie endlich wieder in Tiflis waren und schon auf der Straße Kolkas Abendessen rochen: Bratkartoffeln und saurer Kohl.

»Wir werden heiraten, Väterchen!« schrie Dimitri schon auf der Treppe, als er Kolka oben in der Tür stehen sah. »Eine Hochzeit wird es geben, und du kannst herumlaufen und allen erzählen: Ich habe den glücklichsten Sohn, Leute! Beglückwünscht mich, Bürger, niemand hat ein so schönes Töchterchen wie Kolka Iwanowitsch.«

»Gott segne euch«, sagte der alte Kolka und legte seine faltige Hand auf die kurzen blonden Haare Bettinas. Noch auf der Treppe war es, und es war, als segne ein Patriarch seine Sippe. »So bekomme ich doch wieder eine Tochter.«

Dimitri starrte seinen Stiefvater groß an. Zum erstenmal wehte ein Hauch aus dem Dunkel von Kolkas Vergangenheit.

»Du hattest eine Tochter, Väterchen?« fragte er.

»Ja.«

»Und wo ist sie?«

»Sie starb«, antwortete Kolka hart und knapp. »Kommt herein, Kinder, die Kartoffeln werden schwarz. Ich habe sie mit Zwiebeln gebacken. Und einen Wein gibt's, einen Zinandali – als hätte ich es geahnt, welch feierlicher Abend es noch wird.«

Und dann, spät in der Nacht, war Bettina allein und stand am Fenster in Dimitris Zimmer. Bis hinüber zu den armenischen Bergen konnte sie sehen, hinter denen die türkische Grenze lag, das nahe und doch so unendlich weite Ziel.

War es wirklich noch ihr Ziel?

Sie lehnte die Stirn gegen den Fensterrahmen und schloß die Augen. Die Nacht war noch kühl, und über der Altstadt lag wie eine unsichtbare Wolke der Geruch von Öl, Gewürzen und trocknendem Harz.

In Göttingen wartet Mutter auf mich, dachte sie.

In Bonn macht sich Wolfgang Sorgen.

Sie werden denken, ich sei verbrannt ... ein unkenntlicher Klumpen inmitten der ausgeglühten Flugzeugtrümmer.

Und sie werden weinen, und Mutter wird allein, klein und verhärmt in ihrem Stübchen hinter dem Wäscheladen sitzen, hinausstarren in den kleinen Hinterhof und nicht begreifen, warum das Schicksal sie so hart bestrafte.

Zuerst der Mann, und jetzt die Tochter, und beide Male war es Rußland. Hassen würde sie dieses Land. Hassen mit der ganzen Glut eines zerrissenen mütterlichen Herzens.

Bettina sah hinüber zu den armenischen Bergen, dem schwarzen Wall vor der Freiheit.

Wenn man eine Nachricht geben könnte, dachte sie. Nur eine Nachricht. Nur einen kleinen Satz.

Ich lebe.

Könnte man dann bei Dimitri und Kolka bleiben?

Sie wandte sich ab, deckte die Hände vor die Augen und warf sich aufs Bett.

Dimitri oder Mutter.

Kolka oder Wolfgang.

Es waren keine Fragen mehr. Ein Teufel hatte dies Entweder-Oder ersonnen, und Bettina war zu schwach, um darüber zu entscheiden.

Wer nie in einem solchen Zwiespalt war, wird es auch nie begreifen.

*

Man hatte nicht zuviel prophezeit, als man General Oronitse schlaflose Nächte und unangenehme Tage voraussagte. Und auch Oberst Jassenskij fühlte sich nicht wohl und kratzte sich mit seinen tabakgebeizten Fingern immer öfter unter der Nase, was bewies, wie nervös er war.

Um es rundweg zu sagen: Sie hatten versagt. Wer Moskau kennt, weiß, daß solche Einsichten angetan sind, die Hose flattern zu lassen. Ein Offizier kann dumm sein, denn nicht allen hat der liebe Gott ein reges Hirn gegeben – aber wenn er einen Befehl gut ausführt, ohne zu denken, ich bitte, was hindert ihn daran, ein guter Offizier zu sein? Wenn er hingegen denken kann und sogar stolz darauf ist, und mit seinem ganzen klugen Hirn kommt er trotzdem nicht weiter als der Blöde, der Wasser mit einem Sieb schöpfen will – dann hat man allen Grund, sich mit Wodka und Papirossy zu trösten.

Die Suche der eingesetzten Bataillone war vergeblich und wurde abgeblasen. Nur die Grenzstationen hatten weiter Alarm und belästigten die Grenzfahrer mit langwierigen Kontrollen. Die Truppen kamen aus den Bergen zurück in die Garnisonen, und General Oronitse schickte ihnen einen internen Tagesbefehl, in dem er jeden einzelnen beschimpfte, einen Hohlkopf nannte und eine vierzehntägige Urlaubssperre anordnete.

»Beschämend ist das!« schrie Oronitse in seinem Hauptquartier und hieb auf den Kartentisch. »Zweitausendvierhundert Rotarmisten suchen ein hilfloses Mädchen, und was bringen sie heran? Ihre Uniform! Nichts weiter als ihre ausgegrabene Uniform! Hält man das für möglich?«

»Regen Sie sich nicht auf, Fjodor Nikolajewitsch«, sagte Oberst Jassenskij. »Ich habe es Moskau zu erklären versucht. Dem Himmel sei Dank, daß auch im Kreml Leute aus Grusinien sitzen! Sie kennen das Land und sind wie ich der Ansicht, daß wir warten sollten. In den Bergen, Schluchten und Höhlen wird sich diese Bettina Wolter verbergen, bis sie glaubt, der Sturm um sie habe sich gelegt. Dann kommt sie heraus, und wir fangen sie wie einen Schmetterling.«

»Und wenn er nicht kommt, Ihr Schmetterling?«

»Sie kommt!« Jassenskij lächelte verzerrt. »Wo soll sie denn hin?«

»Vergessen Sie nicht: sie spricht Russisch.«

»Aber jeder Russe merkt, daß es ein gelerntes und kein angeborenes Russisch ist.«

»Und unsere Grenze zur Türkei ist weich. Es gibt Felsengebiete, die kaum kontrolliert werden können. Ab und zu fliegt ein Hubschrauber drüber, das ist alles.«

Oberst Jassenskij kratzte sich wieder unter der Nase. Der Pessimismus Oronitses ging ihm an die Nerven. »Sie *ist* noch im Lande«, sagte er laut. »Verdammt noch mal, Fjodor Nikolajewitsch, mir wäre es sogar ein Fest, wenn sie noch hier sein würde. Im Vertrauen, das Vögelchen ist uns gar nicht wichtig. Wichtiger ist, daß wir ein Mittelchen für ihren Bruder haben. Über seine Schwester werden wir ihn zu uns locken. Wir wissen jetzt, daß dieser Oberleutnant Offizier des deutschen Militärischen Abschirmdienstes ist. Zwar nur ein kleines Rädchen, aber auch kleine Rädchen können eine Maschine stören, wenn sie sich in der falschen Richtung drehen. Je länger man nichts über diese Bettina weiß, und je länger sie verschwunden bleibt, um so wirksamer können wir den Bruder bearbeiten. So gesehen, lieber Fjodor Nikolajewitsch, war die Suche gar kein Mißerfolg.«

»Da haben Sie recht, Safon Kusmajewitsch«, sagte General Oronitse müde.

Man muß Mitglied der GRU sein, dachte er, um mit solcher Sophistik reden zu können. Das nennt man Dialektik, Genossen! Da kann man noch etwas lernen.

Aber die Freude im stillen war nur kurz.

Es war ausgerechnet der Copilot und Funker Paul Andresen, der neue Unruhe zu Oronitse und Jassenskij trug.

Nach langen Untersuchungen und Erklärungen hatte man der deutschen Sachverständigen-Delegation zu verstehen gegeben, daß es sinnlos sei, weiter nach Ursachen zu forschen. Das Unglück war geschehen, es gab genug Augenzeugen, Chefpilot Pohlmann hatte mühsam geschildert, wie es zum Absturz gekommen war, es war eine ganz klare Situation, über die man nicht lange zu diskutieren brauchte.

Die Toten wurden freigegeben und in verlöteten Zinksärgen zunächst nach Hamburg geflogen. Die Verletzten, soweit sie transportfähig waren, brachte man auch zurück nach Deutschland. Nur vier Verletzte blieben im Grusinischen Krankenhaus Nr. I zurück. Schuld daran war Professor Klimenti Kusmanowitsch Semlakow, der Chef des Krankenhauses. Er wehrte sich gegen die Verlegung der vier Patienten, unter denen Pohlmann und Andresen waren, mit der Beredsamkeit eines Marktschreiers.

»Genossen!« sagte er mit heftigen Armbewegungen bei einer internen Besprechung mit Vertretern der maßgebenden Behörden. »Übersehen wir hier einmal die Rechtslage. Darum geht es nicht. Wir haben die Gelegenheit, an vier verletzten Menschen der Welt zu zeigen, was die sowjetische Medizin zu leisten vermag. Wann hat man schon Gelegenheit, ein solches Forum zu finden? Demichow in Moskau setzte einem Hund einen zweiten Kopf auf, und die Welt war sprachlos. Doch, ehrlich, Genossen, was war's? Eine Spielerei. Kann man einem Menschen den Kopf abschneiden und woanders draufsetzen? Sie lachen... zum Weinen ist's, nutzlose Experimente zu machen. Wenn so etwas möglich wäre, liefen bald alle Großmütterchen mit den Köpfen von Zwanzigjährigen herum. Wobei zu überlegen wäre, wo man die Köpfe herbekommt.« Oh, Professor Semlakow war in Fahrt. Man kannte ihn, und man erwartete jetzt von ihm einen Vortrag, der reizvoller war als eine Aufführung des grusinischen Balletts in der Paliaschwili-Oper.

»Aber hier, Genossen«, rief Professor Semlakow, drückte auf einen Knopf, das Licht erlosch und auf einer großen Leinwand erschien ein buntes Bild; ein Mann in einem Krankenhausbett, den Kopf verbunden, die Brust umwickelt wie eine Mumie, »hier haben wir die Möglichkeit, Reales zu leisten. Ich zeige Ihnen vier Verletzte, an denen wir die sowjetische ärztliche Kunst demonstrieren können: Zwei Männer und zwei Frauen, bei denen wir durch Transplantationen und Korrekturoperationen die zerstörte Natur wiederherstellen können.«

Dann kamen die Bilder, schonungslos die Verwundungen zeigend, verbrannte Körperstellen, zerfetzte Gliedmaßen und ein ehemals schönes Mädchengesicht, das durch eine klaffende Wunde quer durch das Gesicht völlig entstellt war. Irene Heidfeld, die zweite Stewardeß, war es, und durch die Versammlung ging ein mitleidiges Raunen. Auch Paul Andresen wurde gezeigt: seine Kniescheibe war zertrümmert. Professor Semlakow erklärte, daß man die Splitter herausnehmen und die Knochenscheibe durch eine Schnappsehne ersetzen wolle.

Wenn auch die Vertreter der Behörden wenig von dem verstanden, was da medizinisch auf sie an Worten herabregnete – die Bilder überzeugten. Man gab die vier Verletzten als »nicht transportfähig« nicht frei, und Professor Semlakow machte sich daran, mit Hilfe eines Filmapparates, der alles aufnahm, für die Nachwelt zu beweisen, daß die Sowjetunion nicht nur das größte Agrarland der Erde, sondern auch im Besitz der besten Chirurgen war.

So kam es, daß Paul Andresen in Tiflis blieb, während man das Flugzeugunglück vergaß, der Alltag alle Erinnerungen an diese Nacht niederwalzte und nur im Grusinischen Krankenhaus Nr. I noch von den »Deutschen« gesprochen wurde, den Propaganda-Patienten des Professors Semlakow.

Nach zehn Tagen Bettruhe durfte Andresen aufstehen, humpelte an zwei Krücken durch die langen Korridore und durch den Garten. Er besuchte Irene Heidfeld, zu der er sagte, sie sähe aus wie eine Maharani, der Turban stände ihr gut. Und Irene Heidfeld lächelte dankbar, denn man hatte ihr bisher jeden Spiegel vorenthalten, und sie wußte nicht, wie schrecklich ihr Gesicht entstellt war. Dann ging er weiter zu Werner Pohlmann, den man zuerst tot gemeldet und auch zu den anderen Toten gelegt hatte. Einem Milizionär erst fiel auf, daß der »Tote« sich auf die Seite gedreht hatte, denn er konnte sich genau erinnern, ihn auf den Rücken gelegt zu haben. So entdeckte man, daß Pohlmann noch lebte, aber welch ein Leben war es! Sein ganzer Rücken war verbrannt. Mit Kreislaufspritzen und künstlicher Beatmung hielt man ihn am Leben. Er war der Glanzfall des Professors Semlakow. »Noch nie ist es gelungen, einen Menschen mit solchen Verbrennungen dritten Grades lebensfähig zu halten. Ich werde es! Ich bringe ihn durch, Genossen! Er wird mir nicht unter der Hand ersticken.«

Wie gesagt, es war unmöglich, gegen Semlakows medizinischen Fanatismus anzukommen. Und außerdem bewies er, daß er ein Genie war: Pohlmann lebte nach zehn Tagen noch immer.

Am zehnten Tag geschah das, was General Oronitse aus der Fassung brachte.

Paul Andresen hatte eine Krankenschwester entdeckt, die aus Litauen stammte. Sie sprach ein leidliches Deutsch, und Andresen sah in ihr seine große Chance.

»Mein weißer Engel«, sagte er, legte die Hand um ihre Hüfte und streichelte sie. Es mußte angenehm empfunden werden, denn Schwester Tilda hielt still und sah Andresen aus etwas kuhähnlichen Augen an. »Ich habe kein Fieber, der Kopf brummt nicht mehr, auf Krücken kann ich mich bewegen . . . sag einmal, Schätzchen, ist es einem Mann zuzumuten, dann wie ein Mönch zu leben?«

Schwester Tilda sah das ein. »Wenn Sie mich verraten . . .«, sagte sie.

»Ein Fisch wird ein Sänger gegen mich sein.«

»In Tiflis ist Jahrmarkt.«

»Mit Karussells?«

»Mit Buden und Schießständen und tanzenden Bären und einer Geisterbahn. Auch ein Kettenkarussell.«

»Da gehn wir hin«, sagte Andresen bestimmt. »Tilde, holdes Mädchen, so eine Kirmes ist genau das, was ich brauche. Dieses sterile Klima im Krankenhaus . . . ich bin doch kein Frosch, Schätzchen, den man in ein Einmachglas setzt. Wann geht's los?«

»Morgen, nach der Chefvisite. Aber wenn Sie mich verraten . . .«

»Ich werde alles mit dir tun, Tilda, Süße, nur das nicht.« Andresen gab ihr einen Kuß, sah weg, als sie mit den Kuhaugen rollte, bat innerlich alle seine Freundinnen um Verzeihung, aber das hier war ein echter Notstand, und humpelte auf seinen Krücken wieder zu Werner Pohlmann.

Am nächsten Tag verließen Andresen und Schwester Tilda durch die Tür des Heizungskellers die Klinik, nahmen eine Taxe und ließen sich zum Festplatz fahren, am Rande des Parks für grusinische Wirtschaft.

Und hier war es, wo Paul Andresen nach einer Stunde

den Mund aufriß, sprachlos wurde und mit weiten Augen dem Flug eines Sitzes des Kettenkarussells folgte.

In einem Kleid mit leuchtenden Mohnblüten, die kurzen blonden Haare strubbelig im Wind, lachend und ausgelassen wie ein Kind, mit den Beinen schlenkernd und das sonnige Glück in Person, wirbelte hoch in der Luft Bettina Wolter an ihm vorbei. Neben ihr, sie festhaltend, schwang ein schwarzlockiger junger Mann durch die Sonnenglut.

»Das ist doch nicht möglich . . .«, stotterte Andresen und wischte sich über das schwitzende Gesicht. »Das ist doch Blödsinn! So etwas gibt's doch gar nicht . . .«

Das Karussell wurde langsamer, die Sitze senkten sich. Kinder und Erwachsene drängten sich zur Kasse, schoben und stießen Andresen zur Seite, drängten ihn ab, warfen ihn fast um, denn er stand im Weg. »Betti!« schrie er über die Köpfe der Menschen hinweg. »Betti! Hier ist Paul! Betti!«

Hilflos hing er in seinen Krücken. Tilda war nicht da, sie war zu einem Süßigkeitenstand gegangen und wollte türkischen Honig kaufen. Die wogende Menschenmenge versperrte ihm die Sicht . . . noch einmal sah er das Mädchen mit den Mohnblüten, wie es aus dem Sitz hüpfte, zwischen Hunderten von Leibern verschwand. »Betti!« schrie er grell. »Betti!«

Er versuchte zu gehen, stieß mit den Krücken in die Rücken der Vordermänner und wurde beschimpft wie ein stinkendes Ferkel. Einer spuckte ihn sogar an, mitten ins Gesicht, und schrie: »So etwas nennt sich Bürger! Wühlt sich wie eine Sau durchs Gedränge! Hat man dich schon zum Krüppel geschlagen, Freundchen? Gib Ruhe, sonst verbiege ich dir auch noch die Nase!«

Paul Andresen gab den Kampf auf. Er lehnte sich gegen einen schrägen Pfosten einer großen Reklametafel und wartete, bis Schwester Tilda zurückkam, bepackt mit türkischem Honig.

»Wie siehst du denn aus?« fragte sie entsetzt. »Ganz bleich bist du. Du! Wenn du mich belogen hast. Wenn du noch schwer krank bist ...«

»Fahren wir nach Hause«, sagte Andresen schwach. Er sah sich noch einmal um, gestützt auf Tilda.

Kein Kleid mit Mohnblüten mehr ... kein blonder Mädchenkopf. Die Menschen wogten über den staubigen Platz wie graue, sturmgepeitschte Wellen. Und plötzlich war ihm der Lärm der Musik, der Ausrufer, der Karussells, der tausend Stimmen zu viel. Sie schlugen über ihm zusammen und erstickten ihn.

Am Abend saß Andresen bereits vor General Oronitse und Oberst Jassenskij. Professor Semlakow hatte seinen Ausflug entdeckt. Entgegen allen Gepflogenheiten hatte Semlakow am Nachmittag noch einmal den Patienten Andresen sehen wollen, und siehe da, der Mann war nicht da. Einen Krach gab es, als sei die ganze Apotheke gestohlen worden, und als Andresen nichtsahnend durch den Heizungskeller wieder zu seinem Zimmer humpelte, fing ihn Semlakow selbst ab und nahm ihn ins Verhör.

Und Andresen, ratlos über das, was er gesehen hatte, erzählte alles.

»Wie sah sie aus?« fragte Oronitse.

»Was hatte sie an?« keuchte Jassenskij.

Andresen rauchte langsam seine Zigarette, eine Vorausbelohnung für seine Aussagen.

»Wie immer sah sie aus«, antwortete er. »Sie trug ein Sommerkleid aus blauem Leinen, an den Rändern mit Weiß eingefaßt, ich glaube, man nennt das Paspelierung.« Andresen sagte es ganz ruhig, etwas versonnen, als erinnere er sich jetzt ganz genau. »Ja, und ein Mann war bei ihr.«

»Ein Mann?« rief General Oronitse.

»Ein kleiner Mann, dicklich, mit einer Knollennase. Wie ein Säufer sah er aus. Und widerliche Haare hatte er.

Rotblond. Und keine Wimpern. Wie ein Schweinchen sah er aus.«

»Eine wunderbar genaue Beschreibung«, sagte Oberst Jassenskij fröhlich. »Es wird nicht schwerfallen, dieses Schweinchen zu fassen. Weitär, Härr Andresen.«

»Weiter nichts. Sie flog an mir vorbei, ein paarmal, ich habe sie deutlich erkannt. Ich habe sie noch gerufen, aber sie hörte mich nicht.« Andresen zerdrückte die Zigarette und hielt die Hand auf. Oronitse gab ihm eine neue Papirossa. »Auf jeden Fall ist sie gesund und unverletzt. Das beruhigt mich.«

»Uns auch, uns auch«, sagte Oronitse säuerlich. »Wir danken Ihnän . . .«

Andresen wurde zurückgeführt in sein Zimmer. Er war zufrieden. Seine Dummheit, aus der ersten Erschütterung geboren, hatte er, so gut es ging, wieder gutgemacht. Man glaubte ihm das blaue Kleid und den kleinen, schweinchenähnlichen Mann.

Mach's gut, Betti, dachte Andresen und legte sich ins Bett. Was immer du auch vorhast . . . viel Glück.

In dem Zimmer Professor Semlakows saßen sich Oronitse und Jassenskij gegenüber und waren sich zum ersten Male einig. Jassenskij, als Mann der GRU an logische Zusammenfassungen gewöhnt, referierte.

»Wir haben jetzt ein klares Bild: Bettina Wolter ist es gelungen, aus den Bergen zurückzukommen in die Stadt und Anschluß an einen Bürger zu finden. Ein ehrvergessener Bursche, dieser Mann, aber wir werden ihn bestrafen, wie's ihm gebührt. Sie ist eingekleidet worden, sie fühlt sich sicher, sie denkt gar nicht daran, zur türkischen Grenze durchzubrechen. Daraus geht klar hervor, daß sie einen bestimmten Auftrag hat.« Jassenskij sah Oronitse triumphierend an. »Wer hat das immer gesagt, Fjodor Nikolajewitsch?«

»Weiter!« brummte Oronitse. Die Selbstbeweihräucherung Jassenskijs stank ihm zu sehr nach Angstschweiß.

»Machen wir jetzt die Türe zu, Genosse.« Jassenskij hieb mit der Faust auf den Tisch. »Alle Zeitungen anhalten! Auf die erste Seite das Bild der Bettina Wolter. Aufruf an alle Bürger: Es ist nationale Pflicht, dieses Mädchen der Miliz zu übergeben! Beschreibung ihres Begleiters. Wer sie abliefert, dem ist ein Lob aus Moskau sicher. Ein Diplom als Aktivist. Das zieht immer. Alle Morgenzeitungen müssen das Bild bringen.« Jassenskijs Stimme wurde zur Fanfare. »Wir haben das Schmetterlingchen, Fjodor Nikolajewitsch. Es flattert uns direkt ins Netz.«

General Oronitse schwieg. Er war nicht mißgünstig, nie war er es gewesen; aber diesen Erfolg gönnte er Jassenskij nicht, weil er ein so unsympathischer Mensch war.

*

Die Morgenzeitungen erschienen.

Auf der ersten Seite war ein großes Bild. Ein deutsches Mädchen in der Uniform einer Luft-Stewardeß. Es lächelte etwas kühl die Tifliser an, das Schiffchen saß schräg auf den blonden Haaren; ein hübsches Täubchen, unnahbar und fremd, wie ein Eisvogel aus dem Norden.

Dimitri war schon früh aus dem Haus gegangen. Er hatte Dienst im Pumpwerk. Bettina hatte eine Tasche und ein Netz genommen und war hinunter zum Markt gegangen, um einzukaufen, was sie seit zehn Tagen jeden Morgen tat.

»Ruh dich aus, Väterchen«, hatte sie gesagt. »Jetzt koche ich. Ihr sollt merken, daß eine Frau im Haushalt ist.« Und Kolka war's zufrieden. Er konnte jetzt lesen, seine Platten hören, ging spazieren und fühlte sich richtig wie ein zufriedenes Großväterchen, dem immer die Abendsonne scheint.

Jeden Morgen ging Kolka um die Ecke zu dem Zeitungsstand und holte sich die »Tbilisi Prawda«. Mit ihr beschäftigte er sich bis zum Mittagessen, denn was da alles drin stand, nahm er nicht kommentarlos hin. Er diskutierte mit Wanda Fjodorowa über die Weinpreise und die Ereignisse im Kongo, schüttelte den Kopf über die westdeutschen Politiker, die man in der Zeitung unverhohlen Schwachköpfe nannte, und bestaunte Bilder aus Ost-Berlin, wo zur Maifeier eine Million hinter Fahnen hermarschierten und »Freundschaft! Freundschaft!« schrien.

»Es ändert sich nichts«, sagte der alte Kolka dann. »Zwei Weltkriege, zwei Inflationen, sechzig Millionen Tote ... und es geht immer weiter. Immer weiter. Die Menschen müssen einen Wurm im Hirn haben, der den Geist auffrißt. Anders kann man's nicht erklären.«

Auch an diesem Morgen holte sich Kolka Iwanowitsch Kabanow seine Tbilisi Prawda, faltete sie zusammen, steckte sie in die Tasche, denn er war nicht so einer, der schon auf der Straße liest. Zeitunglesen war wie Dinieren. Es mußte zelebriert werden, mit einem Pfeifchen, einem Gläschen Wodka oder Kwaß und viel innerer Ruhe. Auch Zeitungen kann man verdauen; seht euch Kolka an.

Und so faltete Kolka die Zeitung oben in seinem Zimmer auseinander, als er gemütlich auf seinem Rohrsessel saß und die Pfeife dampfte.

Er sah das Bild, und die Pfeife fiel aus seinem Mund, rollte über seine Brust, den Bauch, über die Schenkel und fiel auf den Teppich. Wie ein Schlag war's. Mit verkrampften Fingern hielt er die Zeitung fest, und seine grauen, nun weiten Augen lasen, was unter dem Bilde stand.

Bettina Wolter. Eine deutsche Stewardeß.

Bettina Wolter.

»Oh!« stöhnte Kolka. Die Arme fielen ihm herab, aber die Finger hielten die Zeitung umklammert. »Oh! Mein

Gott, das ist nicht wahr! Mein Gott, das kann nicht sein...« Sein Kopf sank nach hinten gegen die hohe Flechtlehne, er starrte gegen die Decke, und dann schloß er die Augen, weil die Decke herabzufallen schien und eine unsichtbare Hand ihn aufhob, wegtrug in den blauen Himmel, über das Land warf, über das Gebirge, ihn wegschleuderte nach Norden... eine Steppe, Panzer rollen zurück, durch die Luft heulen die Raketengranaten der Stalinorgeln, und da läuft ein Mensch durch die Steppe, das Gewehr vor der Brust, und er rennt und rennt, denn er weiß, daß hinter ihm die Panzer alles niederwalzen... Um sein kleines Leben rennt er, die Angst hockt ihm im Nacken, und dann hört er das Knirschen der Panzerketten, das Donnern der Motoren... und er schreit und schreit und rennt weiter und will leben... leben... Und dann wirft ihn ein Stoß auf das Gesicht... er zieht die Beine an und schreit in den Steppenboden hinein. Nein! Nein! Nein! Laßt mich leben! Ich will nicht sterben... Gnade! Gnade!

Und die Panzer rollen links und rechts an ihm vorbei, bewerfen ihn mit Dreck und Staub, decken ihn zu mit Steppengras, begraben ihn mit Erdschollen.

Aber er lebt.

Shitomir.

Und der Krieg ist für ihn vorbei.

Kolka Iwanowitsch Kabanow öffnete krampfhaft die Augen.

Er ist wieder in seinem Zimmer. Die Decke ist da, die Sonne vor dem Fenster, die Zeitung in seiner Hand.

Das Bild.

Bettina Wolter.

Dreiundzwanzig Jahre alt.

»Oh«, sagte Kolka wieder. »O mein Gott, laß es nicht wahr sein! Oder doch. Doch! Laß es Wahrheit sein! Schicke mir ein Wunder! Ein herrliches Wunder, mein Gott. Schenke deinem Kolka die Gnade eines Wunders.«

Er hörte unten die Haustür klappen. Wanda Fjodorowa kam vom Markt zurück. Mit Gemüse und Milch, mit Sahne und Butter. Und mit einem Fläschchen Wodka. 200 Gramm.

Kolka Iwanowitsch erhob sich aus seinem Sessel. Die Zeitung hielt er noch immer fest, er schwankte, als er endlich stand, und in seinem Gesicht lagen Qual und fast überirdische Freude.

Bettina riß die Tür auf. Lustig war sie, wie immer, denn ein glücklicher Mensch ist immer fröhlich.

»Väterchen! Ich habe eine Überraschung für dich!« wollte sie rufen, denn sie hatte schönen gelben chinesischen Tabak entdeckt und 50 Gramm für sündhaft viele Rubel gekauft.

Aber der Ruf erstarb ihr auf den Lippen. Sie sah den alten Kolka schwankend vor dem Sessel stehen, die Zeitung in der Hand, und nun hob er die Arme ihr entgegen, und sie sah die erste Seite der Zeitung und darauf ihr großes Bild.

Wie ein Blitzschlag war's, der lähmend durch ihren Körper raste. Sie riß die Tasche und das Netz wie schützend vor ihre Brust und wollte zurückweichen, aber die Beine waren wie festgewachsen und nur ihr Kopf flog zurück, so wie es eine Wölfin tut, wenn sie im Winter ihren Hunger gegen den Himmel klagt.

Und Kolka Iwanowitsch ließ die Zeitung fallen, breitete die Arme aus und sagte mit zitternder Stimme: »Komm her, Töchterchen!«

Und er sagte es in deutscher Sprache, als habe er nie anders gesprochen.

»Komm her, meine kleine Bettina.«

»Ich ... ich heiße Wanda ...«, stammelte Bettina und lehnte sich an den Türpfosten. »Wanda Fjodorowa ...«

Kolka Iwanowitsch Kabanow schüttelte den Kopf. »Warum spielen wir Versteck?« sagte er, und er sprach weiter deutsch, was Bettina maßlos entsetzte. »Ich weiß, daß du Bettina bist. Eigentlich habe ich es gleich gefühlt... hier drinnen...«, er tippte auf seine Brust und lächelte gütig, wie ein Vater, der große Freude an seinen Kindern hat. »Als Dimitri dich mitbrachte, als ich dich ansah – so zerrissen und müde und elend warst du –, da fühlte ich etwas anderes im Herzen, als man es sonst spürt, wenn man einem fremden Menschen begegnet. Bettina...«

Kolka Iwanowitsch kam noch einen Schritt näher. Bettina hob die Einkaufstasche höher. Es sah aus, als wolle sie damit auf den Alten einschlagen.

»Wer sind Sie?« fragte Bettina. »Warum sprechen Sie jetzt deutsch? Was... was wollen Sie von mir?« Und plötzlich ließ sie die Tasche und das Netz fallen, vor die Füße Kolkas, der noch einen Schritt näher kam. »Lassen Sie mich gehen!« sagte sie hart. »Grüßen Sie Dimitri von mir. Es... es war eine schöne Zeit bei Ihnen...«

»Bleib!« sagte der alte Kolka. In seinen Augen lag eine strahlende Freude. Er sah Bettina an, als sei sie gerade geboren, und er, der Vater, hebe sie empor und wäre glücklich über ihren ersten Laut. »Wir können nicht vor unserem Schicksal davonrennen.«

»Das sagte der Inder auch...«, stammelte Bettina.

»Welcher Inder?«

»Es war nur ein Gedanke, Kolka Iwanowitsch. Ich bin so verwirrt.« Bettina hatte ihren ersten Schrecken überwunden. Zu lächeln versuchte sie sogar, und es gelang ihr mühsam. »Das Bild in der Zeitung... es sieht mir ähnlich, gewiß... aber gibt es das nicht, daß sich zwei Menschen sehr ähnlich sehen? Schon auf dem Markt habe ich die Zeitung bemerkt... das Bild... aber ich habe nicht erwartet, daß Sie so reagieren, Väterchen...« Sie senkte den Kopf und strich ihr neues Kleid glatt. Es war, als wische sie damit das Glück von sich herunter, in Dimitris und Kolkas Haus zu sein. »Nun werde ich weiterziehen, Väterchen. Onkel Wanja wartet.«

»Du hast keinen Onkel Wanja«, sagte Kolka laut.

»Doch! Ich habe ihn!« schrie Bettina zurück. »Und ich gehe jetzt zu ihm!«

»Dein Onkel heißt Ludwig ... Ludwig Gilles ... und er wohnt in Flensburg ...«, sagte Kolka ruhig.

»Nein!« Ein Aufschrei war's, ein greller Schrei, der im ganzen Hause widerhallte. Auf der oberen Treppe klappte eine Tür. Dort wohnte der grusinische Maler Arkadij Lukanowitsch Bederian, ein wüster Mensch, der soff und wahllos liebte, dekadente Bilder malte, nach Ansicht der Kulturvorsitzenden des Rates sowjetischer Künstler, und der sich vom Verkauf gezeichneter Postkarten ernährte, die er am Flugplatz und am Hauptbahnhof den Reisenden anbot. Unter der Hand flüsterte man allerdings, daß er auch Fotos verkaufte, nackte, herrliche kaukasische Mädchen, bei deren Anblick einem rechten Mann das Wasser im Munde zusammenläuft ... aber wie gesagt, man munkelte es bloß. Auf jeden Fall galt Arkadij Lukanowitsch als ein großes Schweinchen, aber er lebte mit sich und der Welt zufrieden dahin.

»Was ist das da unten?« schrie Arkadij Lukanowitsch die Treppe hinunter. »Warum quietscht das süße Vögelchen? Juckt es dem Alten in den Fingern, was? Eine schöne Wirtschaft ist das, der Teufel soll's holen!«

»Komm herein und schließ die Tür«, sagte Kolka. »Arkadij ist wieder besoffen. Er braucht nicht zu hören, was wir miteinander zu reden haben. Komm herein, meine kleine Bettina.«

Die Stimme Kolkas war wie ein Magnet. Bettina trat vollends ins Zimmer und schloß hinter sich die Tür. Hinter ihrer zuckenden Stirn arbeiteten die Gedanken.

Ludwig Gilles ... woher weiß er, daß mein Onkel Ludwig Gilles heißt und in Flensburg wohnt? Er ist der Bruder von Mutti. Amtmann in der Stadtverwaltung. Wer ... wer ist dieser Kolka Iwanowitsch Kabanow ...

»Soll ich dir noch mehr sagen, Betti?« fragte der alte

Kolka. Ganz nahe standen sie nun beieinander, sahen sich an, und in Bettina verschwand die Angst und die Panik, die sie wieder wegtrieb aus dem Hause Dimitris. Es war ihr wieder, als habe sie Kolka schon seit Jahrzehnten gesehen und immer diese grauen, gütigen Augen vor sich gehabt.

»Ich muß das Essen machen«, sagte sie leise. »In einer Stunde kommt Dimitri nach Hause.«

»Du heißt Bettina Julia Maria Wolter«, sagte der alte Kolka langsam. Über die Augen Bettinas zog ein Schleier, durch den sie Kolkas Gesicht wie im Nebel schwimmend sah. »Du bist geboren am 19. Juli 1943 in Göttingen. Dein Vater lag am Tage deiner Geburt in einem Erdbunker vor Smolensk, und als das Telegramm von der Feldpostleitstelle über das Bataillon weitergegeben wurde zum Bunker, trank dein Vater mit seinen Kameraden eine halbe Flasche Kognak, die als Geschenk aus der Marketenderei kam. Er war so glücklich, dein Vater. Erst ein Sohn, Wolfgang Ludwig ... nun eine Tochter. Nur einmal hat er die Kleine gesehen, bei einem Urlaub 1943, im Winter. Du lagst in einem Körbchen und schliefst, als er sich zum erstenmal über dich beugte. Und deine Mutter – Agnes, hat sie noch immer das Grübchen in der linken Wange? – weinte, als fünf Tage später ein Telegramm von der Truppe kam und dein Vater den Urlaub abbrechen mußte. Die russische Winteroffensive begann. Und dann hat dich dein Vater nie wiedergesehen ...«

»Nein ...«, stammelte Bettina. Die Schleier vor ihren Augen wehten. Mutters Grübchen in der linken Wange – er kennt es. Er kennt alles. Alles! O Gott, mein Herz ... mein Herz ... »Nein«, sagte sie kaum hörbar. »Mein Vater wurde in Rußland vermißt. Später brachte ein Heimkehrer aus der Gefangenschaft die Nachricht mit, daß er gestorben sei. Verhungert.«

»Er ist nicht verhungert«, sagte der alte Kolka und legte beide Hände um den Kopf Bettinas. Dann zog er sie an sich und umarmte sie. »Ich bin dein Vater.« Seine Stimme schwankte. »Ich bin Karl Wolter.«

Aus seinen Armen und schnell zugreifenden Händen glitt ihm Bettina weg auf die Erde. Sie wurde besinnungslos.

Und Kolka Iwanowitsch, der einmal vor zweiundzwanzig Jahren Karl Wolter hieß, hob sie auf, nahm sie auf seine Arme und trug seine Tochter hinüber in sein Zimmer, und dabei liefen ihm die Tränen aus den alten Augen und rannen über die Runzeln in seine Mundwinkel.

Um die Mittagszeit kam Dimitri nach Hause.

Er war wie immer fröhlich gestimmt, denn ein verliebter Mensch ist wie ein immer klingendes Instrument, voll Musik und seine Umwelt erfreuend. Zwei Stufen der Treppe auf einmal nahm er, begegnete dem betrunkenen Arkadij Lukanowitsch, der sich zum Flugplatz aufmachte, um seine Postkarten an den Mann zu bringen, riß die Tür auf und stürmte ins Zimmer. Kolka Iwanowitsch stand am Gasherd und kochte. Es roch nach Wurzelgemüse und Kochfleisch. Eine kräftige Nahrung, Freunde, denn an die Soße kommt viel saure Sahne.

»Hast du das gesehen, Väterchen?!« rief Dimitri und schwenkte eine Zeitung. Natürlich, die Tbilisi Prawda war's, und das Bild Bettinas war nach oben gefaltet. »Hast du schon die Zeitung studiert?«

»Natürlich«, brummte Kolka und rührte in den geschnitzelten Möhren.

»Das Bild! Diese Ähnlichkeit! Man soll's nicht für möglich halten. Gelacht habe ich. Und zu meinen Freunden habe ich gesagt: Seht es euch an! So ähnlich sieht meine Wanda aus. Und sie beneiden mich alle.«

»Ein Idiot bist du!« sagte Kolka laut und goß Bouillon in die Möhren. »Ein vollkommener Idiot.«

»Aber Väterchen! Stolz bin ich auf Wanda Fjodorowa. Darf ich mich nicht sonnen in meinem Glück?«

»Ob's ein Glück wird, das kann die nächste Stunde zeigen«, sagte Kolka Iwanowitsch. »Setz dich, das Essen ist gleich fertig. Nur noch die Soße . . . fünf Minuten.«

Dimitri sah sich um und legte lauschend den Kopf zur Seite. Aus den Nebenzimmern hörte er keinen Laut.

»Wo ist Wanduscha?« fragte er.

»Sie schläft«, antwortete Kolka kurz.

»Jetzt?« Dimitri warf die Zeitung auf den Tisch und kam zum Herd. Er sah jetzt, daß Väterchen Kolka verändert war, ja, wirklich, ganz anders sah er aus. Rasiert war er, bei Gott, eine glatte Wange hatte er, wie eine Kinderhaut, und mit dem Handapparat hatte er sich sogar die Haare geschnitten. Nicht mehr lang und weiß waren sie, sondern kurz, fast stoppelig, als habe sein Kopf unter einem Rasenmäher gelegen.

»Wie siehst du denn aus, Väterchen?« fragte Dimitri verblüfft. »Man erkennt dich kaum.«

»So sehe ich immer aus«, sagte Kolka ruhig, goß die Fleischbrühe in die Möhren und machte sich daran, die saure Sahnesoße für das Fleisch anzurühren.

Dimitri zögerte. Die alte, eingewurzelte Achtung vor dem Vater hielt ihn zurück, heftig zu werden. Aber dann griff er doch mit beiden Händen zu und drehte den soßerührenden Kolka herum.

»Was ist geschehen, Väterchen?« rief er. »Du veränderst dich, Wanda Fjodorowa soll am hellen Tag schlafen . . . was ist vorgefallen? Wo ist Wanda?«

»Nebenan, in meinem Zimmer. Mach die Tür auf und sieh sie dir an. Dein Täubchen ist unverletzt. Ein Rätsel ist's nur, daß sie einen Kindskopf wie dich liebt.«

»Hat sie zu dir gesagt, daß sie mich liebt?« Dimitris Augen glühten. »Erzähle, Väterchen! Was sagt sie über mich?«

»Sie weinte.«

»Vor Glück.«

»Aus Elend.«

Der Glanz in Dimitris Augen erlosch. Was Kolka sagte, war stets die Wahrheit gewesen, und wenn Wanda Fjodorowa weinte, so war das keine Lüge, sondern sie hatte großen Kummer.

»Ich muß zu ihr!« rief Dimitri. Aber Kolka hielt ihn am Ärmel fest: »Bleib! Laß sie schlafen, Söhnchen.«

»Sie hat geweint. Trösten muß ich sie, Väterchen.«

»Du bleibst!«

Kolka krallte die Finger in den Arm Dimitris, und dieser wunderte sich, wie stark noch die Kraft des Alten war. Kein Wehren gab's dagegen, es sei denn, man schlug zu – aber wer schlägt schon sein Väterchen? Eine ganz rohe Natur mußte man dazu schon sein.

»Geh zum Tisch und setz dich«, sagte Kolka Iwanowitsch, schob die Töpfe vom Herd und löschte die Gasflammen. Gehorsam setzte sich Dimitri, aber seine Augen funkelten. Er legte die Hände flach auf die Knie, wie ein japanischer Ringer, bevor er sich auf seinen Gegner stürzt.

»Ich sitze, Väterchen«, sagte er, als er Kolka noch herumwirtschaften sah. Er schob die Töpfe hin und her, putzte mit einem Lappen über das Emaille des Herdes, staubte ein paar Krümelchen weg und tat sehr geschäftig.

»Du wolltest etwas sagen?« fragte Dimitri, als der Alte noch immer schwieg.

»Ja, Söhnchen.« Kolka seufzte tief, warf den Aufwaschlappen gegen die Wand und kam mit tappenden Schritten näher. In seinen geliebten Korbsessel setzte er sich, stopfte sich eine Pfeife, sah auf die Tbilisi Prawda, die Dimitri auf den Tisch geworfen hatte, betrachtete stumm das Bild Bettinas in der Stewardeß-Uniform der DBOA und die große Unterschrift: Dringend gesucht wird . . . und seufzte noch einmal tief.

»Eine Geschichte muß ich dir erzählen, Dimitri Sergejewitsch«, sagte der alte Kolka umständlich. »Wie ein

Märchen wird's klingen, das die usbekischen und aserbeidschanischen Erzähler auf den Märkten vortragen. Nur hat sie etwas Schreckliches an sich, die Geschichte: Sie ist wahr!«

»Erzähle, Väterchen«, sagte Dimitri heiser. »Ist es die Geschichte Wanda Fjodorowas? Wenn es eine böse Erzählung ist, dann hör dort auf, wo sie böse wird. Nicht wissen will ich's. Ich liebe Wanda, und es ist mir gleichgültig, woher sie stammt, wer sie ist, was sie getan hat, welches Konto sie in ihrem Leben aufgefüllt hat. Ganz gleich ist mir's. Ich liebe sie so, wie sie ist.«

»Und wenn sie schon ein Kindchen hätte?«

Dimitri sah Kolka unsicher an. »Ich liebe sie, Väterchen«, sagte er. »Auch mit einem Kind.«

»Wenn sie große Schuld auf sich geladen hätte?«

Dimitri hieb auf den Tisch. »Und wär's eine Mörderin – ich heirate sie!«

»So also liebst du sie, Söhnchen?«

»Sie ist mir die Sonne und der Wind, der Regen und die Nacht, der Himmel mit allen Wolken und Sternen, und die Erde mit ihrer ewigen Kraft. Sie ist alles für mich, Väterchen!«

Kolka nickte. »Das ist eine große Welt, die du verschenkst für sie, Dimitri. Spielen wir weiter. Und wenn sie weder ein Kindchen hätte, noch eine Mörderin wäre, sondern – na sagen wir keck – eine Deutsche?«

Dimitris Gesicht verschloß sich. »Was soll das, Väterchen?«

»Nur so, Söhnchen. Ich sehe gerade das Bild da. Da kam mir der Gedanke. Wenn Wanda Fjodorowa – nur als Beispiel – diese Deutsche wäre?«

»Es ist Dummheit, so etwas zu fragen.« Dimitri starrte zum Fenster. Die Mittagsglut lag über Tiflis wie eine gläserne Glocke. Eine riesige Backhaube war die Stadt, und die Sonne glühte auf sie herunter.

»Nur ein Spielchen, Dimitri. Angenommen nur ...«

»Es würde alles ändern«, sagte er leise.

»Aha!«

»Mein Vater ist in Deutschland getötet worden. Wer kann das vergessen?«

»War's der Vater von Wanda Fjodorowa, der ihn tötete? Warum soll sie büßen, was geschah, als sie noch in der Wiege lag?«

»Wir reden blödes Zeug, Väterchen.« Dimitri ballte die Fäuste. »Warum weinte Wanduscha? Hast du sie geärgert?«

»Es wird doch nötig sein, das Märchen zu erzählen«, sagte Kolka und zog an seiner Pfeife. »Aber unterbrich mich nicht, hörst du! Sitz still und hör zu. Zum Fragen ist nachher Zeit genug.«

Kolka Iwanowitsch Kabanow nahm die Tbilisi Prawda und drehte sie herum. Er wollte das Bild Bettinas nicht mehr sehen.

»Die Geschichte beginnt mit einem Nachmittag in Shitomir. Da rannte ein deutscher Feldwebel um sein Leben, aber die sowjetischen T 34 waren schneller, überholten ihn, ließen ihn leben, und man brachte den ausgepumpten, zitternden, um sein Leben nicht eine Kopeke gebenden Menschen in ein Gefangenenlager. Schwer verwundet war er, der deutsche Feldwebel. Drei Schüsse staken in seinem Rücken, und zwei sowjetische Ärztinnen operierten ihn, retteten ihm das Leben ... aber das wußte er nicht. Vier Wochen lag er bewußtlos und phantasierend in einer Ecke der Sammelbaracke, und jeder, der ihn sah, mußte annehmen, daß er nur noch wenige Stunden zu leben hatte.

Aber er lebte weiter. Er wurde gesund, er kam nach Perwo-Uralsk und von dort nach Nowosibirsk und ganz zuletzt nach Grosnyi, am Osthang des Kaukasus, wo er an der Ölleitung arbeitete, die von Machatsch-Kala am Kaspischen Meer bis nach Tuapse am Schwarzen Meer führt. Er war ein armer Mensch, dieser deutsche Feldwebel. Vier Jahre schrieb er seine monatlichen Plenny-Karten nach Deutschland, denn dort hatte er eine liebe, fleißige Frau und zwei süße Kinder, einen Sohn und eine Tochter. Aber nie kam Antwort. Während die anderen die Rückantwortkarten lasen, Pakete empfingen, Fotos an die Bettpfosten und in die Spinde nagelten und mit offenen Augen von der Heimat träumen durften, saß der arme, kleine Mensch mit seinem narbigen Rücken auf der Pritsche und wartete und wartete. Schließlich kam ein Brief. Zwei Jahre war er alt; wo er solange gelegen hatte, wer wußte es, wer fragt danach? Post von einem entlassenen Kameraden war's, und der Freund schrieb, daß das Haus in Göttingen durch Bomben vernichtet sei und die Frau und die beiden Kinder unter den Trümmern begraben wurden. Nun war der arme, kleine Mensch allein, ganz allein. Er hatte keine Heimat mehr, kein Haus, keine Frau, keine Kinder, seine besten Jahre lagen auf den Schlachtfeldern Rußlands. Es war nichts mehr da, was ihn nach Deutschland zog, nach der Heimat, die ihm alles genommen hatte. Und er sagte sich, daß es besser sei, alles zu vergessen.

Eines Tages kamen Kommissare ins Lager und sprachen mit den Spezialisten. Ich war ein Spezialist geworden...«

»Du, Väterchen?« schrie Dimitri auf. Kolka hob beide Hände.

»Keine Fragen! Hör dir das Märchen an! Sagen wir also: Der Heimatlose hörte sich alles an, und dann sagte er ja zu dem Vorschlag, in Rußland zu bleiben, einen russischen Namen anzunehmen und sich als freier Mensch zu bewegen. Es war so einfach. Ein halbes Jahr Schulungen, Eintritt in die Kommunistische Partei, ein Schwur, ein guter Sowjetbürger zu sein... und dann kam der Tag, an dem der deutsche Feldwebel Karl Wolter durch das Lagertor ging, einen Lastwagen bestieg und nach Tiflis gefahren wurde. Als er wieder aus dem

Wagen auf die Erde kletterte, war er ein anderer Mensch. Er hatte einen Paß in der Tasche und hieß Kolka Iwanowitsch Kabanow . . .«

»O Gott, o mein Gott«, stöhnte Dimitri. Er warf die Hände flach vors Gesicht und lehnte den Kopf weit zurück.

»Nur drei Monate war Kolka in Tiflis, da sah er im Bazar eine schöne Frau. Sein Herz machte einen Sprung. Diese schwarzen Locken, diese glutvollen Augen, dieser wohlgeformte Körper – ein Fest fürs Auge war's. Kolka sprach sie an, und sie sagte zu ihm als Antwort: ›Gehen Sie weiter, Genosse! Es ist mir unangenehm, mich mit einem ungebildeten Burschen wie Sie Seite an Seite zu sehen.‹ Ja, so war sie . . . so lernte Kolka die schöne Galina Konstantinowa Sotowskij kennen. Deine Mutter.«

»Hör auf, Väterchen!« rief Dimitri, die Hände noch immer vor den Augen. »Hör auf. Du hast versprochen, aufzuhören, wenn das Märchen schrecklich wird.«

»Einen schönen, klugen, lieben, guterzogenen Sohn hatte Galina«, fuhr Kolka Iwanowitsch unbeirrt fort. »Er schloß Freundschaft mit dem Onkel Kolka, und nach zwei Monaten sagte er schon Väterchen, obwohl Galina und Kolka noch gar nicht verheiratet waren. Aber sie taten es dann, sie waren glücklich, und eine zweite Welt brach für Kolka zusammen, als auch Galina starb. Er hatte sie sehr geliebt. Nun hatte er nur noch seinen Dimitri auf Erden, und für ihn sorgte er wie Vater und Mutter zusammen, wie eine Bärin, die ihr Junges in der eisigen Höhle an ihr Fell drückt.«

»O Väterchen«, stöhnte Dimitri. »O Himmel! Warum hast du das nie erzählt? Warum hat Mütterchen es nie verraten? Ein anderes Weltbild hätte ich bekommen.«

»Dazu ist es nie zu spät, Dimitri.« Kolka legte die erkaltete Pfeife weg. »Auch ich habe die Zeit heute zurückgedreht. Manchmal gelingt es, Söhnchen. Man sagt, nur Gott könne es, aber er mache keinen Gebrauch davon. Sieh her... an uns ist sein Wunder geschehen. Ich bin aus einem Grab emporgestiegen. Ich bin wieder Karl Wolter aus Göttingen.«

»Das ist unmöglich.« Dimitri sprang auf, der Stuhl polterte auf die Dielen. »Du bist mein Kolka!« schrie er.

»Ich werde immer dein Väterchen bleiben, Dimitri!« Kolka reckte sich im Sitzen. Es war, als erwache er aus einem tiefen, gesunden Schlaf. In den Gelenken knackte es, und Dimitri sah zum erstenmal mit Bewußtsein, wie stark noch die Muskeln des Alten waren. »Aber die Welt ist anders geworden, Söhnchen. In Deutschland leben meine Frau und meine Kinder. Sie kamen nicht unter den Trümmern um. Im Keller überlebten sie, und man grub sie aus. Das alles weiß ich seit heute morgen. Dimitri, mein Junge... zweiundzwanzig Jahre sind weggewischt.«

Dimitri Sergejewitsch stand bebend am Fenster. Trotz der glühenden Mittagshitze fror er.

»Und... und Wanda Fjodorowa?« stotterte er. Auf die umgedrehte Zeitung sah er, und was er dachte, war so ungeheuerlich, daß er es nicht aussprechen wollte, sondern es hören mußte von Kolka Iwanowitsch.

»Wanduscha ist meine Tochter Bettina«, sagte Kolka ruhig. »Ja, sie ist es, Dimitri. Das Bild... keine Doppelgängerin ist's. Du liebst eine Deutsche, Söhnchen.«

Dimitri drehte sich zum Fenster und starrte hinaus. Über Tiflis flimmerte die heiße Luft, verzerrte die Minaretts der Moscheen und ließ die Dächer glänzen wie eingewachst. Still war es in den Straßen, nur ein paar Autos und Karren fuhren durch die Sonnenglut. Wer klug war, hockte im kühlen Haus und aß saftige Melonenscheiben.

»Nun ändert sich alles, nicht wahr, Dimitri?« fragte Kolka.

Dimitri Sergejewitsch schüttelte langsam den Kopf.

»Nein, Väterchen. Nein. Ich liebe sie.«

»Dann geh hinein und sag es ihr.« Kolka klopfte seine Pfeife aus, stopfte sie neu und stand auf, um zum Herd zu gehen, das Gas wieder anzudrehen und die Soße für das Fleisch weiter einzurühren.

Mit schweren Schritten, als sei er von der Ölleitung bis nach Hause im Laufschritt gerannt und habe nun das Blei der Müdigkeit an den Füßen kleben, ging Dimitri zur Tür von Kolkas Kammer, öffnete sie, trat ein und zog sie hinter sich zu. Kolka begann laut im Topf zu rühren; er wollte nicht hören, was hinter der Wand gesprochen wurde, und außerdem brauchte er Lärm, um seinen inneren Aufruhr zu besänftigen.

Bettina saß im Bett und lehnte sich gegen die Wand. Sie sah Dimitri stumm an, als er die Tür hinter sich schloß und an ihr stehenblieb.

So sahen sie sich an, eine lange Zeit, mit Qual in den Augen und vielen stummen Fragen.

»Er hat dir alles erzählt?« fragte Bettina leise. Ihre Stimme war fremd. Dimitri zuckte zusammen, als er sie hörte.

»Ja«, antwortete er. »Alles.«

»Wenn die Hitze nachgelassen hat, am Nachmittag, werde ich gehen.«

»Wohin?« frage Dimitri zurück. In seinem Hals saß ein würgender Stein.

»Durch den kleinen Kaukasus zur türkischen Grenze.«

»Und Väterchen?«

»Er will mit. Zurück nach Deutschland.«

»Und ich?«

Bettina schloß die Augen und wandte den Kopf weg. Ein Zucken durchlief ihren Körper. »Ich weiß es nicht . . .«, stammelte sie.

Da spreizte Dimitri die Hände und stieß sich von der Wand ab. »Ich liebe dich, Wanduscha!« schrie er. »Bei Gott, bei der Seele meiner Mutter, ich liebe dich!« Er stürzte zu ihr, riß sie vom Bett hoch in seine Arme und umklammerte sie wie ein Ertrinkender seinen Retter. »Du gehst nicht von mir, Wanduscha. Du darfst nicht gehen! Den Schädel renne ich mir ein, wenn du gehst! Was ist mein Leben noch ohne dich? Sag es, sag es doch . . . was ist es denn? Kann ein Adler fliegen ohne Himmel? Kann ein armseliger Wurm kriechen ohne Erde? Du bist alles, alles für mich!« Und dann legte er den Kopf an ihre Brust, schloß die Augen und Tränen kamen ihm, dem harten Dimitri, von dem man sagte, er könne Eisen fressen, ohne sich den Magen zu verderben.

»Ich komme mit euch«, sagte er schluchzend. »Ja, ich komme mit. Ich werde mit euch Mütterchen Rußland verlassen, meine Heimat, das Grab meiner Mutter, die grusinischen Weinberge, die Sonne über den Apfelsinenhainen, die Wolken, die von Kasakstan kommen und aussehen wie wilde Reiter aus der Steppe . . . Ich liebe dich, Wanduscha. Wo du bist, wird alles sein, was ich verlasse.«

So hockten sie, eng umschlungen und sich küssend und selige Worte stammelnd, auf dem Bett, und keiner wußte, wie lange es war. Erst als Kolka zaghaft an der Tür klopfte, lösten sie sich voneinander.

»Ja, Väterchen?« rief Dimitri.

»Das Essen, Kinder! Kalt wird's! Und dabei ist das Fleisch so weich wie ein Katzenfellchen. Und die Soße duftet, eine wahre Pracht ist's.«

O Freunde, es wurde ein schöner Tag.

Ist es nicht herrlich, noch einmal neu geboren zu werden und dabei ein erwachsener Mensch zu sein?

*

Die Zeitungs-Aktion verlief sehr erfolgreich.

Sie brachte größere Erfolge, als General Oronitse und Oberst Jassenskij vom GRU erwartet hatten. Um sieben Uhr morgens erschien die Tbilisi Prawda – bereits um acht Uhr telefonierten sieben Miliz-Wachen mit dem Hauptquartier. Drei geschlossene Jeeps waren unterwegs. In einem Haus in der Frunse-Straße erlitt ein Mann einen Tobsuchtsanfall und zerschlug Türen und Fenster und warf das Mobiliar auf die Straße, denn seine eigene Schwiegermutter hatte ihn angezeigt und dann eingesperrt.

»Das ist schrecklich, Fjodor Nikolajewitsch«, stöhnte Oberst Jassenskij und wischte sich den Schweiß mit einem großen Taschentuch ab. »Das ist ja fürchterlich! Die Leute sind außer Rand und Band. Verrückt sind sie. Was sollen wir machen?«

»Abwarten, Safon Kusmajewitsch«, sagte General Oronitse nicht ohne innere Freude. Blamagen anderer sind immer ein Anlaß seelischer Purzelbäume. »Vielleicht ist der richtige darunter.«

Das war geschehen: Bis elf Uhr vormittags hatte man neun Männer mit einem »Schweinchengesicht« eingefangen. Auch den Tobenden aus der Frunse-Straße, der auf dem Hauptquartier weiterschrie, seine Schwiegermutter Olga einen Teufelsdreck nannte und vergeblich versuchte, dem Kommissar vom Dienst zu erklären, daß er das Opfer einer Intrige sei, daß es um sein Geld gehe, daß die Schwiegermutter – der Satan möge sie schänden! – schon immer sein Feind gewesen sei... was half's? Nach dem Mittagessen – zu dieser Zeit saßen auch vierzehn heulende Mädchen und eine Frau mit einem Säugling, den sie vor allen Beamten stillte, im Gewahrsam – begannen Oronitse und Jassenskij die Verhafteten zu verhören.

Es stellte sich schnell heraus, daß die Bildveröffentlichung nur Verwirrung, aber keinerlei Erfolge gebracht hatte. Von den »Schweinchengesichtigen« blieben zwei übrig – der Mann aus der Frunse-Straße war darunter –, die keinen Beweis erbringen konnten, wo sie am Kirmestag gewesen waren. Von den Mädchen wurden alle wieder entlassen, zuallererst die stillende Frau.

»Man soll es nicht für möglich halten!« schrie Oberst Jassenskij, als man sie ihm vorführte. »Habe ich es mit Paralytikern zu tun? Glaubt man, eine stillende Stewardeß fliegt durch die Luft? Weg mit ihr, ihr Schafsköpfe!« Die Milizionäre gingen beleidigt hinaus. Wie soll ein einfacher Polizist wissen, welche Sitten in deutschen Flugzeugen herrschen? Möglich ist doch alles im dekadenten Westen.

»Zu Ihnen, Bürger«, sagte Jassenskij zu dem Mann aus der Frunse-Straße. Das Schwiegermutter-Opfer saß weinend an der Wand, hatte ein blaues linkes Auge, denn der Kommissar hatte es nicht geduldet, daß man auch seine Möbel zerschlug. Man muß ihm recht geben, Genossen. Wo käme man hin, wenn man Unrecht mit Gewalt vergilt?

»Wo waren Sie am Kirmestag?« fragte Jassenskij.

Und General Oronitse, nur um Jassenskij zu ärgern, fügte hinzu: »Schildern Sie uns Ihren Tagesablauf vom Aufstehen bis zum Zubettgehen.«

»Wie soll ich das sagen?« Der Mann verdrehte die Augen.

»Führe ich Buch über jeden Schritt? Muß ein ehrlicher Sowjetbürger jetzt immer ein Heft mit sich herumtragen und eintragen: Montag, 9.38, fünf Minuten auf dem Lokus. Zeuge: Tatjana Hallikowa, die Putzfrau. – Ist das die neue Freiheit, Genossen?«

Oberst Jassenskij war wütend. Auf seinen Einfall mit dem Zeitungsbild, auf den Mißerfolg der Suche, auf General Oronitse, der als Militärbefehlshaber blütenweiß aus der Affäre herausging, denn ihm hatte man keine Exekutive gegeben. Und nun dieser Mann mit seiner Impertinenz.

Jassenskij beugte sich vor und gab dem Mann aus der Frunse-Straße eine schallende Ohrfeige.

»Oh! Was tut ihr, Genossen?« schrie der Arme, kippte vom Stuhl und legte sich hin wie ein Toter.

Eine Stunde später wußte man, warum er so störrisch war. Schwiegermütterchen Olga hatte eine gute Nase: Nikita Georgijewitsch betrog seine Frau seit sechs Monaten. Auf der Kirmes war er mit dem süßen Schwälbchen Marja gewesen, hatte Honig geschleckt, war Geisterbahn gefahren, immer wieder, denn die längste Strecke ging durch völlige Dunkelheit, kurzum: Nikita hatte Angst, daß dies ins Protokoll kam und Olga, der Drache in seinem Haus, davon erfuhr. Beruhigt war er, als man ihm versicherte, das bliebe Amtsgeheimnis . . . und da erst sagte er aus.

»Auch eine Pleite, Safon Kusmajewitsch«, meinte General Oronitse, als der Mann aus der Frunse-Straße entlassen war. »Es scheint, wir haben kein Glück.«

»Man wird andere Mittel anwenden.« Oberst Jassenskij sah etwas verstört aus dem Fenster auf die Wachen, die vor dem Hauptquartier hin und her pendelten. »Unsere große Hoffnung ist der Bruder in Bonn.«

»Was soll er schon nützen?« Oronitse bot Jassenskij eine Papirossa an, und der Oberst rauchte sie gierig. »Bisher war es doch so, daß wir das Mädchen haben wollen, um den Bruder zu fangen. Und nun?«

»Wir machen es jetzt umgekehrt!« Jassenskij blies den Zigarettenrauch aus gespitzten Lippen, als pfiffe er ihn hinaus. »Wir werden in Kürze veröffentlichen, daß Agenten ein guter Fang gelungen ist. Oberleutnant Wolter wurde entführt.«

Oronitse sah den Oberst entgeistert an.

»Was soll das?« sagte er fast böse.

»Das halten ihre Nerven nicht aus, wetten?«

»Gut. Dann haben Sie beide. Was kommt dabei heraus?«

»Genosse General . . . wir haben nur das Mädchen. Das mit dem Oberleutnant, das war nur eine Falle.« Jassenskij lächelte milde über das ehrliche Gehirn des Generals. »Wenn wir aber das Mädchen haben, geht's wieder richtig herum: wir werden den Oberleutnant mit der Nachricht bekommen, daß wir seine Schwester haben. Ein Karussell... aber *wir* werden nicht schwindelig dabei.«

»Machen Sie, was Sie wollen!« sagte General Oronitse laut. »Ich bin Soldat, kein Agentenjäger.«

»Es wird sich bald alles klären, Fjodor Nikolajewitsch. In Bonn arbeitet bereits Borokin an dem Fall.«

»Wer ist Borokin?«

»Major der Roten Armee und mit hohen Tapferkeitsauszeichnungen dekoriert. Er gilt als völlig gefühllos.« Jassenskij nickte ein paarmal zufrieden. »Wir schicken nicht unsere schlechtesten Leute nach Westdeutschland, bestimmt nicht.«

»Und Borokin hat schon Kontakt mit dem deutschen Oberleutnant?«

»Indirekt.« Jassenskij lächelte hintergründig. »Sie schlafen auf einer gemeinsamen Matratze.«

*

Vierzehn Tage sind für Verliebte wie ein Hauch aus einem blühenden Jasminbusch. Er streichelt über die heißen Stirnen, und sein Duft betäubt.

Ajax und Anette von der Hardthöhe konnten mittlerweile bei Fuß gehen, über eine Mauer springen, einen großen Holzknochen apportieren und bei »Faß zu!« Anzüge zerreißen. Wolfgang Wolter hatte sich eine Woche Urlaub genommen, offiziell, um eine vom Winter übriggebliebene Angina auszukurieren, in Wahrheit, um jeden Tag mit Irene Brandes zusammen zu sein.

Sie fuhren mit den schlanken weißen Schiffen den Rhein hinauf bis Mainz, vorbei an den romantischen Burgen und Weinhängen, und auf einer dieser Fahrten geschah es, daß sie das Gegenschiff verpaßten und in Mainz festsaßen.

»Was nun?« rief Wolfgang Wolter aus und schien sehr

verzweifelt zu sein. »Das letzte Schiff! Es wird uns nichts anderes übrigbleiben, als uns ein Hotel zu suchen.«

»Das werden wir wohl müssen«, sagte Irene Brandes und lächelte vor sich hin.

Daß es auch eine Eisenbahn gab, die sie schneller als ein Schiff nach Bonn zurückgebracht hätte, darüber sprach man nicht. Sie fanden ein kleines Hotel direkt am Rhein, saßen auf einer gläsernen Terrasse im Abendrot und tranken Wein.

In dieser Nacht kam sich Irene Brandes abscheulich vor. Sie lag mit dem Kopf auf Wolters Brust und spielte mit zärtlichen Fingern an seinem Gesicht. Sie streichelte ihn, zog die Konturen seiner Nase und seiner Lippen nach und streichelte über seine Augen.

Und dann fragte sie, und es war ihr, als spucke sie Galle aus: »Wolf . . . was bist du eigentlich? Ich weiß gar nichts von dir.«

»Oberleutnant.« Wolter lachte. »Aber wenn du gedacht hast, wir lägen auch im Bett mit strammer Haltung, dann hast du dich geirrt.«

»Du bist so schrecklich spöttisch, Wolf.« Sie maulte etwas und zog ihn an den blonden Haaren. »Wie kann man einen Menschen den man liebt, so behandeln?«

»Soll ich dich durchs Zimmer tragen, Elfchen?« fragte er fröhlich.

»Was tust du als Oberleutnant? Stehst du herum und kommandierst? Bildest du junge Soldaten aus?«

»Genau das, mein Prinzeßchen. Ich sorge dafür, daß Uniformen durchgeschwitzt werden und das Lied ›O du schöner Westerwald‹ besonders laut und zackig klingt. Und nun sei still, gib mir einen Kuß . . . der Morgen ist so schnell da. Sieh dir den Himmel an, er beginnt schon fahl zu werden.«

In dieser Nacht fragte Irene nicht mehr. Er hat mich belogen, dachte sie. Aber das ist sein gutes Recht. Wer bin ich denn? Ein Mädchen, das mit ihm in ein Hotel geht und zärtlich ist. Vielleicht ist es anders, wenn es mir gelingt, daß aus seiner Verliebtheit echte Liebe wird.

Der Gedanke war bitter. Sie schämte sich und drängte sich an den Mann an ihrer Seite, um glücklich zu sein ohne zu denken.

Zwei Tage später kamen alle Vorsätze Irene Brandes' ins Wanken. Wolfgang Wolter holte sie von ihrer kleinen Wohnung ab, fuhr mit ihr ohne weitere Worte nach Bonn, klingelte an der Tür eines neuerbauten Mietshauses, schob sie die zwei Treppen hinauf und durch eine Wohnungstür in eine kleine Diele. Dort stand eine grauhaarige, rundliche Frau mit gütigen Augen und sah Irene forschend an.

Seine Mutter, durchfuhr es sie. Mein Gott, seine Mutter! Er liebt mich wirklich!

»Das ist sie, Mama«, sagte Wolfgang Wolter fröhlich. Er war in Uniform, hängte seine Mütze an den Garderobenhaken und legte den Arm um Irenes Taille. »Das ist Irene Brandes. Wie gefällt sie dir? Sag es ehrlich. Dein erster Eindruck. Sag ruhig: Na ja . . . oder: Sie paßt zu dir. Aber was du auch sagst, Mama – *das* ist sie! Ich werde sie heiraten.«

Durch Irene Brandes zog eine lähmende Kälte. Wie eine hereingetragene Puppe stand sie in der Diele, und Agnes Wolter schien zu ahnen, wie es in ihr aussah. Sie glaubte an die mädchenhafte Scheu . . . wer ahnte etwas von Borokin?!

»Kommt rein, Kinder«, sagte sie.

»Es sieht noch wüst aus. Seit drei Tagen wohne ich hier. Wolfgang hat die Wohnung gemietet. An das Geschäft in Göttingen habe ich ›Betriebsferien‹ dranschreiben lassen. Kommt rein!«

»Erst ein Wort über sie, Mama«, rief Wolfgang wie ein trotziger Junge. »Gefällt sie dir?«

»Du machst sie ganz verlegen, Junge.«

»Sie ist wunderbar, Mama! Ihr werdet euch blendend

verstehen. Ach Gott... wer sollte sich mit dir nicht verstehen, Mama! Sieh an, wie glücklich ich bin.«

Agnes Wolter nickte stumm und ging voraus ins Wohnzimmer. Dort stand auf einem Radio ein großes, in Gold gerahmtes Bild.

Ein Mädchen in der Uniform der DBOA. Blonde kurze Haare, das Stewardeßkäppi schräg auf dem Kopf. Das Foto, das rund achthunderttausend Menschen in Tiflis gesehen hatten.

Irene Brandes blieb mit einem Ruck vor dem Bild stehen. Nein, schrie es in ihr. Das ist gemein, das ist ein Verbrechen, das ich begehe. Ich sage die Wahrheit. Auf der Stelle sage ich die Wahrheit.

»Meine Tochter Bettina«, sagte Agnes Wolter hinter ihr mit leiser Stimme. »Am 19. Mai ist sie über Rußland abgestürzt. Vermißt.«

»Sie wird wiederkommen«, sagte Irene mit rauher Stimme. Ihre Kehle war wie ausgedörrt. »Sie wird bestimmt wiederkommen.«

»Ich danke Ihnen.« Über Irenes Arm tastete eine müde, alte Hand. »Ich glaube auch, daß sie lebt. Ich fühle es. Sie lebt. Es ist schön, daß Sie auch so denken, Irene. Sie sind ein nettes, anständiges Mädchen. Ich freue mich für meinen Wolfgang.«

Das war der Augenblick, wo Irene hätte aufheulen können wie ein getretener Hund.

*

Zwei Abende später rief Borokin bei Irene Brandes an. Er hatte fast sechs Tage keine Meldungen von ihr bekommen und war mit Grund unruhig.

»Mein Täubchen«, sagte seine glatte Stimme im Telefon, und Irene hatte einen Augenblick den Drang, den Hörer hinzuwerfen und vor dieser Stimme zu flüchten, »haben Sie den guten Jurij Alexandrowitsch vergessen? Wie geht es Anette von der Hardthöhe?«

»Sie apportiert schon Holzknochen«, antwortete Irene tief atmend.

»Und was haben Sie apportiert, Irene?«

»Ihre Ausdrucksweise ist gemein, Borokin!«

»Lassen Sie uns nicht um Worte streiten, Täubchen. Was haben Sie erreicht?«

»Nichts!«

»Wer soll Ihnen das glauben?«

»Wolfgang Wolter und ich, wir wollen heiraten.«

Einen Augenblick lang war es still in der Leitung. Dann hörte Irene ein patschendes Geräusch. An seinem Tisch in der sowjetischen Botschaft in Rolandseck klatschte Borokin in die Hände. Der Beifall eines Satans.

»Bravo, Schwänchen! Das ist gekonnt!« sagte er danach. »Mit Herz und Hand fürs Vaterland ... Sie sind besser, als ich annahm.«

»Sie werden Ihre Informationen bekommen, und dann will ich Sie nie wiedersehen!« Irene umklammerte den Hörer. Aus ihren Augen liefen die Tränen, aber erst als sie über ihre Lippen rannen, merkte sie, daß sie weinte. »Lassen Sie mich doch in Ruhe, Borokin. Bitte, lassen Sie mich in Ruhe. Bitte!«

»Ihre Nerven scheinen nicht mehr die besten zu sein, Irene«, sagte Borokin mit Sorge in der Stimme. »Am besten ist, ich komme nachher einmal vorbei.«

»Nein!« schrie Irene. »Nein! Ich bin nicht da!«

»Wo sind Sie?«

»Wolfgang und ich gehen aus. Vielleicht in die Beethovenhalle. Vielleicht fahren wir auch nach Köln, ich weiß es noch nicht.«

»Dann also morgen, Irene.«

»Ja, morgen, Jurij Alexandrowitsch.«

Das Telefon fiel ihr aus der Hand, als Borokin auflegte.

Gleich kommt Wolfgang, dachte sie. Die Welt würde untergehen, wenn er und Borokin zusammenträfen. Wie gut, daß dieser vorher angerufen hatte.

Als Wolfgang Wolter in das kleine Appartement kam, schob er einen großen Rosenstrauß vor sich her, an dem ein kleines Päckchen hing. Ein kleines, viereckiges Kästchen, und Irene wußte, was darin war.

Die Ringe. Er meinte es ernst.

Irene Wolter würde sie bald heißen. Und die ganze verworfene Welt der Irene Brandes würde ausgelöscht sein.

Sie warf sich ihm an den Hals und umarmte ihn. »O Wolfgang«, schrie sie fast. »Sei lieb zu mir . . . sei immer lieb zu mir . . .« Und dann weinte sie haltlos, und Wolfgang hielt sie fest, streichelte ihren zuckenden Rücken, kam sich hilflos vor und glaubte, es sei unfaßbares Glück, das sie so erschütterte.

Dann saß er auf der Couch, hatte den Rock ausgezogen, denn es war ein schwüler Abend, Gewitter lag in der Luft und fahle Wolken schwebten über den Rhein heran, aus dem Radio erklang Tanzmusik, und Irene stand an einer kleinen klappbaren Hausbar und mixte aus Whisky, Cola und Zitronensaft unter Verwendung von viel Eis und Sodawasser einen Erfrischungstrank.

Niemand hörte, wie die Tür aufgeschlossen und wieder zugedrückt wurde, niemand sah, wie sich die Zimmertür bewegte und öffnete. Erst als der Mann halb im Zimmer stand, drehte sich Irene Brandes um. Das Glas, das sie Wolfgang Wolter bringen wollte, fiel aus ihren starren Fingern, zerschellte auf dem Teppich, und die Flüssigkeit spritzte weit durchs Zimmer, bis an die Hosenbeine des Mannes in der Tür.

»Na, na«, sagte Borokin freundlich. »Wird jeder Besucher beim Eintritt getauft?«

Wolter fuhr auf seiner Couch herum. Der Mann in der Tür lächelte ihm zu und nickte zum Gruß. Elegant sah er aus, braungebrannt und sportlich. Woher kenne ich ihn? dachte Wolter. Dieses Gesicht, ich habe es schon gesehen. Nicht in Natur – auf einem Bild . . . ja, gewiß . . . in der Mappe »Sowjetisches Botschafts-Personal«. Ein Paßfoto. Ich weiß es ganz genau. Es gibt gar keinen Irrtum, er ist ein Russe. Mein Gedächtnis hat noch nie versagt. Er gehört zur sowjetischen Botschaft.

»Wie kommen Sie herein?« fragte Irene tonlos.

»Gute Freunde haben immer einen Schlüssel.« Borokin hob einen Schlüsselbund hoch und ließ ihn klingeln. Lustig klang das, aber es war das Läuten aus der Hölle.

»Wer sind Sie?« fragte Wolter und musterte Borokin mit hartem Blick. »Warum dringen Sie hier ein? Wer hat Ihnen den Schlüssel gegeben?«

»Es ist eine Unart des Westens, immer so viel auf einmal zu fragen.« Borokin trat näher und schloß hinter sich die Tür. Irene stand wie versteinert neben der kleinen Hausbar.

Ich möchte sterben, dachte sie. Sterben ... ich habe nichts mehr auf dieser Welt verloren.

»Es freut mich, Herr Wolter«, sagte Borokin mit seiner einschmeichelnden Stimme, »daß wir uns hier auf neutralem Boden so gemütlich treffen. Mein Name ist Jurij Alexandrowitsch Borokin.«

»Die Abwehr!« sagte Wolter hart.

»Nichts von Geschäften, lieber Oberleutnant.« Borokin winkte mit beiden Händen ab. »Im Boudoir einer schönen Frau ist es vielleicht allein möglich, daß Ost und West sich zusammensetzen und etwas plaudern. Sehen Sie – das wollte ich. Und es freut mich, daß wir alle so hervorragender Laune sind.«

Borokin steckte den Schlüsselbund ein, zog ebenfalls seinen Rock aus und setzte sich ans andere Ende der Couch.

Mit ernsten, lauernden Augen saßen sich Wolter und Borokin gegenüber.

Und jeder wußte, daß es ein erbarmungsloser Abend würde.

»Etwas Kühles wäre sehr schön«, sagte Borokin, als

man sich lange genug stumm gemustert hatte. »Du bist eine Meisterin im Mixen von Drinks . . . mach uns einen Champagner-Cobbler, sei lieb, Irene.«

Wolfgang Wolter nagte an der Unterlippe. Nichts war mehr da von seinem offenen, jungenhaften Gesicht. Mit großen Augen sah Irene Brandes diese Verwandlung: ein hartes, kantiges Gesicht mit dunkelblauen, gar nicht mehr zärtlichen, sondern kalten Augen.

»Mir einen Whisky, bitte«, sagte er, ohne Irene anzusehen. »Sie sollten Wodka trinken, Major Borokin.«

»Ach! Jetzt wissen Sie, wer ich bin?« Borokin winkte ab. »Wodka ist langweilig, lieber Oberleutnant. Man glaubt im Westen immer, der Wodka sei unser Lebenswässerchen, ohne Wodka seien wir nur halbe Menschen. Es ist, wie so vieles, falsch am russischen Bild. Ich trinke zum Beispiel lieber Sekt, weil er anregt und beschwingt macht, und Genosse Kolojew von der Handelsabteilung liebt Magenbitter. Ausgerechnet Magenbitter. Mit Sprudelwasser verlängert er ihn und spritzt ihn mit Zitronensaft ab. Was es alles gibt, Freunde.«

»Kommen wir zur Sache, Major Borokin«, sagte Wolter hart.

»Wir sind dabei, mein Bester.«

»Sie sind doch hier nicht eingedrungen, um sich mit mir über Wodka oder Magenbitter zu unterhalten.«

»Im Augenblick doch. Ich wüßte kein besseres Thema, als in Gegenwart einer so schönen Frau wie Irene von anregenden Getränken zu sprechen.«

Mit zitternden Händen – die Flüssigkeiten schwappten über die Gläserränder – servierte Irene die Getränke. Sekt für Borokin, Whisky für Wolter, für sich einen Kognak. Dann setzte sie sich in den Sessel, den Männern gegenüber, legte die Hände in den Schoß und starrte auf den Boden. Was sollte sie sagen?

In ihr war es leer, sie kam sich auf dieser Welt überflüssig vor.

»Nastarowje!« sagte Borokin gutgelaunt und hob sein Glas. Wolter nippte an seinem Whisky und stellte das Glas schnell wieder zurück auf den kleinen Tisch vor der Couch.

»Ein schöner Tag«, sagte Borokin. »Wir haben Glück mit dem Wetter. Wenn man bedenkt, welch ein Mistwetter es am 19. Mai war. Eine ganze Gewitterfront prallte gegen die armenischen Berge. Wie aus Kübeln schüttete es. Der Deutsche hat einen guten, bildhaften Ausdruck dafür: Wolkenbruch! Aber jenseits der Berge, bei uns in Grusinien, war schönes Wetter. So verrückt ist der Himmel! Und wenn dann ein Flugzeug sich verirrt...«

Wolfgang Wolter wurde blaß. Seine Finger zogen sich zu Fäusten zusammen. »Sie reden von Bettina, Major Borokin«, sagte er heiser. »Bitte, keine langen asiatischen Umschweife und Höflichkeiten. Sie wollen sich mit mir über meine Schwester unterhalten?«

»Sie ist noch vermißt, nicht wahr?«

»Warum fragen Sie? Sie wissen es besser als ich. Bettina ist seit dem Unfall verschwunden.«

»Und warum wohl?« Borokin lächelte mokant.

»Wenn wir das wüßten, wäre es uns allen leichter.«

»Ich kann Sie in diesem Punkt leicht wie eine Feder machen.« Borokin lachte leise über sein Wortspiel. »Ihre Schwester flüchtete in die kaukasischen Berge, weil Sie Offizier der deutschen Abwehr sind. Sie fürchtete Repressalien, Erpressungen, was weiß ich? Wir Russen gelten ja immer als das Schreckgespenst im Westen.«

»Ich glaube nicht, daß meine Schwester derart primitiv denkt.« Wolfgang Wolter sah an Irene Brandes vorbei gegen einen Wandbehang. Ein Gobelin. Eine Jagdszene aus dem 18. Jahrhundert. Woher hat sie das Geld, sich solche Dinge zu kaufen? dachte er. Sie ist eine Sekretärin... so sagte sie. Es waren häßliche Gedanken, und sie taten körperlich weh. Und dann schwenkten seine Gedanken zu Bettina, und er bewunderte den Scharfsinn der Russen, die genau den Grund des Verschwindens Bettinas erraten hatten.

»Es mag eine Enttäuschung für Sie sein, Herr Oberleutnant«, sagte Borokin höflich. Er holte aus seiner Tasche eine Packung echter Papirossy und hielt sie Wolter hin. Wolfgang schüttelte stumm den Kopf. Die Sicherheit des Russen machte ihn vorsichtig und wuchs sich in ihm zu einer inneren Bedrückung aus. Was wußte Borokin? Was war wirklich in Tiflis geschehen? »Bettina – darf ich sie so nennen? – versuchte, illegal über die sowjetisch-türkische Grenze zu kommen.«

»Woher wissen Sie das?«

»Von ihr.«

Wolter sprang mit einem Satz auf. Es war ihm, als sei in seine Magengrube geschlagen worden. Übelkeit überkam ihn. »Bettina lebt?« fragte er heiser.

»Ja.«

»Wo?«

»Bei uns.«

»Was heißt: bei uns?«

Mein Herz vereist, dachte Wolter. Dieses lächelnde Gesicht Borokins ... es ist wie das Haupt der Medusa, bei deren Anblick man erstarrte. Was haben sie mit Bettina gemacht?

»Ihre Schwester befindet sich wohlbehalten an einem Ort, den wir – das werden Sie als Abwehrmann sicherlich verstehen – nicht nennen können.« Borokin genoß den Rauch seiner Papirossa, sah den weißen Wölkchen nach und hatte träumerische Augen. Er dachte an die letzten Meldungen aus Moskau und den zusammenfassenden Bericht aus Tiflis. Dort hatte die blinde Bäuerin, bei der sich Bettina Wolter in eine Russin verwandelte, ausgesagt, daß das schöne Weibchen sich Wanda Fjodorowa nannte. Mit solchen Meldungen kann man etwas anfangen, dachte Borokin. Gold sind sie wert. Ach was, Gold ... man sollte sie in Diamanten fassen.

»Sie bluffen dilettantisch«, sagte Wolter mit Fassung. »Warum sollte Bettina sich in Rußland verstecken wollen...«

»Sie nannte sich Wanda Fjodorowa.« Borokin sah in sein Cobblerglas. Es war ihm gleichgültig, welches Gesicht Wolter jetzt machte; er wußte, daß dieser Schlag die richtige Stelle traf. »Und sie versteckte sich aus dem Grund, den Sie primitiv nannten: Ihretwegen! Nachdem wir sie in den Bergen eingefangen haben – verzeihen Sie, Herr Oberleutnant, das klingt, als habe man ein Tier gejagt, aber sie hat sich auch gewehrt wie eine Wildkatze –, gab sie uns sehr vernünftige Erklärungen.«

»Und was soll das alles, Major Borokin?« Wolfgang Wolter nippte wieder an seinem Whisky. »Warum läßt man Bettina nicht ungehindert nach Deutschland zurück?«

»Das ist eine simple Frage.« Borokin schüttelte den Kopf. »Ich habe Sie doch wohl nicht überschätzt?«

»Ich habe damit nichts zu tun.«

»Es ist ein alter deutscher Zug, immer dort ein Held zu sein, wo es sich lohnen würde, ein Feigling zu werden.« Borokin prostete Irene zu, aber sie sah weg, drehte sich herum und begann plötzlich leise zu weinen. »Die Nerven«, sagte Borokin, als er sah, wie Wolter zu Irene gehen wollte, aber sich doch dagegen wehrte. »Lassen wir doch die Nerven, Herr Oberleutnant. Unser Metier ist schmutzig, aber es ersetzt auf die Dauer die Kriege, die noch schmutziger sind.« Er stellte das Glas ab und lehnte sich zurück.

»Wir interessieren uns sehr für die Struktur und das Material jenes geheimnisvollen ›fliegenden Bataillons‹, das an den Grenzen der DDR und der Tschechoslowakei mit Funk und Luftballons antikommunistische Propaganda in den Osten schleust.«

Oberleutnant Wolfgang Wolter wandte sich ab und trat an das verhängte Fenster. Eine Übergardine mit bunten großen Blumen, aber vor seinen Augen wurden sie zu rotierenden, rasenden Kreisen.

»Bitte, gehen Sie. Das heißt... dies ist Irenes Wohnung. Ich werde gehen.«

»Bleib, Wolf...« Es war der erste Satz, den Irene seit dem Eintritt Borokins sprach. Und es war fast ein Aufschrei.

Wolter drehte sich brüsk herum.

»Dann, bitte, weise Major Borokin aus deiner Wohnung!«

Borokin wedelte mit beiden Händen durch die Luft, ehe Irene etwas sagen konnte. Er lächelte breit und strahlte Gemütlichkeit aus.

»Ich bin weit davon entfernt, mich beleidigt zu fühlen«, sagte er. »Ich stamme aus einem Dorf am Don. Luniskoje heißt es. Ein paar Hütten, aber große Schweineherden. Am Donufer und in der Steppe haben wir sie als Kinder gehütet. Stolz waren wir auf die Schweinchen, unser ganzer Besitz waren sie, für uns hätte die Welt nur aus Schweinchen bestehen können. Aber kam man woandershin, hieß es gleich: ›Ah, da kommen die Säue aus Luniskoje!‹ Es hing uns an, bis heute ist es so... und wenn ich einen Menschen aus unserer Nähe treffe, dann sieht er mich an, mustert meine Uniform und fragt: ›Na, Freundchen Major, wie geht es deiner Schweineherde?‹« Borokin hob die Schultern. »So verlernt man es, sich beleidigt zu fühlen.«

»Gehen Sie!« sagte Wolter grob.

»Sofort. Sie wollen Ihre Schwester nicht wiedersehen?«

Wolter fuhr herum. »Ich werde es sofort im Auswärtigen Amt melden!«

»Mein lieber junger Freund, was soll's? Offiziell werden wir sagen, daß wir eine Bettina nie gesehen haben. Wer will's uns beweisen? Nur wir drei wissen, was in Wahrheit geschehen ist. Die Rückkehr Bettinas – oder

Wanda Fjodorowas – liegt ganz in Ihrer Hand, Herr Oberleutnant.«

»Und wenn ich mich weigere?«

»Dann wird Ihre Schwester vermißt bleiben wie es auch Ihr Vater ist. Rußland ist groß genug. Wenn Sie eine Perle ins Meer werfen, läuft es davon nicht über.«

»Und wie wollen Sie mir beweisen, daß Bettina wirklich bei Ihnen ist?«

»Ich bekomme mit der nächsten Kurierpost einige Kleidungsstücke Ihrer Schwester als Beweis. Ihren Unterrock zum Beispiel.«

Wolter wandte sich wieder ab und trat ans Fenster. Man sollte von diesen Russen lernen, dachte er. Zeit gewinnen, das ist ihre große Kunst. Ihre Uhren scheinen langsamer zu gehen ... aber nach einem Jahrhundert sieht man, daß sie vorausgeeilt sind. Nur ist es dann zu spät, sich darüber zu wundern.

»Welche Garantie bieten Sie?« fragte Wolter knapp.

Borokin hob die Augenbrauen.

»Mein Wort.«

»Ich könnte Sie jetzt wieder beleidigen ...«

Borokin sah in seinen perlenden Sekt. »Es träfe mich nicht, denn ich weiß, was Sie sagen wollen. Aber welche Garantie wollen Sie?«

»Einen handschriftlichen Brief von Bettina.«

»Sollen Sie haben«, sagte Borokin sofort.

»Ein Foto neuesten Datums.«

»Keine Schwierigkeit.«

»Die Übergabe meines Materials nur gegen Austausch meiner Schwester. Ich gewähre Ihnen einen Teileinblick, und Sie bekommen das ganze Material, wenn mir Bettina gegenübersteht.«

»Einverstanden.« Borokin erhob sich und zog sein Jackett an. »Sie sind ein guter Geschäftsmann, Herr Oberleutnant.«

Wolfgang Wolter antwortete nicht. Er blieb am Fenster

stehen, und er drehte sich um, als Borokin zur Tür ging, vorbei an der noch immer still vor sich hin weinenden Irene, der er beim Vorbeigehen leicht über die blonden Haare strich. Da zuckte sie zusammen wie unter einem Schlag und warf den Kopf zur Seite.

»Wann sehen wir uns?« fragte Borokin, die Hand auf der Klinke. »Ich rufe Sie an, Major Borokin.«

»Bitte nicht in der Botschaft. Wir können über eine unverdächtige Bonner Nummer miteinander sprechen. Der Fernsprechinhaber ist ein gewisser Hermann Albrechten.« Borokin lächelte wieder, und es war das unergründliche Lächeln Asiens, obwohl er als Dongeborener weit weg von Asien war. »Es hat keinen Sinn, die Überwachung einzuschalten, falls Sie das dachten. Albrechten bin ich ... und wenn diese Telefonnummer in Kürze auch abgehört werden sollte, brechen wir die Beziehungen ab. Ganz einfach ist das.«

»Natürlich.« Wolters Stimme hatte jeden Klang verloren. Sie war dumpf und flach. »Sie hören von mir, Major.«

»Ich wünsche noch einen schönen Abend.« Borokin hatte die Tür aufgestoßen und stand halb in der kleinen Diele des Appartements. »Noch eins zur Klärung, Herr Oberleutnant: Irene liebt Sie wirklich.«

»Gehen Sie doch endlich!« rief Wolter gequält.

»Irene befindet sich in der gleichen Lage wie Sie. Ihre Mutter ist in der DDR, im Zuchthaus. Der Preis der Freilassung war der Kontakt zu Ihnen. Verurteilen Sie sie nicht, mein Freund ... Irene hat, als sie Sie kennengelernt hatte, darum gekämpft, aus diesem Auftrag herauszukommen. Leider muß Borokin hart bleiben.«

Dann klappte die Tür, und Wolter wartete noch eine Minute, ehe er sich herumdrehte. Irene starrte ihn aus geröteten, vom Weinen verquollenen Augen an.

»Warum hast du mir das alles nicht vorher gesagt?« fragte er leise.

»Ich hatte Angst, Wolf...« Ihre Stimme war kläglich.

»Du hattest kein Vertrauen, Irene.«

»Ich wollte dich nicht verlieren.« Ihr Kopf sank nach vorn. »Ich habe nie gewußt, was glücklich sein bedeutet. Als Kind habe ich die Heimat verloren, als Erwachsene wurde ich nur ausgenutzt. Und heute abend habe ich gesehen, wie sinnlos mein Leben ist.« Sie faltete die Hände und schloß die Augen. »Laß uns auseinandergehen, Wolf. Es hat wirklich keinen Sinn. Ich bringe nur Unglück.«

Wolfgang Wolter wandte sich zum Fenster zurück und zog die Gardine einen Spalt zur Seite.

Unten auf der Straße sah er Borokin gehen. Er stieg in einen hellen Wagen und fuhr ab.

»Wir müssen durch diesen Sumpf hindurch«, sagte Wolter. »Und wir werden es schaffen! Du willst deine Mutter wiedersehen... ich will Bettina aus Rußland zurückholen.«

»Du willst doch nicht auf Borokins Bedingungen eingehen?« rief Irene und sprang auf. »Um Gottes willen, Wolf, du kennst Borokin nicht! Er wird dich nie wieder aus den Händen lassen. Und wenn du unbequem wirst, töten sie dich.«

»Das steht alles in unwahren Romanen.« Wolter lächelte schwach. »Die Praxis ist anders.«

»Ich habe es erlebt.« Irene hob beide Arme Wolter entgegen. »Tue es nicht, Wolf! Wir werden alle, alle – du, meine Mutter, Bettina und ich – daran zugrunde gehen. Borokin kennt kein Mitleid. Er hat nur das Äußere eines Menschen; im Inneren ist er wie eine Maschine, die seelenlos abläuft.« Und dann eilte sie auf ihn zu, umarmte ihn, klammerte sich an ihm fest und weinte laut an seiner Brust. »Versprich mir, daß du es nicht tust«, stammelte sie. »Zeige ihn an, laß ihn ausweisen.«

»Und deine Mutter? Sie wird im Zuchthaus bleiben.« Wolter drückte Irene an sich. Es war ein schönes Gefühl, zu wissen, wie groß die Liebe eines Mädchens sein kann. »Und Bettina? Rußland hat mir schon meinen Vater genommen, es war nicht zu ändern. Aber hier kann etwas geschehen – und, bei Gott, ich werde es geschehen lassen!«

»Du willst ein Agent Borokins werden?« In Irenes Augen lag blankes Entsetzen. Wolfgang Wolter sah über ihre blonden Haare hinweg gegen die Tür, durch die eben Borokin gegangen war.

»Ich werde deine Mutter und Bettina zurückholen«, sagte er hart. »Und ich werde so sein wie Borokin.«

Irene legte den Kopf an seine Schulter. Ein Zittern durchlief ihren Körper. Und es war nackte Angst, die über ihre Haut glitt und sie bis in die Poren zittern ließ.

*

Wenn die Familie plötzlich größer wird, ist es im allgemeinen eine Freude, wenn der Zuwachs nicht gerade das Schwiegermütterchen ist oder ein tauber Onkel, den man so anbrüllen muß, daß es den Konsum an Halspastillen hebt. Und jeder kann begreifen, daß Kolka Iwanowitsch Kabanow in den Tagen nach jenem denkwürdigen Morgen, an dem er seine Tochter wiederfand und er selbst dem Grabe entstieg und wieder Karl Wolter aus Göttingen sein konnte, vor Freude fast tanzen mochte, Wodka und Wein kaufte, ein Huhn briet, Salat mit saurer Sahne anmachte und gezuckerte Walderdbeeren auftrug. Eine rechte Feier war's, eine doppelte sogar, denn der glückliche Kolka konnte sagen:

»Wie schön ist das Leben, Kinder. Ich habe einen russischen Sohn und gleichzeitig einen Schwiegersohn. Ich habe wieder eine Frau und zwei lebendige Kinder. Und wenn man es genau betrachtet, sind wir nur älter geworden, weiter nichts. Es wird alles wie früher sein, nur Dimitri ist hinzugekommen, und ihn lasse ich nicht los. Ans Herz ist er mir gewachsen wie mein echter Sohn Wolfgang. Ich habe drei Kinder, und damit basta!«

»Ich danke dir, Väterchen«, sagte Dimitri Sergejewitsch. Nun war er es, der nüchterner dachte als der Alte, den die Freude verrückt machte und der um Bettina herumrannte wie ein dressierter Hund im Zirkus. »Aber zwischen Göttingen und Tiflis liegen einige tausend Werst.«

»Was sind jetzt noch Entfernungen, Söhnchen?« rief Kolka. »Über die Grenze geht's, so wie es Wanduscha schon wollte. Und dann fliegen wir nach Deutschland. Die Welt ist doch klein geworden, Dimitri.«

»Man muß erst über die Grenze kommen, Väterchen.«

»Das werden wir! Ha!« Kolka griff zum Weinglas, und seine grauen Äuglein blickten nach innen. Erinnerungen kamen hoch, die Jahre in der Gefangenschaft, der Übergang vom Lazarett, wo man seine drei Lungenschüsse ausheilte, zum Arbeitslager am Terek. Dreimal war er geflohen. Wie ein Wolf streifte er damals durch die Steppe, verkroch sich am Tage in Weidehütten oder in Höhlungen am Flußufer, aber wenn die Nacht kam, zog er weiter, lebte von Wurzeln und von Hasen, die er in der Schlinge fing. Sogar eine Schlange aß er, am offenen Feuer gebraten, so hungrig war er. Nicht einmal schlecht schmeckte sie. Wie ein Aal, nur nicht so fett. Aber er erreichte nie die Grenze. Einmal entdeckte ihn ein Kind, das am Fluß spielte, zweimal lief er einer Milizstreife in die Hände.

Ein paar Jahre später wurde er ruhiger. Die Wandlung zu Kolka Iwanowitsch Kabanow begann. Wie lange würde es dauern, bis er wieder Karl Wolter war? Noch zeigte sich nichts davon. Er sprach russisch, er dachte russisch. Nur wenn er Bettina ansah, dachte er deutsch: mein Kind! Und Wolfgang lebt. Und Agnes auch! Wie mag sie aussehen? Als ich sie das letztemal sah, 1943, war es ein schlankes, liebes, hübsches Frauchen mit lustigen Augen.

»Über die Grenze!« sagte Kolka starrsinnig. »Söhnchen, wir fahren hinüber in die Türkei.«

»Und das Visum?«

»Er redet wie ein Beamter!« schrie Kolka. »Visum! Als ob ich an die Grenze trete und sage: ›Genossen, hier ist Kabanow. Macht den Schlagbaum hoch, ich will hinüber. Und dann beseht euch meine blankgewetzte Hose aus der Ferne.‹«

»Es muß alles genau vorbereitet werden.« Dimitri sah auf die Karte, die er auf dem Tisch ausgebreitet hatte. So nah war die Grenze, so winzig der Raum zwischen Ost und West – eine Daumenbreite nur auf der Karte. Und doch lag dazwischen eine Hölle für den, der heimlich diese kleine Spanne überwinden wollte.

»Wir sollten als Bauern bis zur Grenze ziehen. Dort werden wir sehen, wo man am besten hinüber kann«, sagte Bettina.

»Ein kluges Schwänchen, was?« rief Kolka und küßte seine Tochter auf die Stirn. »Als Bauern, das ist's, Dimitri. Einen Wagen werden wir uns besorgen, zwei Pferdchen, ein paar Säcke Rosinen – man muß ja zeigen, womit man handelt – und dann werden wir am Schlagbaum stehen und hinübersehen in die Türkei. Verlaßt euch auf den alten Kolka! Ich werde einen Pfad finden.«

Der Gedanke war in der Tat vorzüglich. Auch Dimitri erkannte es an. Und so ging man daran, den Auszug aus Tiflis bis ins kleinste vorzubereiten. An alles mußte man denken, vom Heftpflaster bis zum Fußpuder, denn Kolka Iwanowitsch hatte wunde Füße, wenn er lange wanderte. Auch dies war ein Andenken an den Krieg, an den Winter 1941, in dem ihm beide Füße erfroren, aber noch gerettet werden konnten. Nur wenn er lange marschierte, pellte sich die Haut ab und das rohe Fleisch rieb an den Socken. Am wichtigsten aber war das Geld.

»Wieviel Rubelchen haben wir?« fragte Kolka.

»Nicht viel, Väterchen.« Dimitri holte sein Sparbuch

und blätterte es auf. »Außer dem, was wir in den Taschen haben, sind es dumme siebenhundert Rubel.«

»Haha!« schrie Kolka und hieb mit der Faust auf den Tisch. »Da hat man einen Sohn, und der denkt, der Alte ist blöd! Seht einmal her, Kinderchen!« Er sprang auf, ging zu einem alten Schrank, nahm aus ihm einen runden Topf, und Dimitri erkannte mit Verblüffung, daß es ein Fettopf war, randvoll von ausgeschmolzenem Nierenfett.

»Was soll's?« fragte er vorsichtig. »Willst du mit Fett bezahlen?«

»Ist er nicht ein lieber Idiot, dein Dimitri?« fragte Kolka mit glänzenden Augen. Ein langes Messer holte er, stach es am Rand in das Nierenfett und drehte es rund um den Topf. Dann stülpte er ihn um, der Fettklumpen fiel heraus, und auf dem Boden des Topfes – Dimitri bekam große Kinderaugen – lag ein flaches Paket aus Wachstuch, über das Kolka das ganze Fett gegossen hatte. Er schlitzte das Wachstuch auf, öffnete es und ein kleiner Berg Rubelscheine quoll hervor.

»3859 Rubelchen!« schrie Kolka. »Wer zweifelt jetzt noch daran, daß wir nach Deutschland kommen?«

»Woher hast du das Geld?« fragte Dimitri leise. Unheimlich wurde ihm der Alte. Seit Jahren verdiente er kein Geld mehr.

»Es liegt seit dem Tode von Mamuschka im Fett.« Kolka ließ die Rubelscheine durch seine Finger gleiten. »Dein Erbe ist's, Dimitri. Dein mütterliches Erbe. Das letzte Geld der Sotowskijs. Ich hab's so versteckt, damit es für dich erhalten bleibt. Im Testament hätte das Versteck gestanden.«

»Mamuschkas Geld.« Dimitri legte seine Hand auf die Scheine. Seine dunklen Augen brannten. »Ich habe nichts davon gewußt.«

»Es waren im ganzen knapp 6000 Rubelchen. Was fehlt, steckt in dir, Dimitri Sergejewitsch. Deine Kleidung als Junge, deine Ausbildung zum Ingenieur. Ich habe dich sogar nach Saratow auf die Hochschule geschickt.«

»Und ich habe mir darüber Gedanken gemacht, woher das Geld kam.« Dimitri sprang auf. Zu dem Alten rannte er, umarmte ihn und küßte ihn wie ein kleiner Junge seinen Vater küßt. »Du bist wahrhaftig ein gutes Väterchen«, sagte er mit schwankender Stimme. »Das beste Väterchen bist du!«

»Du kannst jetzt zeigen, daß du ein gutes Söhnchen bist«, sagte Kolka und zog Dimitri an den schwarzen Locken.

»Nimm das Geld!« Dimitri schob das aufgeschlitzte Wachstuchpäckchen zu Kolka Iwanowitsch. »Nimm es!«

»Das wußte ich.« Kolka sah hinüber zu Bettina. Sie sah aus dem Fenster, über die Dächer von Tiflis hinweg, und ihr Blick war weit über der Grenze. »Wir werden nicht so schnell wie dein Flugzeug sein, Wanduscha«, sagte er.

»Ich denke an Mutter.« Sie wandte sich ab und wischte sich über die Augen. »Sie ist herzkrank. Seit ein paar Jahren. Und nun dieses Wiedersehen.«

»Ganz vorsichtig werden wir sein.« Kolka Iwanowitsch steckte die Rubelscheine in seine Rocktasche. »Aber daran denken wir noch nicht. Erst über die Grenze.«

»Und wann, Väterchen?« fragte Dimitri leise. Für ihn war es besonders schwer. Er verließ seine Heimat und ging ins Ungewisse. Und dort war niemand, der ihn liebte, außer Kolka und Wanda Fjodorowa. Zwei Menschen nur auf der riesigen Welt. Ist das genug für ein ganzes Leben?

»So schnell wie möglich«, sagte Kolka Iwanowitsch. »Systematisch müssen wir vorgehen. Nur einmal können wir flüchten. Fängt man uns, ist unser Leben keine Kopeke mehr wert. Für uns gibt es in den Bergwerken von Karaganda kein Überleben mehr.«

Und so geschah es ... man bereitete sich schrittweise und unauffällig vor.

Kolka kaufte Konserven und Fruchtsäfte in Plastikflaschen.

Dimitri hob in Abständen von jeweils zwei Tagen über eine Woche hinweg sein Sparkonto ab.

»Heiraten will ich, Genossen!« verkündete er in der Sparkasse.

»Aber teuer ist's. Weiß man vorher, was das alles kostet? Da fehlt ein Gläschen, dort ein Tellerchen, und Vasen müssen her für die geschenkten Blumen. Und die Möbel. Genossen, ein Kreuz ist's! Man wird arm, wenn man heiratet.«

Die Leute von der Sparkasse lachten und wünschten viel Glück und gesunde Kinderchen. Und keiner schöpfte Verdacht.

Bettina ließ sich als erstes die Haare färben. Kolka machte es. Er hatte das Haarfärbemittel geholt und die Friseusen damit entsetzt, daß er mit lauter Stimme verkündete: »Seht mich an, ihr Vögelchen! So sieht ein Mann in den besten Jahren aus, dem die Frauen nachlaufen! Her mit einer Haarfarbe! Tiefschwarz! Wie die Sünde, hehe! Ich wette, wenn ich meine Haare färbe, kann mich niemand von einem Dreißigjährigen unterscheiden. Das macht der grusinische Wein, ihr Täubchen. Der geht ins Blut, der konserviert die Organe.«

Man war froh, als der protzende Alte endlich wieder aus dem Laden war und sein Haarfärbemittel mitgenommen hatte. Tiefschwarz.

Als sie sich die Haare gefärbt hatte, erkannte man Bettina kaum wieder. »So ist das, das ist der Mensch; ein bißchen Farbe aufs Haupt und schon ist es ein Fremder«, sagte Kolka philosophisch. »Wie sehen wir eigentlich wirklich aus? Man sollte die Pferde fragen können, wie sie uns sehen.«

An einem Nachmittag – Dimitri fuhr wieder seinen Ölleitungsabschnitt ab – ließen sich Kolka und Bettina bis an den Stadtrand bringen, mit einem Omnibus, und mieteten bei einem Verleiher zwei Maulesel, mit denen sie hinein ins Gebirge und zu den Weinhängen ritten.

In den kleinen Dörfern gingen sie dann von Hütte zu Hütte, belästigten die Bauern mit Ausrufen wie »Freundschaft und Frieden!« oder »Es lebe der Bauern- und Arbeiter-Staat« und fragten immer wieder:

»Genossen, wir brauchen einen Karren und zwei Pferde. Stellt euch vor – vergiftet hat man sie uns! Der Satan hole die Mörder. Vier Pferdchen hatten wir, liebe, kleine Gäulchen, und eines Morgens lagen sie auf der Wiese und machten keinen Pieps. Was soll man ohne Pferde machen, sagt es selbst, Freunde?«

Man sah das alles ein, aber verkaufen wollte man nicht. Die Sache hatte nämlich einen Haken: Die Pferde waren gezählt und registriert, und jeder Verkauf mußte dem Dorfsowjet gemeldet werden, schon wegen der Steuer. Zahlte man aber die Abgaben, Genossen, wir kennen das: Es lohnt sich nicht, solch ein Geschäft. Nur Schwierigkeiten kann man bekommen, vor allem, wenn man die Pferdchen verkauft, die man heimlich in der Scheune hat.

Gegen Abend erst fanden Kolka und Bettina einen Bauern, der bereit war, einen Karren zu verkaufen. Einen kleinen, wackeligen, hochrädrigen Wagen, um den Kolka herumging und sagte: »Ist mit dem der gute alte Noah von den Bergen gekommen, als die Arche landete?«

»Ihr braucht ihn nicht zu kaufen!« schrie der Bauer. »Ein vorzüglicher Wagen ist's! Bestes Holz! Und sieh dir die Räder an! Eisenbänder haben sie sogar! Nur weil ich einen größeren brauche, gebe ich ihn her. Ans Herz ist er mir gewachsen!«

Für hundert Rubel – einen Sündenpreis, wie Kolka jammerte – kaufte er den Karren und versprach, ihn morgen abzuholen. Von dem glücklichen Bauern erfuhr er auch, daß der Nachbar vier Pferde habe, von denen keiner etwas wußte, und so war es klar, daß Kolka an diesem Abend auch zu seinen Pferdchen kam.

Er sagte nur: »Guten Abend, Brüderchen! Ich komme von Fedja, nebenan. Er sagte mir, du könntest sechshundert Rubelchen gebrauchen. Sechshundert, von denen die Steuer nichts weiß, und dein Weib auch nicht. Und die zwei Pferdchen, die fehlen ... Gott ja, man hat sie dir gestohlen. Mach ein Geschrei, raufe dir den Bart, ruf den Teufel zu Hilfe ... aber sechshundert hast du im Sack, Brüderchen.«

Wer sieht so etwas nicht sofort ein? Kolka gab die sechshundert Rubel, streichelte den Pferdchen den Nakken und schrak zusammen, als hinter ihm eine laute Stimme ertönte.

»Wem gehören die Pferde?«

Kolka und Bettina fuhren herum. Der Bauer versteckte sich hinter den Pferdeleibern und stopfte die Rubelscheine vorne in die Hose. Am Zaun lehnte ein Milizionär und sah argwöhnisch zum Haus.

»Mir!« rief Kolka laut zurück. »Ist's verboten, Pferdchen zu haben?«

»Jeden Genossen kenne ich hier! Jedes Pferd! Woher kommen Sie, Genosse?«

»Aus Dschambapologorsk«, sagte Kolka und lüftete die Mütze. »Weit nach Kasakstan hin. Eine Tante habe ich in Tiflis, sie habe ich besucht. Und nun war ich hier, um Heu zu kaufen. Eine Schande ist's ja mit den Großstädten. Alles haben sie auf dem Markt und in den Kaufhäusern. Seidene Weiberhosen und Unterröcke, Kämme mit vergoldeten Griffen, und Lack, um sich die Nägel zu bemalen, lauter unnützes Zeug. Aber geh einmal hin und sag: Ich möchte einen Karren Heu für meine Pferdchen! – Den Arzt rufen sie sofort, und in eine Anstalt sperren sie dich. Es ist kein schönes Leben in den Städten, Genosse Milizionär.«

Der Milizsoldat sah Kolka nachdenklich an. Es gibt

viele dumme Menschen, dachte er. Aber hier ist ein Rindvieh! Und als Kolka sogar näher kam, Bettina hinter sich herzog und rief: »Seht euch meine Wanduscha an! Ein schönes Mädchen ist sie! Doch was trägt sie, so wie ihre Mutter und Großmutter und Urgroßmutter: Hosen aus Baumwolle! Komm, sei lieb, mein Täubchen, und zeig dem Herrn Beamten deine Hosen«, winkte der Milizsoldat erregt ab, schwang sich auf sein Fahrrad und fuhr davon. Mit einem Lächeln sah ihm Kolka nach. Der Bauer kam um die Pferde herum und bekreuzigte sich.

»Gefährlich war das, Brüderchen«, keuchte er und ließ den Angstschweiß über sein Gesicht laufen. »Ihr kennt Wassilij Petrowitsch Atotorian nicht. Ein ganz Scharfer ist er! Zum erstenmal ist er in die Flucht geschlagen.«

Kolka lachte und klopfte dem Bäuerlein auf die Schulter. »Behalt's als Andenken, Brüderchen!« rief er dabei. »Auch ein Atotorian kann einen Kolka nicht in den Hintern treten.«

Als sie in der Nacht endlich wieder nach Hause kamen, müde und erschöpft, aber doch glücklich, Pferde und einen Wagen zu haben, trafen sie Dimitri mit ernster Miene an. Er saß am Tisch und hatte eine Karte vom Mittelmeer ausgebreitet.

»Soweit sind wir noch nicht, Söhnchen«, sagte Kolka und ließ sich in den Sessel fallen. »Noch sind wir im Kaukasus.«

»Ich nicht mehr, Väterchen.«

»Was soll das?« Kolka sah seinen Ziehsohn verblüfft an. Ernst war Dimitri wie noch nie, und er hatte Wanda Fjodorowa um die Hüfte gepackt und starrte weiter auf die Karte. »Wir haben Pferdchen und Wagen!« rief der Alte.

»Und ich habe eine Flugkarte nach Beirut«, sagte Dimitri dumpf.

»Nach Beirut?« Bettina atmete tief auf. »Was willst du in Beirut?«

»Ich komme von der Inspektion«, erzählte Dimitri und ballte dabei die Fäuste, »da läßt mich der Generaldirektor kommen. Dimitri Sergejewitsch, sagt er, Sie sind ein guter Mann, ich weiß es. Man lobt Sie allenthalben. Ein kluger Kopf sind Sie und genau der Bürger, der unser Vaterland im Ausland vertreten kann.«

»Bravo!« rief Kolka.

»Sie fliegen übermorgen nach Beirut, sagt der Generaldirektor weiter. Eine Tagung ist dort. Internationales Treffen der Ölingenieure zum Erfahrungsaustausch. Wen schicke ich lieber als Sie, Dimitri Sergejewitsch? Sie werden den anderen Ingenieuren in der Welt erzählen, wie fortschrittlich wir hier in Tiflis sind. Ich wüßte dazu keinen Besseren als Sie!«

Dimitri griff in die Tasche und warf einen Packen Papiere auf den Tisch. Bettina erkannte sofort das Luftticket. Die anderen Papiere waren Fragebogen für den Zoll.

»Nun habe ich den Flugschein!« schrie Dimitri. »Ich muß übermorgen nach Beirut!«

»Und warum schreist du, Söhnchen?« fragte Kolka ruhig.

»Unser Plan, Väterchen!«

»Kann er besser sein?« Kolka legte seinen Zeigefinger auf den Namen Beirut.

»Du fliegst hierhin. Auf Staatskosten sogar, mein kluger Junge. Und in Beirut verläßt du die Kommission und stellst dich als politischer Flüchtling unter den Schutz der Deutschen Botschaft. Wir werden, wenn wir Teheran erreicht haben, mit dem Flugzeug ebenfalls nachkommen nach Beirut, und die Familie ist wieder zusammen. Geht es einfacher, Dimitri?«

»Ich lasse euch nicht allein durch die Berge zur Grenze ziehen!« rief Dimitri. »Du bist alt, Wanduscha ist ein Mädchen und kennt nicht unser rauhes Land. Ihr würdet elend zugrunde gehen.«

»Hat man das schon mal gehört?« sagte Kolka rauh. »Er nennt mich einen alten Mann. Bin ich ein zittriger Greis, he? Sieh es dir an, du Dummkopf.«

Zum Ofen ging er. Dort stand neben dem Gasherd ein alter Kohleofen, den Kolka nicht mehr benutzte, weil sie schon seit Jahren mit Öl heizten.

»Um Himmels willen, laß ihn stehen!« schrie Dimitri. »Einen Bruch hebst du dir.«

»Bin ich ein Zwerg?« schrie Kolka. Er umfaßte den schweren Kohleofen mit beiden Armen, stemmte ihn hoch bis zur Decke, es krachte gegen die Balken, Putz und Mörtel rieselten herab, und oben fiel der grusinische Maler Arkadij L. Bederian aus dem Bett, aber er merkte es nicht, denn er war wieder besoffen. Dann warf Kolka den Ofen von sich wie einen großen Stein, er knallte auf die Dielen, zwei Bretter brachen, und unten hörte man einen grellen Aufschrei, denn die unter ihnen wohnende Witwe Djura Halikowa dachte, ein Erdbeben zerstöre nun das Haus und ihr Leben.

»So!« sagte Kolka und rieb sich die Hände. »Bin ich ein alter Mann?«

Bettina lachte laut, und dann wurde sie plötzlich ganz still.

»So hat dich Mutter nie geschildert«, sagte sie leise.

Kolka Iwanowitsch nickte und nagte an der Unterlippe.

»So wird man, mein Töchterchen, wenn man grausamer als ein Wolf sein muß.«

*

Das Zimmer, in dem Oberleutnant Wolter stand, war kärglich eingerichtet und klein. Vom Fenster aus sah man auf einen Parkplatz. An der Wand hing ein Bild des Bundespräsidenten. Der Schreibtisch war hell gebeizt und schmucklos. Ein paar einfache Stühle, ein runder

Tisch mit einem Aschenbecher – das war alles, was in dem Zimmer stand. Keine Blume, keine Vase, nur ein Telefon mit vielen Knöpfen für eine Direktwahl innerhalb des Hauses.

»Es ist gut, Wolter, daß Sie gleich zu mir gekommen sind«, sagte der Mann hinter dem Schreibtisch. Er trug eine dunkle Sonnenbrille und hatte eisgraue Haare, und Wolter versuchte sich vergeblich vorzustellen, wie der Mann ohne Brille aussehen mochte und vielleicht mit braunen oder blonden Haaren. »Kollegen von Ihnen, die in ähnlicher Lage waren, drehten durch und machten unverzeihliche Dummheiten. Ihre offene Meldung gibt uns eine gute Möglichkeit des Gegenzugs.«

»Daran dachte ich auch, Herr General.«

»Was sagt Oberst Hennrichs?«

»Er schickte mich ja zu Ihnen. In der Abteilung V/017 ist alles klar. Es geht um die Möglichkeit einer Koordinierung.«

Der General mit der Sonnenbrille nickte. Er trug einen hellen, unauffälligen Sommeranzug und einen buntgemusterten Schlips.

»Wir werden Ihnen Informationen geben, auf die jeder Russe mit Hurra stürzt. Daß sie falsch sind, merken sie erst, wenn alles anders kommt. Bis dahin haben wir einen genauen Überblick über das Agentennetz des Majors Borokin. Ich muß gestehen, daß mir Borokin nie aufgefallen ist. Aber keine Sorge, wir werden das schon machen, Wolter. Im übrigen glaube ich nicht daran, daß die Russen Ihre Schwester haben.«

»Borokin will mir einen Unterrock Bettinas schicken. Einen Brief und ein Bild von ihr.«

»Interessant.« Der General mit der Sonnenbrille lächelte. »Verlieren Sie mir bloß nicht die Nerven, Oberleutnant. Denken Sie daran, daß ich Ihnen helfen werde.«

»Jawohl, Herr General.«

Verwirrt verließ Wolfgang das kleine Zimmer. Auf dem Flur empfing ihn eine Ordonnanz, die ihn bis zum Parkplatz brachte. Durch drei Sperren fuhr er hinaus aus der kleinen, mit einer hohen Mauer umgebenen Stadt am Rande eines Wäldchens. Seine Laufkarte wurde kontrolliert, an der dritten Sperre wurde sie abgenommen. Aufatmend hielt Wolter seinen Wagen an und sah zurück. Die Dächer der langgestreckten Häuser glänzten in der Sonne. Es war ein heißer Tag, und doch war es Wolfgang Wolter, als käme er gerade aus einem Eiskeller.

Er hatte ein seltenes Glück gehabt. Der geheimnisvolle Mann der deutschen Spionage hatte ihn empfangen und gesprochen. Er hatte ihn für dieses kurze Gespräch extra nach München-Pullach kommen lassen.

General Gehlen. Der Mann mit der Sonnenbrille, der schon Mythos und Sage geworden war.

Drei Tage später übergab Wolfgang Wolter seine ersten Materialien an Borokin. Man traf sich in einem Café am Rheinufer in Köln.

»Was ist es?« fragte Borokin.

»Die Pläne vom Bau eines UKW-Senders nördlich von Fulda an der Zonengrenze. In einem Waldstück. Plan liegt bei. Auch die Frequenzen und die Sendezeiten. Sendebeginn im Herbst. Genau: Am 11. Oktober, nachts 23 Uhr.«

Borokin musterte Wolter mit einem langen Blick. Alles Mißtrauen lag darin, aber Wolter hielt diesem Blick stand und trank ohne das leiseste Beben seiner Hand seine Tasse Kaffee.

»Woher haben Sie die Pläne?« fragte Borokin kalt.

»Ich habe einen Freund in der Bauabteilung, der weiß, daß ich mich für so etwas interessiere. In drei Tagen kann ich Ihnen vielleicht auch das Sendeprogramm der ersten Woche bringen.«

»Danke, Wolter.« Borokin erhob sich und steckte die Pläne in eine schmale Kollegmappe. »Brief, Bild und

Kleidung Ihrer Schwester sind übrigens unterwegs von Moskau. Der Kurier trifft morgen früh ein. Ich bringe sie das nächste Mal mit.«

Mit verkniffenen Lippen sah Wolter dem eleganten Russen nach. Er dachte an die Worte General Gehlens, aber er wurde wieder unsicher.

War Bettina doch in den Händen der Sowjets? Woher nahm Borokin seine verfluchte Sicherheit?

Wolter zahlte und ging auch. Im Wagen wartete Irene Brandes.

»Borokin ist eben weggefahren«, sagte sie. »Hat er dir geglaubt?«

»Ich weiß nicht.« Wolter umklammerte das Steuerrad und starrte vor sich auf die Straße. »Um Bettinas willen möchte ich Gott darum bitten.«

*

Der Abflug Dimitri Sergejewitschs war herzerweichend.

Immer wieder umarmte er Kolka und Bettina, küßte sie und mußte gedrängt werden, zur wartenden Maschine zu gehen. Schon zweimal war er durch die Lautsprecher aufgerufen worden: »Genosse Sotowskij bitte zur Maschine! Genosse Sotowskij . . .«

»Ich kann nicht, Väterchen!« stöhnte Dimitri und umarmte Kolka zum ungezählten Male. Dann zog er Bettina an sich und drückte sie so fest wie ein Bär, der seiner Beute die Rippen zerquetscht.

»Du kannst nicht allein durch die Berge«, stotterte er. »Wanduscha, versprich es mir . . . warte, bis ich zurückkomme. Laß uns alle zusammen flüchten.«

»Blödsinn!« Kolka stieß seinem Ziehsohn in den Rükken. »Einfacher geht es nicht. Vergiß nicht: Du mußt dich in Beirut verborgen halten. Dort wimmelt es von Agenten.«

»Wann kommt ihr nach?« stöhnte Dimitri und wischte sich die Augen.

»Wer weiß das? Es kann schell gehen, es kann Wochen dauern.«

Über den Lautsprecher tönte die dritte Durchsage über das Flugfeld und die Wartehallen.

»Der Genosse Sotowskij sofort zur Maschine! Wir müssen starten!«

»Geh!« sagte Kolka hart und gab Dimitri noch einen Stoß in den Rücken. »Wer in seinem Leben bekommt solch eine Chance wie du! Gott segne dich, Söhnchen!« Und nach alter russischer Manier schlug Kolka das Kreuz über Dimitris Kopf und wandte sich dann ab.

Mit staksigen Beinen ging Dimitri allein über die betonierte Piste zur wartenden Iljuschin-Maschine. Oben in der Tür stand ein Steward und winkte mit beiden Armen.

»Schnell, Genosse, schnell!«

Dimitri beschleunigte den Schritt. Er rannte die Gangway hinauf, warf seine Tasche dem Steward zu und drehte sich noch einmal um.

»Wanduscha!« schrie er.

»Auf Wiedersehen, Dimitri!« rief Bettina zurück.

»Geh weg!« knurrte Kolka. »Dreh dich um und geh. Er kriegt es fertig und kommt zurück. Ich kenne ihn, er hat ein Herz wie ein Stück Butter in der Sonne.«

Bettina nickte. Sie wandte sich ab und rannte zurück zum Eingang der Wartehalle. Dimitri stand in der Tür und starrte ihr nach.

Sehe ich dich wieder, Wanduscha? dachte er. O Himmel, sehe ich sie wieder?

Eine Faust packte ihn, riß ihn ins Flugzeug. Die schwere Tür schlug zu. Dimitri hieb um sich, aber was half's, er stand in dem halbrunden Leib des Flugzeugs, und die Düsentriebwerke heulten auf, ein Zittern ging durch den riesigen Metallkörper. Die Maschine rollte zur Startbahn.

Dimitri stürzte an das nächste Fenster und sah hinaus.

Der Flugplatz rollte unter ihm weg. Er sah nur Feld, Piste, Maulbeerschonungen, in der Ferne die Berge des Kaukasus. Dann schwenkte die Maschine zur Startbahn ein, und ganz fern, klein wie ein Spielzeughaus, glitzerte die weiße Fassade der Halle zu ihm herüber.

»Wanduscha ...«, sagte er leise. »Ich weiß nicht, was ich tue, wenn ich sie nicht wiedersehe.«

»Nehmen Sie Platz, Genosse«, sagte der Chefsteward, der Dimitri auch ins Flugzeug gerissen hatte. »Platz 19, dort am Fenster. Und schnallen Sie sich an. Sie fliegen wohl zum erstenmal?«

Dimitri ging stumm zu seinem Platz, setzte sich und schnallte sich an. Das Land neben ihm raste vorbei ... jetzt glitt es weg ... der Himmel kam näher, die Wolken senkten sich, die Sonne wurde zu einem großen Ball ... Und dann lag nach einer Schwenkung Tiflis unter ihm, die weiße Stadt zwischen den Weinbergen, die Stadt der Minarette und modernen Staatsbauten, die Stadt, von der einmal ein Dichter sagte, hier sei die Schönheit zu Stein geworden.

Die Boulevards, die Altstadt, die Hügel Mtatsminda und Sololaki, Metechi mit der uralten Kirche, der Leninplatz, das Haus der georgischen Regierung, das blaue Kloster, das Pantheon, der Botanische Garten, die Oper und die wilde, ungebändigte Kura, der Fluß, in dem er als kleiner Junge schwimmen lernte.

Heimat. Herrliches Grusinien.

Ich nehme Abschied. Für immer.

Aber mein Herz bleibt zurück. Es gibt keinen Russen, der seine Heimat verläßt und sein Herz mitnimmt. Das Herz bleibt bei Mütterchen Rußland. Man kann es nicht verpflanzen.

Dimitri wandte sich ab. Er riß sich los von dem Bild der weißen Stadt und lehnte sich zurück.

»Fruchtsaft, Genosse?« fragte der Steward und balancierte ein Tablett vor Dimitris Augen.

Er nickte und starrte an die gewölbte Kabinendecke.

Und seit seinem neunzehnten Lebensjahr empfand er wieder den merkwürdigen Drang in der Brust, laut weinen zu müssen. Zuletzt war's beim Tode der Mutter gewesen, und jetzt kam es wieder. Er schluckte es hinunter, er trank drei Gläser Fruchtsaft, und er nahm eine Zeitung, um sein Gesicht dahinter zu verbergen.

Lebewohl, Tiflis. Von jetzt ab wirst du nur noch in meinen Träumen sein . . .

Langsam kam auch Kolka Iwanowitsch zurück zum Flughafengebäude und hakte sich bei Bettina unter. Lange hatte er dem Flugzeug nachgeblickt, so lange, bis es in den Wolken verschwand. Und wie Dimitri hatte er bei sich gedacht: Sehen wir uns wieder, Söhnchen? Gelingt uns der Weg zu einem neuen Leben?

»Er ist weg, Vater«, sagte Bettina leise, und plötzlich sprach sie deutsch.

Kolka nickte. »Ja, mein Kleines.«

»Und wann fahren wir?«

»Übermorgen . . . vielleicht . . .« Kolka wischte sich über die Augen. Wirklich, Tränen standen ihm in den Augenwinkeln. »Wir dürfen nichts überstürzen, Kleines. Ich habe es Dimitri nicht gesagt, er wäre sonst nie geflogen: Die türkische Grenze ist abgeriegelt. Mit Suchhunden streifen sie umher. Es hat keinen Sinn, dort den Übergang zu versuchen. Einen weiten Umweg müssen wir machen . . . hinunter zum Kaspischen Meer.«

Bettina senkte den Kopf.

Vor ihnen, das wußte sie nun, lag die Qual ungezählter höllischer Stunden.

*

Das Material, das Wolfgang Wolter in dem kleinen Café am Rheinufer Jurij Alexandrowitsch Borokin übergeben hatte, wurde von Spezialisten des sowjetischen Nachrichtendienstes genau überprüft. Für die Auswertung westdeutscher Meldungen gab es zwei Zentralstellen: Die eine saß in Ost-Berlin, in Karlshorst, im Hauptquartier der Roten Armee; die zweite residierte in Prag, in einem unauffälligen, alten, hochgiebeligen Haus im Schatten des Hradschins, der alten, wundervollen Prager Königsburg.

Wolters Pläne von einem starken UKW-Sender wurden nach Prag geschickt.

Dort rechnete man alles durch, Radiotechniker prüften die Zeichnungen, und man kam zu dem Ergebnis, daß gleich die erste Lieferung des deutschen Oberleutnants eine kleine Sensation sei.

Borokin übernahm es, Wolfgang Wolter von diesem Erfolg persönlich zu unterrichten. Sie trafen sich wieder am Rheinufer wie zwei alte Freunde, die sich zufällig sehen. Keinem fiel auf, daß zwei Arbeiter das Eisengitter am Rheinquai mit einer Antirostfarbe strichen und ein Straßenkehrer dabei war, Blätter und weggeworfenes Papier von der Promenade zu kehren. Und während Borokin und Wolter langsam am Ufer hin und her gingen, klickten unter den Arbeitskitteln die Mikrokameras und fotografierten jede Phase des Agententreffs.

»Gratuliere«, sagte Borokin freundlich und bot Wolter eine seiner türkischen Zigaretten an. »Ihr Material hat gefallen. Man ist zufrieden. Durch Ihre Pläne sind wir in der Lage, Störsender in unmittelbarer Nähe zu installieren.«

Wolfgang Wolter nickte stumm. Er blieb an dem Eisengitter zum Rhein stehen, nicht weit weg von den emsig streichenden Arbeitern.

»Sie haben mir versprochen, Nachricht von Bettina zu bringen«, sagte Wolfgang Wolter endlich nach längerem Schweigen. Er wußte, daß der eine der Arbeiter jetzt ein kleines Tonband anstellte, das er auf der Brust festgeschnallt trug. Unter der Mütze lag das empfindliche

Mikrofon, das selbst ein schwaches Hüsteln deutlich aufnahm.

»Borokin hält, was er einmal versprochen hat!« Der Russe lächelte. Wolter fuhr herum. Sein Mund zuckte. Nun war es kein Spiel mehr; unerträgliche Spannung und eine unbestimmte Angst überwältigten ihn.

»Sie haben einen Brief von Bettina?« rief er.

»Nicht einen Brief. Er kommt mit der nächsten Kurierpost. Aber ich habe ein Beweismaterial, das zwingend ist.« Borokin griff zur Aktentasche, löste die beiden Schnappschlösser und klappte den Deckel auf. Er ließ Wolter hineinsehen, und die Männer vom MAD und Verfassungsschutz – die beiden Anstreicher und der fleißige Straßenkehrer – ärgerten sich, nicht Hälse wie Giraffen zu haben.

In der Tasche lagen drei Dinge: die Stewardeßmütze Bettinas (gefunden in der Erdhöhle oberhalb Tiflis, wir wissen es ja), ihr Paß (gefunden in der Flugkanzel) und ihr Unterhemd mit den eingestickten Initialen BW (ebenfalls gefunden in der Höhle). Wolfgang Wolter starrte diese drei Beweisstücke an, aber als er zugreifen wollte, klappte Borokin den Taschendeckel wieder zu.

»Genügt es, Herr Oberleutnant?«

»Wo ist Bettina jetzt?« fragte Wolter heiser vor Erregung. Borokin hob die Schultern. »Genau weiß ich es nicht. Ich vermute, in Moskau.«

»Und was hat man mit ihr vor?«

»Gar nichts. Sie lebt wie ein Pensionär. Ihre Lage wird nur kritisch, wenn Sie, mein Lieber, versagen.«

»Was nennen Sie kritisch?«

Borokin drückte die Aktentasche an sich, und sie nahmen den Spaziergang entlang des Rheinufers wieder auf. »Ich erinnere an den Fall Powers, lieber Oberleutnant. Powers, der U-2-Pilot, den wir vom Himmel holten. Er wurde zu zehn Jahren Zwangsarbeit verurteilt. Zugegeben, er wurde später ausgetauscht – aber das ist der zweite Akt. Zunächst wird man Ihre Schwester als Spionin verurteilen. Sie sind doch mit mir einer Meinung, daß Ihre Schwester in einem Schauprozeß alles aussagt, was nötig ist, um unsere Haltung zu rechtfertigen?« Borokin lächelte hart.

Wolfgang Wolter nickte. »Ja«, antwortete er. Und er dachte gleichzeitig: Arme Betti. Mit Drogen werden sie dich willenlos machen, und du wirst herunterplappern wie ein Papagei, was man dir vorgesagt hat.

»Sie wird nach Workuta kommen, nehme ich an, und es wird den Westen einen großen sowjetischen Agenten zum Austausch kosten. Vorausgesetzt, daß man Ihrer Schwester diese Bedeutung zumißt und sie nicht im Interesse der Politik einfach vergißt.« Borokin hob wie bedauernd die Schulter. »Politik ist ein bitteres Geschäft, ein eiskaltes Gewerbe, vergleichbar einem Gangstersyndikat; nur daß die Politiker freundlich lächeln, wortreich reden, vom Volk gewählt werden, und daß ihnen Applaus gezollt wird wie einem Zirkusclown, der einen Salto mit einem wassergefüllten Eimer gedreht hat.« Borokin blieb stehen, sein Sarkasmus war wie ein lähmendes Gift. »Ich nehme fast als sicher an, daß Ihre Schwester nicht den weltpolitischen Wert hat, daß sich Politiker ihretwegen die Köpfe zermartern. Es handelt sich um ein familiäres Problem, das nur Sie und ich lösen können. Wir verstehen uns, Herr Oberleutnant?«

»Sehr genau, Herr Borokin.« Wolter sah über den schmutziggelben Rhein, dem auch die strahlende Sonne kein freundliches Gesicht verleihen konnte. »Wir werden weiter zusammenarbeiten. Nur kann das nicht immer so weitergehen. Wann habe ich meine Schwester ausgelöst?«

»Wir haben Zeit, mein Lieber.« Borokin lächelte Wolter an. Wie Spott war es, wie ein Triumph über die Dummheit. »Moskau bestimmt, wann die Uhren anzuhalten sind. Daran müssen wir uns gewöhnen. Guten Tag!«

Er drehte sich um und ging mit schnellen Schritten davon. Auf einem Parkplatz hinter dem Dombunker, das wußte Wolter, parkte sein Wagen. Ein unauffälliger VW mit einer normalen Bonner Nummer.

Du Schwein, dachte Wolter und blieb steif am Rheinufer stehen. O du Schwein! Wie wäre meine Lage, wenn ich nicht die Rückendeckung meiner Vorgesetzten hätte? Wie verzweifelt würde ich sein, wenn ich allein stände, so allein wie Hunderte anderer Agenten, die sich einem Teufel wie Borokin ausgeliefert hatten. Wenn ich ein einsamer Mensch wäre, so wie Irene Brandes es war.

Irene. Wolfgang Wolter atmetete tief auf und strich sich durch das blonde Haar. Einer der Arbeiter hüstelte und bückte sich neben Wolter an das Eisengitter.

»Alles klar«, flüsterte er. »Wir haben's auf Band. Sie können gehen.«

Gehorsam entfernte sich Wolter zu seinem am Straßenrand abgestellten Wagen. Er ging wie eine aufgezogene Puppe, mit steifen Beinen und durchgedrücktem Kreuz.

Bettina in Moskau! Es waren ihre Mütze, ihr Paß, ihr Unterhemd. Es gab gar keine Zweifel mehr: Sie war zu einem Druckmittel geworden. Im Kampf der Geheimdienste wurde sie zerrieben.

Wie soll das weitergehen, dachte Wolter, als er in seinem Wagen saß. Die Sonne brannte auf das Dach, es war erstickend heiß, aber er kurbelte nicht die Fenster herunter, um frische Luft in den Wagen zu lassen.

Was wird aus Bettina werden?

Wird man sie in Workuta elend zugrunde gehen lassen, wie Tausende vor ihr?

O mein Gott, in welcher Zeit leben wir!

Warum müssen die Völker sich hassen? Warum benehmen sich die Menschen wie reißende Tiere? Wir haben doch alle Platz auf dieser Welt.

Langsam fuhr er zurück nach Bonn und zur Wohnung seiner Mutter.

Irene Brandes war bei ihr, und als Wolfgang eintrat, sah er an dem fragenden Blick seiner Mutter, daß Irene ihr alles erzählt hatte.

»Warum hast du das getan?« fragte er Irene, ohne nachzuforschen.

»Es ist besser so, Wolf«, sagte Irene.

Agnes Wolter sah ihren Sohn aus müden Augen an. Sie war in diesen wenigen Wochen sehr gealtert. Wer sie jetzt in Göttingen gesehen hätte, die alten Kunden in dem kleinen Wäschegeschäft, wäre entsetzt gewesen. Tiefe Falten lagen um ihre Mundwinkel, das immer sorgsam gepflegte und frisierte Haar war weiß und strohig, ohne Leben, und nur in losen Wellen um den Kopf gelegt. Eine Mutter, die im Leid zusammengeschrumpft war.

»Warum hast du mich belogen, Wolf?« fragte sie leise, als sich Wolfgang auf die Couch setzte und nervös eine Zigarette anzündete, die ihm Irene herüberreichte.

»Ich wollte dir das alles ersparen, Mutter.«

»Ungewißheit ist viel schlimmer, Junge. Nun weiß ich, wo Bettina ist. Nun weiß ich, daß sie lebt! Das ist schön, das macht mich glücklich, auch wenn alles, was damit zusammenhängt, so schrecklich ist. Aber die Ungewißheit... ich habe sie einmal erlebt, als dein Vater in Rußland vermißt wurde, und ich habe sie jetzt noch nicht überwunden. Sicher, er ist tot. Der Kamerad von Vater hat es mir ja damals, als er heimkehrte aus dem Gefangenenlager, erzählt. Aber ich habe es nicht geglaubt, fünfzehn Jahre lang nicht. Ich bin Irene so dankbar, daß sie mich nicht wieder solche Jahre durchleiden läßt.«

»Ich habe Sachen von Bettina gesehen«, sagte Wolfgang Wolter tonlos. »Sie ist in Moskau.«

»Gott sei Dank!« Es war wie ein Aufschrei. Wie ein Glanz durchzog es die müden Augen Agnes Wolters'. »Und nun wird man uns helfen, nicht wahr?«

Wolter sah mit einem qualvollen Blick zu Irene. Was

soll man darauf antworten, hieß diese stumme Frage. Soll ich ihr wirklich die Wahrheit sagen: Niemand wird uns helfen können! Was nützt ein Protest? Er würde unbeantwortet zerrissen. Was nützt die Mobilisierung der Öffentlichkeit? Der nächste Boxkampf, das nächste Fußball-Länderspiel wischt den Namen Bettina Wolter aus dem Gedächtnis der Millionen. Und wenn dann noch ein schöner Massenmord kommt, der die Menschen am Morgenkaffeetisch wohlig erschauern läßt – wer denkt da noch an das Mädchen, das in Moskau sitzt?

Was ist schon der einzelne in einer Welt, in der ein Mensch zu einer Zahl, zu einem Objekt geworden ist und sein eigenes Gesicht verloren hat?

»Borokin hat mir versprochen, für die schnelle Rückkehr Bettinas zu sorgen«, log Wolter und sah in den Rauch seiner Zigarette, um dem Blick seiner Mutter auszuweichen.

»Es scheint ein guter Mensch zu sein, dieser Borokin«, sagte Agnes Wolter in völliger Verkennung der Situation. Sie war eine alte, gütige Frau ohne Falsch und Lüge. Sie kannte keine Intrigen, verstand nichts von der Politik, sah in den Menschen nur das Gute, glaubte an die menschliche Seele. Auch in Jurij Alexandrowitsch Borokin sah sie den guten Menschen, der versprach, Bettina aus Moskau zurückzuholen. Daß er lügen konnte, daß Wolfgang, Irene und auch sie, Agnes Wolter, Akteure eines Spiels geworden waren, das keine Gnade kannte und noch weniger Menschlichkeit, das alles kam ihr nicht in den Sinn. Sie war Bettinas Mutter, und sie glaubte an die Rückkehr ihrer Tochter.

Der Preis? Kein Preis war hoch genug, um das eigene Kind zurückzuerhalten. Eine Mutter denkt anders als ein Politiker. Vielleicht sähe die Welt anders aus, wenn die Politiker Mütter wären . . .

An diesem Tage war Agnes Wolter glücklich. Die scharfen Falten in ihren Mundwinkeln schienen wie weggebügelt. Ihre Augen hatten wieder Glanz bekommen. Sie machte zum Abendessen das Leibgericht Wolfgangs: Farsumagru, die italienische Art einer gefüllten Kalbsroulade, mit Salami, Rahmquark, Speck, Tomaten, Hackfleisch und hartgekochten Eiern.

Wolfgang und Irene aßen nur wenig. Jeder Bissen blieb ihnen in der Kehle stecken, als säße ein Pfropfen zwischen Mund und Magen.

Agnes Wolter aber war sichtbar glücklich. Bettina lebte. Es ging ihr gut. Daß sie, wie man sagte, in Moskau war, hatte für Agnes Wolter keinerlei Bedeutung. Ob Moskau oder London oder Rom – Bettina würde bald zurückkommen.

Nach dem Essen fuhren Wolfgang und Irene wieder nach Köln. Außerhalb der Stadt, in einer Villa in Lindenthal, trafen sie mit einem Mann zusammen, den Wolfgang Wolter »Herr Oberst« nannte.

»Wir haben die Bänder abgespielt«, sagte der Oberst, »die man am Rhein bei Ihrem Treff aufgenommen hat. Ist ja ein tolles Ding, was? Wir müssen diesen Kontakt unter allen Umständen beibehalten.«

»Und meine Schwester, Herr Oberst?« fragte Wolter.

»Tja, das ist ein Problem.« Der ungenannte Oberst schüttelte die Eisstückchen in seinem Whiskybecher. »Rechtlich ist da gar nichts zu machen. Wenn die Sowjets sie nicht freiwillig herausgeben ...«

»Ich weiß, Herr Oberst«, antwortete Wolter gepreßt.

»Sie wissen doch hoffentlich auch, daß diese Absprache: Bettina gegen Meldungen – daß dies ein Windei ist? Wenn die Sowjets nicht wollen ...«

»Das heißt also, daß meine Schwester abgeschrieben ist?« sagte Wolter laut. »Ich kann tun, was ich will ... ich bin angewiesen auf die Gnade der anderen.«

»Leider, leider!« Der Oberst trank vorsichtig seinen eiskalten Whisky. Er war magenkrank und empfindlich gegen große Unterkühlung. »Es ist ein Scheißdreck –

verzeihen Sie –, so zwischen die Mahlsteine der Geheimdienste zu kommen.«

Wolfgang Wolter trat ans Fenster und starrte hinaus in den nächtlichen Garten. Rosensträucher blühten, Jasmin und Holunder.

»Wir haben keine Möglichkeit, zu intervenieren?« fragte er.

»Keine. Im Osten, ich bitte Sie!«

Wolter schloß die Augen. Sein Kopf sank gegen die kühle Scheibe.

Er wußte nun, daß er nach dem Vater jetzt auch die Schwester in Rußland verloren hatte.

*

In Beirut empfing eine Abordnung der sowjetischen Handelsmission die Genossen aus Tiflis mit Händeschütteln, Bruderkuß und Umarmungen. Sechs Wissenschaftler und Ingenieure waren es, die zum Kongreß der Ölfachleute aus der Sowjetunion angeflogen kamen und nun den Boden Libanons betraten. Sie waren alle ein wenig unmodern gekleidet, mit zu weiten Hosenbeinen und sackähnlichen Jacketts, aber sie fühlten sich wohl, das sah man, freuten sich wie beschenkte Kinder auf die acht Tage Beirut, von denen die wissenschaftlichen Sitzungen die unwichtigsten waren. Im Beirut des Jahres 1966 gab es Nachtlokale, so hatte man ihnen in Tiflis zugeflüstert. Bauchtänzerinnen, mit Diamanten im Nabel. Nackttänzerinnen, die nach dem Auftritt an die Tische kamen und sich den Männern auf den Schoß setzten. Verschwiegene Hinterzimmer, wo orientalische Nächte zelebriert wurden, wie sie in keinem Märchenbuch standen. Oha, Genossen, das muß man kennenlernen! So etwas gehört zur Kenntnis von der Dekadenz des Westens! Wie soll man über Dinge reden, wenn man an ihnen nur vorbeigegangen ist?

Und so freuten sich die sechs aus Tiflis ehrlich auf Beirut und erwiderten die Bruderküsse ihrer sowjetischen Landsleute mit Enthusiasmus. Nur Dimitri Sergejewitsch Sotowskij war etwas verschlossener. Er küßte auch, ließ sich umarmen, sagte nette Höflichkeiten, lachte über die Vorfreude der anderen, die von Betten mit Spiegeln an der Decke träumten, aber das war nur Theater.

Schon während des ganzen Fluges hatte er still auf seinem Platz gesessen, hatte in die Wolken gestarrt, in das Blau der Atmosphäre, über das unter ihm vorbeifliegende, meist öde und felsige Land, das überging in Steppe und in eine Wüste, in der wie grüne Kleckse die Oasen lagen, als seien sie aus Schweißperlen geboren, und er dachte nur an Wanda Fjodorowa, die nun plötzlich Bettina heißen sollte.

Ab und zu sah er auf seine Uhr.

Noch drei Stunden ... noch zwei Stunden ... nur noch eine halbe Stunde bis zur Freiheit.

Beirut. Eine weiße Märchenstadt, umbrandet von einem tintenblauen Meer mit weißen Schaumkronen. Ein Wald von Minaretten. Die Kasbah; enge, überdachte Gassen, flache Dächer, auf denen die Frauen unter Sonnenschirmen lagen, ohne Schleier, den Blicken fremder Männer entzogen. Die Neustadt. Hochhäuser. Paläste aus Beton und Glas.

Das Leben einer Millionenstadt. Ansammlung ungeheuren Kapitals, Konzentration von Millionen Dollar auf einem kleinen Platz. Wirtschaftswunder des Orients 1966, geboren aus dem Wettlauf der Nationen um den Markt des Nahen Ostens. Vom kommenden Bürgerkrieg ahnte noch niemand etwas.

Dimitri starrte hinunter auf die weiße Stadt, die für ihn den Abschied von Mütterchen Rußland bedeutete.

Mit dem Aufsetzen des Flugzeuges auf die Betonpiste von Beirut endete sein russisches Dasein. Sein erster

Schritt auf libanesischen Boden bedeutete den Verlust der Heimat.

Dann war er vogelfrei. Ein Heimatloser. Ein Geächteter. Ein Gejagter. Ein Nichts.

Man möchte jetzt halt rufen, dachte Dimitri und umklammerte die Polsterlehnen des Sitzes. Halt, Genossen! Zurück nach Tiflis! Hier sitzt jemand, der seine Heimat verraten will! Hier sitzt ein russisches Schwein! Haltet an, dreht um oder bindet mich fest, Brüder, laßt mich nicht aus dem Flugzeug heraus! Rettet mich vor dem Nichtssein! Landet nicht, Freunde, o landet nicht! Mein Herz wird zerrissen werden, sobald ich dieses neue Land betrete.

Und dann dachte er wieder an Bettina, die für ihn immer Wanda Fjodorowa blieb; er sah ihre großen blauen Augen, er spürte ihre Lippen auf seinem Mund, er hörte ihre Stimme: »Wie können sich Menschen bloß so lieben wie wir, Dimitri? Diese Liebe ist unfaßbar...«, und er sah sein Väterchen Kolka, wie er ihn segnete, auf dem Flugplatz von Tbilisi, heimlich, wie ein alter Bauer, der zur Osterzeit die Hausikone aus der Truhe holt, sie heimlich aufstellt und dreimal »Christus ist auferstanden!« vor sich hin murmelt.

»Auf Wiedersehen!« haben sie gerufen, Wanduscha und Kolka. Wiedersehen aber bedeutete den Schritt ins Nichts. Die Flucht vor der Heimat. Die endgültige Flucht aus Tiflis.

Die Maschine setzte auf, und Dimitri betrat den Boden Libanons, und jetzt wurde er geherzt und geküßt, umarmt, wurde ihm auf die Schulter geklopft, und dann sagte der freudig erregte Bruder der Handelsmission in Beirut: »Und nun, Genosse, gib mir mal deinen Paß.«

»Was soll ich?« fragte Dimitri zurück.

»Deinen Paß geben, Genosse.«

»Wozu?«

»Ein Befehl aus Moskau. Wir nehmen alle Pässe unserer Freunde in Verwahrung, denn Beirut ist ein böses Pflaster. Ein paar Genossen haben ihre Pässe schon verloren oder wurden bestohlen. Sie bekommen statt dessen einen Ausweis, daß Sie Mitglied der Tagung sind. Das genügt vollkommen und ist für alle Teile ungefährlich.« Der liebe Genosse aus Beirut hielt die Hand hin: »Bitte den Paß, Bürger!«

Dimitri Sergejewitsch griff in die Brusttasche und gab seinen sowjetischen Paß ab.

Nun bin ich nackt, dachte er voll Schrecken. Ich bin nicht nur heimatlos, ich bin auch nackt. Was ist ein Mensch ohne Paß? Er ist wie gar nicht geboren. Er existiert nicht. Er ist ein Geist. Ein Gespenst.

»Willkommen in Beirut!« rief in diesem Augenblick der Chef der Handelsmission, ein gewisser Andreij Safonowitsch Schejin, ein häßlicher Mensch mit einer dicken Brille, die so scharf geschliffen war, daß dem neutralen Betrachter schon die Augen tränten. »Wir begrüßen die Genossen aus Tbilisi und rufen aller Welt zu: Freundschaft! Freundschaft! Freundschaft!«

Die sechs Wissenschaftler riefen laut mit und dachten an die Bauchtänzerinnen am Abend.

Welch ein schönes Land, Genossen, dieses Libanon! Na ja, die Pässe ist man los. Aber, seien wir ehrlich, was soll man auch mit Pässen in einem orientalischen Hinterzimmer? Fragt ein nacktes Weibchen: Komm, Genosse, weis dich aus? – Na also! Wie unnütz sind Pässe!

Mit drei großen Moskwitsch-Wagen fuhren sie nach Beirut hinein zum Hotel »Arab«. Dort waren die Zimmer reserviert, jedes mit einem kleinen Balkon, der zum Meer führte, und Jakob Andrejewitsch Swinzow seufzte laut, als er sah, wie klein, zierlich, schwarzäugig und wohlgebaut die Zimmermädchen waren. Swinzow war ein Wissenschaftler aus Baku und sechsundsechzig Jahre alt!

Sage ich nicht immer: Die Luft im Kaukasus hält jung.

»Wir treffen uns alle um zwanzig Uhr unten im großen

Saal zum Essen«, sagte Genosse Schejin und blinzelte hinter seiner häßlichen Brille. »Zieht euch um, Genossen. Habt ihr einen Smoking bei euch? Hier hält man viel auf Aussehen.«

Es zeigte sich, daß niemand einen Smoking hatte. Zu Ölgesprächen war man nach Beirut gekommen, nicht um Smokings zu tragen.

Schejin seufzte. Immer das alte Lied! Die Genossen in Moskau und erst in der Provinz – wozu er Tiflis zählte – haben noch nicht den Blick für das Notwendige. Himmel ja, Smokingtragen ist Dekadenz, aber ein wenig Konzessionen muß man machen, um mit der anderen Welt an einem Tisch zu sitzen.

Man kann nicht mit den Fingern essen und die Knochen übers Tischtuch spucken, während die anderen mit vergoldetem Besteck dinieren. So etwas fällt auf, Genossen. Unangenehm.

»Ihr werdet in einer Stunde alle Smokings bekommen!« sagte Schejin und rückte an seiner dicken Brille. »Pawlow, er wird gleich geholt, wird Maß nehmen, und dann kommen die Smokings von einem Verleiher. Für Beschädigungen und Flecke muß jeder von Ihnen aufkommen, Genossen.«

Dann war Dimitri allein, stellte den Koffer unausgepackt in die Ecke neben dem breiten französischen Bett – ein Beweis mehr von der Lebenskunst in Beirut! – und trat hinaus auf den Balkon.

Vor ihm lag die Uferpromenade, das Meer, der Hafen mit den weißen Luxusjachten. Ein Gewimmel von Menschen schob sich unten auf der Straße vorüber. Der Lärm von Stimmen und Geräuschen umwehte ihn wie eine Wolke aus Riesenheuschrecken.

Heute noch? dachte Dimitri und umklammerte das zierliche Balkongitter. Soll ich heute noch heimatlos werden? Oder warte ich bis morgen? Mache ich erst eine Sitzung des Kongresses mit, verbreite Harmlosigkeit um mich, Vertrauen ... und morgen, ja morgen dann gehe ich zur deutschen Botschaft und bitte um Asyl.

Er sah weit übers Meer, das in der Abendsonne wie geschmolzenes Gold leuchtete.

Wo liegt Deutschland, dachte er. Dort ganz weit hinten ... ein Land wie im Nebel. Dort liegt auch das Grab meines Vaters. Es wird kalt sein in Deutschland. Die Menschen werden einen ansehen und sagen: Aha, ein Russe! Ein Iwan! Und die Alten werden an die Schlachten denken, an die Rollbahn, an die Sümpfe, an die Wälder, und die Jungen werden fragen: Sag mal, Iwan, ist bei euch wirklich alles so geknechtet? Habt ihr wirklich nichts zu fressen? Dürft ihr wirklich nicht sagen, was ihr wollt? – Und er würde ihnen antworten: Stimmt es, daß ihr alle nur wegen des Profits arbeitet? Erzählt mal, warum ihr alle revanchistisch seid und daran denkt, Rußland noch einmal zu überfallen.

Und sie würden sich ansehen, der Russe und die alten und die jungen Deutschen, sprachlos und hilflos, und jeder würde denken: Hier gibt es keine Brücke mehr.

O Freunde, dabei wollen wir doch alle Brüder sein, nicht wahr?

Um sieben Uhr abends wurde der Smoking abgegeben. Bei Dimitri ging es schnell. Das kleine, süße Zimmermädchen machte einen Knicks und legte den Anzug auf das breite Bett. Anders war's bei Swinzow, dem alternden Bock aus Baku. Er kniff dem Zimmermädchen in die Brust, umarmte es und verlangte, daß sie ihm die Hosen des Smokings anprobierte. Nur nach Verabreichung einer Ohrfeige konnte sich das Zimmermädchen aus kaukasischer Wildheit befreien und flüchtete aus dem Zimmer des liebestollen Swinzow.

Gehorsam zog Dimitri seinen Smoking an. Er wußte, daß am Ausgang des Hotels zwei unauffällige Genossen saßen und aufmerksam wurden, wenn er ohne Smoking durch die Hotelhalle gehen würde.

Wie lächerlich ist das alles, dachte Dimitri bitter. In einem Smoking, wie zu einem Fest gehend, werde ich in einer Stunde in der deutschen Botschaft um Asyl bitten. Sie werden mich anstarren wie einen Blöden, und vielleicht haben sie auch recht damit.

Um 20 Uhr trafen sich die sechs Wissenschaftler aus Tiflis in der großen Halle des Hotels »Arab«. Genosse Schejin war auch schon da, er trug einen weißen, wundervoll sitzenden Smoking und sah aus wie ein Kapitalist. Er benahm sich auch so. Er verzichtete auf alle ordinären Worte, die ihm auf der Zunge lagen, als er den Aufmarsch der schlecht sitzenden, geliehenen Smokings sah, und befleißigte sich eines weißrussischen Russisch; eine Sprache, die so vornehm ist wie die Haut einer Großfürstin.

»Meine Lieben!« sagte er. Tatsächlich, er sagte: Meine Lieben! »Sie werden die Gelegenheit haben, dem Nobelpreisträger Bunche vorgestellt zu werden. Mit uns tagt auch ein Ausschuß der UNO im Hotel. Sie kennen Ralf Bunche?«

Dimitri kannte ihn, die anderen fünf nicht. Genosse Schejin hob den Blick zur vergoldeten Decke und seufzte.

»Macht nichts«, sagte er dann. »Ich zeige ihn euch, und ihr erzählt ihm, wie fortschrittlich unser Land ist.«

Um 20.17 Uhr, nachdem Dimitri ein paar Worte mit anderen Kongreßteilnehmern gewechselt hatte, verließ er den Saal und durchquerte die große Hotelhalle.

Niemand beachtete ihn, keiner hielt ihn auf, es war niemand da, der hinter einer Säule hervorsprang und »Stoij!« schrie. Ungehindert konnte er das Hotel »Arab« verlassen, ging zu den wartenden Autotaxen, setzte sich in einen der schwarzen Wagen und sagte auf französisch: »Zur deutschen Botschaft, bitte.«

Verwundert blickte der Chauffeur auf. »Deutsche Botschaft? Haben wir seit Abbruch der diplomatischen

Beziehungen nicht mehr. Es gibt hier nur eine deutsche Handelsmission.«

»Dann fahren Sie mich dorthin«, stieß Dimitri hervor.

Die Taxe fuhr an. Dimitri sah schnell zurück.

Niemand stand in der Tür. Keiner lief ihm nach. Nur der Portier stand an der Drehtür und grüßte ankommende Gäste. Aus dem großen Saal klang Musik auf die Straße. Die Fenster des Tagungssaales waren mit Portieren verhängt. In der Bar tanzte man bereits. Die Nacht von Beirut hatte begonnen...

»Schneller!« sagte Dimitri zu dem Chauffeur. Es war, als schwinge Angst in seiner Stimme. »Vite... plus vite...«

Der Wagen schoß durch die Straßen und Gassen von Beirut.

Dimitris Kopf sank auf die Brust.

Leb wohl, Rußland, dachte er.

Ich flüchte in den Nebel einer neuen, unbekannten Welt.

*

Kolka Iwanowitsch Kabanow – wir wollen Karl Wolter noch so nennen, solange er in Rußland ist und nicht deutschen Boden wieder betreten hat – ging systematisch vor.

Zunächst erzählte er allen Leuten und Nachbarn, welch große Ehre ihm zuteil geworden sei. »Nach Beirut ist mein Söhnchen«, rief er überall, selbst im Bazar und auf dem Markt. »Als Wissenschaftler! Als Fachmann! Ihr sollt sehen, Brüder, er kommt zurück und wird Chefingenieur!«

Die Nachbarn beglückwünschten ihn, denn in Tiflis ist man ohne Neid. Bekannte tranken mit Kolka ein Gläschen Wodka, und so kam es, daß Kabanow, das glückliche, stolze Väterchen, überall verkünden konnte: »Ich nehme die Gelegenheit wahr, Brüder, auch eine

Reise zu machen. Jawohl. Wozu hat man gespart? Noch hat man Augen, die sehen können, und die Knochen machen auch noch mit. Nach Batum fahre ich, zum Schwarzen Meer. Noch nie war ich da. Will doch sehen, ob es wirklich schwarz ist.«

Da lachte man, freute sich über den fröhlichen Alten und wünschte ihm gute Fahrt. Und so fiel es gar nicht auf, daß Kabanow eingekauft hatte, als wolle er hamstern. Wer verreist, in fremde Gegenden, weiß nie, was er dort antrifft. Tiflis war ein gesegnetes Land. Aber es kann ja sein, daß am Schwarzen Meer die Menschen nur Tintenfische essen! Das war nichts für Kabanow, und wem er das erklärte, der sah es sein.

Kolka hatte alles beisammen, was sie brauchten. Einen Wagen, die Pferdchen, die Lebensmittel, und sogar eine Militärpistole. Die hatte in seinem Schlafzimmer unter den Dielen gelegen, und keiner wußte das, auch Dimitri nicht.

Bettina hatte schon seit Tagen gekocht und gesotten. Sie briet Fleisch und rollte es dann in Stanniolbogen, so blieb es frisch und schimmelte nicht. Sie kaufte sich derbe Leinenhosen, feste Stiefel, ein paar Kopftücher, Blusen und einen dicken Wollpullover. »Wer weiß, wie lange wir brauchen«, sagte Kolka. »Wir müssen uns auf alles vorbereiten.«

Dann kam der Morgen, an dem sie weggingen. Zu Fuß bis zu dem Omnibus, der hinaus bis zu den Machatskaja-Bergen fährt. Dort warteten bei einem Bauern Pferdchen und Wagen, in Pflege gegeben für fünf Rubel pro Tag.

Noch einmal blieb Kolka Iwanowitsch stehen und sah zurück auf sein Haus.

Hier hatte er mit seiner russischen Frau gelebt und war glücklich gewesen. Hier hatte er Dimitri Sergejewitsch großgezogen und dafür gesorgt, daß er etwas Ordentliches im Leben wurde. Hier hatte er Jahre um Jahre am Fenster gesessen, seine Zeitung gelesen und seinen

Wodka getrunken, und die Zeit war an ihm vorbeigeflossen, und er war zufrieden gewesen. Die Wunden des Krieges waren verheilt, die Wunden der Seele vernarbt, die Erinnerung an Göttingen, an seine Frau Agnes und seine Kinder Wolfgang und Bettina, starb dahin wie ein welker Baum, denn man konnte Geschehenes nicht durch Trauer ändern.

Und nun war alles wie früher. Die Zeit war zurückgedreht. Das besinnliche Alter wurde wieder zum Kampf. Es gab keine Ruhe mehr. Das Leben hatte nur geschlafen; nun wachte es auf und war stärker als zuvor.

»Tut es dir leid, Vater?« fragte Bettina, als sie den Alten sinnend an der Straßenecke stehen sah. Die letzte Ecke. Hinter ihr begann das neue Leben. Von dort war das Haus des Kolka Kabanow nicht mehr zu sehen.

»Nein, mein Kleines.« Kolka legte den Arm um Bettinas Schulter. »Ich will mich an alles erinnern und es dort zurücklassen. Wir können nicht die schwere Last eines kranken Herzens mitschleppen. Es muß alles leicht in uns sein.«

Und so stand er da, sah auf sein Haus, und die Jahre zogen an ihm vorüber und verschwanden durch die Haustür.

»Komm!« sagte Kolka dann und wandte sich mit einem Ruck ab. »Nun ist's vorbei! Nun bin ich leicht. Wie ein Adler fühle ich mich.«

Und er blickte nicht mehr zurück, als sie im Bus saßen und nun auch Tiflis verließen.

Bei dem Bauern holten sie den Wagen ab, schirrten die Pferdchen an und fuhren auf der breiten Straße nach Baku davon.

Ein Väterchen mit seinem schönen Töchterchen. Ein Bauer, der weiß der Himmel wohin wollte . . . zu einer Hochzeit, zu einer Taufe, zu einer kranken Tante. Es war eine harmlose Fahrt.

Von Tiflis bis Baku sind es fast 600 Werst.

Mit einem Schnellzug ist es ein Vergnügen, Freunde. Mit dem Flugzeug ist's eine knappe Stunde. Wer aber mit einem alten, klapprigen und schwankenden Bauernwagen über die staubige Straße ziehen muß, davor zwei Pferdchen, die sich ausruhen wollen, die fressen müssen und trinken, der muß Geduld haben, einen großen Glauben an die Natur und ein festes Sitzfleisch. Natürlich hätte Kolka mit dem Flugzeug fliegen können, oder mit dem Zug hätte er reisen können – aber im Flugzeug verlangte man den Paß, und auch im Zug gab es manchmal Paßkontrollen. So blieb also, da Bettina ja keine Personalpapiere besaß, nur der Weg über die Landstraße und die Tortur der langen Reise.

Am Tage legten sie 30 Werst zurück; wenn's ein guter Tag war und die Pferdchen munter waren, auch 40 Werst. Nachts schliefen sie bei Bauern am Wege im Heu, erzählten von der Urgroßmutter, die am Baikalsee vor ihrem Tode noch einmal alle sehen wolle – ein blödsinniger Gedanke, aber mache einer was gegen alte Mütterchen. Beim Morgengrauen zogen sie weiter, immer den Kleinen Kaukasus zur Rechten, durch Sonne und Staub, vorbei an der Ölleitung und an stinkenden Raffinerien.

Sechzehn Tage waren sie auf der Landstraße. Obwohl sie sich an den Brunnen und Trögen wuschen, sahen sie bald wie aus Mehl geknetet aus. Vor allem die Pferdchen wurden zu Albinos, so staubig waren sie.

Am siebzehnten Tag sahen sie das Meer. Das Kaspische Meer. Bei Alyatsskaja war es, und Kolka kam sich vor wie ein Fisch, der auf Land gelegen hatte und endlich wieder das Wasser riecht, bevor er völlig eingeht.

»Das Meer!« sagte er, sprang vom Bock, umarmte Bettina und küßte die Pferdchen auf die trockenen Nüstern. »Das Meer! Wir haben es bald geschafft!«

Auf der Höhe rasteten sie, dann verließen sie die Straße nach Baku und wandten sich auf kleinen Pfaden südwärts, der Halbinsel von Kysyl-Agatsch entgegen.

Hier, so hoffte Kolka, würde es möglich sein, Wagen und Pferdchen gegen ein Boot einzutauschen.

Immer wieder hielt er an und zeigte Bettina auf der Karte ihren geplanten Weg. »Von der Halbinsel fahren wir mit einem Boot entlang der Küste bis Asstara. Das liegt schon in Persien. Dort gehen wir an Land und sind frei! So einfach ist das, wenn man ein bißchen denken kann.«

Aber vom Denken allein bekommt man noch kein Boot, Freunde. Das erkannte auch Kolka Iwanowitsch, als er am achtzehnten Tag bei Saljany die Küste entlangfuhr und nach einem seetüchtigen Fischerboot Ausschau hielt.

Boote lagen genug am Strand oder schaukelten an eisernen Bojen, aber entweder waren sie zu groß, oder sie waren so miserabel, daß Kolka ein ums andere Mal sagte: »Sind wir Selbstmörder, Bettina? Nein, es muß ein kleines, starkes, hochwandiges Boot sein, mit einem guten Segel und langen Rudern. So lange suchen wir.«

Es war fast schon Abend, als sie das Boot sahen, das sie suchten. An Land gezogen lag es in der Sonne, braun und gut geteert, mit einem ungeflickten Segel und lakkiertem Inneren. Ein wunderbares Boot, und Kolka küßte seine Tochter vor Freude auf den Mund. »Das ist es!« sagte er.

»Aber wenn der Besitzer es nicht verkaufen will?« wandte Bettina ein.

»Will! Wer soll hier wollen?! *Ich* will das Boot, genügt das nicht?«

Kolka nahm das linke Pferdchen am Halfter, und sie stiegen mit Pferd und Wagen hinunter zum Ufer, was beschwerlich war, denn der Sand war tief, lose und heiß, und die Uferböschung war ausgewaschen von jahrhundertelangen Stürmen. Aber wenn Kolka etwas wollte, gelang es, und so standen sie neben dem Boot und betrachteten es. Kolka beklopfte es und grunzte zufrieden. Müde lehnte sich Bettina an die Bordwand und sah hinauf in den Himmel. Über ihr verstaubtes Gesicht lief der Schweiß und hinterließ kleine Rillen in der Schmutzschicht.

Geschafft, dachte sie. Mit dem Boot an der Küste entlang, vielleicht drei Tage oder vier, und dann sind wir frei und werden Mutter und Wolfgang wiedersehen.

Mutter.

Wie wird sie das Wiedersehen aufnehmen?

Und Dimitri?

Mein Gott, wo war jetzt Dimitri? Wartete er noch immer in Beirut?

Über den Strand kam ein krummbeiniger, schwarzhaariger und leicht schlitzäugiger Mensch gelaufen. Ein offenes Hemd trug er, eine geflickte Hose, und an den Füßen hatte er Sandalen.

»He!« rief der Mensch. »Was soll's? Was ist mit meinem Boot? Wer seid ihr?«

»Der Himmel segne dich!« sagte Kolka feierlich, als der Krummbeinige bei ihm war. »Ich bin Kolka Iwanowitsch Kabanow.«

»Was geht's mich an? Ich bin Daniel Alexandrowitsch Agafonow. Was ist mit meinem Boot?«

»Ich will's kaufen, Brüderchen Daniel. Für 500 Rubelchen, und dazu gibt's die Pferdchen und den Wagen und ein Tönnchen Salzfleisch. Was hältst du davon?«

»Gar nichts!« schrie Agafonow, der Fischer. »Kann ich mit einem Pferd Fische fangen, he? Und Salzfleisch? Ich habe die Bude voll Trockenfisch hängen, was soll ich mit Fleisch?«

»Die Abwechslung, Brüderchen«, sagte Kabanow und blinzelte Agafonow zu. »Stell dir vor, deine Marussja könnte sich jede Woche in ein anderes Weibchen verwandeln ... na, Freundchen ... wie wär das?«

»Ein schweinischer Gedanke!« sagte Agafonow laut. Er war wütend und nicht bereit, an Marussjas Verwandlungen zu denken. Ihm genügte sie vollauf so, wie sie war. »Geht, zieht weiter und sucht einen anderen Dummen! Mein schönes Boot für Pferd und Wagen. Hat man so etwas Dummes je gehört?«

»Und 600 Rubelchen.«

»Ich denke 500?«

»Wenn du ein guter Freund bist, auch 700!«

Agafonow sah Kolka nachdenklich an. »Du mußt das Boot haben, Genosse?«

»Ja!« sagte Kolka ehrlich.

»Du willst hinüber nach Persien, was?«

»Brüderchen, frag nicht soviel. Wer bietet dir noch auf der Welt einen Wagen, zwei starke Pferdchen und 800 Rubelchen?«

»Aha!« schrie Agafonow, der Fischer. »Betrügen willst du mich? Jetzt sind es 800! Und wenn ich dich gewähren lasse, zahlst du am Ende noch 1000 Rubel? So einer bist du! Die eigenen Genossen bescheißen! Oha, ich werde es dem Dorfsowjet melden! Laß sofort das Boot los, sonst staubt es, Genosse!«

Kolka sah hinüber zu Bettina. Sie lehnte noch an dem Boot und war zum Umfallen erschöpft.

»Es ist so eine dumme Sache mit der Überzeugungskraft«, sagte Kolka und schüttelte wehmütig den Kopf. »Der Mensch ist ein ungläubiger Kloß.«

Damit hieb er dem krummbeinigen Agafonow seine Faust exakt unters Kinn, der kleine Fischer gab einen piepsenden Laut von sich, rollte mit den schiefen Augen und drehte sich dann noch oben. Er fiel gegen die Wand seines schönen Boots, wo ihn Kolka auffing, über die Bordwand ins Innere des Bootes warf und dann die Hände abstaubte.

»Los, mein Kleines, pack an!« schrie er und weckte Bettina aus einer lähmenden Schwäche. »Schirr die Pferdchen an das Boot. Ich bleibe im Boot und du reitest mit ihnen ins Meer und ziehst das Boot hinterher. Los, mein Kleines, nicht müde sein! Schlafen kannst du auf dem Meer! Erst zu Wasser mit dem Boot!«

Gemeinsam schirrten sie die Pferde ab, führten sie zum Bug des Bootes, banden sie dort mit Stricken an Haken fest, und Bettina setzte sich auf das stärkste Pferdchen und nahm die Peitsche in die Hand.

Kolka kletterte ins Boot. Dort verabreichte er dem armen Agafonow noch eine Ohrfeige, die ihn wieder in eine tiefe Ohnmacht warf, kontrollierte, ob alles vorhanden sei, kletterte wieder hinaus und lud aus dem Wagen die notwendigsten Lebensmittel um. Vor allem zwei Kanister mit Frischwasser nahm er mit und eine große Dose Fruchtsaft. Dann hockte er sich neben die eingezogenen Ruder, bereit, sie sofort ins Wasser zu stoßen, wenn das Boot schwamm, um die Pferdchen zu entlasten, und nickte der auf dem Pferderücken wartenden Bettina zu.

»Los, mein Kleines!« schrie er. »Los! Hinein ins Meer! Gib dem Pferdchen den Absatz, peitsche es... hoj... hoj... dawai– dawai... zieht, ihr Lieben... zieht... und noch einmal... hoj... es bewegt sich... es bewegt sich... es gleitet ins Meer... die Peitsche, Wanduscha... die Peitsche... dawai... dawai... ins Meer... in die Freiheit... zieht... zieht...«

Und langsam, Zentimeter um Zentimeter, glitt das Boot ins Wasser. Auf dem Pferd saß Bettina wie ein Tatarin und schrie dem anderen Pferdchen zu. Um sie herum spritzten die Wellen auf und das Meer stieg an ihren Hüften empor. In die Freiheit! Dawai! Dawai!

Es ist gar nicht so einfach, ein großes Boot zu Wasser zu lassen, wenn man davon keine Ahnung hat. Kolka Iwanowitsch hatte zwar schon viel in seinem Leben durchgemacht, er kannte Sibirien und die kasakstanischen Steppen, er kannte den Kaukasus und die gelben Fluten des Terek, er hatte Fische mit dem Speer erlegt und Kamelstuten gemolken– aber in einem richtigen

Fischerboot hatte er noch nicht gesessen, wenn er auch behauptete, er könne das.

Dawai... die Pferdchen zogen den Kahn vom Strand weg ins Wasser, bis zu den Hälsen stampften sie im seichten Sandgrund des Meeres und blieben dann stehen, denn auch ein Pferd ersäuft nicht freiwillig. Das Boot schwamm wohl, schaukelte hin und her, Kolka knüpfte die Leinen los und schrie Bettina zu, sie solle ans Ufer zurückreiten... aber damit ist es ja nicht getan, Genossen. Ein Boot muß sich auch bewegen, nicht auf und ab, das tut ein schwimmendes Papier auch, sondern vorwärts, dem Ziel entgegen, weg vom Ufer Rußlands und hinüber in die Freiheit Persiens.

Hier saß nun Kolka Iwanowitsch hilflos vor einem umgeklappten Mastbaum, vor einem Berg zusammengeraffter Segel, vor Rollen voller Taue und verknoteter Takelage, sah mit gerunzelter Stirn auf das ihn verwirrende Chaos und überlegte, was zuerst zu machen sei.

Am Ufer band Bettina die Pferdchen an den Karren, suchte aus dem zurückbleibenden Gepäck noch zwei kleine Leinenbeutel heraus – es waren Kartons mit Seife, wie sich später herausstellte; sogar französische Seife –, warf dann ihre Kleider ab, band sie zu einem Bündel zusammen, legte es auf den Nacken und schwamm, nur in Höschen und Büstenhalter, zum Boot. Es war ein schöner Anblick, Freunde, und Kolka seufzte und war unendlich stolz, eine so schöne Tochter zu haben.

»Nun schwimmen wir!« sagte Kolka, als er Bettina ins Boot gezogen, abfrottiert und umarmt hatte. Sie zog wieder ihre verstaubte Reisekleidung an und band das nasse Haar mit einem Kopftuch zusammen. »Aber das ist eine verteufelte Takelage. Bei den Fischern auf dem Don war das anders. Unkomplizierter. Die hatten einen Pfahl in der Mitte des Bootes, ein Segel daran, der Wind blies hinein – und hui, ging's los! Das hier ist ja eine nautische Wissenschaft.«

»Wir haben den Besitzer des Bootes ja noch an Bord, Vater«, sagte Bettina.

»Er wird uns helfen.«

»Den können wir doch nicht mitnehmen?«

»Warum nicht?«

»Nach Persien?«

»Nur so lange, bis er uns beigebracht hat, wie man dieses Boot lenkt. Dann segeln wir nahe an die Küste zurück und setzen ihn wieder ab.«

Bewundernd sah Kolka Iwanowitsch seine Tochter an. »Ein vorzüglicher Gedanke, Töchterchen«, sagte er. »So wird's gemacht.« Er warf Bettina einen Eimer zu und klatschte in die Hände. »Füll ihn mit Meerwasser, und dann her zu mir. Wir wollen das schlafende Väterchen wecken.«

Man wird Verständnis dafür haben, daß Daniel Alexandrowitsch Agafonow nicht sehr begeistert, ja sogar sehr ungehalten war, als er nach einigen Wassergüssen aus der Ohnmacht erwachte, sich auf dem Kaspischen Meer schwimmend fand und in der Gewalt eines Menschen, den er vom ersten Blick an nicht hatte leiden können. Er räkelte sich, hieb mit den Fäusten gegen die Bordwand, brüllte unflätige Worte, benahm sich ausgesprochen unfein und tobte seine ohnmächtige Wut an einer Kabelrolle aus, die ihm am nächsten lag. Er bearbeitete sie mit Tritten und bespuckte sie.

»Und nun, Brüderchen«, sagte Kolka gemütlich, als Agafonow keuchend auf der Ruderbank saß und trübsinnig hinüber zum Ufer blickte, »sei ein guter Mensch und bring Brüderchen Kolka bei, wie man segelt.«

»Eine Scheiße werde ich!« schrie der unhöfliche Agafonow. »Ersauft wie die Ratten!«

»Welch ein böser Mensch!« Kolka hob den Blick zum Himmel. »Daß Gott solche Charaktere duldet.« Er ging hinüber zur Ruderbank, tippte Agafonow auf die Schulter, und als dieser mißmutig aufsah, gab er ihm eine schallende Ohrfeige. Agafonow klammerte sich am hölzernen Sitz fest und brüllte auf.

»Die Hölle über dich!« schrie er und zitterte vor Wut. »In Schweinejauche sollte man dich ertränken!«

Was half's? Ein Mensch kann nur bis zu einer gewissen Grenze schimpfen, dann wird er müde und gleichgültig und resigniert. Bei jedem ist das individuell verschieden; der eine gibt nach Minuten auf, der andere nach Stunden, Frauen – sie sind darin unglaublich zäher – brauchen Tage. Agafonow brauchte genau vier Stunden, bis er sich durch gütige Reden und wohlgezielte Ohrfeigen davon überzeugen ließ, daß es ein Akt der Klugheit sei, Kolka das Führen eines Fischerbootes beizubringen.

»Na also, Brüderchen«, sagte Kolka zufrieden, als Agafonow seufzend und mit geschwollenen Backen den Mastbaum aufrichtete und die Segelleinen spannte. »Ich wußte, daß wir gute Freunde werden. Man muß die Menschen nur von ihrem Glück überzeugen.«

»Anfassen!« knurrte Agafonow. »Die Segel da! Und zieh an der Leine, du Hund. Dann gleiten sie empor.«

Kolka zog, und das Segel knarrte den Mastbaum hinauf, beulte sich im Wind, blähte sich, und das Boot machte einen Ruck, der Kiel durchschnitt das Wasser, es rauschte um sie, die Küste glitt davon.

Sie fuhren. Sie segelten vor dem Wind her, der so richtig wehte, als blase Gott selbst die Backen auf.

»Hurra!« schrie Kolka, machte einen Luftsprung, umarmte Bettina und küßte sogar den sich wehrenden Agafonow auf die Wangen. »Wir fahren! Es geht in die Freiheit! In die Freiheit, Brüderchen!«

Agafonow, der Fischer, hockte sich an den Ruderbalken und lenkte das Boot hinaus aufs Meer. Bald war die Küste nur ein schmaler, kaum wahrnehmbarer Streifen am Horizont. Kolka Iwanowitsch Kabanow setzte sich neben Agafonow. Bettina lehnte am Mast und ließ den Wind durch ihre Haare wehen.

»Ich möchte dich nur warnen, Dummheiten zu machen, mein Herzchen«, sagte Kolka und sah Agafonow mahnend an. »Ich weiß, daß in der Nähe der persischen Grenze und auch bei Len-Koran sowjetische Kanonenboote kreuzen und die Küste bewachen. Es wäre dumm, Brüderchen, wenn du sie anfährst. Erstens werfe ich dich rechtzeitig über Bord, zweitens macht es mir gar nichts aus, mich und mein Töchterchen selbst zu versenken, denn das Leben ist doch nur ein Hauch, sagt der Philosoph. Sei also brav, Herzchen, und fahre hinaus aufs Meer, ziehe einen großen Bogen und segle zur persischen Küste.«

Und so geschah es. Was blieb dem armen Daniel Alexandrowitsch anderes übrig? Wer den Teufel an Bord hat, muß auch Schwefel riechen können.

Aber er rächte sich. Auf ganz legale Art geschah das: bei der Ausbildung des alten Kolka zum Seemann.

Da war es nicht damit getan, daß Kolka nur an den Leinen zog, die Agafonow ihm angab – o nein, er mußte den Mastbaum hinauf, wie ein Seekadett. Er mußte Segel raffen und Taue spannen. Er mußte gegen den Wind segeln und blitzschnell die Rahen umwerfen, wenn der Wind drohte, das Boot in die Wellen zu drücken. Und die ganze Zeit über stand Agafonow unten am Mast und schrie mit satanischer Wonne:

»Schneller, Freundchen, schneller! Ein Windstoß ist wie ein Furz, man kann ihn nicht aufhalten! Und wenn einem die Zähne klappern . . . es weht daher! Schneller, zum Teufel! Wie lahm er ist, wie lahm! Aber eine große Fresse hat er, und ohrfeigen kann er! Nie wird das ein Seemann! Nie!«

Erschöpft, durchweicht, mit bebenden Knien kam dann Kolka an Deck zurück, spuckte Agafonow an und legte sich auf den Rücken wie ein kranker Hund. Bettina massierte ihn, gab ihm Tee mit Wodka zu trinken und lachte doch dabei. Denn trotz aller Qual: Sie kamen weiter, segelten flott über das Meer. Und wenn es so weiterging, waren sie in fünf Tagen in Sicherheit.

Die Nächte waren ruhig und schön. Agafonow warf einen Treibanker – daß es so etwas gab, erfuhr Kolka auch erst jetzt. Bettina kochte auf einem Spirituskocher das Abendessen; meistens Suppe aus fertigen Gemüsedosen, die Agafonow mit saurer Miene aß, denn ein echter Fischer hat keinen Geschmack an Dingen, die nicht aus dem Meer stammen. Dann trank man Tee, Wodka oder den berühmten grusinischen Kognak »Jubileiny XX«, von dem Kolka in weiser Voraussicht fünf Flaschen mitgenommen hatte.

Nach drei Tagen hatte sich Agafonow daran gewöhnt, Mitglied der Familie Kabanow zu sein. Er holte aus einem Holzkasten eine alte, verbeulte Handharmonika hervor, und dann spielte und sang er alte Fischerlieder vom Kaspischen Meer, während der Mond aufzog und das Wasser zu einem silbernen Spiegel verwandelte.

Schöne Abende wären das gewesen, hätte nicht immer die Furcht im Nacken gesessen, ein Patrouillenboot könnte auftauchen und die Flucht aus Tiflis in die Tragödie vom Untergang einer Familie verwandeln.

Am dritten Tage kamen Kolka einige Bedenken. Er hatte sie schon lange, aber er sprach sie jetzt erst aus.

»Wie ist das eigentlich, Herzchen?« sagte er und gab Agafonow eine grusinische Zigarre. »Wird man dich zu Hause vermissen?«

»Ich glaube schon«, antwortete Daniel Alexandrowitsch und biß die Spitze der Zigarre ab. »Ich habe eine Frau und neun Kinder.«

»Was werden sie jetzt tun?«

»Jammern und schreien. Und dem Wildwellengeist ein Opfer bringen.« Agafonow sah dem ersten Rauchring nach, der im Mondlicht zum Mast emportrieb. Eine Zigarre, dachte er. Wie ein Kapitalist! Wer hat in unserem Dorf schon jemals eine Zigarre geraucht? Der Natschalnik von der staatlichen Fischsammelstelle, gewiß ... aber so ein einfacher Fischer mit neun Kindern ... nicht daran zu denken. »Sie werden denken, ich sei mit dem Boot abgetrieben.«

»Aber die See war doch ganz ruhig.«

»Das stimmt«, sagte Agafonow nachdenklich.

»Und am Ufer standen zwei Pferdchen und ein Wagen, von denen niemand weiß, wem sie gehören.«

»Das wird einen Auflauf gegeben haben.«

Kolka Iwanowitsch nahm einen tiefen Schluck Wodka. Er war sehr in Sorge. »Sie werden das sofort dem Sowjet gemeldet haben. Der Miliz. Der Partei.«

»Das könnte sein.«

»Und dann sucht man uns.«

»Mit einem Hubschrauber.« Agafonow sah auf seine Zigarre. »Wieviel Zigarren hast du bei dir, Brüderchen?«

»Zwanzig. Und drei Flaschen Kognak.«

»Das ist ein schönes Wort.« Agafonow griff zu seiner Handharmonika. »Sie werden uns nicht finden, Kolka Iwanowitsch. Wo bekomme ich jemals wieder zwanzig Zigarren und drei Flaschen Jubileiny?«

Sie schlugen einen Bogen, weit aufs Meer hinaus, wo kein Hubschrauber sie suchen würde, denn dorthin verirrt sich kein Boot und wird auch keines entführt. Und so trieben sie sieben Tage über das Kaspische Meer, bräunten in der Sonne, fingen Fische, sangen zu Agafonows Musik und fanden das Leben herrlich.

Nur nachts, wenn Agafonow schlief und grauenhaft schnarchte, starrten Kolka und Bettina auf das leise gekräuselte Meer und dachten den gleichen Gedanken.

Was mochte mit Dimitri sein?

War er noch in Beirut? Wartete er noch auf sie? Hatte er irgendwo Unterschlupf gefunden?

Oder war er wieder zurückgeflogen nach Tiflis, in die Heimat, zu der er gehörte wie der Samen der Maulbeerbäume?

Dimitri.

Bettina legte ihr Gesicht auf beide Hände. Sie sah ihn vor sich . . . seine schwarzen Locken, seine strahlenden Augen, seine fröhlichen, immer lachenden Lippen.

»Er wartet auf uns«, sagte Kolka und legte den Arm um ihre Schulter. »Er liebt dich, Kleines. Und ich kenne doch Dimitri, mein Söhnchen.«

*

In der deutschen Handelsmission in Beirut waren an dem Abend, an dem sich Dimitri Sergejewitsch entschloß, aus Liebe zu einer Frau seine sowjetische Heimat zu verlassen, nur ein Nachtportier und ein Stenograf vorhanden, die sich nicht zuständig erklärten für einen um politisches Asyl bittenden geflüchteten Russen. Sie ließen Dimitri zwar ins Gebäude, aber nur bis in die Eingangshalle; dort saß er auf einer kalten marmornen Bank und erklärte dem nicht zuständigen Stenografen, daß er nach Deutschland wolle.

»Aus Liebe«, sagte er ehrlich. »Verstehen Sie das, Gospodin?«

Der Stenograf verstand das nicht; vielmehr glaubte er, das sei ein Besoffener, und Betrunkene soll man nach Erfahrung aussprechen lassen und nicht reizen. Hinzu kam der Smoking. Hat man schon gesehen, daß jemand in einem Smoking um Asyl bittet? Ohne Köfferchen in der Hand, aber mit einem weißen Ziertuch in der Brusttasche?

Ein klarer Fall von Belästigung durch Trunkenheit.

»Wo ist der Leiter der Handelsmission?« fragte Dimitri, nachdem er eine halbe Stunde auf der kalten Steinbank gesessen hatte. Er sprach das harte Deutsch, wie es alle Russen sprechen, die diese Sprache auf der Schule gelernt haben.

»Beim Empfang des Nobelpreisträgers Bunche im Hotel ›Arab‹«, sagte der Stenograf mißmutig. Er war müde. Sein Dienst ging in einer halben Stunde zu Ende. Erfahrungsgemäß trafen nachts keine Telegramme mehr ein, denn in der Welt war es verhältnismäßig ruhig. Vietnam, na ja, aber das war weit entfernt von Beirut. Und auch Nasser in Ägypten war ruhiger geworden. Ab 22 Uhr übernahm eine Telefonistin die Wache in der Nachrichtenzentrale der Handelsmission, und der Stenograf hatte eine Verabredung mit einer libanesischen Schönen.

»Vom Hotel ›Arab‹ komme ich ja«, sagte Dimitri und lächelte schwach.

»Bitte! Warum haben Sie den Chef nicht dort angesprochen?«

»Ich habe den Saal nicht betreten. Wir stehen unter Kontrolle. Ich kann doch nicht in einem Hotelsaal um Asyl bitten. Ich bin Dimitri Sergejewitsch Sotowskij. Ingenieur des Ölkombinats in Tiflis.«

»Angenehm. Heinrich Friedrich Schmitz.« Der Stenograf sah an die Stuckdecke der Halle. Was soll ich mit ihm, dachte er. Warum kommt er auch um eine solch dumme Zeit und will flüchten?«

»Können Sie Ihren Vorgesetzten nicht anrufen?« fragte Dimitri.

»Unmöglich! Warum denn?«

»Ein Mensch sucht Schutz.«

»Deswegen können wir doch nicht einen Empfang des Friedensnobelpreisträgers stören!«

»Das stimmt.« Dimitri starrte auf den Boden. Er kam sich armselig vor, wie ein Bettler, der um einen Teller Suppe bettelt und dem man eine Tasse voll heißen Wassers gibt. »Wann sind denn die Herren da?«

»Die einzelnen Abteilungsleiter kommen gegen neun Uhr morgens. Das Sekretariat ist zwar früher da . . . aber die können ja nicht entscheiden.«

»Danke.« Dimitri erhob sich. Trotz der lauen Nacht fröstelte ihn. »Können Sie mir eine Taxe besorgen?«

»Aber ja.«

Zehn Minuten später verließ Dimitri die deutsche Handelsmission in Beirut. Er warf sich in den Wagen, sah zurück, hob die Schultern und beugte sich zu dem Fahrer vor.

»Ambassadeur américain«, sagte er in holprigem Französisch. Der Fahrer nickte und raste los. In Beirut hatten die Autos anscheinend keinen ersten und zweiten Gang.

Die amerikanische Botschaft war auch nur schwach besetzt, auch ihr Botschafter war im Hotel »Arab« und machte die Honneurs für Ralph Bunche. Aber der Militärattaché war noch anwesend, in Galauniform, und arbeitete einige Meldungen aus Washington auf, die gerade per Fernschreiber gekommen waren. Man sah, daß er es eilig hatte, denn im Hotel »Arab« wartete Maud auf ihn, die Tochter eines englischen Bankiers.

Verwundert starrte Major Hawkins auf den großen, eleganten Mann im Smoking, der in sein Zimmer geführt wurde und sich als Dimitri Sotowskij vorstellte.

»Was kann ich für Sie tun, Mister Sotowskij?« fragte er.

»Ich spreche kein Englisch«, antwortete Dimitri. »Können Sie Deutsch?«

»Ein wenig.«

»Sehr schön.« Dimitri richtete sich auf, straffte den Oberkörper, als wolle er eine Meldung machen. »Ich bitte um politisches Asyl. Ich gehöre zu einer Gruppe sowjetischer Ölfachleute aus Tiflis und möchte im Westen bleiben.«

»Das ist wieder einmal ein dicker Hund, der ausgerechnet zur falschen Zeit an die Laterne pißt!« sagte Major Hawkins in bestem Texanisch. Dimitri verstand gar nichts; er lächelte, weil er glaubte, es sei etwas Gutes.

»Ich bin vor dem Empfang geflüchtet«, sagte Dimitri. »Ich habe alles zurückgelassen. Sogar der Smoking ist geliehen.«

»Und nun wollen Sie in die USA?« Hawkins setzte

sich, schob ein Päckchen Zigaretten über den Tisch und lehnte sich zurück. Good night, liebe Maud, dachte er. Dieser Russe kostet uns fünf Stunden Zärtlichkeit. Und gerade heute bin ich so gut in Form.

»Ich will nach Deutschland«, sagte Dimitri glücklich.

Major Hawkins atmete auf. »Da sind Sie hier falsch, Mister Sotowskij. Hier ist die US-Botschaft. Sie müssen zur deutschen Handelsmission gehen.«

»Da komme ich her.«

»Und?«

»Sie sind alle im Hotel ›Arab‹. Vor morgen neun Uhr...«

»Und Sie haben es eilig?«

»Ich werde überwacht.«

»Sind Sie eine berühmte sowjetische Persönlichkeit?« Major Hawkins überflog rasch die Namen der russischen Personen, die in den Listen der Prominenten verzeichnet waren. Soviel er sich erinnern konnte, war ein Sotowskij nicht genannt.

»Sind Sie ein großer Wissenschaftler?«

»Nein. Ein kleiner Ingenieur.«

»Sie werden politisch verfolgt?«

»Nein. Ich habe eine gute Stellung in Tiflis.«

Major Hawkins zuckte nervös mit den Schultern. »Sie sind Antikommunist?«

»Nein! Ich bin ein guter Kommunist. Ich habe sogar ein Parteidiplom.«

»Und warum wollen Sie dann in den Westen?«

»Ich liebe ein deutsches Mädchen.«

»O Jammer!« Major Hawkins kratzte sich den Haaransatz. Ein schmalziger Liebesroman in natürlicher Größe, abends um 21 Uhr. Und Maud wartet im »Arab« und hat sich bestimmt den tiefen Ausschnitt mit Maiglöckchenparfüm eingesprüht. Das roch dann wie eine Frühlingswiese, wenn er den Kopf darauf legte. O Maud...

»Ich kann bleiben?« fragte Dimitri fast demütig. Seine

schwarzen Augen bettelten. Major Hawkins leckte sich über die Lippen. Er hatte Mitleid mit diesem großen Russen in dem schlecht sitzenden Leihsmoking, aber die Diplomatie hat nun einmal gewisse Formen und Gesetze. Entscheidungen aus dem Handgelenk treffen nur Genies. Ehrlich, wo gibt es heute noch Genies in der Diplomatie?

»Bleiben können Sie«, sagte Hawkins. »Aber nur als Gast. Ich lasse Ihnen ein Zimmer geben hier im Haus, wo Sie warten können. So einfach ist das nämlich gar nicht. Sie wollen nie mehr nach Rußland zurück?«

Dimitri senkte den Kopf. Welche Frage, dachte er. Wie kann man einem Russen eine solche Frage stellen? Ich gehe in ein anderes Land, jawohl, aber im Herzen verlasse ich Rußland nie. Wie kann man Mütterchen Rußland vergessen? Nur ein Amerikaner kann so etwas fragen.

»Ja«, sagte er leise. »Ich will in Deutschland bleiben.«

»Dann werden wir Sie morgen vormittag an die Deutschen weitergeben.« Major Hawkins sah Dimitri mit einem leichten Kopfschütteln an. Er sieht nicht aus, als ginge er fröhlich in den freien Westen, dachte er. Er macht eher den Eindruck, als verbanne man ihn aus Rußland in eine Sklaverei. »Hat im Hotel jemand Ihren Weggang bemerkt?«

»Als ich ging, nicht. Jetzt wird man mich sicherlich vermissen.«

»Und keiner ahnt, wohin Sie sich gewandt haben?«

»Nein. Man wird vor einem Rätsel stehen. Ich gelte als ein treuer, guter Kommunist.«

Major Hawkins ließ Dimitri in den zweiten Stock der Botschaft führen, wo einige Gastzimmer waren. Ein Nachtwächter brachte ihn hoch.

Ein merkwürdiger Mensch, dachte Hawkins, während er die letzten Meldungen abzeichnete, in der Nase schon das Maiglöckchenparfüm von Mauds Kleiderausschnitt.

Bittet um Asyl und ist stolz darauf, ein guter Kommunist zu sein.

Der Mann wird es schwer haben im Westen. Er sollte lieber in Rußland bleiben.

Oben, in dem kleinen Zimmer, legte sich Dimitri, so wie er war, aufs Bett und starrte gegen die niedrige Decke. Nur die Smokingschleife löste er und öffnete den etwas engen Kragen.

Der zweite Schritt in die Freiheit war schwerer als der erste gewesen.

Der Westen, die sogenannte »freie Welt«, wartete nicht auf ihn, das sah und merkte er jetzt. Und erschreckend erkannte er, daß es unmöglich sein würde, eine neue Heimat zu finden. Wo immer er auch sein würde, auch in den Armen Bettinas – es würde immer nur ein Asyl sein.

Die Heimat blieb Rußland.

Man kann sie nicht ablegen wie ein schmutziges Hemd.

Und es war Dimitri, als sammelten sich in seinem Mund die Tränen an, die seine Augen nicht weinen wollten.

*

Der Leiter der sowjetischen Handelsmission in Beirut, der häßlich bebrillte Genosse Andreij Safonowitsch Schejin, geriet in große Not, als er seine Tifliser Schäfchen um sich versammelte und feststellte, daß einer, der schöne Dimitri Sotowskij, fehlte. Und gerade mit Sotowskij hatte Schejin etwas vor; er sollte Tischherr der ägyptischen Prinzessin Sharifa werden, denn der Kontakt zu den ägyptischen Einkäufern für Landmaschinen war nicht fließend genug. Der Ehemann Sharifas aber, ein Kriegsakademiekamerad Nassers, saß an *der* Stelle, an der man den Einkauf von Traktoren unterschrieb. Ein galanter Mann wie Sotowskij konnte schon durch seine bloße Anwesenheit viel erreichen.

»Wo ist Dimitri Sergejewitsch?« frage Schejin und blinzelte die anderen Ölfachleute an. Professor Swinzow, der, allen Alterserscheinungen spottend, in Beirut seine Potenz entdeckt hatte, flirtete mit einer rassigen Dame, die durch die Halle kam. Schejin stieß ihn an. »Wo ist Sotowskij?« schrie er unhöflich.

»Auf seinem Zimmer, was weiß ich?« Swinzow atmete tief auf. Diese Kultur der Weiber im Westen, dachte er. Diese Raffinesse in Kleidung und Bewegung.

»Er war doch eben noch hier?«

»Vielleicht ist er auf dem Lokus?«

Man wartete. Aber Sotowskij kam nicht wieder. Als einer der Ölleute den faden Witz machte, Dimitri hätte sich doch wohl nicht mit hinuntergespült, rannte Genosse Schejin in die Toiletten und rief mehrmals den Namen Sotowskijs.

Schwitzend vor Angst lehnte sich Schejin an die gekachelte Toilettenwand. Nur das nicht, dachte er zitternd. Himmel, nur das nicht! Laß ihn mit einem Weibsstück weg sein, soll er in einem Bordell die Möbel zertrümmern, möge er besoffen in der Gosse liegen . . . man kann das ausbügeln wie eine zerknitterte Hose. Aber weg sein, einfach weg, womöglich unter dem Schutz einer westlichen Macht, das war auch für den Genossen Schejin das Ende einer erfolgreichen und schönen Laufbahn.

Im großen Saal tanzte man. Der Sekt perlte in den schlanken hohen Gläsern. Am Ehrentisch brachte der amerikanische Botschafter einen Toast aus auf Ralph Bunche und seine Bemühungen um den Frieden der Welt. Fotoreporter und Wochenschauen filmten.

Und zur gleichen Zeit flüchtet ein russischer Experte aus den Armen seines Mütterchens Rußland.

»Seien Sie völlig unbefangen«, sagte Schejin, als er aus der Toilette zurückkam in die Halle, wo die Ölleute aus Tiflis noch immer herumstanden. Professor Swinzow war sogar unruhig. An der Tür zur Bar wartete die schöne Dame auf ihn. Sie wechselten Blicke, und in Swinzow blähte sich das Herz wie eine aufgeblasene Schweinsblase.

»Dem Genossen Sotowskij ist es schlecht geworden. Er verträgt keinen Sekt. Er ist auf sein Zimmer gegangen.«

Die Russenversammlung löste sich auf. Professor Swinzow verschwand in der Bar und wurde erst am nächsten Mittag wiedergesehen, hohläugig und bleichwangig, aber mit glühenden Augen.

»Diese Weiber!« rief er ein ums andere Mal. »Ein Vulkan ist blubbernder Pudding dagegen! Diese Rasse, diese schmiegsamen Körper, diese Ausdauer – Genossen, man merkt immer zu spät, daß die Welt nicht nur aus Berechnungen und wissenschaftlichen Experimenten besteht.«

*

Schneller, als sie es für möglich gehalten hatte, saß sie Jurij Alexandrowitsch Borokin gegenüber und fand ihn so nett und höflich, wie sie ihn sich vorgestellt hatte. Niemand wußte, daß Agnes Wolter sich auf den Weg gemacht hatte zur sowjetischen Botschaft in Rolandseck, um als Mutter zu versuchen, mehr zu erreichen als alle Diplomaten.

Wolfgang hatte Dienst an der Zonengrenze für einige jener Tage, über die man nicht sprach und von denen außer einem kleinen Kreis Eingeweihter niemand wußte, was während derselben geschah. Borokin interessierte sich sehr dafür und wartete auf die Rückkehr Wolters und seinen Bericht.

Die Abwesenheit ihres Sohnes hatte Agnes Wolter zum Anlaß genommen, mit einer Taxe von Bonn nach Rolandseck zu fahren und sich bei Borokin zu melden. Irene Brandes war in Köln und kaufte ein; so störte niemand den Alleingang Agnes Wolters, von dem sie sich alles versprach. Sie haben alle eine Mutter, ob Deutsche, Russen, Chinesen oder Schwarze, und lieben sie. Nichts ist stärker als die Mutterliebe, denn sie alle waren ja einmal Kinder und haben nicht vergessen, wie sie an der Hand der Mutter durch ein Märchenland gegangen sind.

Borokin ließ Agnes Wolter nicht eine Minute warten. Er unterbrach sofort ein Telefongespräch, schickte die Sekretärin mit den Akten hinaus und bestellte starken Kaffee mit Zucker und Schlagsahne. Alte Damen trinken so etwas gern; oft schrumpft ihre Welt zusammen zu einer Tasse Kaffee, in deren Aroma alle Erinnerungen eines Lebens liegen.

»Es freut mich, die Mutter eines Freundes zu sehen«, sagte Borokin geschmeidig und küßte Agnes Wolter sogar die Hand, was sie sehr verlegen machte, denn nur dreimal hatte jemand ihr in ihrem Leben die Hand geküßt. Zweimal ein Vertreter einer kleinen Frottierhandtuchfabrik, der etwas verkaufen wollte, und einmal der Bürgermeister von Göttingen bei einer Gedenkfeier für die Opfer des Krieges.

»Es wird sofort ein Kaffee gebracht. Sie trinken doch Kaffee, gnädige Frau?«

»O danke, ja . . . sehr . . . danke.« Agnes Wolter setzte sich in einen Sessel und sah Borokin gütig an. Ein feiner Mensch, dachte sie. Ein offener Blick. Manieren. Man kann Vertrauen zu ihm haben. Wolfgang sieht ihn ganz falsch, aber das ist seine Jugend. Wo soll die Jugend Menschenkenntnis herhaben? Eine Mutter sieht das ganz anders. Sie fühlt den guten Menschen.

»Ich wollte mit Ihnen über Bettina sprechen«, sagte Agnes Wolter ohne lange Einleitungen. Sie war es gewöhnt, ehrlich an die Dinge heranzugehen. Wozu umschweifende Worte, wenn man alles so klar sagen kann? »Bettina ist bei Ihnen in Rußland, durch diesen schrecklichen Unglücksfall in Tiflis . . .«

»Ganz recht, gnädige Frau.« Borokin nahm der Sekretärin, die hereinkam, das Tablett ab, winkte mit den Augen, die Tür schloß sich, und Borokin bediente eigenhändig die etwas verhärmte Agnes Wolter.

Es ist alles falsch, was man über die Russen sagt, dachte sie. Alles nur Hetzpropaganda. Es sind liebe, zuvorkommende Menschen. Ich werde es Wolfgang einmal ganz deutlich sagen müssen.

»Ein guter Kaffee«, sagte sie nach dem ersten Schluck. Viel Schlagsahne hatte sie genommen. Borokin lächelte still. Es war ein zufriedenes Lächeln . . . aber an seine eigene Mutter dachte er nicht.

»Ihre Tochter ist in Moskau. Gesund und munter.«

»Das ist schön.« Agnes Wolter holte aus der schwarzen kleinen Wildledertasche auf ihrem Schoß ein Taschentuch. Nicht weinen, dachte sie. Nein, du darfst nicht weinen. Auch nicht vor Freude, daß Bettina lebt und gesund ist. Du mußt tapfer sein, Agnes.

»Warum lassen Sie sie dann nicht zurück nach Deutschland?« fragte sie geradezu.

Borokin setzte sich ihr gegenüber und rauchte eine Zigarette an. »Das ist nicht so einfach. Wenn es nach mir ginge . . . sofort, gnädige Frau. Aber die Politik!«

»Meine Tochter ist eine einfache Stewardeß.«

»Gewiß. Aber in dem abgestürzten Flugzeug befand sich antisowjetisches Propagandamaterial. Flugblätter, Hetzzeitungen, Spottbilder. Das muß erst geklärt werden.«

»Das wußte ich nicht«, sagte Agnes Wolter leise. »Das hat mir auch niemand gesagt.«

»Ich habe das auch gar nicht anders erwartet.« Die Stimme Borokins war weich wie ein Streicheln. »Man wird sich doch nicht blamieren.«

»Weiß die Fluggesellschaft DBOA es?«

»Natürlich.«

»Auch sie haben mir das verschwiegen.«

»Es ist eine Gemeinheit, eine sorgende Mutter in solcher Ungewißheit zu lassen.« Borokins Stimme zitterte wahrhaftig voll Bitterkeit.

»Wir Russen tun alles, um diese peinliche Affäre aus der Welt zu schaffen. Aber darüber vergeht eben Zeit, weil der Westen so unehrlich ist. Leidtragende sind Ihre Tochter Bettina und Sie, verehrte gnädige Frau. Ich drücke Ihnen mein tiefstes Mitgefühl und die Empörung meiner Regierung aus. Ihre Tochter ist ein Opfer der immer uneinigen Politiker.«

»Und was soll nun werden?« fragte Agnes Wolter kläglich.

»Wir müssen warten, gnädige Frau.«

»Wie lange?«

»Ich hoffe, daß in ein paar Wochen alles vorbei ist und wir Ihre Tochter nach Deutschland fliegen lassen können.«

»Ein paar Wochen noch ...« Agnes Wolter weinte nun doch, obwohl sie es nicht wollte. Aber die Erregung in ihr war stärker. Borokin ließ sie weinen, rauchte seine Zigarette und dachte an Wolfgang Wolter, der irgendwo an der Zonengrenze etwas Geheimnisvolles tat, was Borokin unruhig machte. »Darf sie denn Post empfangen?«

»Aber ja. Ihre Tochter ist doch ein freier Mensch in einem freien sozialistischen Land. Sie ist Gast der Sowjetunion; ein entzückender Gast außerdem.«

Agnes Wolter nestelte einen Brief aus ihrer Handtasche. Sie legte ihn auf den Tisch, und Borokin beugte sich vor, nahm ihn an sich und las die Anschrift »Fräulein Bettina Wolter.«

»Wenn Sie die Adresse ergänzen und den Brief weiterleiten könnten, Herr Borokin«, sagte Agnes Wolter. Sie hielt ein Portemonnaie in den Händen und drehte es nervös zwischen den Fingern. »Was kostet das Porto?«

»Aber ich bitte Sie, gnädige Frau!« Borokin sprang auf

und legte den Brief deutlich sichtbar auf seinen Schreibtisch. »Ihr Brief geht natürlich mit diplomatischer Kurierpost heute noch und kostenlos nach Moskau.«

»Mit Kurierpost...« Agnes Wolter sah Borokin dankbar an. Dann sprang sie plötzlich auf, streckte ihm beide Hände entgegen und hätte ihn fast umarmt. »Ich danke Ihnen«, rief sie, und die Tränen liefen ihr wieder über die Wangen. »Ich danke Ihnen. Sie sind ein so guter Mensch. Sie wissen, wie es einer Mutter ums Herz ist. Haben Sie auch noch eine Mutter?«

»Ja«, sagte Borokin. »In Kiew.«

»Und einen Vater?«

»Nein, er fiel bei der Eroberung von Danzig.«

»Auch mein Mann ist gefallen. In russischer Gefangenschaft gestorben.«

»Der Krieg ist ein Verbrechen, gnädige Frau«, sagte Borokin elegant. »Damit es diese Opfer nie mehr gibt, kämpfen wir jetzt um den Frieden.«

»Gott möge Ihnen dabei helfen!«

Agnes Wolter trank noch zwei Tassen Kaffee mit einem Berg Schlagsahne darauf; dann brachte sie Borokin selbst bis auf die Straße und zu der dort außerhalb des Botschaftsbereichs wartenden Taxe.

»Sie können ganz beruhigt sein«, sagte er zum Abschied. »Ich werde alles tun, was in meinen Kräften steht.«

Agnes Wolter setzte sich glücklich in den Wagen, ja, sie winkte durch das Rückfenster, als der Wagen anfuhr. Und Borokin winkte zurück.

»Ein ausgesprochen netter Mensch!« sagte Agnes Wolter laut. Der Taxifahrer sah sie durch seinen Innenrückspiegel an. »Gehört alles zu deren Propaganda«, sagte er.

»Was wissen Sie davon, junger Mann?« Agnes Wolter lehnte sich aufgebracht zurück. »Sie glauben ja auch nur, was die Zeitungen schreiben.«

Borokin war in sein Büro zurückgegangen und wartete

nun, bis die Sekretärin das Kaffeegeschirr abgeräumt hatte. Dann ging er hinter seinen Schreibtisch, nahm den Brief Agnes Wolters an ihre Tochter, las noch einmal die Anschrift, lächelte mokant und zerriß den Brief in kleine Fetzen. Aus der hohlen Hand ließ er die Schnipsel in den Papierkorb zu seinen Füßen regnen und schnalzte dann mit den Fingern.

Er hatte das Gefühl, nur noch wenig Zeit zu haben, denn irgendwann mußte Bettina einmal auftauchen. Dann war das große Spiel zu Ende. Bis dahin mußte man noch allerhand erreicht haben.

*

Nach sechs Tagen Segeln und Rudern, Segelsetzen und Taueziehen, bei Windflauten fahren und gegen die Wellen zu steuern, fühlte sich Kolka Iwanowitsch Kabanow stark genug, weiter und allein in die Freiheit zu fahren. Auch Agafonow war zufrieden; sein Lehrjunge hatte schnell begriffen, worauf es ankam beim Bootsführen.

»So wird bei einem guten Lehrer aus einem Rindvieh ein Meister«, sagte er, als er Kolka mit Meerwasser zum Schiffer taufte. »Du kannst jetzt segeln, Brüderchen! Beweise es, indem du die Küste anläufst und mich absetzt.«

Kolka tat es. In der Nacht erreichten sie die Küste so nahe, daß man sogar die Lichter verstreuter Häuser sehen konnte. Eine flache Küste war's, und Agafonow, der an der Bordwand stand und lotete, gab das Kommando, Anker zu werfen.

»Lebt wohl, Freunde!« sagte er, umarmte Kolka herzlich, küßte Bettina, schnallte sich einen Plastikbeutel mit seinen erworbenen Zigarren und Kognakflaschen vor die Brust und sagte sich im stillen, daß Kolka bei allen Qualitäten ein Idiot sei. Achthundert Rubelchen zu geben, zwei Pferde und einen Karren für ein Boot, das nicht mehr zu den rüstigen Dingen gehörte, sondern bei einem richtigen Sturm auf die Gnade Gottes angewiesen war.

»Was wirst du sagen, wenn du nach Hause kommst?« fragte Kolka, ehe Agafonow ins Meer sprang und die letzten paar hundert Meter bis ans Land schwamm.

»Die Wahrheit: Entführung, Erpressung, Mißhandlung. Ich werde mich bemitleiden und bewundern lassen, Freunde.« Agafonow grinste breit. »Bis dahin seid ihr längst in Sicherheit. Noch zwei Tage Fahrt nach Süden und ihr habt die persische Küste neben euch.«

»Das ist ein gutes Wort, Herzchen!« Kolka klopfte Agafonow noch einmal auf die Schulter, dann stellte sich dieser auf die Bordkante, streckte die Arme vor, rief »Hupp!« und schnellte ins Wasser. Nur Hemd und Hose trug er, und er schwamm wie ein Delphin, drehte sich noch einmal nach seinem Boot um, winkte Kolka und Bettina zu und strebte dann mit langen Schwimmstößen zum Land. Nach wenigen Metern hatte ihn die Nacht aufgenommen.

Nun waren sie allein auf dem Boot, Kolka und Bettina, zogen den Anker wieder ein, was ein verteufeltes Stück Arbeit war, denn die Winde war rostig und knirschte schauerlich. Dann drehte Kolka das Segel, wie er es gelernt hatte, und fuhr wieder hinaus aufs Meer. In genügender Entfernung zur Küste warf er den Treibanker über Bord, man trank noch eimmal Tee und aß eine Büchse Gulasch, rollte sich in die Decken und wünschte sich eine gute Nacht.

Noch zwei Tage, und dann frei!

Was sind schon zwei Tage nach dem, was hinter ihnen lag!

Sie wurden geweckt von einem heftigen Schaukeln.

Über das Meer heulte ein um diese Jahreszeit völlig widersinniger Wind, die Wellen hatten Schaumkronen und waren so hoch wie die Bordwand, der Himmel war gar kein Himmel mehr, sondern sah aus wie das Meer: Grau und aufgewühlt, fleckig und tobend.

Kolka und Bettina hielten sich an den Stricken fest und bezogen ihre Positionen: Kolka am Ruderbalken, Bettina am Mast, um das Segel zu regulieren. Der Sturm peitschte den Gischt in ihre Gesichter, und das Boot tanzte wie ein Kosak um ein Lagerfeuer.

»Es weht richtig, das Stürmchen!« schrie Kolka durch das Brausen des Windes. »Nach Süden! Setz das Segel hinein, Töchterchen... mit diesem Wind sind wir in einem Tag in Persien!«

An der Leine knatterte das Segel hoch. Der Sturm ergriff es, blähte es, der Mast schwankte und bog sich, und dann wurde das Segel zu einem Ballon und das Boot schien über die Wellen zu fliegen.

»Hoij!« schrie Kolka und umklammerte seinen Ruderbalken. »Hoij! Das geht ja! Halt dich fest, Bettina!«

Bettina hatte den Mast umklammert und starrte auf das grüngrau schillernde Meer. Große Brecher, die über sie hinwegstürzten, hatten sie völlig durchnäßt, und nun begann auch noch ein Regen, der die Tropfen auf sie herunterpeitschte, und der Sturm drehte sich plötzlich, das Segel schlug zur Seite, das Boot legte sich schief.

»Scheiße!« brüllte Kolka. »Der Wind dreht! Er kreiselt, der Hund! Das Segel rum, Betti... das Segel rum, Kind... wir schlagen ja um!«

Bettina riß an der Leine, aber irgendwo klemmten die Rollen. Das Segel fiel nicht zusammen, sondern es blähte sich im Sturm, riß das Boot herum wie einen Kreisel, die Wellen brachen über Kolka und Bettina herein, die Kiste mit Agafonows Handharmonika wurde erfaßt und weggetragen in das tobende Wasser.

»Herunter mit dem Segel!« brüllte Kolka. Er konnte nicht helfen, er hing am Ruderbalken und versuchte, das Boot zu halten. Aber was nutzt ein dummes Ruder, wenn ein großes Segel tut, was es will?

»Es klemmt!« schrie Bettina zurück. Sie zerrte an den Leinen, sie warf sich in die Taue, aber es nutzte nichts. Das Segel lief nicht zurück, sondern wölbte sich wie ein Ballon.

»Kappen!« brüllte Kolka. »Kappen!«

»Ich habe kein Messer!« Der Sturm riß die Worte von Bettinas Mund. Brecher krachten über ihr zusammen, keine Luft bekam sie mehr, überall war nur tobendes Wasser, sie umfaßte den Mast, preßte sich an ihn und schloß die Augen.

Über ihr zerriß mit einem heulenden Laut das Segel und flatterte in Fetzen davon. Die Mastspitze brach und stieß neben ihr herunter in das Deck. Aber das war ein großes Glück für sie, denn nun hatte der Sturm keine Angriffsfläche mehr, das Boot verlor an Fahrt und wurde zu einem toten hölzernen Gegenstand, mit dem die Wellen machen konnten, was sie wollten.

Kolka hatte sich an den Ruderbalken mit einigen Strikken festgebunden. Er atmete kaum. Über ihn hinweg, von hinten, brachen die Wellen herein, und er hatte das Gefühl, sein Rückgrat würde zerstampft, Wirbel für Wirbel einzeln, Rippe nach Rippe. Er stöhnte, hielt sich am Ruder fest, stemmte die Beine gegen den Boden, hing in den Seilen.

Nie werden wir Persien erreichen, dachte er immer wieder. Nie! Nie! Im Kaspischen Meer werden wir ersaufen wie junge Katzen.

Sein Körper fiel nach vorn. Eine neue Welle. Sein Rücken schien zerfetzt zu sein. Er schrie gegen den Sturm an, und seine Augen quollen hervor wie bei einem Erdrosselten.

Dann plötzlich war alles wieder anders. Das Boot hatte sich gedreht. Keine Welle krachte mehr über das Deck . . . sie ritten auf dem Meer, wie in der Achterbahn war's . . . hinauf in die Höhe, dem Himmel entgegen . . . und dann hinunter in schwindelnde Tiefen . . . auf Wellenkämmen schwebten sie dahin, umspritzt von Gischt, rasten hinab in grünschillernde Täler, wurden emporgetragen wie auf einem riesigen Hebearm und sahen die geballten, jagenden Wolken näher und immer näher kommen, als würden sie hineingeschleudert in den tobenden Himmel.

Kolka Iwanowitsch richtete sich auf. Wie gefoltert kam er sich vor, und er wunderte sich, daß er noch sehen, hören und begreifen konnte.

Bettina hing an dem zerbrochenen Mast, ebenfalls mit Seilen umschlungen, umweht von dem Rest des zerfetzten Segels ... ein schmaler, aufgeweichter, verkrümmter Körper, die Arme um das glatte Mastholz geschlungen und mit Augen, die leer vom überstandenen Grauen in das brüllende Meer starrten.

Der Wind hatte etwas nachgelassen, aber das Reiten auf den Wellen ging weiter, der Höhenflug und das Eintauchen in die grünschimmernde Tiefe. Ein Stück Holz waren sie ja, weiter nichts. Und das Meer spielte mit ihnen und brüllte vor Freude.

Sie lebt, dachte Kolka und lehnte sich zurück. Das Meer hat sie nicht weggenommen. Wir beide leben! Und am Horizont kriecht ein heller Streifen herauf. Die Sonne.

»Mein Gott!« sagte Kolka laut. »Manchmal erkennt man, daß es dich gibt ...«

Und das Meer spielte weiter mit ihnen. Vier Stunden lang. Und als die Wellen länger und glatter wurden, lagen Kolka und Bettina in ihren Seilen, waren ohnmächtig vor Erschöpfung und sahen die Küste nicht, die langsam näher kam.

*

Es war ein schwerer Gang, den der Genosse Andreij Safonowitsch Schejin unternahm. Als es sich am Morgen herausstellte, daß Dimitri Sergejewitsch Sotowskij nicht das Opfer eines glutäugigen Beiruter Tanzmädchens, sondern das Opfer einer unverständlichen politischen Geistesverwirrung geworden war, meldete sich Schejin in der sowjetischen Botschaft von Beirut und erzählte dem Genossen Botschafter, was vorgefallen war.

»Unerklärlich ist das!« sagte Schejin und schlug die Hände zusammen wie ein Beckenschläger in einer Militärkapelle. »Er wurde aus Tiflis als ein treuer, als ein mustergültiger Genosse gemeldet. Zum Oberingenieur hatte man ihn vorgeschlagen. Ein junger, begeisterter Kommunist war er! Es ist undenkbar, daß er aus politischer Überzeugung sich in den dekadenten Westen abgesetzt hat. Ein Unglück muß passiert sein.«

Das Unglück klärte sich schnell auf.

Ein Mittelsmann in der amerikanischen Botschaft rief vom Bazar aus an. Im Gebäude der Botschaft befinde sich ein junger Russe und werde schon den ganzen Vormittag vom Militärattaché verhört.

»Aha!« schrie Schejin und tanzte durch das Zimmer wie ein von Ameisen Gestochener. »Die Amerikaner! Immer die Amerikaner! Da haben wir es! Entführt haben sie ihn! Und nun pressen sie aus ihm die neuen Raffinieranlagen in Tiflis heraus!«

Zwischen Beirut und Moskau gab es ein langes Telefongespräch. Im Außenministerium in Moskau war man etwas betroffen, mehr aber nicht. Abwarten, sagte man. Genauere Informationen bekommen. Wir werden in Tiflis einmal die Familie Sotowskij durchleuchten.

Und während Dimitri ein gutes Mittagessen bekam, aber nicht wußte, was weiter mit ihm geschehen würde, erschienen vor der Wohnung Kolka Iwanowitsch Kabanows drei Milizsoldaten, klingelten und traten die Tür ein, als sich niemand meldete.

Die Wohnung war so, wie Kolka und Bettina sie verlassen hatten. Nicht einmal staubig war sie, denn es waren ja gerade einige Stunden seit ihrem Weggang verstrichen. »Verreist sind sie«, sagte die Nachbarin, die neugierig in das Haus sah, weil der Jeep der Miliz vor der Tür stand. »Zu einer Tante oder sonst wohin. Nach Batum, sagte Kolka Iwanowitsch. Und sein Sohn, der Dimitri ist in Beirut.«

In der Wohnung fanden die Polizisten nichts, was nach Vaterlandsverrat aussah. Sie versiegelten die Tür und schrieben eine Meldung, daß hier ein Irrtum vorliegen müsse.

»Ich verstehe das nicht«, klagte Schejin, als ein Fernschreiben aus Tiflis eintraf und neue Rätsel aufgab. »Ein so lieber Mensch. Er muß verrückt geworden sein, plötzlich verrückt. Anders ist es nicht erklärlich, Genossen.«

Der liebe Mensch saß unterdessen in der deutschen Handelsmission und erzählte noch einmal seine Geschichte. Die Amerikaner hatten ihn zu den Deutschen gebracht, nachdem er auf die Frage: »Wollen Sie in die USA?« ebenso klar geantwortet hatte: »Nein. Ich will nach Deutschland.«

»Dann sind Sie hier falsch, Mister Sotowskij«, antwortete man, hielt sich nicht länger mit ihm auf und brachte ihn auf deutschen diplomatischen Boden.

»Das ist alles sehr wildbewegt, was Sie da erzählen«, sagte der Leiter der Handelsmission, der Sotowskij ausfragte, und musterte den jungen Russen nachdenklich. »Aber bevor wir Ihnen Schutz und Hilfe gewähren, müssen wir nachprüfen, ob Ihre Angaben auch stimmen. Sie können sich nicht ausweisen?«

»Nein«, sagte Dimitri. »Man hat mir ja meinen Paß bei der Ankunft in Beirut abgenommen.«

»Und Sie behaupten, die deutsche Stewardeß Bettina Wolter zu kennen und ihretwegen Rußland verlassen zu haben. Fräulein Wolter ist nach einer Notlandung in Tiflis zu Ihnen geflüchtet? Wieso überhaupt geflüchtet und wieso zu Ihnen? Hatten Sie früher schon Verbindung zu Fräulein Wolter?«

»Es war ein Zufall. Ich erklärte es Ihnen doch. An der Ölleitung, in der Nacht.«

»Natürlich, natürlich.« Der deutsche Bevollmächtigte nickte. Das hört sich an wie ein Roman, dachte er. Irgendwo habe ich so etwas auch schon gelesen. Aber wo? Er sah Dimitri forschend an, hob dann die Schultern und verließ das Zimmer. Dimitri blieb allein zurück mit drei Zigaretten und einer Flasche Sprudelwasser.

Andreij Safonowitsch Schejin sprang wie elektrisiert auf, als bei ihm das Telefon läutete und sich die deutsche Handelsmission meldete. Ein Beamter der Mission bat darum, ihn mit dem Delegationsmitglied Sotowskij zu verbinden.

»Haben wir nicht!« rief Schejin mit Trompetenstimme. Dabei zuckte sein Herz. Die Deutschen! Was haben die Deutschen mit Sotowskij? Sollte es doch politisch sein? Er begann zu schwitzen und verfluchte die Politik, die den Menschen doch nur Ärger und Aufregung bringt und im Grunde genommen doch nur ein Windei ist, ohne das man existieren könnte. Mit Ausnahme der Politiker, die diese Windeier bebrüten.

»Nie gehört!« schrie Schejin ins Telefon. »Wer soll das sein?«

Die deutsche Handelsmission entschuldigte sich und beendete das Telefongespräch. Schejin aber rief sofort die eigene Botschaft an und äußerte den Verdacht, daß eine große Schweinerei in der Geburt sei und er nichts, gar nichts dafür könne. Er habe Sotowskij nicht ausgesucht zur Delegation, und überhaupt die Genossen in Tbilisi . . . was die herübergeschickt hätten! Zum Beispiel diesen Professor Swinzow, den man gegen Morgen aus einer üblen Hafenkneipe habe herauskommen sehen, seine Hose in der Hand und unten herum nichts.

Dimitri Sotowskij wurde in der deutschen Handelsmission in das Wartezimmer gebracht. Dort lagen auf runden Tischchen Zeitungen und Bildbändchen aus

Deutschland, an den Wänden hingen Fotos deutscher Landschaften, und Dimitri sah sie genau an, denn zum erstenmal hatte er Gelegenheit, ein Bild Deutschlands zu betrachten.

»Bitte, warten Sie hier«, sagte ein Sekretär, zeigte auf die Sessel, die herumstanden, und ließ Dimitri allein.

Dimitri wartete viele Stunden. Niemand kümmerte sich um ihn. Er blätterte alle Bücher durch, las mühsam, denn so gut beherrschte er Deutsch noch nicht, etwas von der Lüneburger Heide, von den ostfriesischen Inseln, von der Schwäbischen Alb, betrachtete die schönen Bilder und fand, daß Deutschland ein schönes Stück Erde sein müßte, wenn alles so aussah, wie es abgedruckt war.

Schließlich verspürte Dimitri Hunger und war durstig. Er meldete sich aber nicht, um die deutschen Beamten nicht zu erzürnen. Erst am Abend erschien wieder der Leiter der Mission und war weniger höflich als um die Mittagszeit. Er hatte ein paar Fernschreiben in der Hand und sah Sotowskij mißmutig und geradezu verächtlich an.

»Halten Sie uns für Idioten?« fragte er, als Dimitri bei seinem Eintritt aufsprang und hörbar aufatmete.

Dimitri war verwirrt. »Ich würde das nie behaupten«, sagte er ratlos. »Wieso fragen Sie so etwas Unschönes?«

»Wir haben Ihre Angaben gründlich überprüft.« Der Beamte warf die Fernschreiben auf den Tisch, mit einer Bewegung, die ausdrückte: Na siehst du, uns führst du nicht hinters Licht. Da müssen andere kommen. Und die sind noch nicht geboren, die uns hinters Licht führen. »Bei der Delegation, der Sie angehören wollen, kennt man keinen Dimitri Sergejewitsch Sotowskij.«

»Das ist unmöglich«, stotterte Dimitri. »Ich bin doch hier. Ich lebe doch! Ich bin doch mit dem Flugzeug von Tbilisi nach Beirut geflogen. Auf Kosten meines Staates.«

»Es stimmt, daß ein Flugzeug der DBOA in Tiflis notlanden mußte und dabei zerstört wurde. Wir haben bei der Fluggesellschaft in Hamburg angefragt.«

»Sehen Sie«? sagte Dimitri glücklich.

»Aber ...«, der Deutsche sah Dimitri scharf an, »... die Stewardeß Bettina Wolter ist tot. In den Trümmern verbrannt.«

»Bin ich wahnsinnig?« sagte Dimitri leise. »Mein Herr, bin ich wahnsinnig? Ich habe Wanduschka selbst an der Ölleitung überwältigt, ich habe sie ins Haus gebracht, ich ... ich ... Sie lebt doch! Ihr Bild war in allen Zeitungen! Damit sie nicht erkannt wurde, haben wir ihr die Haare gefärbt. Die Meldungen, die Sie haben, müssen falsch sein.«

»Aus Deutschland kommen keine falschen Meldungen!« Der Beamte nahm die Fernschreiben und faltete sie erregt zusammen. »Herr Sotowskij, oder wie Sie heißen mögen, ich finde es unerhört, sich mit Lügen hier einzuschleichen, einen diplomatischen Apparat in Bewegung zu setzen und auch noch so zu tun, als seien Sie ein Opfer und nicht ein Betrüger, der politische Situationen ausnützt, um einen billigen Vorteil zu erlangen.«

»Ich verstehe Sie nicht ...«, sagte Dimitri verwirrt und strich mit zitternden Händen über das Gesicht. »Mein Herr ... ich schwöre es Ihnen, beim Andenken meiner Mutter – ich bin der Ingenieur Sotowskij aus Tbilisi, und meine Braut ist die deutsche Stewardeß Bettina Wolter.«

»Lassen Sie die Faxen!« Der Beamte steckte wütend die Papiere in die Rocktasche. »Verlassen Sie bitte die Handelsmission.«

»Aber ... aber ... wo soll ich denn hin?«

»Woher Sie gekommen sind!«

»Man wird mich in Tbilisi sofort wegen Landesverrates in ein Straflager stecken.«

»Bitte, unterlassen Sie es endlich, mir den politischen Flüchtling vorzuspielen!« Der Missionsleiter schlug gegen seine Rocktasche. »Hier haben wir die einwandfreien Beweise, daß Sie lügen. Halten Sie mich nicht auf mit Ihren unverschämten Lügen! Man sollte Sie der Polizei übergeben.«

»Mein Herr!« Dimitris Augen wurden starr. »Was soll ich denn tun? Ich habe keinen Paß mehr, keine Heimat, kein Geld, keine Kleidung, nur diesen geliehenen Smoking. Ist das denn kein Beweis genug? Wenn ein Mensch in einem Smoking flüchtet... hat er dann nicht einen großen Grund?«

»Ich habe mich an meine Anweisungen und an die Recherchen zu halten, die vorliegen.« Die Stimme des Deutschen klang kalt. »Bitte, gehen Sie!«

Dimitri verzichtete auf weitere Worte. Er schob ein Buch beiseite, auf dessen Einband stand: »Das gastliche Deutschland«, und ging in die Eingangshalle. Bevor er das Gebäude verließ, drehte er sich noch einmal um und schüttelte den Kopf. Sein Blick war wehmütig, wie der eines Kindes, das man von einer Wiese vertreibt, auf dem es so fröhlich mit einem Ball gespielt hat.

»Ich verstehe das alles nicht«, sagte er. »Ich bin doch Dimitri Sergejewitsch Sotowskij. Warum glauben Sie den anderen und nicht mir?«

Dann ging er, den Kopf nach vorn gesenkt, mit hängenden Armen, ging die Straße hinunter, zwischen Palmen und Agavenhecken, bis die Nacht ihn aufnahm wie einen schmalen Schatten.

Er ging ins Nichts.

Der Leiter der Handelsmission schloß die Tür, sah auf seine Armbanduhr und knurrte etwas von verlorenen Stunden. Man darf ihm das nicht übelnehmen. Zuviel wird im Orient betrogen, und sehr kritisch muß man sein, um aus vielen Lügen die wenige Wahrheit herauszuschälen. Eine Zwiebel, sagt man, hat sieben Schalen, bis der eigentliche Kern kommt – eine Lüge hat hundert, und der Kern der Wahrheit ist klein wie ein Mohnkorn.

Es war die Tragik Dimitris, daß Lüge und Verschleierung der Wahrheit dicker waren als hundert Zwiebelschalen.

*

Die Nachrichtenübermittlung zwischen Wolfgang Wolter und Jurij Alexandrowitsch Borokin stockte. Oberleutnant Wolter war seit vierzehn Tagen irgendwo an der Zonengrenze und schwieg. Das machte Borokin nervös, denn so viel Zeit die russische Diplomatie sonst hat und sich mit der Uhr verbündet, die auf ihrer Seite ist – was bedeutet für einen Russen schon ein Jahrzehnt? –, so eilig war es jetzt, die Spanne zwischen Verschwinden und Wiederauftauchen dieser Bettina Wolter auszunützen. Daß die Lüge, Bettina befände sich in Moskau, einmal platzen würde wie ein morscher Ballon, war Borokin klar; aber bis zu diesem Ereignis mußte man wissen, was in den Wäldern entlang der Zonengrenze geschah und welche psychologischen Propagandamittel eingesetzt wurden, um die Bewohner der DDR ideologisch zu unterhöhlen.

Wolfgang Wolter schwieg. Borokin sah ein, daß es unmöglich war, an ihn heranzukommen, und daß auch der Oberleutnant keine Möglichkeit hatte, sich bei ihm zu melden. Aber Irene Brandes war greifbar. Sie konnte zum Drehpunkt aller Nachrichten werden, zu einer Zwischenstation zwischen Bonn und Moskau.

Borokin handelte so kalt, wie es in seiner Natur lag. Er bestellte Irene Brandes in die sowjetische Botschaft und bewirtete sie mit Krimwein und Buttergebäck. Ein lauer Sommerabend war es; über den Rhein strich ein warmer Wind; von Bonn her zog eine Flotte weißer, mit bunten Lampen illuminierter Schiffe den Strom hinauf.

Abendfahrt zum Siebengebirge mit Tanz.

Restauration an Bord.

Singen und Schunkeln.

Warum ist es am Rhein so schön . . .

Wenn das Wasser im Rhein gold'ner Wein wär' . . .

Der Gesang klang hinüber bis zu dem weißen Schlößchen unterhalb des Rolandsbogens. Borokin stand am Fenster seines Büros und wippte auf den Zehenspitzen.

»Das Leben ist schön, Irene«, sagte er.

»Was wollen Sie von mir, Borokin?« Irene Brandes hatte sich widerwillig gesetzt. Eigentlich war sie nur gekommen, um zu sagen, daß dies ihre letzte Begegnung mit Borokin sein würde. »Ich habe den Kontakt mit Wolfgang Wolter ermöglicht. Es ist meine letzte Arbeit für Sie. Und Sie haben versprochen, daß danach meine Mutter freigelassen wird.«

Borokin nickte. Er trat ins Zimmer zurück und schloß das Fenster. »Ihre Mutter befindet sich bereits in der Nähe der Grenze.«

»Ist das wahr?« Irene sprang auf. Alle Vorsätze, hart mit Borokin zu sprechen, jetzt ihrerseits Forderungen zu stellen, waren mit diesem einen Satz wie weggewischt. Ihr Herz zuckte, und sie spürte, wie das Zucken sich auf ihrem Gesicht fortsetzte.

»Habe ich jemals gelogen?« fragte Borokin ruhig.

»Wo ist meine Mutter?«

»In Eisenach.«

»O Gott!« Irene preßte die Hände gegen ihre Brust. »Wann . . . wann kann ich sie abholen? Wo kommt sie herüber. Bei Bebra? Oder über Hersfeld?«

»Wo ist Wolfgang jetzt?«

»Ich weiß es nicht.«

»Sie lügen! Sie bekommen Post von ihm.«

»Keine Karte!«

»Was hat er Ihnen erzählt über seinen Einsatz?«

»Nichts.«

»Irene, Sie kennen mich.« Borokin lächelte mokant. »Man kann mich mit dem nichtssagenden Wort Nichts nicht abspeisen. Sie sollten sich solche Dummheiten endlich abgewöhnen. Unter Verliebten redet man mehr, als es normale Menschen tun. Verliebtsein ist eine Art Rauschzustand. Was hat Ihnen Wolfgang über seinen Einsatz an der Zonengrenze erzählt?«

»Ich schwöre Ihnen – nichts!« Irene Brandes rang die Hände. Mutter, dachte sie. In Eisenach. So greifbar nahe und doch so fern wie auf einem anderen Stern. Wenn sie schon in Eisenach ist, heißt das, daß man sie freiläßt?

Borokin hob die Schultern. »Es muß ein merkwürdiges Liebesverhältnis zwischen euch herrschen«, sagte er anzüglich. »Geheimnisse bleiben geheim bis ins Bett. Das ist eine alte Weisheit.«

»Wir haben andere Themen, über die wir uns unterhalten«, sagte Irene Brandes hart.

»Bedauerlich. Sie machen in letzter Zeit viele Fehler, die ich von Ihnen bisher nicht gewöhnt bin.« Borokin umkreiste seinen Schreibtisch; er schien auf etwas zu warten, sah öfter auf das Telefon und dann auf seine Uhr. »Sie wissen also nicht, wo sich Wolter zur Zeit befindet?«

»Nein.«

»Und wenn Sie krank werden? Wenn seiner Mutter etwas passiert – wie wird er benachrichtigt?«

»Über das Ministerium, nehme ich an.« Irene hob die Schultern, sie wußte es wirklich nicht. »Wir haben diese Möglichkeit nie in Erwägung gezogen.«

»Aber Borokin denkt daran.« Jurij Alexandrowitsch lächelte zufrieden. »Nehmen wir an, Sie werden plötzlich sehr krank.«

»Ich fühle mich sehr gesund, Borokin.«

»Sie haben ein schwaches Herz, Irenuschka. Ihr Kreislauf ist labil. Sie bekommen einen Kollaps. Man muß Oberleutnant Wolter rufen ... wie geschieht das wohl?«

»Über seine Dienststelle.«

»Versuchen wir es mal?«

»Nein!« sagte Irene Brandes laut. Sie warf den Kopf in

den Nacken und preßte die schönen, vollen Lippen zusammen. »Ich spiele nicht mehr mit!«

Borokin wollte eine Antwort geben, aber das Telefon unterbrach ihn. Mit einem diskreten Schnarren zerriß es die wie mit Elektrizität geladene Stille. Die gepflegte Hand Borokins legte sich breit über den weißen Hörer.

»Meine Antwort...«, sagte er ruhig. »In fünf Minuten wollen wir uns weiter unterhalten.«

Er nahm den Hörer ab und blickte zur Decke, als er sich meldete.

»Das ist schön«, sagte er. »Ja, sie steht neben mir. Ich danke Ihnen, Genosse, daß alles so vorzüglich klappt.«

Er hielt den Hörer Irene hin und nickte ihr zu, als sie mit ungläubigen starren Augen auf die Hörmuschel blickte.

»Für Sie, Irene. Ein Ferngespräch.«

»Für mich? Hierher? Wolfgang...? Aber das ist doch nicht möglich.«

Mit steifen Beinen ging sie die drei Schritte bis zu Borokin und nahm ihm den Hörer ab. »Ja?« sagte sie, und ihre Stimme schwankte vor Erregung. »Ja? Hier Irene.«

Und dann fuhr es wie ein Schlag durch sie ... sie schrie auf, umklammerte das Telefon mit beiden Händen, und Borokin schob ihr einen Stuhl hin und drückte sie an den Schultern auf den Sitz.

»Irene ... Kind ...«, klang ganz weit weg eine Frauenstimme. »Irene ... hier ist Mutti ...«

»Mutti...«, stammelte Irene Brandes. Ihr Kopf fiel nach vorn auf die Tischkante, aber sie hielt den Hörer am Ohr, und so lag sie mit der Stirn auf dem Tisch, hatte die Augen geschlossen und hörte die Stimme ihrer Mutter aus einem Land, das so nahe und doch so unendlich weit weg war. »Kind, wie geht es dir?« fragte die Stimme. »Bist du gesund? Ich habe gehört, du hast eine gute Stellung. Stimmt das?«

»O Mutti ... Mutti ...« Irene weinte laut. Sie richtete sich auf, sprang vom Stuhl, und die Tränen liefen ihr über das verzerrte Gesicht, während sie Borokin ansah, der sich eine Zigarette anzündete. »Wo bist du jetzt?«

»In Eisenach, mein Kleines. Ich soll bald freigelassen werden. Sie haben mir gesagt, daß alles ein Irrtum gewesen sei. Wie ich mich freue! Nur die Formalitäten dauern noch etwas.«

»Wie geht es dir?« Irenes Stimme war kaum hörbar, sie ertrank im Schluchzen. »War ... war es schlimm?«

»So etwas fragt man nicht«, sagte Borokin ruhig. »Wie können Sie darauf eine Antwort erwarten. Ihre Mutter ist doch nicht allein im Zimmer. Sie lassen in der Logik, in der Einschätzung der Realität nach, Irenuschka.«

»Mir geht es gut«, sagte die Frauenstimme in Eisenach. »Ich habe nie zu hungern brauchen. Sie waren alle höflich zu mir. Nur große Sorge hatte ich um dich, mein Liebling.«

»Ich ... ich bin glücklich, Mutti.« Irene nagte an den Lippen. Stark sein, sagte sie sich vor. Ganz stark sein. Nicht mehr weinen. Der erste Schock war vorüber. Nun heißt es, klar zu denken. Nicht aus purer Menschlichkeit hat Borokin dieses Gespräch vermittelt.

»Ich habe mich verlobt, Mutter«, sagte sie gefaßt. »Mit einem wunderbaren Mann. Er ist Oberleutnant der Bundeswehr. Ich bin so glücklich, Mutti.«

Borokin legte die Zigarette weg. Die Wandlung Irenes überraschte ihn. Er hatte gehofft, daß die Erschütterung so tief gehen würde, daß ein willenloses Bündel Mensch nach diesem Gespräch auf dem Stuhl hockte ... eine Rohmasse, die er wieder zurechtkneten konnte, wie er es wollte. Statt dessen bekam sie einen harten, entschlossenen Blick, das Weinen erlosch nach einem kurzen, trokkenen Schluchzen, als habe man es abdrehen können, und ihre Haltung drückte Widerstand aus. Widerstand gegen die Schwäche, auf die Borokin gesetzt hatte.

Ohne Erklärung legte Borokin seine Hand auf die Gabel und unterbrach das Gespräch.

»Was soll das?« rief Irene Brandes und warf den Hörer auf den Tisch. Eine Ecke splitterte ab. Als Borokin die Hand wieder hob, ertönte grausam laut das Rufzeichen des Amtes.

»Genug mit Mutti!« sagte Borokin hart. »Ich wollte nur beweisen, daß Ihre Mutter in Eisenach ist.«

»Morgen kann sie schon wieder in Berlin oder in Moskau sein ... was bedeutet das?«

»Sie bekommen einen Herzanfall und lassen Wolfgang Wolter benachrichtigen.«

»Nein!« schrie Irene und ballte die Fäuste. »Nein! Nein!«

»Ich muß wissen, wo Wolfgang sich befindet, und ich muß ihn unbedingt in den nächsten zwei Tagen sprechen.«

»Ich spiele nicht mehr mit!« schrie Irene verzweifelt. »Sie sind ein Teufel, Borokin! Ein Teufel!«

»Wir sind alle Teufel, Irene. Wir müssen es sein, um in dieser Welt leben zu können, die zur Hölle geworden ist.« Borokin rauchte seine Zigarette weiter und ging zurück zum Fenster. Unten auf dem Rhein umfuhren die Schiffe mit den bunten Lichterketten die Insel Nonnenwerth mit dem weißen Kloster. Im Scheinwerferlicht strahlte romantisch die Ruine Drachenfels.

»Spätestens übermorgen ist Wolfgang Wolter hier. Wie Sie das einrichten, überlasse ich Ihrer weiblichen List, oder Ihre liebe Mutti wird zurückgebracht nach Berlin-Karlshorst.«

Irene Brandes schwieg. Bleich wie eine Wachsfigur stand sie wenig später unten am Rhein und starrte in die schmutzigen Wellen, die auch im Mondlicht nicht einladender wirkten.

Die Augen zu und sich hinabfallen lassen, dachte sie. Nur ein paar Sekunden dauert die Angst, zerreißt einen der Todeskampf, dann ist alles vorbei und herrliche, göttliche, ewige Ruhe umgibt einen.

Sie beugte sich vor, die Arme vor der Brust gekreuzt, und das Wasser gurgelte, und drüben um die Insel fuhren die weißen, fröhlichen Schiffe und spielte eine Kapelle zum Tanz.

Noch ein paar Zentimeter, dann ist das Gleichgewicht verschoben, dachte sie. Dann wird das Wasser aufspritzen, und ich werde den Mund aufreißen und das Wasser schlucken und schreien, schreien und keiner wird mich hören, denn von den Schiffen fliegt das Lachen über den Rhein und übertönt der Gesang aus Hunderten von Kehlen die letzten Laute eines einsamen Menschen.

Eine Hand berührte sie. Sie zuckte zusammen, aber dann griffen zwei Hände ihre Schultern und zogen sie zurück.

»Komm«, sagte eine Stimme. »Laß uns nach Hause fahren.«

»Wolfgang!« Sie fuhr herum, sie wollte aufschreien, aber er legte ihr die Hand auf den Mund und preßte sie an sich. »Wolfgang . . «, schrie sie in seine Handfläche. »Wieso bist du hier? Wo kommst du her?«

»Ich bin schon seit drei Tagen hier«, sagte er und führte sie zu ihrem Wagen, der auf einem kleinen Parkplatz am Rhein stand.

»Ich erkläre dir das alles später. Komm jetzt nach Hause.«

Er trug sie fast die wenigen Meter bis zum Wagen, und als sie in den Polstern saß, fiel ihr Kopf nach vorn und sie weinte haltlos.

Schnell fuhr Wolfgang Wolter nach Bonn zurück.

Jurij Alexandrowitsch Borokin wäre nicht so fröhlich gewesen, wenn er dies beobachtet hätte. So aber saß er zufrieden bei einem Glas Kognak auf der Terrasse der Botschaft, sah über den nächtlichen Rhein und das hell glitzernde Bad Honnef und kam sich wie ein Sieger vor.

Daß er der Verlierer war, erkannte er erst viel später. Zu spät.

*

Wohin geht ein Mensch, der nichts mehr ist und nichts mehr hat? Der aus dem Osten floh und vor der Mauer des Westens zerschellte, der keinen Namen mehr hat, dem niemand mehr glaubt, der nur einen alten, geliehenen Smoking auf dem Leib trägt und in der Tasche genau 123 Rubel und 19 Kopeken? Wohin geht ein solcher Mensch?

Das ist eine berechtigte Frage, denn Dimitri Sergejewitsch Sotowskij wußte darauf keine Antwort, obgleich es ihn ja anging und im wahrsten Sinne des Wortes eine lebensnotwendige Frage war. Zurück zum Hotel war unmöglich, denn ein Hotel, in dem Schejin wohnte, war kein internationaler Boden mehr. Es gab Schrankkoffer genug, mit denen man einen unliebsamen Menschen aus dem Hotel bringen kann, und keiner ist da, der zu einem sowjetischen Diplomaten sagt: »Bitte, öffnen Sie den Koffer!« Es wäre gegen alle diplomatischen Abmachungen, eine Verletzung der Immunität. Auch wenn die Immunität dazu dient, ein Verbrechen zu decken.

Als erstes wandte sich Dimitri zum Hafen; wo sollte er auch hingehen? Ihm war bewußt, daß die Regierung in Tiflis, das Ölkombinat, das Ministerium in Moskau längst über die Flucht des Genossen Sotowskij unterrichtet waren, daß man die Wohnung durchsucht hatte und eigentlich nicht wußte, warum das alles geschehen war. Er ahnte, daß auch in Beirut die Agenten des KGB alle Hotels überwachten und es darum unmöglich war, sich ein Zimmer zu suchen, um diese Nacht in aller Ruhe zu verbringen und die Lage genau zu überdenken.

Im übrigen verstand er wirklich nicht, was man mit ihm getan hatte. Gut, die Amerikaner hatten ihn den

Deutschen weitergereicht, denn er wollte ja nach Deutschland. Aber was der deutsche Beamte ihm vorgelesen hatte, war eine Lüge, und er begriff einfach nicht, wieso man einer Lüge mehr glaubte als ihm, der aus Liebe zu einem deutschen Mädchen seine Heimat, seinen Beruf, seine gute Zukunft verlassen hatte.

Für Dimitri Sotowskij kam jetzt die Zeit des Wartens. Wenn Väterchen Kolka und Bettina die Flucht aus Tiflis glückte, würden sie nach Beirut kommen. Das war besprochen, und so blieb es. Zu dreien würden sie dann wieder zur Handelsmission gehen und sich vorstellen: Seht, da sind wir! Wieso ist Bettina Wolter tot? Hier ist sie! Und wir wollen nach Deutschland, in die Freiheit, in ein neues Leben. Und dann mußte man ihnen glauben, denn ein lebender Körper ist mehr wert als ein Stückchen amtliches Papier.

Der gute, liebe, treuherzige, glaubenswillige, idiotische Dimitri. So saß er also in der Nacht, angetan mit einem zerknitterten Smoking, am Hafen, kaufte sich von einem Limonadenhändler einen Becher süßer, klebriger Limonade aus Orangen, und sah über die schaukelnden weißen Leiber der Schiffe und den Wald von Mastbäumen und Takelwerk.

Wie lange würden sie brauchen, Kolka und Wanduscha, dachte er. Über die türkische Grenze ... in vier Tagen müßte es gelingen. Bei einem Umweg über Persien ... zwei Wochen. Eine lange Zeit, wenn man sie abwarten muß. Mit 123 Rubel und 19 Kopeken in der Tasche und einem Smoking auf dem Leib. Ohne Paß, ohne die einzige Empfehlung seiner ehrlichen Absichten, als den treuen Blick seiner Augen und seine Beteuerung: Ich bin ein ehrlicher Mensch. Ein Akademiker bin ich sogar! Und das Opfer eines Irrtums bin ich, vielleicht auch das Opfer eines Mißtrauens; denn was ich zu erzählen habe, zu unglaubwürdig klingt es, Brüder. Aber, bei der Seele meiner Mamuschka, es ist die Wahrheit!

Es mochte gegen ein Uhr morgens sein, da fand Dimitri in der Nähe des Badestrandes eine Bar, die noch geöffnet hatte und einem Russen gehörte. Sie nannte sich »Datscha«, diese Bar, hatte einen Eingang aus verkitschten byzantinischen Bögen, und aus dem Inneren klang Balalaikamusik. Allerdings spielte man keine Lieder vom Don oder der Wolga, sondern amerikanische Songs auf russische Art. Sie war eine Fremdenattraktion, diese »Datscha«.

Auf einem gläsernen Parkett tanzte hier jede Nacht Darja, die »schönste Russin von Astrachan« und warf ihre Kleider den Männern an den Kopf, bis sie nichts mehr anhatte als einen roten Stern im Bauchnabel. Das gefiel den Gästen, und Ilja Matwejewitsch Pikalow, dem Besitzer, füllte es die Kassen.

Machte es etwas aus, daß Darja, das schöne Vögelchen aus Astrachan, Monika Kepmeier hieß und aus Oelde in Westfalen stammte? Wer fragt danach, wenn nur ein roter Stern im Bauchnabel schillert?

Dimitri Sotowskij betrat die »Datscha«, nachdem er dem Portier in altrussischer Kosakenuniform einen Rubel gegeben und mit »Frieden und Freiheit, Brüderchen!« angeredet hatte. Der Portier gab keine Antwort, denn er kam aus Brisbane in Australien und hatte keine Ahnung von russischen Vokabeln. Dagegen empfing in der kleinen Garderobe Ilja Matwejewitsch Pikalow den neuen Gast, und musterte verdrossen den zerknitterten Smoking und schätzte ihn als einen mittelmäßig finanzkräftigen Touristen aus dem Balkan ein.

»Eine Dame, Monsieur?« fragte Ilja und überlegte, wer in der Preislage des neuen Gastes noch frei sei.

Dimitri winkte ab und sah Ilja etwas gequält an. »Kann ich Sie allein sprechen, Bürger?« fragte er leise. Ilja Pikalow zog den Kopf etwas ein, einen dicken, vollgefressenen, richtig kapitalistischen Kopf, und sah Dimitri aus rotumränderten grauen Mausaugen an.

»Ein Landsmann?« fragte er, drängte Dimitri aus der Garderobe durch eine Tapetentür in einen dunklen Flur und von dort in ein Büro, an dessen Wänden große Fotos nackter Tänzerinnen der »Datscha« klebten. »Was soll's? Was wollen Sie! Woher kommen Sie?«

»Aus Tbilisi, Freund.« Dimitri setzte sich auf einen der ledergepolsterten Stühle. »Ich bin geflüchtet.«

»Krumme Dinger gemacht, Herzchen?«

»Nein. Ich bin politischer Flüchtling.«

Ilja Matwejewitsch Pikalow hob den Blick zur Decke. Politisch, dachte er. Immer diese Idealisten. Denken, im Westen fliegen ihnen die gebratenen Tauben in den Hals und die Weibchen liegen wie die Hühnchen aufgereiht auf der Theke und man kann sie aussuchen nach Farbe und Form. Was sie sich denken, die Brüder im Osten. Keiner wartet auf sie. Jeder ist froh, wenn er selbst genug zu beißen hat, und der Westen ist nicht golden, Brüderchen, o nein, er ist blutig, denn der eine ist des anderen Feind, und er bringt ihn um für weniger als dreißig Silberlinge. Welch ein harmloser Stammler war da Judas!

»Und was nun?« fragte Pikalow. »Was soll ich mit deinen Problemen?«

»Brauchst du einen Kellner, Ilja Matwejewitsch?« fragte Dimitri zurück.

»Bist du ausgebildet?«

»Nein. Aber wenn nach der Revolution Großfürsten Taxis fuhren und Großfürstinnen Geschirr spülten, kann das ein Dimitri Sotowskij auch.«

»Ich brauche jemanden, der morgens die Bar putzt und die Toiletten schrubbt.« Ilja Matwejewitsch setzte sich seufzend hinter den Schreibtisch und sah seine nackten Fotomädchen an. »Alles kannst du hier bekommen, Brüderchen. Tänzerinnen, Kellner, Barmädchen, Schwule, Lesbierinnen... sie führen dir alles vor, brauchst nur zuzusehen und zu sagen: Engagiert! Aber einen, der die Toiletten schrubbt – keine Seele!«

Dimitri Sotowskij nickte. Ihm war alles gleichgültig. Nur ein Dach über dem Kopf, ein Bett zum Langliegen, ein paar Geldstücke, um nicht zu verhungern. Es war ja nur für eine kurze Zeit, vielleicht zwei Wochen, wenn's hoch kam.

»Ich tue es, Ilja Matwejewitsch. Wenn du ein Bett für mich hast.«

»Natürlich. Aber du wirst einsehen, daß mit dieser Stellung keine Reichtümer zu erwerben sind. Und was soll der Smoking, Freund? Häng ihn weg! Es geht doch nicht an, daß ich einen Mann beschäftige, der im Smoking die Toilette schrubbt. Man wagt ja nicht zu pissen, wenn du so herumläufst.«

Dimitri lachte, aber es war ein bitteres Lachen. Er trank mit Ilja zum Einstand noch ein großes Glas Krimsekt, und als er den unverkennbar halbsüßen, würzigen Geschmack des Sektes auf der Zunge spürte, kamen ihm wieder die Tränen in die Augen, denn er schmeckte nach Rußland ... die Heimat, die er nun nie wiedersehen würde.

»Wo willst du hin?« fragte Ilja Matwejewitsch. »Bleibst du in Beirut? Was hast du gelernt?«

»Ich bin Ölingenieur.«

»Aha! Also nach Amerika oder in den Irak?«

»Nein. Ich will nach Deutschland.«

»Nach Deutschland?« Ilja Matwejewitsch Pikalow schüttelte den fetten Kopf, erhob sich, hieb Dimitri auf die Schulter und sagte: »Komm mit. Ich zeige dir den Männerlokus. Nach Deutschland! Bist du ein armer Idiot, mein Freundchen.«

*

Das Boot trieb auf dem sich schnell beruhigenden Meer und schaukelte auf die Küste zu. Flach war diese Küste, sandig und öde, und nur am Horizont stiegen nackte

Felsen auf, durchsetzt mit einzelnem Grün, was wohl wilde Aprikosenbäume, Tamarisken und Wildkirschen waren.

Das alles sahen Kolka und Bettina nicht. Sie hingen bewußtlos in ihren Seilen, aufgeweicht wie ein Stück Brot, das ins Wasser gefallen ist, und die Bordwand des Bootes war tief in den flachen Wellen, denn halb voll hatte der Sturm es geschlagen, und es war keiner da, der das Wasser wieder ausschöpfte.

So sahen Fischer am Ufer das treibende Wrack, machten zwei kräftige Ruderkähne flott und ruderten auf das merkwürdige Gebilde zu.

Sie umkreisten es, sahen die beiden totenbleichen Gestalten an Bord, fuhren nahe heran und sprangen in das Boot. Seile flogen hin und her, eine Strickleiter verband das Geisterboot mit dem Kahn, und dann hatte man es fest und Zeit genug, sich zu wundern.

»Sie leben beide«, sagte der Fischer, der als erster an Bord gesprungen war. »Ohnmächtig sind sie. Der Sturm hat sie schön erwischt. Und die anderen sind von den Wellen weggespült. Verdammt, woher mögen sie kommen?«

Zunächst war es wichtig, das Boot soweit leer zu schöpfen, daß es im Schlepp der beiden Ruderboote mitglitt. Fünf Fischer holten mit Eimern das Wasser aus dem Boot, bis nur noch der Boden bedeckt war. Zwar lag Kolka noch immer mit den Füßen im Wasser, aber das beachtete man nicht, denn aufgeweicht war er sowieso.

Am Ufer erwarteten Frauen, Kinder und die anderen Fischer den Schleppzug. Das ganze Dorf war versammelt, und als man von den Kähnen an Land rief: »Wir haben zwei Ohnmächtige an Bord!« rannten zwei größere Jungen los und holten den alten Fedja aus seiner Hütte, den einzigen, der etwas von Heilkunde verstand, denn er war früher Sanitäter beim Militär gewesen.

Man muß das Leben in diesen einsamen Gegenden

kennen, um zu verstehen, wie wichtig der alte Fedja war. Der nächste Arzt wohnte 57 Werst nördlich, und ehe er kam, auch wenn er guten Willens war und mit einem Jeep über die staubige Küstenstraße raste, war es oft schon zu spät, denn die Fischer riefen einen Arzt nur, wenn es aufs Letzte ging. Zwar gab es, ganz in der Nähe, noch einen anderen Arzt, 21 Werst südlich, an der persischen Grenze, einen Militärarzt der dort stationierten Schützenbrigade, aber den hatte man nur einmal geholt. Er war ein guter Arzt, gewiß, aber er trug eine Uniform, und wer das Dorf, in das Kolka und Bettina vom Sturm verschlagen wurden, genauer kennt, wird verstehen, daß eine Uniform das letzte ist, was die Fischer ertragen konnten.

So war Fedja der richtige Mann. Er kannte Aspirin und Tees, er scheute sich nicht, bei den Geburten die Weiber kräftig anzufassen und sie anzuschnauzen, wenn sie jammerten (was ungemein guttut, Freunde, denn eine gebärende Frau kann keine wehleidigen Gesichter ertragen!), kurzum: Fedja, der Alte, wurde geholt.

Unterdessen hatte man Kolka und Bettina aus dem Boot gehoben und trug sie in die Vorratshalle, wo die Netze trockneten und geflickt wurden, wo die Fische in großen Fässern gesalzen wurden, wo man Ruder ausbesserte und Reusen flocht. Eine große Hütte mit festem Strohdach, an deren Dachbalken die Schnüre mit Stockfisch hingen.

Je zwei Fischer trugen die schlaffen, aufgeweichten Körper in die Hütte und legten sie vorsichtig auf lange Kisten nieder, entkleideten sie und begannen, das Wasser aus ihren Brustkörben herauszupumpen. So traf sie der alte Fedja an, der mit einer Flasche Wodka und Riechsalz herankam. Zwei weiße Menschlein, denen das Meerwasser aus den Mündern rann und deren Körper zuckten unter den breiten Händen der kräftigen Fischer.

»Ein herrliches Weibchen!« sagte einer, der Bettinas

Brustkorb drückte. »Eine wahre Freude ist's, da zu massieren.«

»Er bleibt ein Ferkel, der Wassilij«, rief ein älterer Mann, der sich um Kolka bemühte, ihn ohrfeigte, anrief und immer wieder schüttelte, »lös in ab, Fedja . . . in der Lunge hat sie Wasser, nicht in den Brustwarzen!«

»Sie werden gleich sagen, wer sie sind«, behauptete Fedja, drängte Wassilij, den Streichler, weg und hielt Bettina das Riechsalz unter die Nase. Dann holte er einen kleinen Löffel aus der Tasche, wischte ihn am Ärmel ab, goß ein wenig Wodka darauf, preßte mit den Fingern Bettinas verkrampfte Zähne auseinander, schüttete den Wodka in den Mund und ließ die Zähne wieder zuschnappen.

Bettina hustete. Ihr weißer zitternder Körper verkrampfte sich, sie rollte sich auf die Seite, die Arme bewegten sich, die Hände krallten sich an die Kiste, und dann übergab sie sich und der Rest des Meerwassers kam aus ihrer Lunge und dem Magen. Nicht schön sah es aus, aber es rettete ihr das Leben.

Nebenan erging es Kolka nicht anders. Nur reagierte er schneller als Bettina. Er roch den Wodka, er schmeckte ihn auf der Zunge, er schluckte ihn hinunter und er erbrach ihn wieder – aber gleich munter war er dadurch, die Augen nahmen die Umwelt wahr, und während er noch würgte, in den kurzen Pausen bis zum nächsten Schuß Meerwasser aus seinem Magen, keuchte er: »Haltet den Wodka bereit . . . Dank, Freunde, Dank . . . Oh, dieses Meer! Oh! . . . Mein Magen kommt mit, Genossen . . . Ich kotze mir die Lunge aus . . .«

Dann saß er auf der Kiste, schlaff und müde und mit zuckendem Magen, sah auf Bettina, die von Fedja gehalten wurde und ganz langsam, Schlückchen für Schlückchen, Wodka aus dem Löffel trank, und umarmte die beiden neben ihm stehenden Fischer und tat einen Schrei, der alle zusammenzucken ließ.

»Wir leben!« brüllte er dann. »Wir leben! Freunde, wo sind wir? Seid ihr gute Menschen? Ach, was frage ich? Und wenn ihr Satane wärt: Wir atmen wieder. Schrecklich ist's, mit offenen Augen zu sterben. Oh, wie ich es hasse, das Meer!«

»Du bist kein Fischer?« fragte der ältere der Männer und schob Kolka als Stütze einen Sack Hirse in den Rücken.

»Ich komme aus Tiflis, Bürger.«

»Und das Boot? Es war einmal ein gutes Fangboot. Woher ist es?«

»Von einem guten Freund. Agafonow heißt er.« Kolka blickte zur Seite. Dort hatte man Bettina wieder zurückgelegt, wickelte sie in Decken und hob sie hoch, um sie wegzutragen. Sie sagte kein Wort; nur ihr großen blauen Augen sahen umher, erfaßten Kolka und blickten ihn lange an. Sie war zu schwach, um zu sprechen, und doch schien sie etwas zu sagen, denn ihre Lippen bewegten sich.

»Ich komme mit«, sagte Kolka und nickte ihr zu. »Freunde, wohin bringt ihr sie?«

»Zu mir«, sagte der große Fischer. »Meine Frau wird euch pflegen. Ich bin Gawril Andrejewitsch Kokurin.«

Es war eine gute Idee, Bettina und Kolka dorthin zu bringen. Die Kokurina, eine große, stämmige Frau, fragte nicht lange, ob es recht sei, sie wusch Kolka und Bettina mit heißem und dann kaltem Wasser und schrubbte sie mit einer harten Bürste, daß die Haut brennendrot wurde.

Dann gab sie ihnen heiße Milch mit Honig zu trinken, kochte einen fleischigen weißen Fisch und übergoß ihn mit Dilltunke. Es war ein Festtag nach all der Qual, und Kolka und Bettina fühlten sich, als habe der Sturm sie geradewegs in den Himmel getrieben.

Am frühen Morgen wachte Kolka auf und fühlte sich frisch wie nie. Neben ihm lag Bettina und schlief noch, und er kroch ganz leise unter den Decken heraus, tappte mit bloßen Füßen aus der Stube und suchte die Küche, den Zentralraum eines russischen Hauses.

Das Haus war leer. Gawril war schon auf dem Meer und fischte, und die Kokurina stand draußen an einem Holzbottich und wusch Wäsche. Dazu schlug sie mit einem flachen Schlegel auf die dampfenden Teile, und ihre mächtige Brust wogte im Dunst der kochenden Lauge. Ein wohltuendes Bild von Kraft, so fand es Kolka, trat vom Fenster weg und schnupperte zum Herd hin, wo es nach gebratenem Fisch roch.

Aber er kam nicht bis zu der angestellten Pfanne. In der schönen Ecke – der Ecke, in der der Tisch steht und wo früher eine Ikone mit dem ewigen Licht und einem Strauß Strohblumen hing – sah Kolka ein Bild.

Eine in einen einfachen Holzrahmen eingefaßte, verwaschene, undeutliche, verblichene Fotografie. Ein tief verschneiter Wald. Im Eis erstarrte Bäume. Die himmelhoch ragende Wand eines Urwaldes. Taiga ...

Und davor, im Schnee, bis zu den Knien eingesunken, eine Gruppe Menschen.

Männer in grauen langen Mänteln. Den Kragen hochgeschlagen. Selbstgeschnitzte Pfeifen im Mund. Auf den Köpfen die sibirischen Pelzmützen mit den langen Ohrenklappen. Hohlwangige, ausgehungerte, aber lachende Gesichter. Tiefliegende Augen, aber ein Glanz in ihnen, der hieß: Wir haben überlebt!

Und der Rauch ihrer Pfeifen lag wie eine geballte Masse Dampf über ihren Köpfen, zwischen den kleinen Menschen und der riesigen Taiga.

Kolka hob den Kopf und schnupperte.

Der beißende Geruch von Machorka und getrocknetem Farnkraut. Er war wieder in der Nase. Er kitzelte, aber er war so herrlich, so lebensbejahend, so heiß voll Leben.

Eine Pfeife Machorka ... Sibirien 1947 ...

Und man lebte.

O Gott!

Kolka starrte das Bild an. Deutsche Plennys im Wald. Die Wachmannschaften machten manchmal solche Bilder. Heimlich, denn es war verboten. Und sie tauschten die Fotos: Ein Abzug gegen den Ehering. Zwei Abzüge gegen ein Bild, gemalt auf Zuckersackpapier mit Ölkreide. Sibirien ...

Mit zitternden Händen nahm Kolka das Bild von der Wand, drückte es gegen seine Brust und ging hinaus zu der dampfenden Kokurina. Dort hielt er das Foto hoch wie ein Kreuz, das ein Pope segnend schwingt, und schrie in den Morgen:

»Was ist das, Töchterchen? Welch ein Foto! Wie kommst du oder Gawril an solch ein Bild?«

Die Kokurina unterbrach ihr Wäscheklopfen, strich sich die nassen Haare aus der Stirn und wedelte den Dunst der Lauge weg.

»Häng es wieder hin, Väterchen!« rief sie zurück. »Gawril hat es nicht gern, wenn man es anfaßt. Am besten, du hast es nicht gesehen.«

»Woher kommt das Bild?« schrie Kolka. »Es sind Deutsche auf dem Foto!«

»Natürlich sind sie es, Väterchen.« Die Kokurina nahm ihren Wäscheschläger in die Hand. »Erreg dich nicht. Du bist unser Gast, bis du weiterziehst. Ist es eine Sünde, daß Gawril Andrejewitsch ein Deutscher ist?«

In diesem Augenblick war es Kolka, als flamme die Sonne auf. Die Welt wurde heller und weiter, und sogar das verhaßte Meer versilberte sich. Er drückte das Bild an die Brust und lief ins Haus zurück.

*

Gegen zehn Uhr kamen die Fischer vom Meer zurück.

Ein guter Morgen war's gewesen. Die Netze hatten sie prall voll Fische aus dem Wasser gezogen, und nun lagen die Kähne tief in den Wellen, und die Frauen und Kinder freuten sich, denn den eingesalzenen Fisch holten die Lastwagen des Fischereikombinats jeden Monat ab, und sie zahlten einen guten, festen Preis. Am besten war, daß man hier kein Soll einführen konnte, denn weder das Meer noch die Fischschwärme richteten sich nach Fünf- oder Siebenjahresplänen, und was im Netz zappelte, ob es nun wenig oder reichlich ist, wie heute etwa, mußten die Genossen vom Fischereikombinat akzeptieren.

Gawril kam ins Haus, frohgestimmt und hungrig. Er traf Kolka an, der eine Fischsuppe rührte, während die Kokurina Brote schnitt und mit Ziegenbutter beschmierte.

»Guten Morgen«, sagte Kolka auf deutsch, als Gawril seinen Ölanzug an den Haken hängte. »Ein schöner Tag.«

Gawril Andrejewitsch Kokurin sah kurz zu Kolka hinüber, dann schweifte sein Blick zu dem Bild an der Wand und hinüber zu seiner stämmigen Frau.

»Du weißt es also«, sagte er auf russisch. »Ein Geheimnis ist es ja auch nicht. Und nun sprich wieder vernünftig, Bürger. Wie geht es deinem Töchterchen?«

»Es schläft noch.« Und wieder sprach Kolka deutsch, und die Kokurina sah Gawril an, als wolle sie sagen: Meine Schuld ist es nicht. Das Bild hat er gesehen, von der Wand genommen und mit sich herumgetragen. Ein merkwürdiger Mensch ist er.

»Laß das, Kolka Iwanowitsch!« Gawril setzte sich an den Tisch, zog sich die hohen Gummistiefel aus und massierte sich die Zehen. »Wir sind hier ein glückliches Dorf. Und neun Werst nördlich ist ebenfalls ein glückliches Dorf. Koronetkaja. In beiden wohnen Deutsche, die hier eine neue Heimat gefunden haben. Ist das etwas so Außergewöhnliches? Wir fühlen uns wohl hier, wir sind Sowjetbürger geworden, wie damals die Deutschen an der Wolga zur Zeit Katharinas der Großen. Ein mustergültiges Dorf ist es . . . und nun laß uns davon reden, was aus euch werden soll, wer ihr seid, und wohin ihr wollt.«

Kolka Iwanowitsch füllte mit einer großen hölzernen Kelle die Fischsuppe in eine Schüssel und trug sie zum Tisch. Dann setzte er sich Gawril gegenüber und atmete tief auf.

»Ich bin auch ein Deutscher«, sagte er.

Die Kokurina hörte mit Broteschmieren auf; Gawril schob den Teller von sich und starrte Kolka nachdenklich an. Gar keine helle Freude war da, kein Aufspringen und Umarmen, auf die Wangen küssen und Schulterklopfen. Man sah sich stumm an und wartete darauf, was nun weiter werden würde.

»Woher?« fragte Gawril endlich.

»Aus Göttingen. Bei Shitomir kam ich in Gefangenschaft. Dann habe ich erfahren, daß in der Heimat alles kaputt sein soll . . . das Haus, meine Frau und die Kinder im Keller erstickt . . . da bin ich in Rußland geblieben, habe geheiratet und lebte bis vor zwei Wochen in Tiflis. Ich heiße Karl Wolter.«

Kolka sah an dem breiten Kopf Gawrils vorbei gegen die Wand, aber sein Blick durchdrang die Balken und durchflog die Entfernungen.

»Es war ein Irrtum, Gawril Andrejewitsch. Sie leben alle, und nun bin ich auf dem Weg zu ihnen. Auf der Flucht in die Heimat . . . zwanzig Jahre zu spät. Und ein alter Mann bin ich geworden.«

»In einer bösen Zeit leben wir, Bruder.« Gawril holte seinen Teller wieder heran. »Ich war Fischer auf Spiekeroog. Man nahm mich gefangen in Stalingrad. Zwanzig Jahre alt war ich damals, ein Milchbart, der überhaupt nicht wußte, was mit ihm geschah. Und hier lernte ich Jelisaweta kennen. Meine erste Liebe war's. Und ich hatte wieder ein Meer vor der Tür, ein Boot, Netze zum Fischen, ein Segel für den Wind. Und ein liebendes Weibchen. Was wollte ich mehr vom Leben! Was kenne ich von der Heimat, Bruder? Mit dreißig anderen Kameraden bin ich hiergeblieben, wir haben ein neues Dorf gebaut, wir haben Kinder, wir sind glücklich, wir entbehren nichts. Was soll's da mit dem Geschwätz: Du bist Deutscher? Wo die Menschen zueinander friedlich sind, wo man leben kann mit Frau und Kind, da ist Heimat.« Gawril kaute an einem Stück Fisch, die Gräten knackten zwischen seinen starken, mahlenden Zähnen. »Was sagst du dazu, Kolka Iwanowitsch?«

»Ich habe genauso wie du gedacht, zwanzig Jahre lang. Aber nun leben sie alle. Meine Frau Agnes, mein Sohn Wolfgang, und Bettina schläft dort nebenan. Ich *muß* nach Deutschland zurück.« Kolka schob die Arme über den Tisch und legte die Hände auf die Finger Gawrils. »Kannst du mir helfen, Kamerad? Wir müssen hinüber in den Iran.«

Gawril nickte. »Wir wollen keine Unruhe haben«, sagte er. »Sag den anderen nicht, daß du ein Deutscher bist. Du bist Kolka Iwanowitsch, und deine Tochter ist Wanduscha. Es gibt noch einige, die träumen von der Heimat; wir wollen sie nicht in Versuchung führen, mit euch zu gehen. Das hier ist ein Musterdorf, weil wir alle zusammenhalten. Zwietracht ist immer ein steiniger Boden. Gut ist es, daß wir zwei wissen, wer wir sind, und ich helfe euch in das, was ihr Freiheit nennt. Und nun faß zu, Bruder, und iß!«

»Und das Foto?« fragte Kolka leise und füllte seinen Teller mit Fischsuppe. »Warum hängst du das Plenny-Foto an die Wand?«

»Um mich selbst zu warnen, Kolka Iwanowitsch. Das war eine böse Zeit in Sibirien, und ich wußte nicht, warum man mich so höllisch bestrafte. Ein halbes Kind war ich doch noch!« Gawril sah hinüber zu dem kleinen Foto an der Wand. Sein Mund war verkniffen und böse. »So etwas soll nie wiederkommen!« sagte er hart. »Hier, am Kaspischen Meer, leben wir friedlich. Ich verstehe nicht, warum auch jetzt wieder überall in der Welt geschossen und gemordet wird und von neuen Kriegen die Rede ist. Wer will denn einen Krieg? Du, ich, Jelisaweta, die anderen alle? Frag sie mal! Keiner will es! Aber die Zeitungen sind voll von Drohungen. Es ist fast so, als würden nur Menschen mit paralytischen Gehirnen zu Politikern.«

»Wer versteht das schon, Gawril?« sagte Kolka. »Aber sagst du so etwas laut, sperren sie dich ein.«

»Auch in Deutschland?«

»Auch in Deutschland. Es ist überall das gleiche. Und trotzdem muß ich hinüber, Bruder. Meine Frau, meine Kinder . . . es ist nun einmal die Heimat.«

»Wir werden morgen nacht fahren«, sagte Gawril. »Mit einem Motorkutter schaffen wir es bis zum Morgen.«

Kolka drückte ihm die Hände und sah ihn dankbar an. »Du bist ein guter Mensch«, sagte er. »Du hast ein ruhiges Leben verdient.«

Aber man soll sich nicht auf das verlassen, was einem zusteht. Das Schicksal denkt anders, und leiten läßt's sich durch schöne Reden schon gar nicht.

Am Nachmittag – Bettina und Kolka saßen in der großen Vorratshütte und schabten mit breiten Messern die Schuppen von den glänzenden Fischleibern – kam die Kokurina in den Raum gerannt und schob eine große Kiste zur Seite. Unter der Kiste sah man plötzlich einen quadratischen Einstiegdeckel, den sie an einem eisernen Ring hochzog.

»Hinein!« rief sie. »Schnell hinein! Miliz ist im Dorf! Man sucht euch! Das ganze Dorf wollen sie auf den Kopf stellen. Gawril ist dabei, sie zu belügen, aber sie glauben ihm nicht. Los, hinein in den Keller!«

Kolka und Bettina warfen die Messer weg. Über eine schmale Leiter kletterten sie in eine lichtlose, modrig stinkende Höhlung unter dem Raum, in der alte Säcke lagen, Tönnchen mit Salzfleisch und Fässer mit eingeschmolzenem Fett. Es war die heimliche Vorratskammer des Dorfes, die in schlechten Zeiten immer einen zufriedenen Magen garantierte.

»Keinen Ton!« zischte die Kokurina, warf den Deckel zu und schob die Kiste wieder darüber.

Kolka und Bettina kauerten sich auf die Tönnchen Fett und warteten. Die Luft war bedrückend, faulig und feucht. Wie lebendig begraben kamen sie sich vor, und Bettina hielt die Hand Kolkas fest, wie ein ängstliches Kind, das nicht weiß, was das Donnern am Himmel bedeutet.

»Agafonow hat uns also doch verraten«, flüsterte Bettina an Kolkas Ohr. »Was wird aus uns, wenn sie uns finden?«

»Sie finden uns nicht, Kind«, sagte Kolka auf deutsch. »Gawril wird sie ablenken.«

»Ich habe Angst, Vater.« Bettina legte den Kopf auf Kolkas Schulter. Über ihnen stampften jetzt schwere Stiefel, sie hörten Stimmen und das Klopfen von Gewehrkolben gegen die herumstehenden Kisten. Und dann die Stimme Gawrils, die sagte:

»Ich sage es euch doch, Genossen: Wir hätten sie sehen müssen, wenn sie hier gestrandet wären.«

»Sie stehen genau über uns«, flüsterte Bettina und zog den Kopf ein. »Wenn sie die Falltür sehen . . .«

»Psst!« machte Kolka. Auch ihm war ungemütlich, aber nun war er wehrlos, es gab keine Flucht mehr. Nur warten konnte er und inbrünstig beten, daß diese Minuten vorübergingen.

Die Stiefel über ihnen polterten hin und her. Ein Gewirr von Lauten drang durch den dicken Holzboden, aber so undeutlich, daß sie nicht verstehen konnten, was man über ihnen sprach. Aber sie krochen näher zusammen, umarmten sich, als seien es die letzten Minuten vor einem Abschied für alle Zeiten, und starrten auf die

Falltür über ihren Köpfen. Wenn sie sich bewegte, wenn ein Lichtstrahl in den geheimen Keller fiel, sahen sie die Freiheit nie wieder. Das wußten sie ganz gewiß.

Die Milizionäre suchten gründlich. Alle Kisten ließen sie öffnen, stachen mit langen Bajonetten in die Fässer mit Salzfisch, denn man kennt ja solche Tricks: Ein leeres Faß, darüber eine Lage Fettpapier, darauf zwei Lagen Fische, und jeder glaubt, das Faß sei voll bis zum Rand. Dabei sitzt ein Mensch im Fäßchen und lacht über die Dummheit der anderen.

Doch dieses Mal suchte man vergebens. Ärgerlich verließen die Milizionäre das Vorratshaus, und der Leutnant, der die Suche führte, ließ die Fischer samt ihren Frauen, Kindern und Alten am Ufer aufmarschieren und hielt ihnen einen Vortrag.

»Wer die beiden Flüchtlinge verbirgt«, schrie er, »ist ein Volksverräter! Er wird bestraft, als sei er selbst der Flüchtling! Ich lasse zwei Milizionäre hier, denn irgendwo in dieser Gegend müssen sie an Land getrieben sein. Eine Kiste ihres Bootes, mit einer Handharmonika darin, lag drei Werst von hier im Sand. Ich warne euch, Genossen, wenn ihr uns belügt!«

Vorausgegangen war dieser Suche eine ausgesprochen tragische Situation. Es war natürlich, daß man Agafonow vermißte, und sein Weibchen stimmte ein helles Geschrei an, raufte sich die Haare, spuckte ins Meer, nannte es eine Hure und beklagte ihr Leid als Witwe. Das ganze Dorf empfand mit ihr, denn Agafonow war ein guter Mensch gewesen, ein treuer Kamerad und lieber Säufer. Daß er so enden mußte, war ungerecht.

Die Agafonowa trauerte vier Tage um ihren Daniel Alexandrowitsch, aß nichts, trank nur Wasser und war das Bild eines tiefen Jammers. Das änderte sich allerdings, als ein Kontrolleur der staatlichen Versicherungsgesellschaft aus Saljany eintraf, um zu sehen, was da geschehen war, denn Agafonow war versichert. 5000

Rubelchen war ihm sein Leib wert gewesen, und wenn ihn das Meer verschluckt hatte, mußte die Versicherung nun der gebrochenen Agafonowa die 5000 auszahlen.

Freunde, welche Versicherung tut so etwas gern? Das Personal einer Versicherung ist darin geschult, Geld einzutreiben – vom Auszahlen wird selten gesprochen. Und wenn, dann gibt es Schwierigkeiten über Schwierigkeiten, lange Fragebogen, Erklärungen, Zeugenvernehmungen; alles Dinge, die man bei der Aufnahme in die Versicherung nicht nötig hatte. Da brauchte man nur zu unterschreiben. Aber wem erzähle ich das? Wir kennen das doch alle, Genossen.

Der Inspekteur aus Saljany ließ sich von den Tränen und Trauerschreien der Agafonowa nicht beeindrucken. Wer Geld hergeben soll, muß einen klaren Kopf behalten. Dagegen fragte er, bohrte er und verhörte er, und es ergab sich ein Bild, das merkwürdig war. Daniel Alexandrowitsch war aufs Meer gefahren zu einer Zeit, in der ein Fischer gar nicht fischen geht. Vielmehr schien es so, als habe der gute Agafonow plötzlich die Lust verspürt, einen kleinen Ausflug zu machen, eine Lustfahrt auf See.

»Aha!« sagte der Inspekteur aus Saljany. »Versichert ist er gegen einen Betriebsunfall. Aber er war nicht im Betrieb, er fuhr zum Vergnügen hinaus. Sollen wir sein Vergnügen noch bezahlen: Mit 5000 Rubeln? Das riecht ja nach Sabotage, Leute! Gut, er ist tot, aber es war ein Vergnügungstod. Das gilt nicht. Nur in Ausübung seines Dienstes ... Wollt ihr den Staat um 5000 Rubelchen betrügen? Warum muß er hinaus aufs Meer? Nicht um Fische zu fangen. Wer weiß, was er dort wollte. Nicht einen Rubel gibt es!«

Die Agafonowa heulte laut, ihr Kummer war nun doppelt groß, und das ganze Dorf nahm noch mehr Anteil, denn nun gab es keinen Leichenschmaus und keine Fässer Kwaß, mit denen man des guten Daniel Alexandrowitsch gedenken konnte.

Alle aber verfluchten den Inspekteur aus Saljany.

Und siehe da, plötzlich tauchte Brüderchen Agafonow wieder auf! Fröhlich, lebendig, Zigarren rauchend, mit Geld in der Tasche. Die Agafonowa fiel in Ohnmacht, als sie ihn wie einen Kobold über den Strand kommen sah; nur der Inspekteur verstand keinen Spaß und alarmierte die Miliz. Wie konnte Daniel Alexandrowitsch auch wissen, daß ein Inspekteur im Dorfe war?

Nun kam alles heraus. Agafonow, der erst stumm wie ein Fisch sein wollte, begann zu reden, als der Milizkommandant eine Gerte aus dünnem Stahl auf den Tisch legte und erklärte, daß selbst eine Elefantenhaut davon aufplatzen würde.

Freunde – Agafonow war kein Elefant, sondern nur ein kleiner, schwacher Mensch. Und so erzählte er alles, und die große Suchaktion begann. In Tiflis, wo man noch immer glaubte, der brave Kolka Iwanowitsch Kabanow besuche eine Tante in Batum, wurde man rot bis hinter die Ohren und bat um wenig Aufsehen.

Die Maschinerie der Polizei rollte an.

Und Agafonow hoffte im stillen, daß sie schon längst über die Grenze seien, der gute Kolka und sein Töchterchen Wanduscha, das so schön war wie ein Mädchen aus den Zeitungen.

*

Als es an der Wohnungstür klingelte, glaubte Agnes Wolter, es sei der Briefträger. Die Zeit dazu war es; sie band ihre Küchenschürze ab, trocknete die feuchten Hände – sie hatte gerade Kartoffeln geschält – an einem Küchenhandtuch ab und öffnete dann die Tür.

Es war nicht der Briefträger. Ein ernster, großer Mann im dunklen Anzug und mit einem schwarzen Hut in der Hand stand im Treppenhaus und legte sein Gesicht in kummervolles Mitgefühl.

»Mein Sohn ist nicht da«, sagte Agnes Wolter schnell, denn ein solcher Besuch konnte nur für Wolfgang sein. So sahen viele Herren aus, die irgendwelche Positionen in der Regierung bekleideten; Agnes Wolter kannte sich da nicht aus, sie hatte nur mit Verblüffung entdeckt, daß der Dienst in einem Ministerium eine Art Schleifstein sein mußte: die Beamten sahen alle gleich aus.

»Mein Sohn kommt gegen Abend wieder«, sagte sie, als der dunkel gekleidete Mann ergriffen schwieg. »Sie können ihn in seiner Dienststelle im Verteidigungsministerium sprechen.«

»Ich komme aus Hamburg«, sagte der dunkle Herr und sah Agnes Wolter tief in die Augen. »Karl Malitzer, mein Name. Von der DBOA.«

»Ach!« Durch das Herz Agnes Wolters fuhr ein Stich. Die Fluggesellschaft Bettinas. Ein Herr kam aus Hamburg zu ihr. »Bitte, treten Sie ein«, sagte sie, plötzlich unsicher. »Es ist ein wenig eng hier . . . nur eine Notwohnung . . . ich wohne ja eigentlich in Göttingen.«

»Ich weiß, gnädige Frau.« Karl Malitzer setzte sich und starrte auf ein Bild, das an der Wand hing. Ein Foto von Bettina Wolter als Stewardeß. Es hatte keine schwarzen Schleier als Dekoration; es war das Bild einer Lebenden. Herr Malitzer bekam einen roten Kopf. Er verdammte seinen Auftrag.

»Eine Tasse Kaffee, Herr Malitzer?« fragte Agnes Wolter und wußte nicht, wohin sie ihre unruhigen Hände tun sollte. »Was . . . was führt Sie zu mir? Haben Sie Nachricht von Bettina? Kommt sie frei?«

Herr Malitzer fuhr sich mit dem Zeigefinger in den Kragen. Man soll nicht sagen, daß es leicht ist, einem anderen Menschen schonungsvoll klarzumachen, daß alles Warten umsonst ist.

»Wieso frei?« fragte er deshalb dumm.

»Aus Moskau, meine ich.«

»Was ist mit Moskau?«

»Bettina ist doch in Moskau.«

»Nein, sie ist in Tiflis. Das heißt ... ich meine ...« Herr Malitzer putzte sich ergriffen die Nase. »Sie haben doch sicherlich damit gerechnet, gnädige Frau ... Nach solch einem Unglück ...«

»Womit soll ich gerechnet haben?« fragte Agnes Wolter leise. Eine ungeheure Unruhe kroch in ihr hoch.

»Ihre Tochter Bettina ist beklagenswerterweise unter den Opfern des Unglücks. Wir haben jetzt Gewißheit. Leider. In den Trümmern ... bitte, erlassen Sie mir die Einzelheiten ... Wir haben die Fotos gesehen, von unserer Expertenkommission aufgenommen ... Wir werden Ihre Tochter natürlich auf Kosten der DBOA nach Deutschland überführen ...«

Karl Malitzer atmete auf. Jetzt ist es heraus. Zwar stotternd, durchaus nicht tröstend, aber klar. Und sie nahm es mit Haltung auf, die Mutter, das sah er mit Staunen. Sie weinte nicht, sie fiel nicht in Ohnmacht, wie es Malitzer befürchtet hatte. Nicht einmal einen Klagelaut stieß sie aus. Sie lehnte nur an der Wand, mit hängenden Armen, und starrte den Boten der DBOA ratlos an.

»Sie brauchen sich um nichts zu kümmern«, sagte er, nur um die Stille zu überbrücken. »Für alles sorgt unsere Gesellschaft.«

»Aber ... aber sie ist doch gar nicht tot ...«, sagte Agnes Wolter leise. »Sie lebt doch in Moskau ...«

An Malitzer kroch es eisig hoch. Jetzt wird sie wahnsinnig, dachte er. Das ist der schleichende, stille Schmerz, der sich im Hirn festsetzt. Jetzt wird sie wahnsinnig. Mein Gott, man sollte einen Arzt rufen.

»Ihre Tochter ist anhand von Kleinigkeiten identifiziert worden ...«, stammelte er. »Liebe gnädige Frau ... tragen Sie es mit Fassung. Ihren Schmerz teilt unsere Gesellschaft mit Ihnen. Wir verlieren eine Mitarbeiterin ...«

»Bettina ist gesund in Moskau!« sagte Agnes wie ein Automat. »Man hat meinem Sohn ihre Mütze, ihre Uniformjacke gezeigt.«

Karl Malitzer sprang auf. Nicht jeder Mensch ist stark genug, den Ausbruch eines Irrsinns mitzuerleben.

»Wer sagt Ihnen das?« fragte er heiser.

»Was?«

»Das mit Moskau?«

»Die Russen. Und wer sagte Ihnen das... mit dem Tod?«

»Die Russen«, antwortete Malitzer bleich. »Mein Gott, was wird denn hier gespielt. Wir haben die Aufnahmen...«

»Und ich habe das Offiziersehrenwort eines russischen Majors.«

»Wissen Sie das genau?«

»Er heißt Borokin. Fragen Sie meinen Sohn.«

»Und Sie glauben daran?«

»Ganz fest.« Die Augen Agnes Wolters leuchteten. »Bettina lebt! Ich *weiß* es, weil ich es fühle. Bei Ihnen muß ein Irrtum vorliegen. Ein Glück, daß ich anders unterrichtet bin... stellen Sie sich vor, ich würde Ihren Irrtum glauben.«

Verwirrt verließ Karl Malitzer die kleine Wohnung. Den Kaffee hatte er nicht getrunken, obwohl er ihn jetzt gebrauchen konnte. Statt dessen trank er in der nächsten Wirtschaft drei große Kognaks und rief die Zentrale in Hamburg an.

In Hamburg wußte man keinen Rat. Die Direktion hatte Beweise, daß Bettina doch verunglückt und dann jämmerlich verbrannt war. Im völlig ausgebrannten Schwanzstück der Maschine fand man menschliche Überreste, und da alle anderen Toten identifiziert worden waren, blieb nur noch Bettina Wolter übrig.

Drei Amtsärzte bestätigten, daß es eine Menschenleiche sei, man beschaffte einen Zinksarg und lötete ihn zu, nachdem man die Reste Bettina Wolters, in einen Plastiksack gehüllt, hineingelegt hatte. Der Zinksarg stand zur Überführung bereit; man wollte ihn in den nächsten Tagen mit der Maschine einer befreundeten Fluggesellschaft, die Rußland anfliegen durfte, nach Hamburg bringen lassen.

»Die gute Frau ist durch den Schock verwirrt worden«, sagte einer der Herren begütigend zu Karl Malitzer. »Man kann das ja verstehen. Sie muß in der sowjetischen Botschaft das alles mißverstanden haben. Wir haben ja schließlich die sterblichen Überreste.«

Bis heute weiß man noch nicht, wer dieser Körper war, woher er kam und wer ihn in das völlig ausgebrannte Schwanzstück des Flugzeuges hineinpraktiziert hatte. Eines jedenfalls wußte General Oronitse: Bei der ersten gründlichen Durchsuchung der Trümmer war dieser verkohlte Menschenüberrest noch nicht dort gewesen.

Und Oberst Jassenskij vom GRU schwieg, so schief man ihn auch ansah. Und er wurde nicht einmal rot unter den forschenden Blicken.

Am Abend kam Wolfgang nach Hause und fand seine Mutter bleich und eingefallen vor. Irene hatte sich um sie gesorgt, hatte sie auf die Couch gelegt, ihr ein paar Herztropfen gegeben und kochte nun in der kleinen Küche das Abendessen.

»Was ist denn geschehen, Mama?« fragte Wolfgang Wolter besorgt und setzte sich neben seine Mutter auf die Couch. Einen Augenblick dachte er an Borokin. Wenn er hier war, wenn er die alte Frau auch in das schmutzige Geschäft der Politik gezogen hat, lasse ich den Ballon platzen. Noch ist es zu früh . . . aber man soll die Finger von meiner Mutter lassen!

»Ein Herr von der DBOA war hier«, sagte Irene, ehe Agnes eine Antwort geben konnte. »Er kam, um Mutter die Mitteilung von Bettinas Tod zu bringen.«

Eine ganze Weile war es still im Zimmer. Agnes tastete

nach den Händen ihres Sohnes, und sie fand, daß sie kalt waren wie Totenfinger.

»Es ist doch nicht wahr, Wolf...«, stammelte sie. »Bettina lebt doch, nicht wahr... Es ist doch nur ein Irrtum... Der russische Offizier... du... Irene... ihr alle sagt doch, daß sie lebt. Oder... oder belügt ihr mich alle? Hat der Herr aus Hamburg recht?«

»Nein, Mama.« Wolfgang hielt die unruhigen Hände seiner Mutter fest. Vertrauen und Kraft gingen von ihm aus, aber auch eine fremde, eisige Kälte. »Betti lebt! Ob in Moskau oder noch in Tiflis oder sonstwo. Aber sie lebt! Sie ist ein Politikum geworden.«

»Was ist sie, mein Junge?« fragte Agnes mit hoffnungsfrohen Augen.

»Sie ist zum Spielball zwischen Ost und West geworden. Es ist schwer, dir das zu erklären, Mama. Du würdest es nie verstehen, weil du zu ehrlich, zu normal, zu rechtschaffen bist. Aber sie lebt und wird wiederkommen, wenn entweder Ost oder West das Spiel gewonnen haben.«

Man sah es Agnes Wolter an, daß sie wirklich nichts verstand. Wie sollte das auch möglich sein? Sie hatte nur ein mütterliches Herz. Um das, was um sie herum geschah, aber zu verstehen, mußte man ein politisches Herz haben.

Eine Spottgeburt aus Dreck und Feuer, um mit Goethe zu reden.

Wer aber liest heute noch Goethe?

Für Agnes Wolter gab es nur eine Gewißheit: Bettina lebte. Wolfgang sagte es auch. Ihr Junge belog sie nicht.

*

Dimitri schrubbte die Toiletten in der Nachtbar »Datscha« und war zufrieden dabei. Er hatte ein kleines Zimmer, ein gutes Bett, ein vorzügliches Essen und täglich 10 Rubel – umgerechnet – Lohn. Außerdem war Ilja Matwejewitsch Pikalow, der »Datscha«-Inhaber, ein guter Mensch, der nach Schließung der Bar Dimitri in sein Büro holte, mit ihm scharfe Cocktails soff und ihm die schönsten Tänzerinnen offerierte. »Umsonst, Brüderchen!« schrie er dann völlig trunken. »Als Prämie für das erfüllte Soll. Die Pinkelrinnen glänzen vor Sauberkeit, und keine Brille ist beschissen. Bruderherz, du bist zum Toilettenputzen geboren!«

Man soll nicht denken, so eine Arbeit sei entwürdigend. Wer solches glaubt, ist kein Philosoph. Nirgends offenbart sich der Mensch so deutlich und klar wie auf einer Toilette. Da ist er frei von allen gesellschaftlichen Formen, da steht der Generaldirektor neben dem Lagerarbeiter, beide benetzen die gekachelte Wand und sind zufrieden. Keine Unterschiede gibt's mehr, Freunde. Auf der Toilette ist der Kommunismus vollkommen, die Vereinigung aller Werktätigen, die Gemeinschaft der Schaffenden. Man sollte das ernsthaft überdenken, und es wäre der Sache wert, jede Toilette mit einer roten Fahne zu dekorieren.

Das Schönste aber sind die Gespräche, so von Rinne zu Rinne, gelöst von allem inneren Druck, sich hingebend dem Genuß der Befreiung.

»Fahren Sie morgen mit hinaus aufs Meer?«

»Wenn ich bis dahin wach bin, haha! Haben Sie die süße Schwarze an meinem Tisch gesehen?«

»Mitten im Meer baden wir immer ohne.«

»Romantisch.«

»Übrigens soll der Benthier pleite sein.«

»Die dritte Pleite! Er ist ein Künstler im Konkurs.«

»Er soll einen Armenier als Berater haben. Der ist außerdem der Liebhaber der Frau.«

Das Rauschen der automatischen Spülung.

Händewaschen. Abtrocknen.

Ein Trinkgeld für den Wärter.

Danke, mein Herr.

Dimitri, ein neues Handtuch. Oben beginnt eine neue Tanzvorführung. Dann bleiben die Toiletten leer. Und man hat Zeit, die Brillen und Becken zu kontrollieren und abzuwischen.

Bitte, Freunde, nicht die Nase rümpfen. Dimitri Sotowskij bekam allerlei wichtige Dinge mit. An der Börse hätte er spielen können, auf dem Pferderennplatz; er hätte zollfreie Waren kaufen können und geschmuggelte Medikamente. Alles erfuhr er vor diesen geheimnisvollen gekachelten Rinnen, an denen der Mensch von einer kindhaften Sanftheit befallen wird.

Und erst die Damentoilette!

Freunde, ist es nicht ein soziologisches Problem, wenn die millionenschwere Gräfin sich auf die gleiche Kunststoffbrille hockt, auf der eben noch eine kleine, miese Nutte gesessen hat?

Warum hat Lenin nicht daran gedacht? Es gab doch immer schon die Gleichheit der Menschen untereinander.

So verlief die Nachtarbeit Dimitris. Am Tage schlief er bis gegen Mittag, dann wurde er Laufbursche, kaufte mit Ilja in der Stadt ein, putzte das Lokal, polierte Gläser und trug Handzettel herum zu den Jachten im Hafen:

Datscha, das große Erlebnis von Beirut. Ab 23 Uhr die schönsten Frauen Rußlands an Ihrem Tisch.

»Sie glauben es alle, die fetten Wanzen«, lachte Ilja Matwejewitsch. »So ein Weibsstück braucht nur zu quietschen und ›Nitschewo!‹ zu flüstern, und schon rollen ihnen die Augen wie Murmeln hervor. Es sind rechte, aber reiche Idioten, Brüderchen!«

»Und wenn einmal ein Landsmann kommt?« fragte Dimitri.

»Seit zehn Jahren habe ich die ›Datscha‹. Du bist der sechste Landsmann, der sich hierher verirrte.«

Neun Tage arbeitete Dimitri nun schon bei Ilja, und

jeden Tag geschah das gleiche: Gegen Mittag rief er in der deutschen Handelsmission an und fragte:

»Sind Kolka Iwanowitsch Kabanow und Bettina noch nicht angekommen?«

Und jeden Tag erhielt er die gleiche Antwort:

»Nein. Keiner.«

Schließlich war es so, daß die Gespräche auf ein Mindestmaß gekürzt wurden.

»Hier Sotowskij!«

»Nein.«

Mehr wollte man ja auch nicht wissen.

»Ich verstehe das nicht«, sagte Dimitri am zehnten Tag. »Sie müßten längst über der Grenze sein. Ich habe Angst, daß ihnen etwas geschehen ist, Ilja Matwejewitsch.«

Pikalow hob die Schulter und kaute an einem Hühnerknochen. »Angenommen, es ist so. Was würdest du tun, Dimitri Sergejewitsch?«

»Ich weiß nicht. Ich weiß es wirklich nicht. Verzweifelt wäre ich.«

»Das hält eine Woche an, höchstens. Und dann?«

»Zurück nach Tbilisi kann ich nicht mehr.«

»Auf gar keinen Fall. Aufhängen kannst du dich allein, dazu brauchst du keine Hilfe des Staates.«

»Ich werde hierbleiben müssen, Ilja Matwejewitsch.«

»Du bist ein guter Mensch.« Pikalow rülpste. Einen schwachen Magen hatte er, und er mußte Natron nehmen, um gut zu verdauen. »Wir haben uns aneinander gewöhnt. Ich werde dich befördern, wenn es dir gelingt, für dich einen Ersatz auf der Toilette zu bekommen. Ich hole dich hinauf ins Licht. Vom Pinkeln zum Sekt. Du wirst Saalchef, mein Freund. Du kannst die reichen Dicksäcke zu den Weibchen führen und die Huren zu den Lustgreisen. Du darfst der Baronin die Hand küssen und dem Stahldirektor die Nummer des reservierten Zimmers ins Ohr flüstern. Und Geld wirst du verdienen.

Geld! Nur eine Vorbedingung: Ersatz für dich in der Toilette!«

Über solche Probleme machte sich Dimitri keine Gedanken. Er dachte an Kolka und vor allem an Wanduscha, und je mehr sich die Tage aneinanderreihten und der Telefonist in der deutschen Handelsmission sein knappes »Nein!« sagte, um so mehr verlor Dimitri seinen Glanz in den Augen, und seine Lippen wurden schmal und oftmals traurig. Dann saß er neben den plätschernden Kachelrinnen wie ein abgeschminkter Clown, starrte auf die zusammengekniffenen Gesäße seiner Kunden, reichte mechanisch Handtuch und Seife, nahm ebenso mechanisch das Trinkgeld an und sah im Geist den Weg vor sich, den Kolka und Wanduscha ziehen mußten. Und immer wieder schnürte ihm die Angst die Kehle zu: Welchen Weg sie auch immer genommen hatten, sie mußten längst über der Grenze sein – wenn alles so gelungen war, wie man es geplant hatte.

Er wußte nicht, daß mittlerweile in Tiflis sein Verschwinden eine interne Katastrophe heraufbeschworen hatte. Denn nachdem man die Wohnung des alten Kabanow durchsucht hatte, ließ man sie unbehelligt, bis vom Kaspischen Meer die erstaunliche Meldung kam, daß ein alter Mann und ein junges Mädchen ein Boot entführt und den Fischer Agafonow fast ersäuft hätten. Der Mann sollte Kabanow geheißen haben und das Mädchen Bettina.

Hier schlug ein Funken bei General Oronitse und Oberst Jassenskij ein.

»Blamabel!« schrie Jassenskij. »Man sollte sich selbst anspucken können. Wir suchen in den Bergen, und wo ist das Mädchen? Am Kaspischen Meer! Mit einem alten Mann. Wer ist dieser Kabanow?«

Die Lösung dieser Frage warf General Oronitse auf seinen Sessel. Oberst Jassenskij rannte herum, klagte die Dummheit der Menschen an, nannte jeden, der ihn beruhigen wollte, einen Ferkelmist, kurzum, es war eine Stimmung, aus der man hätte Riemen schneiden können.

»Ein Ölingenieur flüchtet in Beirut, sein Vater flüchtet mit der Deutschen – merken Sie etwas, Genosse General?« schrie Jassenskij. »Das ist ein Komplott. Das ist lange vorbereitet. Das ist ein Tritt in den Hintern der Nation. Und wir sitzen hier herum und warten, bis ein blödsinniger Steckbrief uns das Mädchen frei Haus liefert. Aber es ist gut, daß wir jetzt den Weg wissen! Das Kaspische Meer ist ein sowjetisches Meer. Was kümmern mich Dreimeilenzonen nach dem Iran? Wir werden alle Motorboot-Flottillen in Marsch setzen. Wir riegeln die iranische Küste ab! Hubschrauber in die Luft! Zum Teufel noch mal, sollen wir von zwei Menschen zu Bettnässern gemacht werden?«

Zunächst aber wurde die Wohnung ausgeräumt. Das ist ein beliebtes Spiel bei autoritären Staaten. Man beschlagnahmt, transportiert ab, vernichtet alles, was an den Staatsfeind erinnert, und man gibt die Wohnung einem braven, treuen Genossen, der sie neu tapezieren läßt und den letzten Geruch des miesen Vorgängers mit Pinsel und Farbe entfernt.

In diese Zeit fiel die Entlassung der letzten Verwundeten des Flugzeugunglücks in die Heimat. Auch Copilot Paul Andresen wurde abgeholt; Chefpilot Pohlmann blieb in Tiflis, seine Verletzungen waren noch nicht so verheilt, daß er transportfähig war. Außerdem war er das Paradestück des Grusinischen Krankenhauses Nr. I, und Professor Semlakow kämpfte um ihn wie eine Amme um das Kind. Die zerstörten Hornhäute vor den Augen Pohlmanns wollte er durch ein Transplantat ersetzen. Die Spender waren schon gefunden: zwei junge Kaukasier, die bei einem Autounfall verunglückt waren und im Sterben lagen.

Noch einmal verhörte Oberst Jassenskij den glücklichen Andresen, zehn Minuten vor dem Abflug nach Deutschland.

»Sie haben gelogen!« sagte Jassenskij scharf. »Nix Mann wie Schweinchen war Begleitär von Bettina, sondern altes Mann.«

»Nein.« Paul Andresen bekam einen großen Schrekken. Fing es schon wieder an? War das der Beginn einer Verhaftung? Wer wollte Jassenskij hindern, zu sagen: Dieser Mann bleibt hier?! »Er war jung.«

»Aha! Jungär Mann. Schwarzä Locken!«

»Nein. Ich habe ihn genau beschrieben.«

»Alle Deutschen sind Lügner!« sagte Jassenskij verächtlich, drehte sich herum und ging. Befreit ließ sich Andresen in das bereitstehende Flugzeug tragen; sein Bein war neu gegipst worden und durfte noch nicht voll belastet werden.

Aber erst als er über Tiflis schwebte und die herrliche Stadt unter ihm verschwand und die Berge des Kleinen Kaukasus bizarr um ihn herum in der Sonne glänzten, atmete er auf und wußte, daß das größte Abenteuer seines Lebens beendet war.

Aber die Sorge, was aus Bettina Wolter geworden war, flog mit ihm nach Deutschland.

Er ahnte nicht, daß hinten im Gepäckraum ein Zinksarg mitflog, der angeblich die sterblichen Überreste Bettinas enthielt. Auch General Oronitse erfuhr es zu spät, als das Flugzeug schon sowjetischen Luftraum verlassen hatte. Hier wußte wieder einmal einer nicht, was der andere tat. Austausch behördlicher Gedanken ist eine Seltenheit.

»Diese Idiotie!« schrie General Oronitse. »Wir schicken einen Sarg nach Deutschland, und diese Bettina sitzt am Kaspischen Meer! Und wenn sie gar schon über die Grenze ist? Ein amtlich versiegelter und verlöteter Sarg, und sie lebt! Safon Kusmajewitsch, wie wollen Sie da wieder herauskommen?«

Oberst Jassenskij schwieg. Rote Ohren hatte er und einen abwesenden Blick.

In solchen Minuten denken normale Männer an Selbstmord.

Nicht so Jassenskij. Er dachte an einen Ausweg. Er wollte General Oronitse für dieses Versagen verantwortlich machen.

*

Die Nacht war windig und mit jagenden Wolkenfetzen durchsetzt, als Gawril, Bettina und Kolka an Bord des Motorkahnes gingen. Niemand wußte davon, nur die Kokurina und der alte Fedja. Alles schlief auch schon, froh, bei diesem unfreundlichen Wetter nicht außerhalb der Hütten zu sein. Der nächste Morgen würde schon windig und naß genug sein; da mußte man hinaus aufs Meer, ganz gleich, ob der Himmel tobte oder die Sonne brannte.

Der Abschied war kurz. Man umarmte die Kokurina, die voller Sorgen war, denn die Fahrt, die Gawril antrat, war gefahrvoll und konnte sein Leben kosten. Aber sie klagte nicht und versuchte auch nicht, ihn umzustimmen oder auf die Kinder hinzuweisen, die er verwaist zurückließ, wenn das Schreckliche geschah. Gawril hatte Kolka sein Wort gegeben, und dabei blieb es.

Nur der alte Fedja hatte noch etwas zu sagen. Er nahm Kolka zur Seite, bevor dieser das Boot bestieg, und zupfte ihn an der Brust.

»Wohin kommst du in Deutschland?« fragte er leise.

»Nach Göttingen, Fedja.«

»Kannst du auch nach Koblenz kommen?«

»Natürlich.« Kolka sah den Alten fragend an. »Bist du auch ein Deutscher?« fragte er dann.

»Ja.« Fedja wischte sich über die Augen. »1919 bin ich hiergeblieben. Als ich von Koblenz auszog, als junger

Sanitäter, ritt der Kaiser auf seinem Pferd als Denkmal am Deutschen Eck. Steht der Kaiser noch da, Brüderchen?«

»Ich weiß es nicht, Fedja. Als ich vor zwanzig Jahren aus Deutschland weg mußte, ritt er noch auf seinem Sockel.«

»Was für ein Leben haben wir hinter uns, Kolka!« Fedja umarmte ihn und küßte ihn dreimal auf beide Wangen. »Grüße Koblenz von mir«, sagte er an Kolkas Ohr, und es war rührend, welch ein hartes und holpriges Deutsch er jetzt sprach. »Ich habe in Koblenz mein erstes Mädchen geliebt. Das habe ich nie vergessen. Rosemarie hieß sie. Ein Name voller Blütenduft. Gott sei mit dir, Brüderchen!«

Das letzte, was Kolka von Rußlands Küste sah, war der alte Fedja, der humpelnd neben dem Wasser herlief und mit beiden Armen winkte. Dann verschluckte ihn die Dunkelheit, und nur noch das Meer war um sie, und ein wilder Himmel mit Wolken, die aussahen wie galoppierende Reiterscharen.

Sie machten eine gute Fahrt. Mit einem Motor kommt man schnell voran, und Gawril meinte, daß sie vor dem Morgengrauen in der Dreimeilenzone des Irans seien und dann sicher wären vor allen Verfolgungen.

Aber so sicher Gawril auch sprach – sie waren alle unruhig.

Da war die Razzia durch die Miliz gewesen, da war die Sorge, daß auch die Seekreuzer Alarm bekommen hatten, und vor allem packte sie die Unruhe, je näher sie dem Iran kamen und damit der Freiheit.

»Wie kommst du wieder zurück?« fragte Bettina, die neben Gawril am Führerstand lehnte.

»Ich werde sagen, ich hätte mich verfahren. Wer will's mir beweisen?«

So fuhren sie vier Stunden, tankten zweimal aus den mitgenommenen Kanistern auf, denn der alte Motor fraß den Brennstoff wie ein Wolf im Winter einen Hasen, zumal sie immer mit höchster Geschwindigkeit fuhren.

In der fünften Stunde schreckte Bettina hoch. Sie hatte mit einem Fernglas den Horizont abgesucht, und plötzlich sah sie einen Schatten links von ihnen. Ein länglicher Schatten, nach oben ausgebogen. Ein dunkles Schiff.

»Laß sehen!« sagte Gawril, nahm das Glas, sah kurz hindurch und wendete das Boot mit einer scharfen Kurve zur Küste.

»Sie sind's!« sagte er ruhig.

»Die Wachboote?« fragte Kolka heiser und rang die Hände.

»Ja. Nur Ruhe, Freunde. Sie müssen sich verfahren haben. Nach meiner Ansicht sind wir schon in persischen Gewässern. Rechts von uns liegt die iranische Küste. Wir sind innerhalb der Dreimeilenzone. Ein Schnippchen haben wir ihnen geschlagen, haha!«

In diesem Augenblick blitzte es gegenüber auf. Ein trockener Knall zerriß den Zusammenklang von Wind und rauschendem Meer, und dann rauschte es über ihnen, brummte und summte, und vierzig Meter vor ihnen schlug eine Faust in das Meer und schoß eine Fontäne in den Nachthimmel.

»Sie schießen auf uns!« schrie Kolka und riß Bettina an sich.

»Das war eine Granate!«

»Der typische Schuß vor den Bug«, Gawril lachte böse. »Stark fühlen sie sich. Aber wir sind in persischen Gewässern.«

»Was willst du tun?« rief Kolka. Am Horizont flammten Scheinwerfer auf und blinkten. Halt! hieß das. Sofort anhalten! »Ich fahre weiter!« sagte Gawril hart. »Sie werden nicht die iranische Hoheit verletzen.«

»Und wenn sie es doch tun? Wer will sie hindern?«

Gawril schwieg. Aber der Motor heulte auf, das Boot schoß vorwärts und raste der Küste entgegen.

Wieder durchbrach ein Knall die Nacht – der zweite Schuß.

Kolka zog den Kopf ein, als es über ihnen orgelte.

Kürzer dieses Mal. Nur zehn Meter seitlich von ihnen. Das Meer schien aufzujaulen, als sei es verwundet.

»Der nächste Schuß sitzt!« brüllte Kolka. »Dreh bei, Gawril! Mach dich nicht unglücklich! Halt den Motor an! Es ist vorbei mit uns! Es ist vorbei! Wir haben das Rennen verloren.«

Gawril schwieg. Sein breites Gesicht war versteinert. Er stellte den Motor nicht ab, er gab das letzte Gas hinein. Die Scheinwerfer des sowjetischen Kanonenbootes blinkten wieder. Und dann der dritte Schuß.

»Gott sei bei uns!« schrie Kolka. Mit beiden Armen preßte er Bettina an sich und drückte ihr Gesicht an seine Brust.

»Wir werden in die Luft fliegen wie ein Stück Holz im Sturm.«

Der dritte Schuß lag wieder etwas weiter vor ihnen, der nahen Küste zu. Das Meer wurde hochgepeitscht, eine Wassersäule ringelte sich in den Nachthimmel. Die Scheinwerfer glitten über das dunkle Wasser, tastende, grellgelbe Finger, die nun keine Signale mehr gaben, sondern das auf den Wellen tanzende kleine Fischerboot zu ergreifen versuchten.

»Diese Hunde!« schrie Gawril. »O diese Hunde! In persischen Gewässern sind wir! Sie verletzen die Grenze! Seht sie euch an, näher kommen sie, ohne Rücksicht auf die Politik! Schämen sollte man sich, Russe zu sein!«

Das sowjetische Wachboot rauschte mit hoher Bugwelle heran. Kleiner wurde der Abstand, aber nun schoß es nicht mehr, sondern versuchte, den Weg des Fischkutters abzuschneiden und ihn von der Küste wegzudrängen.

Kolka und Bettina starrten mit weiten Augen auf dieses Rennen, bei dem ihr Leben entschieden wurde.

Keine Hoffnung sahen sie mehr. Die starken Motoren des sowjetischen Kriegsschiffes trieben es über die Wellen, als könne es fliegen. Dagegen rumpelte und stotterte der Motor Gawrils zum Gotterbarmen, und hier half kein Beten mehr, kein Glaube an das Gute, keine Hoffnung auf ein Wunder. Der Stärkere siegte wieder, und das wird sich nie ändern auf der Welt.

»Hurra! Hurra!« schrie plötzlich Gawril, und es war erschütternd, daß er es auf deutsch brüllte. In diesen Minuten der Todesangst fiel alles von ihm ab, was er in den vergangenen Jahren angenommen hatte: sein Russentum, sein Name Gawril Andrejewitsch Kokurin, sein Leben als Fischer in einem Dorf an der Küste des Kaspischen Meeres. Er war wieder Gustav Korras aus Spiekeroog, der ostfriesischen Insel, und er fuhr um sein Leben, um dieses herrliche, wilde, schwere, verfluchte, geliebte Leben, das er schon einmal um Haaresbreite verloren hatte, damals bei der Kesselschlacht von Kalatsch, westlich von Stalingrad. Als die sowjetischen Panzerspitzen seine Stellung überrollten und sie nicht an Gegenwehr dachten, sondern einfach dastanden, die brummenden T 34 anstarrten und nicht begriffen, daß es Russen waren. Denn als sie die Panzer aus dem Wald kommen sahen, hatten sie ihnen noch zugewinkt ... es sind Beutepanzer, Jungs, hatten sie gedacht ... die Panzerschule in Kalatsch bildet ja an sowjetischen T 34 aus. Und dann krachte es um sie herum, und zu neunzig Prozent wurde die Kompanie zerfetzt ... winkende, lachende, fröhliche Jungs, deren Gliedmaßen in einem Feuerwirbel durch die Luft flogen.

1942. Stalingrad. Und Gustav Korras aus Spiekeroog überlebte. Er überlebte auch die Gefangenschaft, er überlebte zweimal Typhus und einmal Gelbfieber, neunmal einen Sturm auf dem Kaspischen Meer und viermal einen Blitzschlag in die Mastspitze. Und nun, 1966, sollte es zu Ende sein? Nein, es war nicht zu Ende!

»Hurra!« schrie Gawril wieder und zeigte auf die Küste. Zwei längliche Schatten glitten auf sie zu, und nun flammte es auch dort auf, Scheinwerfer und Blinklichter, und im Widerschein der Lichter erkannten sie hochgereckte Geschützrohre und eingeschwenkte Vierlingsflak.

»Iranische Marine!« brüllte Gawril und tanzte um sein Steuerrad herum. »Wir sind gerettet! Wir haben es erreicht! Sie beschützen uns! Jetzt müssen sie abdrehen, die sowjetischen Hunde! Jetzt müssen sie zurück.« Und dann tat Gawril etwas, was Kolka wohltat, denn es entsprach seinem eigenen Denken: Er stellte sich an die Bordwand, mit dem Rücken zu dem langsamer fahrenden sowjetischen Kanonenboot, und streckte seinen Hintern vor.

»Am Arsch leckt mich, Brüderchen!« schrie Gawril hell. Dann wandte er sich wieder um, machte eine kleine Verbeugung vor Bettina und sagte brav: »Entschuldigung, Töchterchen. Aber es mußte sein. Ich wäre sonst geplatzt.«

Das sowjetische Kanonenboot stellte plötzlich alle Motoren ab. Ganz ruhig lag es auf den Wellen, tanzte ein wenig und war hell erleuchtet. Die iranischen Wachboote blinkten noch immer, ihre Scheinwerfer erreichten nun das Boot Gawrils und tauchten es in grelles Licht.

»Auch das sind Idioten!« sagte Gawril böse. »Was soll die Beleuchtung?«

Die Antwort kam sofort. Aus vier überschweren Maschinengewehren schossen die Sowjets. Ein Rattern und Pfeifen und Jaulen war in der Luft, in die Bordwand schlug es ein, und Kolka warf sich zu Boden, riß Bettina mit und legte sich schützend über sie.

»Licht aus!« brüllte Gawril und kroch auf allen vieren in den Schutz des Ruderhauses. »Eine Zielscheibe sind wir ja. Und sie schießen in persischen Gewässern. Keiner glaubt es, wer's nicht selbst erlebt hat.«

Das Licht erlosch. Die iranischen Boote schwenkten ein, nahmen die Sowjets in die Zange, ein Warnschuß donnerte durch die Nacht. Noch einmal jagte eine Salve der russischen MGs über das Boot, und Kolka stöhnte auf, griff sich an die Schulter und rollte zur Seite, weg von Bettina. Dann lag er auf dem Rücken, und sein ganzer Leib zitterte, und seine Beine schlugen auf den Plankenboden.

»Vater!« schrie Bettina und kniete neben ihm. Sie riß ihm die nasse Jacke und das Hemd vom Körper und sah den Einschuß in der linken Schulter. Ein großes Stück Fleisch war weggerissen, und das Blut strömte aus der Wunde, wie Wasser aus einer Felsenquelle.

Auch Gawril kroch heran. Noch war es nicht sicher, ob die Sowjets nachgaben und abdrehten und den sicheren Fang laufenließen. Ein leichtes war es, das Fischerboot in das Meer zu schießen, es mit zwei oder drei gutgezielten Granaten zu zerfetzen. Die Diplomaten würden dann schon alles regeln, am Verhandlungstisch sah alles anders aus, denn wer will einen Krieg, nur weil ein Fischerkahn versenkt wurde? Ein paar scharfe Noten gibt es, ein paar Proteste – doch sie sind nur Papier, das man abheftet und verstauben läßt. Sinnlose Worte, über die man lacht, denn nichts steht hinter diesen Protesten, keine Strafe, keine Repressalie, keine Vergeltung. Nur leere, tönende Worte sind's. Das Ansehen in der Welt? Pfeif' was drauf! Nicht auf das Ansehen kommt es an, sondern auf den Beweis der Macht! Und in einer Woche ist doch alles vergessen. Diplomatische Noten sind kurzlebiger als ein Alkoholrausch. Manchmal glaubt man, daß sie daraus überhaupt erst geboren wurden.

Aber das sowjetische Kanonenboot schoß nicht. Es drehte ab und rauschte mit voller Kraft zurück in die neutralen Gewässer des Kaspischen Meeres.

»Er verblutet!« schrie Bettina, als sich Gawrils Kopf um das schützende Ruderhaus schob. »Die Schulter hat's ihm aufgerissen! Er ist schon ohnmächtig!« Sie hatte den Kopf Kolkas in den Schoß gelegt, ihre Bluse heruntergerissen und drückte den Stoff auf die sprudelnde Wunde. Wenig half es, wie ein Schwamm saugte sich die Bluse voll, und bald lief Bettina das Blut über die Hände und Unterarme und über die Schenkel.

Gawril rannte herum und suchte seinen Medizinkasten. Verbandszeug hatte er immer an Bord, denn oft kommt es vor, daß sich jemand an der Harpune verletzt, an den Ankerketten, an den Netzhaken, an der Winde. »Zum Teufel, wo ist der Kasten?« schrie er und warf alles auf Deck, was er in einer großen Kiste neben dem Ruder fand. Altes Ölzeug, Leinen, Stiefel, Ketten und zerbrochene Netzschwimmer aus Kork. Erstaunlich war's, was sich so alles ansammelt in einer einzigen Kiste, das Ruderhaus war fast voll von alten Sachen. Endllich stieß Gawril auf die Bordapotheke, lief mit ihr zu dem besinnungslosen Kolka und warf die blutnasse Bluse über Bord, die Bettina noch immer gegen die große Wunde preßte.

»Eine schöne Scheiße ist das!« sagte Gawril, als er dicke Lagen Zellstoff auf den Einschuß legte. »Aber keine Sorge, Töchterchen, nur eine Fleischwunde ist's. Er wird es überleben. Ein Loch wird er vielleicht in der Schulter behalten. Na ja, irgend etwas muß er ja als Erinnerung mitbringen von Mütterchen Rußland.«

Sie waren mit dem Verbinden so beschäftigt, daß sie nicht merkten, wie ein Ruderboot der iranischen Wachschiffe bei ihnen anlegte und drei Matrosen und ein Offizier an Bord kletterten. Erst als sie um das Ruderhaus herumkamen, blickte Gawril auf und stieß Bettina an.

»Nun sind wir wirklich gerettet«, sagte er. »Gott hat uns beschützt.«

Und in der Art russischer Bauern bekreuzigte er sich, ehe er sich wieder zu Kolka wandte und ihm ein Fläschchen mit Riechwasser unter die Nase hielt.

Bettina aber lächelte, und gleichzeitig weinte sie dabei, und sie gab dem iranischen Offizier die Hand, die rot und klebrig von Blut war.

*

Gawril Adrejewitsch Kokurin sahen sie nicht wieder.

Es gab keinen Abschied von ihm, nicht einmal einen Dank konnten sie ihm sagen. An der Küste wurden sie getrennt. Kolka kam in ein Militärlazarett, Bettina folgte ihm, und Gawril, so sagte man ihnen, hatte man nach einem kurzen Verhör freigelassen und auf eine Bestrafung wegen Verletzung der Grenze verzichtet. Er wollte eine mondlose Nacht abwarten, um sich dann im Schatten der Küste wieder nach Nordosten zu schleichen, zurück in sein Dorf, zu seiner Frau, den Kindern und den anderen deutschen Kameraden, die Russen geworden waren und glücklich dabei lebten.

Im Marinelazarett von Rescht wurden Kolka und Bettina über eine Woche lang verhört, ehe man sie weitertransportierte nach Täbris, der alten, herrlichen Teppichstadt. Dort waren sie Gast eines Generals, der sich dreimal hintereinander die Lebensgeschichte Kolkas erzählen ließ, als sei es eine Fortsetzung von 1001 Nacht. »Ein modernes Märchen«, sagte er denn auch. »Kaum zu glauben. Was ein Krieg so alles möglich werden läßt. Und was haben Sie jetzt vor?«

Der General sprach ein gutes Französisch, und Bettina dolmetschte. Kolka hatte den Blutverlust überstanden. Man hatte ihm eine Kochsalzinfusion gemacht und drei Tage lang einen Traubenzucker-Dauertropf an die Armvene angeschlossen, bis er wieder so kräftig war, daß er fluchen und schimpfen konnte, vor allem mit einem jungen iranischen Sanitäter, der ihm die »Ente« so ungeschickt unterschob und anlegte, daß er das Bett näßte.

Die Wunde war harmlos, das sah man jetzt. Ein großes

Fleischstück war weggerissen worden, denn die Kugel aus dem überschweren MG war schräg durch die Schulter gegangen, ohne einen Knochen anzukratzen. Ein wenig eitern würde es vielleicht, und schmerzhaft war es auch, aber Kolka nahm es mit Humor.

»Bin ich eine Nackttänzerin, die ein Loch an der Schulter geniert?« lachte er. »Oha, Töchterchen, kräftig genug bin ich schon, daß ich weiterkann nach Deutschland.«

Aber so einfach war das nicht. Denn mit dem Betreten des Bodens einer sogenannten »freien Welt« – war sie frei?, man wird es noch erleben, Freunde! – kam die neue, große, bisher unterdrückte Sorge zu ihnen: Was war mit Dimitri geschehen? Wo lebte er? War ihm der Sprung in den Westen gelungen?

»Ich werde in Beirut anrufen lassen«, sagte der iranische General, nachdem er von Bettina auch die wunderliche Geschichte ihrer Liebe zu Dimitri Sergejewitsch Sotowskij erfahren hatte. »Hafis müßte noch leben! Unser großer Dichter Hafis. Ein Gedicht würde er auf Sie machen, Mademoiselle, und es würde ein unsterbliches Gedicht werden.« O ja, galant war der General. Welcher Orientale ist es nicht in Gegenwart einer so schönen Frau wie Bettina.

Aber die Telefonate mit Beirut waren ergebnislos.

In der deutschen Handelsmission sagte man ganz deutlich, daß von einem Russen Sotowskij nichts bekannt sei. Es hätte sich keiner gemeldet, und ein Aktenvermerk sei auch nicht zu finden.

Bitte schimpft nicht, Freunde, auf diese Deutschen. Was jetzt hier geschah, war bloß ein großer Irrtum. Der Mann in der Telefonzentrale, mit dem Sotowskij wochenlang sein Frage-und-Antwortspiel getrieben hatte — »Hier Sotowskij!« – »Nichts!« — war in Urlaub gefahren. Für zwei Monate nach Deutschland. Seine Mutter wurde 75 Jahre, seine Schwester brauchte ihn als Paten für das vierte Kind, sein jüngerer Bruder rief nach ihm als Trauzeugen. Man sieht, ein volles Programm. Sein Ersatzmann aber kannte keinen Sotowskij, denn Dimitri hatte in der letzten Woche nicht mehr angerufen. Das ewige »Nichts« drückte ihn nieder. Es klang in seinen Ohren wie »tot«. Und das war das letzte, womit er sich abfinden wollte. So vergrub er sich in die Hoffnung, daß es doch noch einmal heißen würde: »Ja, sie sind hier!« Aber er rief acht Tage lang nicht an, aus Angst, wieder das schreckliche »Nichts« zu hören.

Wer konnte wissen, daß gerade in diesen acht Tagen ein General aus Täbris anrief?

Und der Beamte, mit dem Dimitri gesprochen hatte, war ebenfalls verreist. An die Küste. Zum Schwimmen. Auch Beamte haben ein Recht auf Luft und Sonne, Sand und hübsche Mädchen. Der richtige Ausgleich ist's.

So fand man also keinen Aktenvermerk über einen Dimitri Sergejewitsch Sotowskij und sagte die volle Wahrheit: »Hier ist uns nichts bekannt.«

Also, bitte, schimpft nicht immer auf die Deutschen!

»Wie kann man das verstehen?« sagte Kolka ratlos zu dem iranischen General, als das Telefonat mit Beirut sogar schriftlich, wie ein Protokoll, vor ihm lag. »Dimitri hat damals die sowjetische Öldelegation verlassen und wollte sich unter den Schutz der Deutschen stellen.«

»Vielleicht ist er gar nicht geflüchtet?« wagte der General zu sagen. Kolka bekam rote Ohren, und Bettina legte ihm besänftigend die Hand auf den Arm.

»Kennen Sie meinen Sohn Dimitri?« fragte Kolka dumpf.

»Natürlich nicht.«

»Das rettet Sie vor einer Ohrfeige, General!« O nein, Kolka hatte keine Hemmungen. Nie hatte er sie gehabt, und er war immer gut damit gefahren. Und ungeheuer schwer war es nun für ihn, sich umzustellen auf westliche Formen, wo man höflich und verbindlich ist, eine gute Erziehung demonstriert und unter dem Mäntelchen der Ehrlichkeit genauso lügt und betrügt wie ein usbekischer Kamelhändler. Leider ist's so, aber wer ändert den Menschen?

»Dimitri ist ein Mensch, der sein Wort hält! So habe ich ihn erzogen! Er hat in Beirut die Delegation verlassen. Es wäre ein Verbrechen, nach Deutschland zurückzukehren, ohne nachzuforschen, wo er geblieben ist.« Kolka sah fragend Bettina an, und – verdammt wollte er sein – nun dachte er wieder russisch und schämte sich nicht einmal dafür: Dimitri ist mein Sohn, nicht mein leiblicher wie Wolfgang, aber er nennt mich Väterchen, ich habe ihn großgezogen, ich habe mit ihm gelebt und ich war glücklich mit ihm, dem schönen, stolzen, klugen Jungen. Ein Hundesohn wäre ich, wenn ich ihn irgendwo allein ließe und ohne ihn wegführe in die Heimat.

Wie mag sie überhaupt aussehen, die Heimat, dachte er plötzlich. Ein alter, bohrender Gedanke war's, und immer, wenn er über ihn kam, wurde Kolka fast krank.

War es noch die Heimat?

Über zwanzig Jahre lagen zwischen Erinnerung und neuer Zukunft. Zwanzig Jahre, die nicht nur die Welt, sondern auch die Menschen verändert hatten. Und auch die Heimat.

Gab es das noch, das deutsche Vaterland?

Oder war es nur ein Stück Erde, wo man sein Geld verdiente?

War es gleichgültig, ob man in Göttingen lebte oder in Tbilisi? In Köln oder Moskau? In Hamburg oder Leningrad?

Bettina nickte zurück, als sie Kolkas fragenden Blick sah.

»Erst müssen wir Dimitri finden«, sagte sie. »Vater, versprich mir, daß wir nicht ohne Dimitri nach Deutschland fahren.«

»Das ist ein Wort, Töchterchen!« Kolka lachte und sah den iranischen General stolz an. »So spricht mein Kind!«

sagte er selbstbewußt. »General, wenn Sie uns noch einen großen Gefallen erweisen können: Besorgen Sie uns Flugkarten nach Beirut. Daß wir keine Spione sind, sondern armselige Wanderer zwischen den Fronten, das dürfte man doch schon erkannt haben.«

Und so geschah es. Zwar warteten Kolka und Bettina noch vier Tage, bis alle Formalitäten erfüllt waren, aber dann durften sie in Teheran das Flugzeug nach Beirut besteigen, und es machte ihnen gar nichts aus, daß zwei iranische Geheimpolizisten sie bis in die Maschine begleiteten und erst den Flugplatz verließen, als der glänzende Riesenvogel sanft in die Luft schwebte.

»Das nennt man abschieben«, sagte Kolka, als sie in den Wolken waren. »Man will ganz sicher sein, daß wir nicht zurückkommen und neue Schwierigkeiten machen.«

Dann lehnte er sich zurück, das Flugzeug schwankte etwas, Kolka überfiel eine krankhafte, grünliche Blässe und dann tastete er nach der gewachsten Tüte.

»Armer Paps!« sagte Bettina, als Kolka zu würgen begann. Und dann lachte sie, weil Kolka sie wütend anstarrte und nicht schimpfen konnte, weil er mit der Entleerung seines Magens beschäftigt war.

*

Das erste, was Copilot Paul Andresen tat, als er vom Chefarzt des Hamburger Hafenkrankenhauses für gehfähig befunden wurde, war eine Reise nach Göttingen. Er wollte Agnes Wolter, der Mutter Bettinas, die Nachricht überbringen, daß entgegen allen Gerüchten und amtlichen Verlautbarungen Betti doch noch lebte und nicht in den Flugzeugtrümmern verbrannt war..

Allerdings machte man es Andresen sehr schwer, diese Mission zu erfüllen. Erst kam der Subdirektor zu ihm, dann der Erste Direktor, dann ein Beamter des

Auswärtigen Amtes aus Bonn, schließlich ein Ministerialdirektor. Und alle sagten im Sinn das gleiche, jovial oder leise drohend, wie es so die Art deutscher Wahrheitsfinder ist:

»Mein lieber Andresen, warum wollen Sie unbedingt Stunk machen? Wir haben die amtliche Todeserklärung der sowjetischen Behörden, wir haben sogar einen Zinksarg mit den Überresten des armen Mädchens, die Mutter ist verständigt... wollen Sie hier ein Chaos schaffen? Sie haben sich geirrt. Sie *müssen* sich geirrt haben! Auf einem Kettenkarussell! Da fliegt so ein Mädchen vorbei, mit ein wenig Ähnlichkeit, und schon sind Sie davon überzeugt, das war sie. Sie sind einer optischen Täuschung erlegen, sehen Sie das doch endlich ein!«

Und als Paul Andresen immer wieder den Kopf schüttelte und sagte: »Nein! Es war Betti! Mein Gott, ich kenne doch das Mädchen seit Jahren«, wurde man deutlicher.

»Hören Sie mal«, sagte der Ministerialdirektor aus Bonn mit betonter Stimme. Das ist ein alter Diplomatentrick, mit gehobener Stimme Nichtigkeiten zu sagen. »Das Mädchen ist verbrannt! Wollen Sie die Regierung Lügen strafen?«
Solche rhetorischen Fragen sind beliebt. Sagt man ja, ist es eine Beleidigung, sagt man nein, hat man restlos verspielt. Mit solchen rhetorischen Fragen werden im Wahlkampf Millionen Stimmen gewonnen... aber das gehört nicht hierher. Das ist ein anderes Gebiet, das man »Mottenfraß der deutschen Demokratie« nennen könnte.

Paul Andresen, nicht gewandt im Stil Bonner Diplomaten, sondern ein schlichter Copilot, der englisch funken und auf einem Radarstrahl reisen konnte, hob die Schultern, was der Ministerialdirektor aus Bonn als ein Nein auffaßte. Auch dieses Vorwegnehmen der Meinungen ist ein beliebter Satz deutscher Politiker und Beamter.

»Na also«, sagte der Mann aus Bonn jovial, »man muß

nur den richtigen Standplatz haben. Was haben Sie für die nächste Zeit vor, Herr Andresen?«

»Ich werde nach Göttingen zu Frau Wolter fahren«, antwortete Andresen schlicht.

Der Ministerialdirektor aus Bonn seufzte tief und verließ den störrischen Piloten. Von der Direktion ließ er sich die Personalakten zur Überprüfung mitgeben. Man würde in Bonn einmal seine Vergangenheit aufrollen. War sein Vater in der SPD, wäre ja alles klar . . .

So fuhr also Andresen trotz versteckter Drohungen nach Göttingen und fand den Laden von Agnes Wolter verschlossen. Von den Nachbarn erfuhr er, daß Frau Wolter in Bonn bei ihrem Sohn sei, dem Oberleutnant Wolfgang Wolter. Wo? Einen Augenblick . . . sie hatte doch eine Karte geschrieben. Ja . . . hier . . . Konradweg 11. Zweite Etage. Eine entzückende Neubauwohnung, schreibt sie.

Andresen fuhr sofort von Göttingen nach Bonn. Spät am Abend traf er auf dem Bahnhof ein, für den sich jeder Bonner schämt, weil an ihm das Wirtschaftswunder spurlos vorbeigegangen ist, und ließ sich mit einer Taxe hinaus zum Neubaugebiet, zum Konradweg 11, bringen.

Wolfgang und Irene Brandes saßen vor dem Fernsehapparat und ließen deutsche Schlagerkultur über sich ergehen, als Andresen schellte und Agnes Wolter ihm öffnete.

Was im Flur bereits gesprochen wurde, hörten Wolfgang und Irene nicht, aber plötzlich schreckte sie ein Aufschrei hoch, und Agnes Wolter kam ins Zimmer gerannt, die Arme hoch erhoben, als ersticke sie.

»Bettina lebt!« rief sie schrill und fiel dann in die Arme Irenes. Wolfgang war zur Flurtür gerannt und prallte dort mit dem an zwei Stöcken humpelnden Andresen zusammen. »Sie lebt . . .« stammelte Agnes Wolter. »Er . . . er hat sie selbst gesehen.«

Es dauerte einige Minuten, bis sich die Erregung gelegt

hatte, Andresen auf dem Sofa saß, das Fernsehgerät abgestellt war und Irene Bier zur Erfrischung servierte. Dann konnte Andresen erzählen, und er fing ganz von vorn an ... von dem Flug Karatschi – Teheran – Ankara, dem Blitzschlag im Flugzeug, der mißglückten Notlandung in Tiflis und der brennenden Hölle, der sie entronnen waren.

Ohne ihn zu unterbrechen, hörte ihm die Familie Wolter zu. Erst als Andresen sagte: »So, nun bin ich hier, um Ihnen die volle Wahrheit zu sagen«, löste sich der Bann, den seine Erzählung in den Raum gezaubert hatte. Ein Bann, der mit vielen Fragen durchsetzt und der in Schrecken gebettet war.

»Es war bestimmt Betti?« fragte Wolfgang Wolter, der als erster wieder Worte fand.

»Ja. Unverkennbar.«

»Und ein Mann war bei ihr?«

»Ein Russe. Unverkennbar ein Grusinier. Ein hübscher Kerl, mit einem Gebiß wie ein Reklameschild für Zahnpasta.« Andresen trank einen tiefen Schluck Bier. »Sie waren sehr verliebt.«

»Was soll man davon halten, Wolf?« fragte Agnes Wolter leise. »Was ist das für eine Welt? Der Russe in Rolandseck sagt, sie sei in Moskau. Die deutschen Behörden bringen einen Sarg mit ihrer Leiche. Und nun fährt sie Karussell und hat einen Bräutigam. Was ist wahr?«

»Warum sollte *ich* lügen?« fragte Andresen zurück. »Wäre ich – sobald ich laufen konnte – zu Ihnen gekommen, nur um Ihnen einen Bären aufzubinden? Wozu? Ich hielt es für meine Pflicht, die volle Wahrheit zu sagen. Vielleicht werde ich noch deswegen von der DBOA entlassen.«

»Wir glauben Ihnen voll, Herr Andresen«, sagte Wolfgang laut. »Ich werde versuchen, durch die Staatsanwaltschaft den verlöteten Zinksarg öffnen zu lassen, um festzustellen, was man uns da aus Tiflis geschickt hat.

Eines ist gewiß: Bettina ist es *nicht*! Dafür haben wir uns aber ein anderes Problem eingehandelt: Wer ist der schöne Mann, mit dem Bettina Karussell fuhr? Sie war verliebt, sagen Sie.«

»So etwas sieht ein Mann.« Andresen lächelte traurig. Er hatte Bettina heimlich sehr verehrt.

»Soll das nun heißen, daß Bettina dieses Mannes wegen illegal in Tiflis bleibt und sich als tot melden läßt?«

»Wer kann darauf eine Antwort geben?« sagte Andresen.

»So etwas tut Betti nicht.« Agnes Wolter sah auf das Foto, das auf der Kommode stand. Bettina in Stewardeß-Uniform. Die letzte Aufnahme. »Sie hat sich noch nie vergessen.«

»Auf jeden Fall wird das Rätsel immer größer.« Wolfgang Wolter ging in dem Zimmer hin und her. Er wußte keine Antwort auf die vielen Fragen, die in ihm wuchsen. »Sie lebt! Sie ist mit einem Mann glücklich. Sie macht keinerlei Anstalten, Tiflis zu verlassen, sondern verbirgt sich . . . ich nehme an, bei diesem Mann. Das sieht alles nicht nach Bettina aus. Ein Mensch kann sich doch nicht so wandeln.«

»Ich habe nur das berichtet, was ich gesehen habe«, sagte Paul Andresen leise. »Seit drei Jahren fliege ich mit Betti, ich kenne Betti sehr genau. Ich weiß auch keine Erklärung dafür.«

»Seien wir glücklich, daß sie lebt und gesund ist.« Wolfgang Wolter legte seine Hand tröstend auf die weißen Haare seiner Mutter. Er spürte, wie sie innerlich zitterte, aber sie hatte die ungeheure Kraft, nicht zu weinen und wie versteinert dazusitzen. »Und warten wir ab, was uns die nächsten Tage oder Wochen bringen. Mehr als abzuwarten, bleibt uns ja nicht übrig.«

*

An einem Montag traf Oberst Jassenskij in Rolandseck ein.

Borokin begrüßte ihn mit saurer Miene, denn er wußte, was der Besuch des Obersten bedeutete.

»Willkommen am Rhein, Safon Kusmajewitsch«, sagte er sarkastisch. »Sie werden von dem Blick auf den Drachenfels und Petersberg begeistert sein. Und mit einem Fernrohr können Sie Konrad Adenauer direkt auf der Terrasse seiner Villa in Rhöndorf erblicken. Das ist bei dem Genossen Kossygin nicht möglich.«

Oberst Jassenskij war in keinerlei Stimmung, auf solche Reden einzugehen. Er war bedrückt. Der Chef des GRU in Moskau hatte ihn einen Versager genannt. Nur wer in Rußland lebt, weiß, was das bedeutet, und nur, wer schon einmal eine Uniform getragen hat, kann ermessen, was ein bedrückter Vorgesetzter bedeutet.

Für Borokin begann eine schwere Zeit.

Zunächst erfuhr er, daß Bettina Wolter Rußland verlassen hatte. Zusammen mit einem Kolka Iwanowitsch Kabanow und dessen Ziehsohn Dimitri Sotowskij. Noch wußte man nicht den genauen Weg, aber Meldungen vom Kaspischen Meer ließen ahnen, daß sie mit einem Fischerboot zur iranischen Küste gefahren waren.

»Pfui!« sagte Borokin voll vaterländischer Verachtung. »Ein Ingenieur des Ölkombinats! Welche Verworfenheit!«

Oberst Jassenskij sah Borokin mitleidig an. »Reden wir nicht um den heißen Brei herum, Jurij Alexandrowitsch. Die Lage ist fatal.« Jassenskij setzte sich in einen Korbstuhl auf der Terrasse und blickte über den in der Sonne leuchtenden Rhein, der hier wie silbern, aber nicht, wie er ist, lehmig-dreckig aussah. Aber er nahm das gar nicht wahr. Nicht das berühmte Panorama vom Drachenfels und Petersberg, Bad Honnef und der Insel Nonnenwerth. Nicht die weißen Schiffe auf dem Strom und die Zinnen der im Hochwald eingebetteten Drachenburg.

Ein Mensch, der ertrinkt, lobt nicht das kühle, erfrischende Wasser.

»Was haben wir bisher erreicht?« sagte er, und Borokin wußte genau, wie die Antwort ausfiel. »Solange das Mädchen als verschollen galt, hatten wir alle Trümpfe in der Hand, über ihren Bruder etwas zu erfahren. Sie, Jurij Alexandrowitsch, hatten allein die Karten zwischen den Fingern. Was haben Sie daraus gemacht? Ein paar Meldungen über versteckte Radiostationen an der Zonengrenze, die noch gar nicht arbeiten und von denen wir nicht wissen, ob sie wirklich bestehen. Nennen wir es beim Namen: Sie haben Windeier gelegt!«

Borokin sah hinunter an den Rhein. Trotz der schwülen Sommerhitze war es kalt in ihm. Die Gnadenlosigkeit Moskaus wehte ihn an.

»Man kann in ein paar Wochen nicht alles das erfahren, was verlangt wird«, sagte er etwas heiser.

»Genausogut könnte ich fragen: Warum hatte man keine Möglichkeit, Bettina Wolter in Grusinien festzuhalten? Warum konnte sie überhaupt die Sowjetunion verlassen? Noch vier Wochen, und wir wären weiter als heute gewesen.«

»Es hat keinen Sinn, zu denken, was wäre, Jurij Alexandrowitsch.« Oberst Jassenskij fächelte durch die stehende Luft. In Moskau begannen jetzt schon wieder die kühlen Tage. Aber so ist das, dachte Jassenskij. Sie verweichlichen hier im Westen, die Genossen. Wärme, Sorglosigkeit, weit weg vom Kreml, Weiber, Sekt, Kaviar, ein widerliches bourgeoises Leben – was kann da schon herauskommen? Drei Jahre ist dieser Borokin schon am Rhein. Viel zu lange. Er sollte abgelöst werden und nach Ulan-Bator kommen. Von rheinischen Weinbergen in die mongolische Steppe, das ist die richtige Abwechslung.

Jassenskij sah Borokin kopfschüttelnd an. »Überlegen Sie mal, was nun los ist! Wir haben einen Sarg mit den sterblichen Überresten Bettina Wolters freigegeben. Er ist in Hamburg.«

»Um Gottes willen!« entfuhr es Borokin. Jassenskij lächelte verkniffen.

»Wie stehen wir da?!« sagte er dumpf. »Lächerlich machen wir uns.«

»Ist es meine Schuld, Genosse Oberst? Wer hat diesen blöden Sarg denn nach Hamburg geschickt?«

Jassenskij vermied es, darauf eine Antwort zu geben. Wer tritt sich schon gerne selbst in den Hintern? Ganz davon abgesehen, daß dies eine artistische Leistung wäre.

»Fragen wir anders, Genosse«, bellte Jassenskij. »Warum haben Sie aus diesem Oberleutnant Wolter nicht mehr herausgeholt? Sie hatten alle Druckmittel in der Hand. Nun steckt die Karre im Dreck! Man weiß jetzt, wer *Sie* sind, man wird in kürzester Zeit wissen, daß der Sarg ein Betrug ist, man wird uns lächerlich machen. Ich kann Ihnen sagen, daß man im Kreml so sauer ist, als habe man Essig in den Adern. Und Sie stehen hier auf der Terrasse und singen Rheinlieder.«

Das war maßlos übertrieben, aber Borokin verzichtete darauf, Oberst Jassenskij zu berichtigen. Er sagte vielmehr das, was jeder Russe in seiner Lage gefragt hätte: »Wann muß ich nach Moskau, Genosse?«

Jassenskij schielte zu ihm hoch. Er hielt nicht viel von sinnlosem Heldentum. »Zunächst müssen wir sehen, daß wir soviel wie möglich ausbügeln«, sagte er nachdenklich. »Wir stehen in einem Wettrennen mit der Zeit. Ich habe Ihre Berichte gelesen; sie sind Mist, Jurij Alexandrowitsch. Diese Sache mit dem Weibsstück Irene Brandes, sie mußte schiefgehen. Mutter hin – Mutter her: Wenn sich solch ein Täubchen richtig verliebt, ist der Mann wichtiger als das Mütterchen. Das hätten Sie wissen müssen.«

»Irene Brandes tat alles für ihre Mutter«, antwortete Borokin mit rostiger Stimme. »Seit zwei Jahren war sie unsere beste Schlepperin. Sie hat uns bisher sechs Agenten gebracht.«

»Aber dieser Oberleutnant ist etwas anderes. Borokin, ein Weib arbeitet mit dem Herzen! Doch was hilft's? Wir klagen uns nur an, und es geschieht nichts.«

»Und was soll geschehen, Genosse Oberst?«

»Am meisten drückt mich der dumme Sarg in Hamburg.«

»Das dürfte die blamabelste Geschichte werden, die in den letzten Jahren passiert ist.«

»Und deshalb muß Ihnen etwas einfallen, Jurij Alexandrowitsch.« Oberst Jassenskij erhob sich aus seinem Korbsessel und trat in den Schatten des schloßähnlichen Hauses der Botschaft zurück. »Mit dem Oberleutnant werde ich selbst einmal sprechen. Vermitteln Sie einen Treff. Wo findet er sonst statt?«

»Am Rheinufer bei Köln oder in einem Waldstück des Stadtwaldes.«

»Also: Treff für morgen! Und kümmern Sie sich um den Sarg!« Das war keine normale Unterhaltung mehr, sondern ein Befehl. Borokin verstand, nickte stumm und wußte, daß seine schöne Zeit am Rhein vorüber war. »Und packen Sie vorsorglich!« Jassenskij sah an Borokin vorbei auf die Insel Nonnenwerth. Das kleine Glöcklein im Turm des Klosters begann zu bimmeln. »Es kann sein, daß wir schnell wieder zurück nach Rußland müssen.«

»Es wird alles vorbereitet, Safon Kusmajewitsch«, sagte Borokin dumpf.

Ein eigenartiges Gefühl ist es, Freunde, plötzlich zu wissen, daß man ein Nichts geworden ist.

*

Bis heute weiß man noch keine Erklärung dafür, wie es möglich war, daß aus der verschlossenen Leichenhalle des Hamburger Nordfriedhofes ein plombierter und verlöteter Zinksarg über Nacht verschwinden konnte. Kein Fenster war zertrümmert, kein Schloß aufgebrochen, keine Wand eingestemmt. Die merkwürdigen Diebe mußten mit einem Nachschlüssel gearbeitet haben, unauffällig und fachmännisch. Sogar einen Leichenwagen hatten sie bei sich. Die Radspuren waren deutlich im sandigen Boden zu erkennen.

Daß der schmucklose Zinksarg, der in einer Ecke stand, überhaupt fehlte, merkte man erst dann, als eine Kommission der Hamburger Staatsanwaltschaft eintraf, um den Sarg zu beschlagnahmen und öffnen zu lassen.

»Völliges Stillschweigen!« sagte der Leitende Erste Staatsanwalt, als man ihm meldete, daß jemand den Sarg gestohlen habe. »Das ist eine Angelegenheit des Bundesverfassungsschutzes und des MAD! Mit Politik wollen wir uns nicht beschäftigen.«

Über den verschwundenen Zinksarg, in dem die verbrannte Bettina Wolter liegen sollte, wurde nie wieder gesprochen.

Borokin war um einige Stunden schneller gewesen. Und wer die Geheimdienste kennt, weiß, daß man dort fair sein kann und Leistungen des Gegners anerkennt.

»Gestorben«, sagte der General mit der Brille, als ihm die Meldung aus Hamburg auf den Tisch gelegt wurde. »Gönnen wir den Sowjets diesen Streich. Uns erspart es viel Ärger. Aber propagandistisch wäre es ein Knüller gewesen.«

Und auch Jassenskij nickte Borokin belobigend zu, als er von der gelungenen Sargentführung hörte.

»Wo ist er jetzt?« fragte er beiläufig beim Nachtisch. Er aß einen Vanillepudding mit Schokoladensoße, und das machte ihn frohgestimmt.

»Wir haben ihn in einer einsamen Gegend des Sachsenwaldes vergraben«, antwortete Borokin. »Werden Sie mir jetzt sagen, Genosse Oberst, wer wirklich in dem Sarg war?«

»Eine Tote. Ein verbranntes Mädchen. Eine Arbeiterin, die in der Ölraffinerie verunglückt war.« Jassenskij löffelte seinen herrlichen Pudding. »Halten Sie uns für Anfänger, Borokin?«

»Und in dem Sarg in Tiflis?«

»Zwei Baumstammstücke.« Jassenskij goß sich noch Schokoladensoße nach. »Wir dürfen glücklich sein, Jurij Alexandrowitsch, daß wir das überstanden haben.«

*

Es heißt immer, es liege an jedem einzelnen Menschen selbst, was er aus sich macht und was aus ihm wird. Diese Behauptung mag grundsätzlich richtig sein, läßt aber außer acht, daß alles menschliche Bemühen nichts nutzt, wenn man kein Glück hat. Glück ist das Salz des Lebens. Ohne Glück kann ein Genie als ein Irrer gelten.

Dimitri Sergejewitsch Sotowskij hatte Glück.

Drei Wochen saß er als Toilettenschrubber unter der Erde in einem nach Moschus und Lavendel riechenden gekachelten Gefängnis, betrachtete die zusammengekniffenen Hintern seiner Kunden an den Pinkelrinnen, reichte Handtücher und Seife, nahm Trinkgelder an, lauschte auf die Philosophie, zu der Männer in solcher Umgebung angeregt werden, und da das russische Nachtlokal »Datscha« viel Stammkunden hatte, wußte Dimitri schon bald, was geschah, wenn der oder jener die Treppe herabkam.

Der Direktor Panolopulos, ein Grieche, der in Beirut eine Bank vertrat, hatte – nur als Beispiel – die Angewohnheit, bei seiner Entleerung tief zu seufzen, die Augen zu schließen und zu Dimitri zu sagen: »Mein Bester, das Wertvollste, was wir haben, sind wir selbst!«

Und Dimitri antwortete stets: »Welche Wahrheit, Herr Direktor Panolopulos!« Dafür bekam er ein großes Trinkgeld.

Oder der Franzose Jules Lachaise. Wie ein Sprinter kam er die Treppe heruntergerannt, stieß mit dem Kopf fast an die Kachelwand, und dann geschah es, daß Dimitri auf den extra für Sonderfälle bereitstehenden Zerstäuber drückte, um die Luft wieder zum Einatmen erträglich zu machen.

So ging das drei Wochen, bis eines Morgens Barbesitzer Ilja Matwejewitsch Pikalow zu Dimitri sagte: »Brüderchen, du bist zu schade für die Toilette. Ich weiß, keinen Ersatz gibt es für dich, alle sind sie zufrieden mit dir, ein großes Jammern wird's geben, denn man sagt, daß du der geborene Lokuswärter seist, diskret, höflich und für jeden ein gutes Wort – aber mich zerreißt es, dich nur bei den pinkelnden Männern zu sehen.« Und dann richtete sich Pikalow auf, warf sich in die Brust und sagte feierlich: »Dimitri Sergejewitsch – ich befördere dich zum Außenportier! Du bekommst zwar nur die Hälfte des Gehaltes, aber du verdienst das Dreifache durch die Trinkgelder. Und eine Uniform wirst du tragen! Söhnchen, eine herrliche Uniform! Ein Traum von einer Uniform! Die Weiberchen werden die Augen verdrehen und mit dem Hintern wackeln, und die Männer werden ihr Herz schlagen hören, denn du wirst aussehen wie ein junger Gott aus der Steppe!«

Dimitri war es recht. Er verließ seine Toilette und bekam seine Uniform. Der Theaterschneider von Beirut hatte sie entworfen und genäht, und so sah sie auch aus.

Ein Mittelding zwichen Kosakentracht und Kirgisengewand, goldbetreßt wie ein Ataman, mit Fellmütze und weichen Stiefelchen, und dazu für die kalten Nächte ein Mäntelchen. Genossen, eine Wonne war's! Mit Pelz besetzt, der aussah wie silberner Nerz, aber es handelte sich nur um Kaninchen. Als Dimitri zum erstenmal in seiner Uniform in das Büro Pikalows trat, schlug dieser die Hände über dem Kopf zusammen und tat einen Wonneschrei.

»Wie aus dem Märchenbuch!« brüllte er. »Wie aus dem Film! Wird das einen Auflauf geben! Das spricht sich herum! Ein anderes Zimmer muß ich dir geben, ein breiteres Bett, und fließendes Wasser. Du wirst die schönsten Weibchen in den Kissen haben, Freundchen!«

Und so begann die neue Karriere Dimitris als Portier vor der russischen Bar »Datscha«. Er stand vor dem kulissenartigen Eingang des Nachtlokals, riß die Tür auf, wenn die Gäste vorfuhren, nahm den Damen die Mäntel ab und kassierte im Laufe einer Nacht durchschnittlich sieben bis zehn Billets, die ihn einluden, die Schreiberin doch tagsüber, ganz gleich zu welcher Zeit, zu besuchen. Ein Erfolg, über den Ilja Matwejewitsch Pikalow gar nicht erstaunt war, denn er war lange genug in Beirut, um zu wissen, daß die Damen der Gesellschaft in Langeweile badeten und Männer wie Dimitri umworben wurden wie gut im Hafer stehende Hengste.

Zwei Tage trug Dimitri seine schöne Uniform, als Kolka und Bettina in Beirut landeten.

In Teheran hatten sie sich neu eingekleidet. Ganz westlich sahen sie nun aus. Vor allem Kolka war kaum noch zu erkennen in seinem gutsitzenden Sommeranzug, dem weißen Hemd, dem bunten Schlips. Sein Haar war jetzt ganz kurz, zwei Millimeter hoch; ein sogenannter »Hindenburgschnitt«, der Kolka das Aussehen eines alten, von Schenkeldruck und Attacke träumenden Rittmeisters gab. Bettina trug wieder ihre alte Haarfarbe, das schöne, mattleuchtende Mittelblond, das in der Sonne aufflammen konnte wie Messing. In Teheran hatte sie sich die Farbe aus Tiflis herauswaschen lassen und die Haare etwas länger gelassen. Viel weicher war nun ihr Gesicht, fraulicher und reifer, von einer Schönheit, die selbst Kolka auffiel, so daß er sagte: »Verdammt noch mal, wer hätte mir solch eine Tochter jemals zugetraut! Als ich dich zum letztenmal sah, lagst du in den Windeln und sahst aus wie eine verschrumpelte Rübe.«

In Beirut mieteten sie sich durch Vermittlung der Fluggesellschaft in einem kleinen Hotel ein, denn noch wußten sie nicht, wie lange sie in Beirut bleiben mußten und wie weit ihr Geld reichen würde.

»Wir müssen damit rechnen, vielleicht zu arbeiten«, sagte Kolka, als sie in ihrem Zimmer waren und sich von dem Flug ausruhten. »Ohne Dimitri gibt es keine Rückkehr, ich muß es wieder sagen.«

»Das ist selbstverständlich, Paps.« Bettina starrte an die fleckige Decke. Es war ein billiges Zimmer, und es roch von der Küche unter ihnen nach Knoblauch, Thymian und Pommes frites. »Wo wollen wir aber Dimitri suchen?«

»Fangen wir wieder bei der deutschen Handelsmission an. Vielleicht wissen sie jetzt etwas.«

Es zeigte sich, daß Kolka richtig dachte.

Der Beamte war aus dem Urlaub zurück, hatte sich gut erholt, trug eine braune Seefarbe mit sich herum und in der Tasche Fotos von entzückenden Libanesinnen, die ihm die Ferien vergoldet und außerdem viel Geld gekostet hatten. Aber was tut's? Man kann nicht alles umsonst haben, und der Erinnerungswert übersteigt bei weitem die tatsächlichen Kosten. Dementsprechend war der Beamte auch gut gelaunt – man sieht, daß man Beamte viel öfter in den Urlaub schicken sollte! – und erinnerte sich sofort an den merkwürdigen Russen, der Ölingenieur gewesen war und nur mit einem Smoking auf dem Leib geflüchtet sein wollte.

»Er war hier«, sagte Kolka nach dieser Auskunft und wischte sich über die Augen vor Ergriffenheit. »Unser Dimitri war hier. Er hat sein Wort gehalten.«

Und Bettina küßte Kolka vor den Augen des Beamten und weinte vor Glück.

»Es war alles ziemlich verwirrt«, sagte der Beamte leutselig (Gott segne den Urlaub!) und bot Bettina und Kolka eisgekühlten Orangensaft an. »Wer konnte annehmen, daß seine Erzählungen stimmen? Außerdem war da der Empfang für Nobelpreisträger Bunche, und wir haben ja auch keine Möglichkeit, Asylersuchen zu erfüllen. Wir sind nur eine Handelsmission, geduldet und schwach besetzt. Ich habe Herrn Sotowskij deshalb an die amerikanische Botschaft weitergeleitet.«

Die Amerikaner, zu denen Kolka und Bettina sofort fuhren, waren ebenso freundlich wie der deutsche Beamte, nur wußten sie noch weniger.

»Yes, er war hier«, sagte Major Hawkins, der damals Dimitri eine Nacht beherbergt hatte. »Hat hier geschlafen und ist dann wieder zurück zur deutschen Mission. Was sollten wir mit ihm? Er wollte nach Deutschland.«

»Aber die Deutschen können ihm auch nicht helfen, sagen sie.«

Kolka hatte seinen Arm um Bettinas Schulter gelegt. »Kann denn keiner helfen? Wir wollen doch in die Sicherheit! Und wo finden wir jetzt unseren Dimitri?«

»Geben Sie eine Zeitungsanzeige auf«, sagte Major Hawkins gemütlich. Er liebte solche fatalen Späße. »Entlaufen ist Dimitri Sergejewitsch . . .«

Kolka und Bettina verließen die US-Botschaft.

Er lebt, das war gewiß. Er war geflüchtet. Und er mußte hier in Beirut sich verstecken. Vielleicht lebte er in einem Keller wie eine Ratte, die nur nachts hinausschleicht und die Mülltonnen durchwühlt.

»Ich finde ihn!« sagte Kolka, als sie wieder in ihrem kleinen, nach Knoblauch stinkenden Hotelzimmer waren. »Und wenn ich von Haus zu Haus gehe, Straße nach Straße . . . ich finde meinen Dimitri.«

Am Abend gingen sie am Hafen spazieren, niedergeschlagen und wortlos, freie Menschen in einer freien Welt und doch einsamer und gefangener als in einem sibirischen Lager. Ein Straßenjunge drückte ihnen einen Werbezettel in die Hand, und Kolka las, ehe er ihn zerknüllte und wegwarf in das ölige Hafenwasser:

»Besuchen Sie die ›Datscha‹. Original russisches Lokal. Tänzerinnen aus der Steppe! Bis morgens geöffnet. Beste Küche. Nur russische Weine. Krim-Sekt. Sie werden diesen Abend in der ›Datscha‹ nie vergessen.«

»Morgen gehe ich los«, sagte Kolka und sah über den Wald der Mastspitzen, durch den der Nachthimmel blaß schimmerte. »Und ich fange in der Altstadt an. Dimitri hat nicht so viel Geld, um sich ein gutes Zimmer zu leisten.«

So kamen sie in jene Gegend, in der der Hafen weniger den Schiffen als dem Vergnügen diente. Leuchtreklamen schimmerten bunt, zuckende Neonschriften lockten, aus den Eingängen quoll verschommene Musik über die Uferpromenade. Und dann sahen die die Fassade einer Bar, eingerahmt in bunten Glühbirnen, Säulen und zwiebelförmigen Bögen, die Theaterdekoration eines russischen Palastes, und über den Bögen und Ranken flimmerte in Rot die Schrift »Datscha«.

Kolka blieb stehen und sah hinüber. Über sein Gesicht zuckte es. »Laß uns umkehren, Töchterchen«, sagte er. »Ich will nicht mehr erinnert werden ... auch wenn es bloß eine Bar ist. Datscha ... es war einmal ein Traum von mir, auf dem Lande eine kleine Datscha zu haben und dort mit Dimitri zu leben. Komm, laß uns gehen. Und sieh dir den Kerl in der Tür an – sieht so ein Russe aus? Schrecklich ist, wie die Menschen betrogen werden.«

Er faßte Bettina unter. Der Portier in seiner russischen Phantasieuniform riß die Tür auf. Ein Wagen war vorgefahren, zwei Damen in Nerzmänteln und zwei Herren im Smoking stiegen aus, gaben dem Portier etwas in die Hand und verschwanden in der Bar. Der Wagen fuhr weiter, und der große Portier trat zwei Schritte vor und blickte hinauf in den Sternenhimmel.

Das war der Augenblick, in dem Bettina hell aufschrie, sich von Kolka losriß und mit ausgebreiteten Armen auf den uniformierten Mann losstürzte.

»Dimitri!« schrie sie. »Dimitri! Mein Lieber! Dimitri . . .!«

Und der Portier brüllte gleichfalls auf, er vergaß seine Vornehmheit, er vergaß, daß er eine goldbetreßte Uniform trug, daß er vor der »Datscha« stand, um zu repräsentieren. Mit Sprüngen, die noch kein Mensch gesehen hat, kam er Bettina entgegen, und seine Stimme dröhnte in der Nacht, als er »Wanduscha! Wanduscha! Oh, ein Wunder! Ein Wunder!« brüllte.

Dann lagen sie sich in den Armen, küßten und herzten sich, und Ilja Matwejewitsch Pikalow erschien in der Tür, alarmiert vom Garderobenmädchen, sah sofort, was geschehen war, und sagte bitter: »Eine Scheiße ist's. Nun bin ich ihn los.« Und freute sich doch so über das Glück Dimitris, daß ihm die Tränen über die Wangen rollten.

Kolka stand starr mitten auf der Straße. Nur drei Schritte trennten ihn von Dimitri, aber sie waren wie drei Werst, so schwer und steinig, als habe man Blei in den Beinen.

»Mein Dimitri . . .«, stammelte er. »Mein Söhnchen . . . Wir sind wieder beisammen. Nun ist alles gut!«

Und dann kam er näher, als zöge er ein Boot an einer Leine mit sich, breitete die Arme aus, drückte Dimitri an sich und war nichts weiter als ein alter, schluchzender, glücklicher Vater.

Ilja Matwejewitsch Pikalow ließ es sich nicht nehmen, dieses Wiedersehen in seiner »Datscha« zu feiern, obgleich er der Leidtragende war und nun wieder auf die Suche nach einem gutaussehenden Portier gehen mußte. Aber wem rührt es nicht das Herz, wenn man so viel Glück sieht, so viel Liebe und Küssen, Umarmungen und dumme gestammelte Worte? Einen Augenblick lang dachte Pikalow sogar an Rußland und an den Jammer, hier leben zu müssen, anstatt eine Weinschenke auf der Krim zu haben oder ein konzessioniertes Tanzlokal in Jalta. Das trieb ihm die Tränen in die Augenwinkel, er seufzte tief, und die ganze Schwermut des Russen kam über ihn. Er umarmte Dimitri und Kolka, nannte sie einen Teil seines Herzens und ließ dann in einer Ecke des Lokals einen Tisch für sie reservieren und eine spanische Wand davor aufstellen, denn wen interessiert schon das Gehopse der Tänzerinnen. Dort saßen sie dann alle, aßen gebratenen Stör und tranken Krimsekt.

»Eine schaurige Musik«, sagte Kolka, als das Balalaika-Orchester begann, gespielt von echten Libanesen in russischen Kosakenuniformen. »Daß du's mit deinen russischen Ohren ertragen kannst, Ilja Matwejewitsch?«

»Das Geschäft, Brüderchen, nur das Geschäft!« Pikalow hob die Hände empor, als müsse er schwören, daß er Rußland mit dieser Musik nicht beleidigen wolle. »Man liebt es so. Man glaubt, so ist Rußland. Man ist es so gewöhnt durch die Filme und westlichen Bücher. Nicht anders will man uns sehen als wie einen Kosaken, der herumhüpft wie von einem Floh gezwickt. Würde man ihnen zeigen, wie es wirklich ist, nicht eine Maus würde sich herablassen, in dieses Lokal zu scheißen. O Freunde, das Leben ist ein Betrug! Vor allem hier im Westen. Sie leben alle nur so glücklich, weil sie belogen werden. Doch was soll's. Auf euer weiteres Leben!«

So ging man am frühen Morgen auseinander in bester Harmonie. Noch einmal mußte Dimitri in seiner Kammer unterm Dach schlafen, und er nahm von Bettina Abschied, als ginge er wieder auf eine weite Reise.

»Neidisch kann man werden«, sagte Pikalow, der mit Kolka vor der »Datscha« stand und wartete, bis sich die Liebenden trennen konnten. Die Leuchtreklame war erloschen. Die Theaterkulisse des Bareingangs wirkte nun fahl, abgeschabt, mies und schäbig. In der Nebenstraße, um die Ecke herum, erbrach sich ein Betrunkener. Man hörte sein Würgen und Keuchen, und als er jetzt einen Wind fahren ließ, sagte er laut: »Good wind!«

Ein amerikanischer Matrose gewiß.

»Was werdet ihr tun?« fragte Pikalow nach dieser Unterbrechung. Kolka sah hinauf in den blasser werdenden Nachthimmel. Der Morgen dämmerte überm Meer.

»Ich werde dort anfangen, wo ich vor dreiundzwanzig Jahren aufhörte. Meine Frau hat ein Textilgeschäft in Göttingen; ich werde Handtücher verkaufen, Babywäsche, Windeln und Bettbezüge, ich werde die Buchhaltung machen, die Steuererklärungen, die Inventurmeldungen, die Einkäufe bei den Großhändlern.« Kolka sah zurück zu Dimitri und Bettina. Sie standen noch immer eng umschlungen im Eingang der »Datscha« und küßten sich. »Und einmal werde ich Großvater sein«, sagte er leise. »Dann habe ich genug zu tun mit der Aufzucht meiner Enkel.«

»Und was werden sie werden?« fragte Pikalow, und es war eine ungewollt infernalische Frage. »Deutsche oder Russen!«

Kolka schwieg. Pikalow sprach aus, wovor er sich fürchtete, seit sie Rußlands Boden verlassen hatten. Er war nun nicht mehr Kolka Iwanowitsch Kabanow, sondern Karl Wolter, geboren in Göttingen, zuletzt Feldwebel, Vater zweier Kinder. Ein Totgesagter, der nach über zwanzig Jahren heimkehrte. Er war mit dem Betreten des Bodens der sogenannten freien Welt das seltene Exemplar Mensch, das zwanzig Jahre aus seinem Leben wegstreichen konnte, als habe er sie einfach verschlafen.

Zwanzig lange Jahre.

Wie hatte er sie gelebt, wie hatte er dieses Leben geliebt, der Kolka Kabanow aus Tbilisi! Ein herrliches Leben war es gewesen, und er würde es jedem sagen, der ihn danach fragte. Nein, es war kein Gefängnis, dieses Leben in Rußland. Nein, er war sich nicht vorgekommen wie ein Sträfling. Nein, er hatte dieses Land und seine Menschen geliebt. Er hatte einen Sohn großgezogen, hatte russisch denken und fühlen gelernt, war ein Mensch aus Tiflis geworden, ein echter Grusinier, und es waren die schönsten Jahre seines Lebens, die er an den Weinhängen des Kaukasus verbracht hatte. Und er würde zu allen, die ihn so dumm politisch fragten, immer nur nein, nein, nein sagen und ihnen zurufen: »Ihr kennt den Russen nicht! Ihr kennt nur die Fratze des Kriegs ... aber den Menschen, Leute, den Menschen solltet ihr kennen. Dann liebt ihr ihn auch!«

Kolka wußte jetzt schon, daß er sich damit keine Freunde in Deutschland gewann, daß man ihn den »Bolschewiken« nennen würde, daß die Parteien ihn als Gruselbeispiel hinstellen würden: Seht, so wird ein deutscher Mensch in der Knechtschaft der Ostens verformt! Und er würde aufstehen und brüllen: »Ihr Idioten! Ich bin Karl Wolter geblieben! Aber ich habe einen Blick in die Herzen getan, in die Herzen, wo ihr nur immer die rote Fahne und den Sowjetstern seht!« Und man würde ihn belächeln oder bedrohen und von einer Mißachtung der Demokratie sprechen.

Genau so würde es kommen, das wußte Kolka, und er hatte Angst davor.

»Ich werde sie zu wachen, weltoffenen Menschen erziehen«, beantwortete er Pikalows Frage. »Deutscher, Russe, Franzose, Engländer ... was soll's? *Menschen* sind wir, jeder aus dem Leib einer Mutter gekommen und von den Müttern geliebt. Wenn es nach den Müttern ginge, Ilja Matwejewitsch, gäbe es nur eine *Welt*, aber keine Nation. Aber wer hört schon auf die Mütter?«

Endlich war der Abschied zwischen Dimitri und Bettina beendet, und während Kolka und sie zurück zu ihrem dumpfen Hotel gingen, lag Dimitri schlaflos in seinem Bett und bebte vor Freude und Glück.

Der nächste Tag wurde ein schwerer Tag.

Die Rückkehr nach Deutschland wurde erwogen, und dazu galt es, deutsche Beamte zu überzeugen.

Man erkennt sofort, welche schwere Aufgabe Kolka bevorstand. Böse Zungen sagen, daß die Eroberung einer

Amtsstube schwerer ist als die Erstürmung eines wild um sich feuernden Betonbunkers. Das ist zwar maßlos übertrieben, aber trotzdem mahnt es zu Vorsicht, Härte, Taktik, Ausdauer und List.

»Es freut mich ungeheuer, daß Ihnen diese Flucht gelungen ist«, sagte der Chef der Handelsdelegation zu Kolka, der sich nun wieder Karl Wolter nannte. »Diese Heimatliebe ist nicht hoch genug zu loben, und selbstverständlich bekommen Sie so schnell wie möglich einen provisorischen Paß, um nach Frankfurt fliegen zu können. Bei Fräulein Bettina ist ja sowieso alles klar. Nur Herr Sotowskij – da sehe ich Schwierigkeiten.«

»Wieso?« fragte Karl Wolter begriffsstutzig.

»Er ist Russe.«

»Natürlich. Wäre er in Samoa geboren, wäre er Samoaner.« Der Beamte lächelte dünn. Witze innerhalb einer Amtshandlung werden nicht gern gesehen.

»Wir können einem Russen keinen Paß geben.«

»Er ist wie wir geflüchtet.«

»Aber Sie sind Deutscher. Sie haben ein Heimatrecht. Herrn Sotowkijs Heimat aber ist die UdSSR.«

»Dahin will er aber nicht mehr zurück.«

»Aber nicht aus politischen Gründen. Nur aus rein privaten.«

»Er liebt meine Tochter.«

»Lobenswert. Das spricht für seinen guten Geschmack, aber für politische Dummheit auch. Stellen Sie sich vor, wenn hunderttausend Russen deutsche Mädchen lieben würden und kämen alle schwarz über die Grenze.«

»O Himmel!« sagte Karl Wolter und blickte an die Decke und die kreisenden Propeller des Ventilators. »Ist so etwas möglich? Das sagt mit ja nicht einmal ein kirgisischer Hirte.«

»Wie bitte?« fragte der Beamte konsterniert. »Ich verstehe nicht …«

»Lassen wir es dabei!« Karl Wolter beugte sich über den Tisch vor. »Geben Sie ein Fernschreiben nach Bonn. Irgendeine Regierungsstelle wird ja zuständig sein für einen solchen Fall. Als Deutscher weiß ich, daß für alles ein Beamter bereitsteht, der wieder einen Vorgesetzten hat und dieser eine Dienststelle leitet. Ein kunstvolles Gebäude, wo eigentlich auch ein Furz aktenkundig sein müßte.«

»Bitte, bitte, Herr Wolter!« sagte der Beamte steif. Er kommt aus Rußland, dachte er dabei. Zwanzig Jahre unter Sowjets, das verroht. Man muß es ihm verzeihen, er wird eine lange Zeit der Ein- und Umgewöhnung brauchen.

»Ein Fernschreiben ist schon unterwegs. Als Sie uns heute morgen anriefen, ist es sofort hinausgegangen. Aber haben Sie bitte Geduld. So ein Fall ist selten. Man wird darüber in Bonn konferieren und unter Berücksichtigung aller politischen Konsequenzen entscheiden. Liebe, das werden Sie einsehen, ist kein attraktiver Grund. Hätte Herr Sotowskij wenigstens Schwierigkeiten mit seinen Vorgesetzten gehabt, wäre er schon einmal eingesperrt gewesen wegen westlichen Denkens – das würde alles vereinfachen.«

»Nichts dergleichen«, sagte Karl Wolter laut. »Dimitri ist ein guter Kommunist.«

»Auch das noch!« Der Beamte schlug über so viel Dummheit die Hände zusammen. »Ich will das nicht gehört haben, Herr Wolter. Wenn ich das nachmelde, bekommt er nie eine vorläufige Aufenthaltsgenehmigung.«

»Das verstehe ich nicht«, sagte Wolter ehrlich.

»Als Kommunist!«

»Haben sie in Bonn Angst vor den Kommunisten?«

Der Beamte schwieg. Darauf gab es keine Antwort. Natürlich, dachte er bloß. Der gute Mann ist zwanzig Jahre zurück. Was weiß er vom kalten Krieg des Jahres

1966, von der Mauer in Berlin, vom Schutz der Demokratie vor zersetzenden Elementen. Er hat hinter dem Kaukasus gelebt, wo es noch Bären gibt. Genauso ist er – ein Bär, der hinter einen Berg blickt und eine neue Welt sieht. Mitleid muß man mit ihm haben.

Drei Tage warteten Kolka, Bettina und Dimitri auf eine Nachricht aus Bonn. Für Bettina und Dimitri waren es herrliche Stunden. Schwimmen gingen sie im Mittelmeer, sonnten sich im goldgelben Sand von Beiruts Bädern, saßen abends Hand in Hand auf den Terrassen der Cafés und blickten über den flimmernden, bunten Hafen und waren glücklich. Nur Kolka – Verzeihung – Karl Wolter (man muß ihn jetzt so nennen, obwohl er noch wie der alte Kolka Kabanow dachte und handelte!) war unzufrieden und fiel der deutschen Handelsmission in Beirut auf die Nerven mit seinem ewigen Fragen: »Was antwortet Bonn?«

Bonn antwortete noch nichts. Wie konnte es auch? Der Fall Dimitri Sotowskij war ein »Vorgang« geworden. Vorgänge werden in der Reihenfolge ihrer Eingänge bearbeitet. Das gehört sich so, man nennt das Ordnung. Aber Karl Wolter verstand das nicht; er dachte normal, nicht behördlich.

»Ich warte nicht länger!« sagte er am dritten Tag zu Bettina und Dimitri, denen die Zeit still stand. »Ich schicke ein Telegramm an Wolfgang.« Und er nahm Bettina und Dimitri mit auf die Post und füllte das Formular aus. »Welche Adresse hat er?« fragte er.

»Du wirst es an das Verteidigungsministerium schikken müssen«, sagte Bettina. »Sie werden es weiterleiten.«

»Das wollen wir hoffen.« Karl Wolter sah an die nahe Wand. Er stand an einem Stehpult des Postamtes und überlegte den Text. »Seien wir ganz klar«, meinte er. »Wolfgang ist ein erwachsener Mann, er wird nicht umfallen.«

Und er telegrafierte:

»Sind in Beirut und warten auf die Rückkehr nach Deutschland. Hotel Melusine. Bettina und Vater.«

»Gut so?« fragte Karl Wolter und schob das Telegramm zu Bettina. Sie las es, und dann stellte sie sich Wolfgang vor, wie er das Wort Vater anstarrte und zuerst nicht begriff, was es bedeuten sollte. Und dann, wenn er es endlich begriff, würde er sich hinsetzen, und das Telegramm würde aus seinen Händen fallen. Vater. 1945 vermißt in Rußland. Später für tot erklärt.

O Gott, ein Toter kommt zurück!

Wie kann man das bloß Mutter sagen?

»Schick es so ab, Vater«, sagte Bettina leise. »Wolfgang ist stark genug.«

Und so flog das Telegramm nach Deutschland.

Am nächsten Morgen war es in Bonn, wurde mit einem Boten zum Verteidigungsministerium gebracht und einer Ordonnanz übergeben. Die Ordonnanz, ein Feldwebel, handelte wiederum logisch, als er einen Fahrer abstellte, ihm das Telegramm gab und ihm befahl, damit zur Wohnung von Frau Agnes Wolter zu fahren. Oberleutnant Wolter befand sich wieder auf einer Dienstfahrt, und wer war eher berechtigt, das Telegramm anzunehmen als seine Mutter?

Agnes Wolter hatte gerade Kaffee getrunken und räumte das Geschirr zum Spülen in die Küche, als der Fahrer das Telegramm abgab.

»Schönen Dank«, sagte sie freundlich, gab dem Fahrer drei Zigaretten und riß den Umschlag auf, nachdem der Bote gegangen war.

»Sind in Beirut und warten auf die Rückkehr nach Deutschland. Hotel Melusine. Bettina und Vater.«

Lautlos sank Agnes Wolter um . . . eine stumme, fast selige Ohnmacht.

So fand sie eine Viertelstunde später Irene Brandes, die vom Einkaufen auf dem Bonner Markt kam.

Agnes Wolter lag auf dem Rücken, ein Lächeln um die Lippen, und das Telegramm lag über ihren Augen, als solle sie es immer lesen und in sich aufsaugen.

Bettina ... und Vater ...

Die Erde kann sich rückwärts drehen.

*

Schon am Tag darauf war Wolfgang Wolter nach Beirut unterwegs. Er hatte sofort Sonderurlaub bekommen, nachdem der MAD festgestellt hatte, daß es kein fingiertes Telegramm gegnerischer Geheimdienste war und Wolter in eine Falle gelockt werden sollte. Die Konsularabteilung des Auswärtigen Amtes bestätigte zudem, daß es einen Vorgang Wolter – Dimitri Sotowskij gäbe. Das gab den Ausschlag. Ein amtlicher Vorgang ist immer ein Alibi.

Mit der nächsten Maschine in den Nahen Osten also flog Wolter ab. Man räumte sogar einen Platz für ihn in der besetzten Maschine, indem man einen Reisenden umbuchte für den folgenden Flug. Agnes Wolter lag zu Hause im Bett. Wie gelähmt war sie. »Karl ...«, sagte sie immer und starrte ein altes, vergilbtes Bild an, das sie in den Händen hielt. 1944 stand auf der Rückseite. Karl Wolter nach seiner Beförderung zum Feldwebel. Die neuen Litzen glänzten sogar auf dem Foto. Ein junger, fröhlicher, etwas schmächtiger Mann, ein Jungengesicht, wie es jetzt bei Wolfgang, seinem Sohn, wiederkehrte.

Zweiundzwanzig Jahre ist das her, jetzt ist er fünfzig, dachte Agnes Wolter. Wie sieht er jetzt aus? Und dann weinte sie wieder und konnte es gar nicht begreifen, daß es wahr war. Karl kam zurück. Nach zwanzig Jahren Tod, an den sie nie geglaubt hatte.

Und dann bekam sie Angst. Auch ich bin alt geworden, dachte sie. Als er damals wegging nach seinem Urlaub, war ich ein junges, hübsches Frauchen. Und was ist daraus geworden? Runzeln habe ich, und weiße Haare, und die Jahre sind in mir eingegraben wie Ringe in den Bäumen. Er wird mich nicht mehr erkennen, oder er wird entsetzt sein, daß er eine so alte Frau besitzt. Seine Erinnerung wird mich so sehen wie damals... blond und lustig und schlank... und ihm entgegen kommt eine Greisin.

O Gott, o mein Gott, laß in seinen Augen nicht das Entsetzen stehen. Ich würde es nicht überleben.

Aber auch diese Stunden gingen vorüber. Während Wolfgang Wolter in Rom umstieg, saß Agnes Wolter beim Friseur, und Irene Brandes, erfahren in solchen Künsten, überwachte die kosmetische Verwandlung Agnes Wolters in eine reife, hübsche, dem Leben zugewandte Frau.

Die Haare wurden blondiert, Gesichtsmasken wurden ihr aufgelegt, Augenbrauen gezupft, die Nägel gefeilt und poliert, das zu ihr passende Make-up ausgesucht. Als sie nach einem langen Nachmittag, müde und schlapp, den Kosmetiksalon verließ, erkannte sie sich kaum noch in der hübschen Frau, die ihr aus dem Spiegel entgegensah.

»Wie man einen Menschen verwandeln kann«, sagte sie leise.

»Was man aus einem Menschen machen kann ...das klingt besser.« Irene Brandes faßte Agnes Wolter unter. Sie lachten sich im Spiegel an, blinzelten sich zu, und aller Druck, alle Sorge wich aus Agnes Wolters Herzen. »Ich bin stolz auf eine so attraktive Schwiegermutter!« sagte Irene Brandes.

»Gebe Gott, ich sähe mit achtundvierzig Jahren noch so aus wie du.«

»Und was wird Karl sagen?« fragte Agnes und sah das ihr fremde Spiegelbild an.

»Da er ein Mann ist, wird er dich glücklich in die Arme nehmen.«

»Nach zwanzig Jahren ...« Agnes Wolter wandte sich ab. »Ich habe Angst wie ein junges Mädchen.«

Wie wenig ahnten sie alle von dem Mann, der zurückkehrte und im Herzen Kolka Iwanowitsch Kabanow war.

*

Karl Wolter, Dimitri und Bettina saßen in dem schmalen, schmuddeligen Frühstückszimmer des Hotels Melusine und tranken Tee, als Wolfgang Wolter hereinstürzte. Er riß beinahe einen Kellner um, der gelangweilt die Bestecke sortierte und sich über die drei einsamen Gäste ärgerte, die ihn beschäftigten.

»Betti!« schrie Wolfgang schon in der Tür. Er sah Bettina als erste und breitete die Arme aus. »Betti!« Und dann starrte er auf den alten Mann an ihrer Seite, auf diesen runden Schädel mit den eisgrauen, kurz geschnittenen Haaren, und sein Herz wurde schwer, seine Beine bekamen Bleifüße, die nächsten Meter bis zum Tisch dehnten sich ins Unendliche.

Vater. Das ist also mein Vater. Das ist Vater ... Vater ... Vater ...

Bettina stieß einen hellen Schrei aus, sprang auf und rannte Wolfgang entgegen. Mitten im Raum fielen sie sich in die Arme, küßten sich, und der arabische Kellner ging zur Klappe, die in die Küche führte, und bestellte noch einen Tee.

Langsam erhob sich Karl Wolter. Vor seinen Augen tanzten die Tische und Stühle. Die Sonne brannte in seinem Nacken, als läge ein brennendes Scheit auf seinem Hals. Die Kehle war trocken wie Wüstensand.

Mein Junge, dachte er. Das ist er also ... mein großer Junge. Als ich ihn das letzte Mal sah, trug er Lederhosen und fing Frösche. Fünf Jahre war er alt, ein blonder Lockenkopf. Mein Sohn. Wie groß er ist, wie breit, wie männlich. Zwanzig Jahre ... an ihm sieht man sie. Er ist gewachsen wie ein Baum auf bestem Boden.

»Vater!« sagte Wolfang laut. Er hatte sich von Bettina gelöst und kam nun zwei Schritte näher. »Vater...« Seine Stimme brach ab, sie schwamm einfach weg. »Ich... ich bin Wolfgang...«

»Mein Junge, ich erkenne dich... die gleichen Haare, die gleichen Augen... Mein lieber, großer Junge...«

Und dann umarmten sie sich, drückten sich aneinander, und Karl Wolter weinte, so sehr er sich dagegen wehrte. Er unterlag seinem Herzen und heulte laut, und auch Wolfgang Wolter weinte und schämte sich nicht und fühlte sich wie der kleine Junge, der gefallen war und mit blutendem Knie nach Hause läuft und voller Kummer ist.

Dimitri drehte sich zum Fenster und blickte hinaus zu dem Fischereihafen. In seinem Herzen saß eine schwere Kugel. Jetzt hat er seinen Sohn, dachte er. Und ich habe einen Vater verloren. Ich war der Sohn des Kolka Iwanowitsch Kabanow, aber dort steht jetzt der Karl Wolter. Und es ist eine andere Welt als die von Tiflis, in der wir so glücklich waren.

Er senkte den Kopf und schloß die Augen.

Nun war es geschehen. Der große, gefürchtete Augenblick war gekommen: Dimitri Sotowskij hatte keine Heimat und keinen Vater mehr.

»Komm!« sagte eine leise Stimme hinter ihm. Bettina legte beide Arme um seinen Hals und küßte Dimitri auf die Schläfe. »Komm, jetzt gehörst du völlig zu uns.«

Dimitri erhob sich und drehte sich um.

Karl Wolter und Wolfgang standen nebeneinander, und sie sahen sich ähnlich, ohne Zweifel. Dimitri lächelte schwach. So betrachtet man ein Pferd, das man gekauft hat, dachte er. Ist es gesund? Ist es kräftig genug? Hat es nicht den Rotz? Gleich kam jemand, schob ihm die Lippen hoch und wies seine Zähne vor. Gesund! Kein Belag. Ein guter Kauf, mein Lieber...

»Mein Sohn Dimitri Sergejewitsch«, sagte Karl Wolter laut, und Dimitri zuckte zusammen. Mein Sohn...

Kolka, altes, gutes Väterchen . . . bin ich noch dein Sohn?

»Komm her, Dimitri«, sagte Wolter sanft. »Das hier ist dein Halbbruder Wolfgang. Und du, Wolfgang« – Wolter wandte den Kopf zu seinem Sohn – »siehst hier meinen Dimitri. Er wird unsere Betti heiraten, und wir alle werden glücklich sein.«

Wolfgang Wolters Gesicht war kühl und verschlossen. Er lächelte nicht, als er Dimitri die Hand entgegenstreckte. Es war nur so, als habe sein Vater ihm wie früher befohlen: Nun gib schon die Hand, du Muffel!

Ein Russe, dachte er. Ein Russe mein Bruder, das werde ich weder begreifen noch akzeptieren. Ein Genosse Borokins in unserer Familie, das wird unmöglich sein. Man wird es Vater noch klarmachen müssen . . . später, wenn sich alles eingelaufen hat, wenn er wieder ein normaler Mensch geworden ist durch die Realität der Gegenwart und durch die Liebe der Mutter, und nicht mehr ein grusinischer Bär, der so handelt, wie er im Augenblick fühlt.

»Ich begrüße Sie«, sagte Wolfgang steif.

»Unter Brüdern sagt man du,« warf Karl Wolter ein.

»Ich begrüße *dich*«, sagte Wolfgang gehorsam. Sie drückten sich die Hand, aber nur eine Sekunde, dann zogen sie sie zurück, als wäre es schon zuviel an Sympathie.

»Isch bin glücklich zu liebän Wanduscha«, sagte Dimitri in seinem harten, holprigen Deutsch. Wolfgang hob die Augenbrauen.

»Wer ist Wanduscha?«

»So nennt er Bettina«, warf Karl Wolter ein.

»Warum? Bettina ist ein guter deutscher Name, den man auch als Russe aussprechen kann.«

Das klang stolz und war wie das Einrammen eines Grenzpfahles. Bis hierher . . . dahinter beginnt der Kampf.

Karl Wolter und Bettina wechselten einen schnellen

Blick. Wolfgang sah ihn nicht, aber Dimitri, und er lächelte schmerzlich.

»Setzen wir uns und trinken wir Tee«, sagte Wolter heiser. »Meine Beine werden schwach. Das Wiedersehen, die Freude, die Erwartung ... ich bin ein alter Mann geworden, Wolf. Du hast keinen Vater mehr, der Bäume ausreißt.«

»Das habe ich auch nie von meinem Vater verlangt«, sagte Wolfgang Wolter und lachte. Aber es war ein kläglicher, gequälter Humor. So herrlich es war, einen totgeglaubten Vater wiederzuhaben – plötzlich war das Zurück an einer Mauer abgestoppt, die niemand sah, aber jeder spürte: Die Mauer einer Entwicklung in der Welt, von der Kolka zwischen seinen kaukasischen Bergen verschont geblieben war. Die neue Zeit hatte andere Begriffe, sie dachte in Blöcken. Hier der Westen, dort der Osten ... zwei Meere, die nie zusammenfließen konnten.

Warum? Diese Frage stellte niemand.

Und das nach einem Krieg, der 55 Millionen Tote gekostet hatte.

Ist der Mensch wirklich noch das Abbild Gottes?

*

Drei Tage später flogen Karl Wolter, Bettina, Wolfgang Wolter und Dimitri Sergejewitsch Sotowskij mit einer deutschen Maschine nach Deutschland.

Dimitri hatte eine Aufenthaltsgenehmigung bekommen. Daß der Militärische Abschirmdienst (MAD) sie durchgesetzt hatte, erfuhr niemand. Man erhoffte sich bei einem Verhör Dimitris Aufschlüsse über die Ölpolitik Rußlands.

In Wahn bei Köln landeten sie, und auf dem Flugplatz stand, als die Passagiere ausstiegen, eine Frau mit blonden Haaren, einen großen Strauß roter Dahlien in den

Händen. Ganz allein stand sie da, und der Wind zerzauste ihre kunstvolle Frisur, und das Kleid flatterte um ihren Körper, und die Blumen zitterten in ihren Händen.

»Agnes...«, stammelte Karl Wolter, als er über die Gangway aus dem Flugzeug kam. »Agnes!«

Und dann stürzte er die Treppe hinunter, warf seinen Mantel, den er über dem Arm trug, weg, einfach zur Seite auf die Erde, breitete die Arme aus und brüllte:

»Agnes! Agnes!«

»Das war nicht nötig«, sagte sie, als die erste Umarmung vorüber war und Karl ihr die Tränen von den Backen wischte.

»Was?« fragte er verblüfft.

»Das mit dem Mantel. Nun muß er gleich in die Reinigung.«

Und da lachte Karl Wolter, und er drückte seine Frau wieder an sich und über sein glückliches Gesicht leuchtete die Sonne.

»Nun bin ich zu Hause!« schrie er, daß es alle hören konnten. »Nun bin ich wirklich zu Hause...«

*

Wenn jemand nach über zwanzig Jahren zurückkommt, der bisher als tot galt, und wenn er auch noch aus Rußland kommt, so ist das nicht nur ein Festtagsessen für die Presse, sondern auch ein Magenbitter für die Behörden.

Mit den Zeitungen, den Illustrierten und dem Fernsehen wurde Karl Wolter schnell fertig. Er sagte einfach nein, gab keine Interviews, lehnte Exklusivangebote auf seine Story ab (weil ihn das Wort Story störte, denn sein Schicksal war keine Story, die man sensationell auswalzen sollte, sondern nichts weiter als ein randvolles Leben), warf zwei Filmdramaturgen hinaus, beleidigte einen Chefredakteur, der ihm einreden wollte, seine

Erlebnisse in Rußland seien ein »toller Knüller« ... kurzum, nach drei Wochen sprach keiner mehr von Karl Wolter und seiner abenteuerlichen Heimkehr, da unterdessen ein schöner, für zehn Fortsetzungen geeigneter Massenmord geschehen war.

Anders war es mit den Behörden.

Behörden vergessen nichts!

Behörden sind dazu da, sich ständig an die Pflichten des Bürgers zu erinnern. Und den Bürger an seine Pflichten. Karl Wolter wurde erinnert.

Man bat ihn um die Lösung des Problems, daß seine Witwe, die keine Witwe war, nun schon zehn Jahre lang eine Witwenrente bezogen hatte, was offensichtlich unrecht sei, denn er, der Tote, lebe ja noch, was augenscheinlich war und mit Amtssiegel bestätigt.

Das Amt betätigte sich dann noch rechnerisch und bewies durch das kleine Einmaleins, daß die Witwe, die keine Witwe war, bisher sage und schreibe 46000.– DM an Witwenrente in diesen zehn Jahren (nebst Zinsen und Zinseszinsen) kassiert hatte!

»... diese zu Unrecht ausbezahlten Rentenbeträge in Höhe von 46372,02 DM müssen zurückgezahlt werden«, hieß es am Ende des freundlichen Schreibens.

Karl Wolter legte den Brief auf den Tisch.

Sein Kampf gegen die Bürokratie begann, und er war in der Stimmung und willens, ihn als Kolka Iwanowitsch Kabanow zu führen.

Freunde, das konnte nicht gutgehen! Jeder sieht das ein. Denn Kolka kämpfte mit Logik und gesundem Menschenverstand – zwei Dinge, die ihn in den Augen der Behörden zum abscheulichen Querulanten stempelten.

Es begann damit, daß die Wolters wieder nach Göttingen zogen und Agnes das Wäschegeschäft wieder eröffnete.

Die amtliche Rückkehr ins Leben ging schnell. Da er sich selbst vorweisen konnte, wurde er aus dem Sterberegister gestrichen und bekam eine Kennkarte. Eine Woche lang betrachtete man Karl Wolter als eine Art nationales Denkmal. Der Heimkehrerverband wollte ihn aufnehmen – Wolter lehnte zu aller Verblüffung schroff ab –, Traditionsverbände meldeten sich, sieben ehemalige Freunde tauchten auf, die mit ihm in Sibirien gewesen sein wollten, aber Wolter konnte sich nicht erinnern, sie jemals gesehen zu haben, und außerdem baten diese sieben ausnahmslos um Hilfe, um Darlehen, Kredite oder wollten einfach – aus alter Kameradschaft – pumpen. Kurzum: Es war eine Woche lang ein großes Spektakel um den heimgekehrten Karl Wolter, bis er mit seiner Agnes wieder ruhig im Hinterzimmer des kleinen Wäscheladens sitzen konnte und Kaffee trank.

Zwanzig Jahre waren nachzuholen. Über zwanzig Jahre mußte man Bericht geben. Es war für Agnes und Karl, als begänne jetzt erst ihre wahre Ehe.

»Es ist nicht die Schuld Deutschlands«, sagte der Beamte auf dem Versorgungsamt, als Karl Wolter mit dem Brief kam und fragte, was so ein Blödsinn solle, »daß Sie zwanzig Jahre in Rußland waren und seit zehn Jahren für tot gelten.«

»Ist es meine Schuld?« meinte Wolter.

»Sie hätten vielleicht schreiben können«, erklärte der Beamte.

»An wen? Man schrieb mir, meine Frau und die Kinder seien bei einem Bombenangriff umgekommen.«

»Sie hätten sich davon überzeugen müssen.«

»Von Rußland aus!« Karl Wolter atmete tief aus. »Es ist ja so einfach, nicht wahr? Man wendet sich an die Auskunft und fragt: Forschen Sie mal nach, ob eine Agnes Wolter in Göttingen noch lebt? Und die Natschalniks in Sibirien haben nichts Eiligeres zu tun, als das festzustellen.«

Der Beamte sah konsterniert an die Decke. Welch ein Ton? In einer Demokratie! Pfui!

Es war ein junger Beamter, kaum älter als Wolfgang Wolter, und als der Krieg zu Ende war, hatte er noch mit Murmeln auf den Straßen gespielt. Jetzt war er Beamter auf Lebenszeit. Freunde, das ist mehr als ein König! Könige können gestürzt werden, ein Beamter nie.

»Man kann in Ihrem Fall die Bestimmungen des Spätheimkehrergesetzes anwenden«, sagte der Beamte mit begrenztem Wohlwollen. »Sie können – auf Antrag – eine Entschädigung erhalten. Allerdings wird sie nicht so hoch sein wie die gezahlte Witwenrente. Die Differenz müssen Sie dann zurückerstatten. Da ist in einem Rechtsstaat nun nichts mehr zu diskutieren. Ordnung muß ja Ordnung bleiben.«

Karl Wolter nickte. Noch einmal sah er den jungen Beamten an und er konnte ihm keinen Vorwurf machen. Was wußte er vom Krieg? Was konnte er von Sibirien wissen? Er war aufgewachsen auf dem fruchtbaren Boden des sogenannten Wirtschaftswunders, er hatte immer einen gedeckten Tisch erlebt, ein warmes Bett, die Sorglosigkeit eines biederen Bürgers. Er hatte nie Fischmehl in heißem Wasser gefressen, Regenwürmer gebraten und aus frischem Frühlingsgras Spinatersatz gehackt. Er kannte keine fünfunddreißig Grad Kälte in der Steppe. Er war nie zu Fuß vierhundert Kilometer durch die kirgisische Steppe marschiert. Er hatte die Mittelschule besucht, ein Butterbrot mit Schinken in der Schultasche. Und was früher gewesen war, kannte er nur aus Romanen und den blassen Erzählungen seiner Lehrer.

Und doch kam in diesen Minuten der alte Kolka Iwanowitsch Kabanow wieder in ihm hoch. Mit der Faust schlug er auf den Tisch und brüllte, wie damals in dem schwankenden Boot des guten Fischers Agafonow.

»Nichts werde ich zurückzahlen! Gar nichts! Soll meine Frau dafür bestraft werden, daß ich lebe, daß ich wiedergekommen bin? Hätte ich lieber in Rußland bleiben sollen, he?«

Der junge Beamte bekam einen roten Kopf. Und dann sagte er etwas, was Karl Wolter explodieren ließ: »Bitte, benehmen Sie sich! Sie sind hier bei einer Behörde und nicht in der Steppe.«

Kolka Iwanowitsch – denn das war Wolter jetzt wieder – warf an die Wand, was er fassen konnte: die Akten, die Bleistiftschale, einen Locher, ein Töpfchen mit Leim, einen Aschenbecher und den Papierkorb.

Dann ging er endlich, weggeführt von zwei Polizisten, die von der Stenotypistin im Nebenzimmer alarmiert worden waren.

»Mein Gott, Vater«, sagte Wolfgang, als Agnes ihm den Auftritt im Rathaus erzählte. »Das bringt dir eine dicke Klage wegen Beleidigung und Sachbeschädigung ein.«

»Am Arsch können sie mich alle lecken!« schrie Wolter zurück. »Große Lust hätte ich, mit euch allen zurück nach Tiflis zu fahren! Wenn zwei Weltkriege nicht vermochten, den deutschen Amtsschimmel zu ändern ... diesem Volke ist nicht mehr zu helfen!«

»Man muß Geduld haben, Mutter«, sagte Wolfgang leise, als Karl Wolter wütend weggegangen war. Er hatte Dimitri mitgenommen und Bettina. Er mußte an die Luft, er erstickte fast in dieser Enge seines neuen Lebens. »Er braucht eine lange Zeit, bis er sich wieder im Westen eingewöhnt hat.«

»Ob er es jemals wieder kann?« fragte Agnes zweifelnd. »Wie ein Raubtier geht er herum. Mein Gott, mein Gott, sagte er immer wieder, das ist ja alles gegen jede Logik. Ihr lebt ja wie die Strauße – mit dem Kopf im Sand. Ist denn so etwas möglich?« Agnes sah ihren Sohn nachdenklich an. »Ich fürchte fast, Vater hat recht.«

»Das gibt sich. Der Schock der Heimkehr, das Leben hier, das er wie ein Paradies ansehen muß ... es ist alles zu viel auf einmal für Vater.«

Über den Vorfall schwieg man in der Familie Wolter. Aber jeder zitterte vor einem neuen Brief oder gar vor einer Vorladung zum Gericht wegen Beamtenbeleidigung. Doch sie traf nicht ein. Der Oberbürgermeister, selbst ein ehemaliger Kriegsgefangener, schlug diesen Vorfall im Rathaus nieder.

Karl Wolter hatte noch einmal Glück mit der Demokratie.

*

In der sowjetischen Botschaft lebte Jurij Alexandrowitsch Borokin isoliert und wie geächtet. So wenigstens kam es ihm vor, nachdem Oberst Jassenskij wieder abgereist war. Und als man in Rolandseck erfuhr, daß Bettina samt ihrem Vater und dem sowjetischen Ölingenieur Dimitri Sergejewitsch Sotowskij über Beirut nach Westdeutschland gekommen waren, gestand sich Borokin ein, daß die Pleite vollkommen war.

Aus Moskau kamen Telefongespräche, bei denen Borokin wie ein Idiot abgekanzelt wurde. Nach dem alten Grundsatz, daß für einen Knüppel auch der zu schlagende Esel vorhanden sein muß, wurde Borokin zum Sünder für alle Fehlleistungen gemacht, worüber General Oronitse, aber vor allem Oberst Jassenskij vom GRU sehr glücklich waren. Es ist immer gut, einen leicht erreichbaren Schuttabladeplatz zu haben.

Borokin nahm es hin wie eine Naturkatastrophe. Hagel kann man nicht verhindern, Moskaus Bann ebensowenig. Man konnte sich nur bemühen, bis zuletzt einen guten Eindruck zu hinterlassen.

Die große Stunde Borokins schlug, als vom Hauptquartier des GRU aus dem Kreml der Befehl kam: »Sotowskij muß in die UdSSR zurückgeführt werden. Die Aktion ist unauffällig zu arrangieren.«

Wer Särge entführt, kann auch einen Lebenden »zurückführen«. Und da der Auftrag ganz klar war, machte sich Borokin ans Werk.

Er fuhr nach Göttingen und mietete sich dort ein möbliertes Zimmer unter dem Namen Ernst Hauber. Von Moskau hatte er Fotos bekommen, und er erkannte Dimitri sofort, als er ihn zusammen mit Karl Wolter und Bettina spazierengehen sah.

Göttingen ist ein günstiger Ort, dachte Borokin. Die Zonengrenze ist in der Nähe, und es wird einfach sein, ihn rüberzubringen, wenn man ihn erst einmal fest in der Hand hat.

Wenn Bettina und Dimitri, wie es das Recht der Verliebten ist, Arm in Arm in den Parks spazierengingen, ließ Borokin sie keinen Moment aus den Augen. Er brauchte keine Vorsicht, weder Bettina noch Dimitri kannten ihn. Nur wenn Wolfgang Wolter am Wochenende zu Besuch kam, blieb Borokin im Hintergrund.

»Handeln Sie schnell«, rief ein paar Tage später Oberst Jassenskij aus Moskau an.

Plötzlich hatte Moskau keine Zeit mehr. Borokin konnte sich das nicht erklären, aber es ist auch nicht die Aufgabe eines sowjetischen Funktionärs, über Befehle nachzudenken.

Handeln Sie schnell ... Über Bettina und Dimitri verdunkelte sich der Himmel, und sie merkten es nicht.

*

An einem Sonntag war's, Wolfgang war wieder zu Besuch in Göttingen, als der schwelende Brand sich zum vollen Feuer entwickelte.

Schon seit Beirut herrschte zwischen Wolfgang und Dimitri eine Kälte, die nur durch die Gegenwart Karl Wolters nicht zum offenen Streit wurde. Der kalte Krieg der Völker war nun bis in die Familie gedrungen, und Wolter sah es mit maßlosem Erstaunen und begriff es nicht. Eifersucht Wolfgangs auf einen plötzlichen Halbbruder war es nicht, menschlich würden sie sich gut verstehen, wirklich wie Brüder – aber da war etwas, was Karl Wolter einfach nicht verstehen wollte: Der politische Schnitt zwischen Ost und West.

Wolfgang Wolter war deutscher Offizier. Seine Welt war klar vorgezeichnet, durch die Schule, Ausbildung und Beruf. Er trug eine Uniform, und er hatte einen Eid geleistet, Deutschland notfalls mit seinem Leben zu verteidigen. Der Blick aber ging nicht in die Runde, wenn von Verteidigung geredet wurde, sondern nur nach Osten. Von dort kam die Bedrohung der freien Welt, Wolfgang Wolter kannte es nicht anders. Seit er denken konnte, hatte man es so in sein Hirn getrieben.

Und da war Dimitri Sergejewitsch Sotowskij, der große und schwarzlockige Mann aus Tbilisi, ebenfalls von Kindesbeinen an in einer Ideologie erzogen; von den Komsomolzen an bis zur Universität, vom ersten roten Halstuch bis zur Anstellung als Ölingenieur in Grusinien. Er hatte kommunistisch denken gelernt, und er hatte sich wohl gefühlt. Nun war er im Westen, aus Liebe geflüchtet aus der russischen Heimat, und nur wer ein Russe ist, kann ermessen, was das bedeutet. Er blieb Kommunist, warum sollte er sein ganzes Leben ändern? Er träumte nicht von der Weltrevolution – das waren Auswüchse des Denkens –, aber er träumte von der Gleichheit und Brüderlichkeit aller Menschen, und das ist ein guter Traum, Freunde, wenn nicht immer wieder Menschen kämen, die sich radikal benehmen und aus Ideen Ideologien machen.

Und doch: So sehr sie zueinander paßten, Wolfgang Wolter und Dimitri Sotowskij – eine Welt trennte sie. Es gab keine Brücke zwischen ihnen. Warum, das weiß keiner zu erklären. Könnte man es erklären, würden alle Politiker arbeitslos, und die Welt hätte Frieden. Kaum auszudenken.

An diesem Sonntag nun geschah es.

Bettina und Agnes Wolter waren in der Kirche, Dimitri

spülte das Kaffeegeschirr in der Küche (wie er es oft in Tiflis auch getan hatte), und Wolfgang Wolter, in Uniform, ging unruhig im Wohnzimmer hin und her, während sich Karl Wolter eine Zigarre ansteckte. Wie vor einem Gewitter war es drückend im Raum.

»Was soll aus Dimitri werden, Vater?« sagte Wolfgang und blieb vor Karl Wolter stehen. Seine Worte waren wie der erste Blitz aus den Gewitterwolken.

»Ich verstehe deine Frage nicht«, sagte Wolter.

»Er bleibt bei uns?«

»Natürlich! Er wird eines Tages Bettina heiraten.«

»Ich glaube kaum, daß das möglich ist, Vater.«

Das war so klar gesagt, daß Wolter seine Zigarre weglegte. Er sah zu seinem Sohn hinauf, auf die beiden silbernen Sterne seiner Schulterstücke, und dann erhob er sich und holte tief Atem.

»Weder deine Schwester noch dein Vater werden dich um Erlaubnis bitten, wie sie ihr Leben einrichten!« sagte er laut. »Ich wünsche, daß du endlich begreifst, daß Dimitri zu unserer Familie gehört! Ich habe ihn großgezogen wie einen Sohn.«

»Unter welchen Voraussetzungen! Du warst Gefangener, du hast einer Falschmeldung geglaubt und bist in Rußland geblieben. Du hättest als Russe weitergelebt...«

»Und ich wäre auch als Russe gestorben!« rief Wolter dazwischen.

»Doch das ist jetzt alles vorbei. Du lebst wieder in normalen Verhältnissen. Und ich bin Offizier der Bundeswehr.«

»Man kann's nicht übersehen«, sagte Wolter sarkastisch. Wolfgang bekam rote Ohren. Seine Finger schabten nervös über die Handflächen.

»Vater... ich bin im Ministerium darauf angesprochen worden. Stimmt es, daß Sie einen Russen in die Familie bekommen? Ihre Schwester will einen Russen heiraten?

Denken Sie daran, daß Sie Offizier des MAD sind. Es ist fast unmöglich, daß Sie in der Abteilung Ost arbeiten bei einem Bolschewisten in der Familie.« Wolfgang holte tief Atem. »Begreifst du das, Vater? Meine Karriere ist in Gefahr. Man wird mich abstellen zu einem Truppenkommando, und dort kann ich versauern! Ich soll, das hat man mir gesagt, außer der Reihe zum Hauptmann befördert werden und eine Abteilung im Amt Ost bekommen. Das ist alles hinfällig, wenn Dimitri bleibt! Hast du gelesen, was Dimitri dem Reporter der Tagesschau gesagt hat? Ich bin ein Kommunist, auch wenn ich aus Rußland geflüchtet bin. – Im Ministerium hat man kopfgestanden. Ich mußte dem General Bericht erstatten. Geschämt habe ich mich!«

»Geschämt? Wovor? Daß Dimitri Charakter hat?«

»Vater! Du willst es nicht begreifen ... wir sind eine deutsche Familie, ich bin ein deutscher Offizier ... wir können uns keinen Sowjetrussen in unserer Familie leisten.«

»*Ich* kann es!« schrie Karl Wolter.

Vor seinen Augen brannte das Zimmer.

Wo habe ich die besten Jahre meines Lebens gelebt? In Rußland, dachte er. In Tiflis wurde ich nach den Jahren in Sibirien wieder zum Menschen. In Tiflis habe ich Dimitris Mutter kennengelernt, wir hatten eine gute Ehe, und ich habe aus dem schmächtigen Jungen einen richtigen, klugen Mann gemacht. Und nun geht es nicht mehr? Nun ist er im Wege, mein Söhnchen Dimitri. Und mein eigener Sohn sagt zu mir, ich soll ihn entfernen. Hölle und Teufel, das ist zuviel an sinnloser Politik! »Dimitri ist mein Sohn wie du!« sagte er laut.

»Er ist nicht dein leiblicher Sohn!«

»Er ist mir ans Herz gewachsen wie du und Bettina! Es gibt keine Diskussion darüber, was aus ihm wird! Eine Stellung wird er annehmen und Bettina heiraten.«

»Und meine Offizierslaufbahn?« rief Wolfgang.

»Das ist eine merkwürdige Armee, die sich vor einem einzelnen Russen fürchtet.«

»Es geht um das Prinzip, Vater!«

»Scheiß was auf dieses Prinzip! Es geht um die Menschlichkeit!«

»Du denkst und du redest wie ein Russe!« Wolfgangs Stimme wurde hell wie auf dem Kasernenhof. »Ich habe mir meinen Vater anders vorgestellt! Klüger, deutscher... So wie du dich jetzt benimmst, wäre es besser gewesen, du wärst in Rußland geblieben... besser für uns alle.« In diesem Augenblick zerbarst das Zimmer vor Karl Wolter. Er tat einen Schritt auf seinen Sohn zu, hob die Hand und gab ihm eine schallende Ohrfeige. Wolfgang taumelte zurück. Blankes Entsetzen trat in seine Augen.

»Du schlägst mich...«, stammelte er.

»Du bist mein Sohn. Jawohl!«

»Ich trage eine Uniform...«

»Zieh sie aus, damit ich dir auf die andere Backe auch eine schlagen kann!«

»Ich bin Offizier, Vater!«

»Und ich war ein einfacher, dreckiger Feldwebel, der für euch den Kopf hingehalten hat. Für dich, du arroganter Bursche!« Karl Wolter keuchte und zog den Kopf zwischen die Schulter. Mein Herz, dachte er. O Himmel, ich spüre es im Herzen... ist stehe in einer fremden Welt, und doch ist es meine Heimat!

»Mach, daß du rauskommst!« sagte er hart. »Geh!«

»Vater...«, stotterte Wolfgang. Seine Wange brannte.

»Fahr zurück zu deinen Kameraden. Sing mit ihnen: Gen Ostland woll'n wir reiten. Wir haben es auch gesungen, und ich war so alt wie du. Was daraus geworden ist, siehst du. Hau ab, du deutscher Offizier!«

»Du bist wirklich ein Russe«, sagte Wolfgang dumpf. Er nahm seine Mütze und setzte sie auf. »Unsere arme Mutter!«

Karl Wolter bückte sich. Irgend etwas ergriff er,

schwenkte es durch die Luft und warf es dann gegen seinen Sohn. Ein Buch war es. Ein schöner Titel: »Die Welt, in der wir leben«.

Wolfgang wich dem Wurf aus. Dann wandte er sich um und verließ stumm das Zimmer.

In der Küche band Dimitri seine Schürze ab. Bleich war er, über seinen Augen lag ein Schleier. Er hatte das Geschirr ins Zimmer bringen wollen und an der Tür hatte er alles gehört und gesehen und auch verstanden.

Während Karl Wolter auf dem Sofa saß, den Kopf in beide Hände vergraben, schlich sich Dimitri aus dem Haus. Er nahm nicht viel mit, nur eine Aktentasche mit Wäsche. Nicht einmal einen Brief hinterließ er. Er ging weg aus einer Welt, der er lästig war. Er verschwand lautlos wie ein Nebel, der sich zwischen den Bäumen auflöst. Sein Herz blieb zurück bei Bettina, und das war das Fürchterlichste an seiner Flucht: Er ging ohne Seele weg. Nur sein Körper suchte Zuflucht. Die Welt war weit.

Als Agnes Wolter und Bettina aus der Kirche zurückkamen, war alles schon geschehen.

Karl Wolter rannte durch das Haus und schrie nach Dimitri. Nur mit Mühe konnte Agnes ihn beruhigen und auf das Sofa drücken.

»Einmal wird Dimitri schreiben«, sagte Bettina, als sie aus seinem Zimmer zurückkam, starr und wächsern wie eine Schaufensterpuppe. »Und wo er auch ist, ich fahre zu ihm . . . und wenn es zurück ist nach Tiflis.«

Und da erst weinte Karl Wolter.

*

Der Weg Dimitris hatte nichts Geheimnisvolles an sich, war fern aller Sensation, war nicht umwittert von Abenteuern, sondern es war der Weg eines nüchternen, unromantischen Alltags: Mit dem Zug fuhr er von Göttingen nach Köln, von Köln nach Remagen, und dort ließ er sich beim französischen Botschafter melden.

Ein Botschaftsrat empfing ihn in dem herrlichen Schloß über dem Rhein, eine wahrhaft königliche Residenz, und da Dimitri kaum französisch und der Botschafter kein Russisch sprach, einigte man sich auf die deutsche Sprache.

»Ich bin gekommen«, sagte Dimitri, und es tat ihm im Herzen weh, so etwas aussprechen zu müssen, »um mich bei Ihnen zu bewerben. Ich bin Ölfachmann, Ölingenieur des staatlichen Ölkombinats Tbilisi. Ich bin aus Rußland geflohen, und das ist eine lange Geschichte, die ich Ihnen gern erzähle, wenn Sie Zeit für mich haben. Wir wissen auch in Rußland, daß Frankreich in der Sahara große Öl- und Erdgasvorkommen auswertet. Ich möchte um eine Stelle in der algerischen Sahara bitten.«

Ja, so war das. Genau hatte es sich Dimitri überlegt. Zuerst war er nur aus dem Haus gerannt, getrieben von dem Entsetzen, das ihn überfiel, als er Kolka auf seinen Sohn losgehen sah. Ich gehöre nicht hierher, hatte Dimitri gedacht. Ich zerstöre eine Familie, die zwanzig Jahre lang zerrissen war und nun zueinander gefunden hat. Was macht es, daß ich mein Väterchen Kolka verloren habe? Gibt es ein Recht, den Ziehvater zu behalten, auch wenn man ihn liebt wie den eigenen Vater? Und Bettina muß ich aufgeben. Das ist der größte Schmerz. Das ist etwas, was man nie überwinden kann. Aber auch darüber wird einmal eine Haut wachsen, wie über jede Wunde, und man muß sich bemühen, sie nicht immer aufzureißen.

Doch dann stand er plötzlich am Bahnhof, die Züge ratterten an ihm vorbei, und da überfiel ihn die ganze Trostlosigkeit seiner plötzlichen Einsamkeit, und das Heimweh nach Rußland preßte gegen sein Herz.

Fort, dachte er da. Nur fort aus Deutschland! Nicht mit Haß, sondern mit Wehmut. Die Welt ist groß genug, auch einen Dimitri Sergejewitsch Sotowskij aufzunehmen, einen Heimatlosen ohne Paß, ohne Recht, ohne

Geld, ohne Zukunft, nur bepackt mit dem Willen, weiterzuleben und allein zu sein mit seinen Gedanken und seinem Heimweh nach Rußland, das er nie wiedersehen wird. Und er kaufte sich eine Fahrkarte nach Köln, saß im Zug, starrte auf die vorbeifliegende Landschaft, und erst dann, in eine Ecke des Abteils gedrückt, rundete sich das Bild seiner Zukunft und wurde sein Weggehen zu einer wahrhaften Flucht.

Öl! Frankreich bohrt Öl in der algerischen Sahara. Eine Hölle unter glutendem Himmel und heißem Sand ist es. Die Einsamkeit ist der Spielgefährte und die Sehnsucht nach einer Landschaft voll Schnee ist der süßeste Traum.

Aber Öl ist da. Bohrtürme. Eine Pipeline ... durch Wüstensand bis zur Küste ... Pumpstationen, silbern glitzernde Tanks, Reinigungsanlagen, eine Raffinerie im Aufbau ...

Es ist die Welt des Dimitri Sotowskij. Das Knirschen der Bohrer, das Zischen der Ventile, der Geruch des Rohöls ... wenn man die Augen schließt, riecht es nach Heimat. O Freunde, das ist der richtige Ort. Weit weg von Deutschland.

Drei Stunden lang erzählte Dimitri dem französischen Botschaftsrat seine Geschichte. Er merkte nicht, daß sie auf Tonband aufgezeichnet wurde, er wußte nicht, daß sie am gleichen Tage noch übersetzt und abgeschrieben wurde und nach Paris flog zum Arbeitsministerium. Er bekam etwas Geld, mietete sich in einer kleinen Pension in Remagen ein und begann des Menschen liebstes Spiel: Warten.

Drei Tage war Dimitri in Remagen. Er ging nie aus, saß am Fenster, sah auf den Rhein, aß seine Mahlzeiten in dem kleinen Eßzimmer der Pension, vermied jeden Kontakt mit den anderen Gästen, und jeden Abend, wenn es dunkel geworden war und der Rhein von flimmernden Lichtern eingerahmt war, stand er auf einem kleinen Balkon, lehnte sich an das eiserne Geländer und dachte an Bettina.

»Er ist ein Künstler«, sagte der Pensionswirt, als die anderen Gäste ihn nach dem seltsamen Menschen fragten. »Aus Polen oder sonstwo aus dem Osten kommt er. Gast der französischen Botschaft. Vielleicht ein Maler, der den Botschafter malt.« Das genügte. Man kümmerte sich nicht mehr um Dimitri. Ein Künstler! Die haben sowieso Narrenfreiheit.

Am vierten Tag ließ ihn der Botschaftsrat wieder rufen. Paris hatte schnell gearbeitet. Ölfachleute sind knapp auf der Welt, noch seltener sind Ingenieure, die freiwillig in die Sahara gehen. Am seltensten aber ist ein sowjetischer Fachmann, der seine Dienste dem Westen anbietet.

»Sie werden in einigen Tagen nach Marseille fliegen«, sagte der Botschaftsrat freundlich, als Dimitri sein angebotenes Glas Kognak getrunken hatte. »Mit einem Kurierwagen werden Sie zunächst nach Paris gebracht. Von dort fliegt man Sie nach Marseille. Der Direktor des französischen Öl-Trusts wird dann über alles Weitere entscheiden.« Der Botschaftsrat blätterte in einem Aktenstück, und Dimitri wunderte sich, wie dick es bereits war und wieviel Papier man schon seinetwegen beschrieben hatte. »Sie hatten in Tiflis keinerlei politische Schwierigkeiten?«

»Nein«, antwortete Dimitri. »Keine.«

»Das ist wichtig. Es liegt uns daran, mit Ihrem Land einen freundschaftlichen Kontakt zu pflegen. Irgendwelche Komplikationen, die aus Ihrer Flucht aus Tiflis erwachsen könnten, wären uns unangenehm! Wie ist Ihre politische Einstellung?«

»Ich weiß nicht...«, sagte Dimitri. Er verstand die Frage nicht.

»Sind Sie Kommunist?«

»Ja.«

Die alte Frage, und immer wieder die gleiche Verwunderung bei Dimitri. Warum ist das so wichtig, dachte er. Ich bin erzogen worden in diesem Geist. Bin ich deshalb ein schlechterer Mensch, ein schlechterer Ingenieur, eine Gefahr für die anderen? Die Deutschen hatten einen Bismarck, die Franzosen einen Napoleon, die Engländer ihr Königshaus, die Amerikaner einen Roosevelt. Wir hatten einen Lenin und Stalin . . . was hat das mit mir zu tun? Kann man einem Deutschen vorwerfen: Du bist ein schlechter Mensch, denn ihr hattet einen Friedrich den Großen? Oder einem Franzosen: Geh weg . . . ihr habt einem Robespierre zugejubelt? Welch eine Dummheit!

»Morgen früh um sieben Uhr erwarten wir Sie hier«, sagte der Botschaftsrat, ohne weiter auf das klare Ja Dimitris einzugehen. »Haben Sie viel Gepäck?«

»Nur das was ich am Körper trage. Und eine Aktentasche mit Kleinigkeiten.«

»Die Rechnung Ihrer Pension in Remagen lassen Sie bitte zu uns schicken.« Dimitri erhob sich. Der Schritt in eine andere Welt war getan, und er war so nüchtern, als wenn man eine Tür öffnet und in ein anderes Zimmer geht.

»Ich danke Ihnen«, sagte er, und seine Stimme war plötzlich belegt vor innerer Erschütterung. Paris – Marseille – Algerien . . . es gab kein Zurück mehr. Die Welt des Dimitri Sotowskij würde die glühende Sahara werden. In ihrem gelben, heißen Sand würde er die Liebe zu Bettina begraben. Ein Grab, auf dem nicht einmal eine Blume wachsen konnte.

Die Fahrt nach Paris verlief ohne Zwischenfälle. Der Diplomatenwagen wurde nicht kontrolliert und fuhr unbehindert über die Grenze. In Paris wohnte Dimitri in einem Gästehaus der Ölfirma. Er sah nicht viel von der schönen Stadt, denn immer neue Herren fragten ihn aus und testeten sein Wissen. Und dann erlebte Dimitri eine große Überraschung: Am dritten Tag in Paris wurde er in ein Büro geführt. Dort saß ein dicker Mensch hinter einem breiten Schreibtisch, rauchte eine Papirossa und begrüßte Dimitri auf russisch: »Guten Tag, Kamerad.

Steht das alte Nonnenkloster Samtawro in Mtscheta noch?«

»Ein Mensch aus Tbilisi...«, stammelte Dimitri. Ob er es wollte oder nicht... Tränen kamen in seine Augen, und sie brannten, als seien sie aus Säure. »Ist das schön.«

Es zeigte sich, daß Valeri Mironowitsch Lepka schon seit zwanzig Jahren in Frankreich war, in Tiflis studiert und in der gleichen Abteilung gearbeitet hatte, die Dimitri einmal als Chefingenieur hatte übernehmen sollen. Einen ganzen Tag sprachen sie miteinander. Dimitri erzählte von dem neuen Grusinien, und Lepka bekam weite Augen, wie alle Russen sie bekommen, wenn jemand von ihrer Heimat erzählt. Augen, in denen die Weite Rußlands liegt.

»Es ist so gut wie sicher, daß du nach Algerien kommst«, sagte Lepka nach vielen Stunden russischer Erinnerung. »Aber glaube nicht, das ist ein Zuckerlekken, Freundchen. In Tiflis haben wir dagegen wie die Fürsten gelebt. Die Sahara ist das feindlichste Land, das die Erde kennt... aber, das ist ein Wunder: Wer sie einmal lieben gelernt hat, bleibt bei ihr, als ersticke er woanders. Überlege es dir, Dimitri Sergejewitsch. Wir könnten für dich auch eine Stellung in Marseille finden. Oder an der algerischen Küste, bei den Tanks und Pumpen.«

»Ich will in die Wüste, Valeri Mironowitsch«, sagte Dimitri fest. »Ich will mich vergraben.«

»Es gibt mehr schöne Mädchen als diese Bettina!« rief Lepka. »Sei kein Idiot, Dimitri! Wir gehen heute abend aus, und ich bringe dir ein Mädchen, das in dir die Erinnerung an diese Deutsche vertreibt.«

Dimitri schüttelte den Kopf. »Es gibt nur eine Bettina, Valeri Mironowitsch. Laß sie mir im Herzen... es lebt sich leichter damit als mit einer Leere, in die nur ab und zu eine Stimme klingt.«

Und dann war Dimitri eines Tages in Marseille. Zehn

Tage waren seit seiner Flucht aus Göttingen vergangen, auf dem Kalender war es ganz deutlich zu lesen. Unbegreiflich.

Zehn Tage. Wie ein Wind waren sie an ihm vorbeigeweht. Ihm war, als sei er erst vor ein paar Stunden aus dem Haus geschlichen und durch die sonntagsstillen Straßen Göttingens gerannt. Zehn Tage. Und nicht ein einziges Wort an Bettina.

In dem kleinen Zimmer des Hotels, in das man Dimitri bis zur Abfahrt des Schiffes nach Algier gebracht hatte – ein billiges Hotel, in dem es vom Keller bis zum Dachboden nach der Bouillabaisse, der Fischsuppe mit Knoblauch und Gewürzen, roch, auf die Marseille so stolz ist –, schrieb er seinen ersten und letzten Brief an Bettina. Er schrieb ihn russisch, denn was er zu sagen hatte, konnte er in deutscher Sprache nicht ausdrücken.

»Mein Stern,
ich lebe, aber das ist auch alles. Ich lebe mit einem zerrissenen Herzen, und ich lebe nur, weil die Erinnerung an Dich da ist, das Letzte, was ich von Dir habe, und das doch so schön ist, daß es für mein ganzes Leben reicht.
Leb wohl, mein Stern. Wie schön wäre es gewesen, wenn wir nur Menschen hätten sein können. So aber sind wir Russen und Deutsche und hundert andere Nationen, und es kommt nicht darauf an, daß jeder von uns ein Herz hat, sondern es gilt nur, hinter welcher Fahne er marschiert. Das ist so dumm, aber es ist so alt wie die Menschheit. Wir ändern es nicht, mein Stern; wir sind nur Staub, den man wegwischt.
Ich küsse Dich. Nicht zum letztenmal, denn ich werde Dich in Gedanken immer küssen, ehe ich nachts die Augen schließe – immer, über Jahrzehnte hinweg, solange ich lebe. Du bist unsterblich in mir, meine Wanduscha.«

Dieser Brief traf zwei Tage später in Göttingen ein. An Bettina war er gerichtet, aber Karl Wolter riß den Umschlag auf, denn er kannte ja die Handschrift Dimitris, diese steilen, dicken Buchstaben, in das Papier gerammt wie ein steinerner Zaun.

»In Marseille ist er!« schrie Wolter und lief mit dem Brief durch die Wohnung. Agnes umarmte ihn, denn seine Freude war auch ihr Glück, und die vergangenen zwölf Tage waren schrecklich gewesen, dumpf und leer und wie leblos. »In Marseille! Betti! Er lebt! Er hat geschrieben. Mein kleiner Dimitri . . .«

Und dann las er den Brief vor. Erst auf russisch, und Bettina weinte und trat zum Fenster, als könne sie von dort aus bis nach Marseille blicken. Und dann las er ihn auch auf deutsch, und Agnes legte die Hände in den Schoß und sah ihren Mann lange an.

»Er kommt nie wieder«, sagte sie leise. »Ich habe Angst, Karl.«

»Angst? Wovor?«

»Soll es jetzt immer so bleiben? Wolfgang kommt nicht mehr zu uns, Dimitri ist gegangen – was soll das für ein Leben werden? Willst du nur trauern, bis du gestorben bist? Zwanzig Jahre haben wir auf dich gewartet, und was ist daraus geworden?«

»Dimitri wird zurückkommen!« sagte Karl Wolter. »Ich hole ihn.«

»Nein, Vater. *Ich* fahre nach Marseille!« Bettina drehte sich am Fenster um.

»Ich rufe gleich die Fluglinie an. Mit der nächsten Maschine fliege ich. Dimitri kommt nur zurück, wenn ich ihn hole.«

»Das stimmt.« Karl Wolter las noch einmal den Brief Dimitris. »Er ist ein Dickkopf. Und stolz ist er. Stolz! Wäre er sonst ein Grusinier?«

»Und Wolfgang?« fragte Agnes Wolter leise. »Du hast noch einen Sohn, Karl.«

»Den hole ich!« Wolter legte den Brief vorsichtig auf den Tisch, als wäre er aus dünnem Glas. »Morgen früh fahre ich nach Bonn.« Und dann hieb er mit der Faust auf den Tisch, daß die Holzbeine ächzten, und er war wieder der alte Kolka aus Tiflis. »Zum Teufel!« schrie er. »Gelacht wäre es, wenn ich eine störrische Familie nicht wieder zusammenbekäme! Eine Kamelherde habe ich durch die Steppe getrieben, ich habe mit sturen Ochsengespannen Hunderte Werst abgefahren, und ich soll zwei dumme Jungen nicht zur Ordnung bringen? Verdammt will ich sein, wenn mir das nicht gelingt!«

Und Agnes Wolter lächelte zu ihm hinauf, als er sie wie um Beifall heischend ansah. Er ist ein völlig anderer Mensch geworden, dachte sie. Als er vor einundzwanzig Jahren abfuhr, war er fast ein schüchterner Jüngling. Nun ist er ein Bär aus dem Kaukasus.

Hand aufs Herz ... so gefiel er Agnes Wolter auch besser.

Aber soviel ein Mensch auch plant: Es ist rätselhaft, wo die Karten des Schicksals gemischt werden.

Bettina landete um 17.19 Uhr auf dem Flugplatz Marseille. Aber genau um 17 Uhr legte das Schiff »Liberté« von der Kaimauer des Marseiller Hafens ab und glitt hinaus ins spiegelnde Meer. An der Reling stand Dimitri und sah zurück auf die Küste, niemand winkte ihm zu, aber da waren die Kräne, und sie sahen im Sonnenglast aus wie ein Wald von Fingern, die zum Abschied in den Himmel gereckt wurden.

Eine halbe Stunde später stand Bettina auf dem Dach des Hafenamtes und sah durch ein Fernglas hinüber zu dem langgestreckten Schatten, der vom Himmel und vom Meer aufgesaugt wurde; ein blasser, schemenhafter Gegenstand, wie eine über den Wellen treibende kleine graue Wolke.

»Das ist die ›Liberté‹«, sagte der Direktor der französischen Ölgesellschaft. »Eine Stunde früher, Mademoiselle... ich hätte Ihnen zu gern beigestanden, auch wenn wir einen der seltenen Ölfachleute damit verloren hätten. Aber für eine so schöne Dame tun wir Franzosen ja alles.«

Bettina sah durch das Fernglas, bis auch die letzte Andeutung eines Schattens im Meer versunken war. Sie fühlte sich restlos erschöpft. Vom Flughafen zu dem auf dem Brief angegebenen Hotel, vom Hotel zur Ölgesellschaft, von dort zum Hafen... es war ein Wettlauf gewesen, den sie verlieren mußte. Nur neunzehn Minuten lagen dazwischen, und nach diesen Minuten eine ganze Welt!

»Die ›Liberté‹ wird übermorgen in Algier ankommen«, sagte der hilfsbereite Direktor. »Wenn Sie morgen früh mit der planmäßigen Maschine nach Algier fliegen, sind Sie einen Tag früher da als Ihr Verlobter. Um die Einreiseerlaubnis werde ich mich selbst kümmern. Das wird eine Überraschung geben; er geht von Bord, und wer steht an der Mole? Sie!«

Bettina nickte und gab das Glas zurück zu dem stillen Hafenbeamten, der hinter ihnen stand.

»Wie soll ich Ihnen danken?« fragte sie leise. Die Müdigkeit ließ sie schwanken. Galant faßte sie der Direktor unter.

»Der Dank einer schönen Frau ist immer die Bestätigung, daß sie glücklich ist. Werden Sie glücklich, Mademoiselle.«

»Das werde ich sein!«

Und das klang fest und entschlossen, wie damals in Tiflis, als die Flucht in eine unbekannte Welt begann.

*

Das neuerbaute Verteidigungsministerium auf der Bonner Hardthöhe, im Volksmund »Pentabonn« genannt, glänzte mit seinen Hunderten von Fenstern in der

Sonne, als Karl Wolter sich mit einer Taxe vom Hauptbahnhof zum Ministerium bringen ließ. Bevor sie auf den großen Parkplatz fuhren, ließ Wolter anhalten, stieg aus und betrachtete den imposanten Bau aus der Ferne. Der Taxifahrer schob die Mütze in den Nacken und beobachtete den seltsamen Fahrgast, der kopfschüttelnd auf der Straße stand. Ein merkwürdiger Vogel, dachte er. Als ob er noch nie solch'ne Steinlandschaft gesehen hat. Kommt wohl vom Lande, der gute Onkel.

Nachdenklich stieg Wolter nach ein paar Minuten wieder in den Wagen und lehnte sich zurück. Der Fahrer drückte seine gerade angerauchte Zigarette aus.

»Weiter?« fragte er.

Wolter nickte. »Ja«, sagte er kurz.

»Toller Bau, was?« Der Fahrer zeigte auf das »Pentabonn«. »Haben Sie noch nie gesehen?«

»Nein. Ich komme aus Rußland.«

»Ach! Wie lange sind Sie jetzt hier?«

»Knapp vier Wochen.«

»Mann, nehmen Sie mich nicht auf'n Arm!« Der Fahrer schaltete den Motor aus. »Sagen Sie bloß noch, Sie wären bis vor vier Wochen Kriegsgefangener gewesen.«

»Das nicht. Aber ich bin als Plenny drüben geblieben.« Wolter sah wieder auf den riesigen Bau des Ministeriums. Er verstand das alles einfach nicht. Alle wollten den Frieden, keiner dachte an Feindschaft, sie alle verfluchten den Krieg ... die Bauern an den Hängen des Kaukasus, die Bürger von Tiflis, die Nomaden in der Kirgisensteppe, die Fischer am Kaspischen Meer ... und überall auf der Welt, ganz gleich, wohin man kam und wen man fragte ... sie alle verdammten den Krieg.

Und trotzdem gaben die Staaten Milliarden aus für Waffen und Raketen, für Panzer und Flugzeuge. Milliarden, die aus der Welt einen blühenden Garten machen könnten, wenn sie statt in den Irrsinn in den Aufbau der Länder und Völker gesteckt würden.

»Wollen Sie Krieg?« fragte Wolter den Taxifahrer. Die Frage kam so plötzlich, daß der Angesprochene erst nach Worten suchen mußte.

»Wohl verrückt, was? Krieg! Wozu?«

»Aber alle rüsten.«

»Der Russe, Mann . . .«

»Auch der Muschik will keinen Krieg. Auch der Jäger in der Taiga nicht. Und erst recht nicht die Arbeiter in den großen Werken. Sie leben, wie wir, glücklich; sie haben ihr Essen, ihre Wohnung, ihren Fernsehapparat, ihren Urlaub.«

»In Rußland? Mann! Sie sind ja Kommunist! Lesen Sie mal unsere Zeitungen, wie die über die Sowjets schreiben. Wie dreckig es denen geht.«

»Und man glaubt das hier?«

»Natürlich!«

»Fahren Sie!« Karl Wolter beugte sich vor und starrte auf das riesige Ministerium. »Es hat sich in Deutschland wirklich nichts geändert! Und die da« – er zeigte auf das »Pentabonn« – »leben davon, nicht wahr?«

Der Fahrer schwieg. Man soll sich mit Fahrgästen nicht politisch streiten, es kommt nichts dabei heraus. Jeder soll nach seiner Art selig werden. Der eine liebt die Mutter, der andere liebt die Tochter . . . gut, wenn beide glücklich sind.

Im Ministerium mußte Karl Wolter zunächst warten, als er seinen Wunsch vorgebracht hatte, seinen Sohn, den Oberleutnant Wolfgang Wolter, zu sprechen. Er wurde von einer Ordonnanz abgeholt, bekam vorher einen Laufzettel, wurde durch lange Gänge geführt, fuhr mit Fahrstühlen herum und verlor völlig die Orientierung. Ein Labyrinth von Gängen, Türen, Fluren, Zimmern war es, und Wolter trottete hinter dem Unteroffizier, der ihn führte, her wie ein Hammel, der mit dumpfer Gelassenheit zum Schlachten geführt wird.

In einem kleinen, lichtdurchfluteten Zimmer stand er

dann einem Major gegenüber, der ihm beide Hände entgegenstreckte und ihn mit »Guten Tag, mein lieber Herr Wolter!« begrüßte.

Das machte Karl Wolter stutzig. Freundlichkeit ist etwas charakterlich Wertvolles, weil sie so schwer zu halten ist – aber dieser trompetende Ton, als empfange man einen berühmten Fußballspieler, machte ihn vorsichtig.

»Ich suche meinen Sohn«, sagte er deshalb kühl. »Oberleutnant ...«

»Ich weiß, ich weiß. Wird bereits verständigt und ist auf dem Weg hierher. Befindet sich gerade zu einer Besprechung beim General. Nehmen Sie doch Platz, bitte. Eine Zigarre? Ein Kognak? Eine Tasse Kaffee?« Der Major setzte sich auf den Rand des Schreibtisches und sah auf Wolter hinunter, der sich zögernd auf einen der Stühle gesetzt hatte. »Sie waren bis vor vier Wochen noch in Rußland?« fragte er.

Karl Wolter nickte. Aha, dachte er. Der warme Wind soll das Eis auftauen. Ganz sanft wird man verhört, ohne es zu merken, wenn man ein Dussel ist. Ein kleines Gespräch über Rußland, völlig harmlos. Freunde, hält man Kolka Iwanowitsch für einen Idioten?

»Zwanzig Jahre lang?« fragte der Major freundlich. »Mein Gott, welch eine lange Zeit ...«

»Zweihundertvierzig Monate«, sagte Wolter gleichgültig.

»Da haben Sie viel gesehen, was?«

»Ja. Bau von Stauwerken, Ausbau einer Raketenstation. An einer unterirdischen Ölraffinerie habe ich selbst geholfen, als Maurer. Und die Truppenübungsplätze, enorm!« Karl Wolter sah auf seine Hände. Unmöglich wäre es ihm, jetzt den Major anzusehen. Dieser hatte rote Backen bekommen und einen flammenden Blick.

»Interessant! Interessant! Gehen wir mal zur Karte. Man kann sich das nur auf einer Karte vorstellen. Wenn

Sie mir einmal zeigen, wo man das alles gebaut hat...«

»Nein!« sagte Wolter hart.

Der Major, schon auf dem Weg zu einer großen Wandkarte, blieb ruckartig stehen. Seine Schuhsohlen knirschten, so abrupt bremste er seinen Schritt.

»Was heißt nein?«

»Nein heißt nein oder njet oder non oder no, wie Sie wollen.«

»Mein Herr...«

»Wolter. Karl Wolter. Vor zehn Minuten konnten Sie meinen Namen noch geläufig aussprechen.«

»Sie sprechen mit einem Offizier!« rief der Major empört. »Sie haben mir eben erzählt, daß Sie mitgewirkt haben am Bau sowjetischer Militärbasen, und wenn ich Sie nun bitte, mir an der Karte...«

»Wozu?« Wolter sah den wütenden Offizier treuherzig an. »Was wollen Sie damit?«

»Im Falle eines Krieges...«

»Wollen Sie Krieg? Hoffen Sie auf einen Krieg?«

Der Major versteinerte und ging um seinen Schreibtisch herum. Dort setzte er sich, drückte auf eine Sprechtaste und brüllte in das Mikrofon: »Oberleutnant Wolter! Wo bleibt er denn?«

Keine zwei Minuten dauerte es, und Wolfgang Wolter trat ein. Er war nicht überrascht; schon im Nebenzimmer hatte man ihm etwas Unschönes gesagt. Dort saß ein Hauptmann vor einem Tonbandgerät und hatte alles aufgenommen, was Wolter nebenan gesprochen hatte. »Sagen Sie mal«, sagte der Hauptmann zu Wolfgang Wolter, »Ihr Vater ist wohl ein wenig schwach möbliert im Kopf? Der gibt dem Herrn Major vielleicht Antworten! Wie Rotz am Ärmel benimmt er sich. Das wird für Sie noch ein Nachspiel haben.«

»Gehen wir in die Kantine, Vater«, sagte Wolfgang, als er seinen Vater begrüßt hatte. »Sie erlauben doch, Herr Major?«

»Aber ja. Nehmen Sie ihn mit!« sagte der Major abgehackt.

»Wolter. Karl Wolter.« Kolka – denn das war er jetzt wieder – drehte sich herum. »Ein höflicher Mensch redet den anderen immer mit seinem Namen an! Das weiß ich als einfacher Feldwebel, befördert vor dem Feind bei Minsk. Sollte ein neuer deutscher Major das nicht mehr wissen ...?«

»Vater!« Wolfgang schob Karl Wolter aus dem kleinen Zimmer und schloß die Tür. Auf dem Flur löste sich die starre Miene Wolters; er lächelte sogar. »Du hast dich wieder unmöglich benommen.«

»Wer war denn der Knabe?«

»Major Hennrichs vom MAD. Eine Kapazität.«

»Kommt sich vor wie ein kleiner Gott in seiner Uniform, was?«

»Du hast eine falsche Einstellung zur Uniform, Vater.«

»Ich habe schon eine getragen, da habt ihr noch in die Windeln geschissen.«

Karl Wolter strich sich über die stoppeligen weißen Haare. Seine Stimme war laut, und Wolfgang begann, sich zu schämen.

»Komm, gehen wir in die Kantine, Vater«, sagte er schnell. »Ich habe nur eine halbe Stunde Urlaub für dieses Gespräch. Wir leben ja nach Dienstplänen.«

»In die Windeln geschissen!« brüllte Wolter. »Himmel, wie mich das alles anwidert! Keine Luft bekomme ich in dieser Atmosphäre von zackigen Reden und schon strafbarer Selbstüberschätzung! Ich kann mir nicht helfen – in Gegenwart von Uniformen bekomme ich den Geruch von Mist nicht aus der Nase.«

»Gehen wir, Vater«, sagte Wolfgang heiser. »Du änderst es nicht, ob du nun recht hast oder nicht. Du warst zwanzig Jahre hinter den Bergen, und die Welt hat sich gedreht und verändert ...«

»In einen Paradies habe ich gelebt.« Wolter wurde in

einen Aufzug gestoßen, die Tür schnarrte zu, sie schwebten abwärts. »In einem wahren Paradies, mein Sohn. Eine Wohnung, gutes Essen, jeden Tag zum Abend zweihundert Gramm Wodka, und im Frühjahr blühten die Aprikosen und Kirschen, im Herbst glühte der Wein an den Hängen, und man ging mit einem Korb zu den Bauern und sagte: ›Ein reiches Jahr war's, Brüderchen. Ich seh's an deinem Bauch, noch fetter ist er geworden. Komm, mach mir den Korb voll Trauben. Und wenn du mehr verlangst als einen Rubel und zehn Kopeken, schlage ich dir aufs Hirn.‹ Das war ein Leben!« Karl Wolter sah seinen Sohn an.

»Du verstehst das nicht.«

»Nein, Vater. So lebt doch kein Mitteleuropäer.«

»Einen Katzenschiß auf deinen Mitteleuropäer! Ich habe wie ein *Mensch* gelebt! O Himmel, wenn ich euch alle dazu bewegen könnte, so zu leben!«

In der Kantine waren sie fast allein, setzten sich in eine Ecke, bestellten ein Bier und sahen sich lange schweigend an. An weiter entfernten Tischen tranken und aßen ein paar Offiziere, sie lachten, einer von ihnen erzählte Witze.

»Warum bist du gekommen, Vater?« fragte Wolfgang, als Wolter nicht mit Sprechen begann.

Karl Wolter umfaßte mit beiden Händen sein kaltes Bierglas. »Nicht, um mich zu entschuldigen«, sagte er hart.

»Das habe ich auch nicht erwartet. Ich bin ausfällig geworden – es war meine Schuld, daß du so reagiertest, Vater.«

»Danke, Wolf.« Viel Glück lag in diesem Satz, und Wolfgang verstand es und legte seine Hand auf den Arm seines Vaters.

»Was macht Dimitri?« fragte er.

»Er ist weg.«

»Weg? Wohin denn?«

»Nach Frankreich und wahrscheinlich nach Algerien. In die Wüste.«

»Als Ölingenieur, natürlich...«

»Bettina ist schon unterwegs, ihn zurückzuholen. Habe ich Dimitri großgezogen wie meinen Sohn, habe ich nächtelang um ihn gebangt, wenn er krank war, damit er jetzt in der Sahara vom Sandsturm zugeweht wird? Er wird zurückkommen, und auch du wirst es, Wolf.«

»Bist du deswegen gekommen, Vater?«

»Ja!«

»Ich habe große Schwierigkeiten gehabt, Vater. Aus völlig natürlichen Gründen mißtraut man Dimitri. Er ist Russe, er ist Kommunist. Ein solcher Mann in unserer Familie schließt aus, daß ich als Offizier der Bundeswehr ausgerechnet in der Dienststelle Ost sitze. Ich *muß* versetzt werden, um jede Möglichkeit der Spionage auszuschließen. Es ist einfach eine routinemäßige Vorsichtsmaßnahme. Nur daß ich mich von euch getrennt habe, war der Grund, daß ich noch in Bonn bin und kein Truppenkommando irgendwo, weit weg von Bonn, bekommen habe.«

»Und wäre das schlimm, mein Junge?« fragte Wolter leise. »Ich kann hier eine glänzende Karriere machen, Vater.«

»Unter Opferung deiner Familie? Lohnt sich das? Bedeutet dir die Uniform so viel?«

»Die Uniform nicht, Vater. Aber ich bin mit meiner ganzen Seele Soldat.«

Wolter schwieg. Was sollte er darauf sagen? Ihm fehlten zwanzig Jahre. Ihm fehlten die Jahre, in denen Wolfgang herangewachsen war, in denen er sich sein Weltbild selbst bildete, in denen er sein Lebensziel zu erkennen glaubte. Damals hätte man es noch steuern können... und, bei Gott, der Sohn Karl Wolters wäre alles andere geworden, und wenn er Steine hätte klopfen müssen, nur kein Soldat! Nun war es zu spät. Zwanzig Jahre ließen sich nicht nachholen.

»Wenn ich dir fremd bin, Junge«, sagte Wolter leise, und seine Stimme zitterte, denn wie schwer ist es, so etwas zu sagen, »ich kann's verstehen. Mutter hat dir immer nur ein Bild gezeigt und aus der Erinnerung gesprochen von mir. Und was ist zurückgekommen? Ein Mann, der so viel erlebt hat, daß ihm das Leben auf der hektischen Welt wie ein schlechter Witz vorkommt. Ein sinnloses, wertloses, blindes Leben führt ihr alle! Doch reden wir nicht darüber. Aber so fremd ich dir bin – so fremd wie der Kolka Iwanowitsch Kabanow, nicht wahr? – ich bitte dich, Junge: Denk an Mutter! Was du jetzt bist, bist du durch sie. Sie hat dich mit ihrer schwachen Kraft großgezogen, sie hat dich auf die Schulen geschickt, du konntest dein Abitur machen. Und sie hat das alles geschafft, weil sie hinterm Ladentisch stand, jeden Tag, von acht Uhr morgens bis sieben Uhr abends. Für dich. Und jetzt wirfst du ihre Liebe weg wie einen faulen Kürbis. O Gott, Junge, ich sollte dir jetzt, hier, vor deinen Offizierskameraden, noch eine herunterhauen!«

Wolfgang Wolter schwieg. Er sah aus dem Fenster auf die grünen Rasenflächen vor dem Ministerium. Über sein Gesicht zuckte es.

»Was sagt Irene?« fragte er leise.

»Sie ist mit mir nach Bonn zurückgekommen. Ich glaube nicht, daß sie dich in die Wohnung läßt, wenn du mit Mutter nicht anders verfährst.«

»Also alle gegen mich?«

»Wenn du es so siehst, brauchen wir gar nicht weiterzusprechen. Du benimmst dich wie ein dummer, trotziger Junge.«

»Ich werde mit dem General darüber sprechen, Vater.«

»Was hat der General damit zu tun?«

»Er entscheidet allein, ob ich mit Dimitri in einer Familiengemeinschaft leben darf.«

»Wohlan.« Wolter erhob sich. »Dann rede ich mit dem General!«

»Um Gottes willen, Vater!« Wolfgang Wolter zog ihn auf den Stuhl zurück. »Bloß das nicht! Außerdem wirst du nicht vorgelassen. Nur wenige kennen den General, und auch ich kenne sein Gesicht nur mit einer dicken Sonnenbrille. Aber vielleicht wird er einmal Dimitri sprechen wollen.«

»Das kann er! Bettina bringt ihn zurück.« Wolter stand wieder auf und sah auf die blonden gelockten Haare seines Sohnes. Eigentlich war er stolz auf diesen Jungen, aber das Gefühl mußte jetzt unterdrückt werden. »Und ich?« fragte er hart. »Soll ich zu Mutter mit leeren Händen zurückkommen? Was bringe ich von der Reise mit?«

»Einen Gruß, Vater.« Wolfgang Wolter sprang auf, und plötzlich umarmte er seinen Vater und gab ihm einen Kuß auf die faltige Stirn. »Und sag Mutter, zum Wochenende bin ich wieder in Göttingen.«

Zufrieden verließ Karl Wolter das Ministerium. Selbst der Gedanke an die Millionen, die »Pentabonn« gekostet hatte, regte ihn nicht mehr auf.

Seht, Freunde, so subjektiv ist ein Mensch, ob er nun Ludwig Maier oder Karl Wolter oder Kolka Iwanowitsch Kabanow heißt.

*

An dem Tage, an dem Jurij Alexandrowitsch Borokin zugreifen und Dimitri nach alter, aber immer noch guter Agentenmanier in einen langsam fahrenden Wagen zerren wollte, fand sich Borokin allein in Göttingen.

Dimitri Sotowskij war weg.

Zwei Tage wartete Borokin vor dem Haus, umschlich es wie eine Katze den Milchtopf, legte sich auf die Lauer wie ein Wolf, der eine Hammelherde aus der Ferne wittert – aber kein Dimitri kam mehr aus dem Haus.

Der Fahrer des Entführungswagens schließlich erfuhr als Käufer von drei Frottierhandtüchern im Geschäft der Agnes Wolter, daß Dimitri verreist sei. Wohin, das sagte keiner.

Borokin fuhr zurück nach Bonn und meldete es nach Moskau. Und Moskau antwortete so, wie es Borokin befürchtet hatte: Wir erwarten die Meldung, daß Sotowskij unschädlich gemacht ist und sich in unseren Händen befindet!

Wer die russische Befehlssprache kennt, weiß, daß das Leben Borokins auf dem Papier bereits erloschen war. Schon ein normaler Mensch ist gefährlich, wenn er Unfähigkeit beweist – ein unfähiger Offizier aber ist ein Übel fürs ganze Volk. Ein Geschwür, das man entfernt. Verwunderlich war nur, daß Borokin nicht abberufen wurde, sondern weiter mit dem Auftrag betraut war. Das war allein Oberst Jassenskij zu verdanken, der kein Interesse daran hatte, Borokin im Kreml erzählen zu lassen, was er, Jassenskij, für eine Riesendummheit mit dem Sarg der falschen Bettina Wolter verursacht hatte. Die Mißerfolge wogen sich gegenseitig also auf, und so lebte Borokin weiter mit einem Druck im Nacken, der unbeschreiblich war.

Eine Stunde lang verbrachte Borokin sogar mit dem verständlichen Gedanken, sich selbst umzubringen. Dies erschien ihm erträglicher als alles, was man eventuell in Moskau für ihn bereit hielt. Aber dann verwarf er den Gedanken, nicht aus Feigheit, denn feig war Borokin nicht, sondern aus Verzweiflung und purem Lebenswillen.

Noch lebt Dimitri irgendwo, dachte er. Und solange er lebt, kann auch ich leben. Und dann dachte er plötzlich an Irene Brandes, und er wurde ruhig, zuversichtlich, ja innerlich sogar befreit von allem Druck.

Jede Festung hatte eine schwache Stelle in der Mauer, von hundert Türen lassen sich zwei bestimmt eintreten.

Und keine Kette ist so fest, daß nicht *ein* Glied reißen könnte, wenn auch keiner weiß, warum.

Es war spät am Abend, als es bei Irene Brandes klingelte. Sie hatte gerade zu Bett gehen wollen. Nun warf sie ihren Bademantel über, ging zur Tür und öffnete sie einen Spalt. Eine kräftige Hand fuhr dazwischen, drückte die Tür auf, und ehe Irene sich wehren konnte, stand Borokin in der Diele und warf hinter sich die Tür zu.

»Ich mußte klingeln, Täubchen«, sagte er, packte Irene an der Schulter, drehte sie um und schob sie vor sich her ins Wohnzimmer. »Du hast die Schlösser auswechseln lassen. Leider lohnt es sich nicht mehr, von den neuen Schlössern Abdrücke zu machen, denn meine Aufgabe in Deutschland ist bald beendet.«

»Sie verlassen Deutschland, Borokin?« Irene Brandes war bis zur Couch zurückgewichen. Nicht weit davon stand das Telefon ... nur noch zwei Meter ... Borokin lächelte. Er machte ein paar lange Schritte und riß die Leitung aus der Wand.

»Sie können damit nur Wolfgang heranlocken«, sagte Irene heiser vor Angst. »Wenn er anruft, und er ruft jeden Abend an, und dauernd kommt das Besetztzeichen ...«

»Ein paar Minuten nur, mein wildes Schwänchen.« Borokin sah sich um. Er suchte etwas, und als er es gefunden hatte, wurde sein Lächeln breiter. Mit einem harten Griff faßte er Irene und stieß sie durch das Wohnzimmer zu der kleinen Eßnische. Dort umfing er sie und warf sie auf den Tisch. Das geschah alles so schnell und mit einer solchen wilden Kraft, daß Irene sich erst wehrte, als sie mit dem Rücken auf dem Tisch lag. Da trat sie um sich, boxte und krümmte sich zusammen und dann schrie sie, hell und kreischend. »Hilfe! Hilfe! Hilfe!«

Borokin beugte sich vor. Mit der Faust hieb er ihr auf den Mund, die Lippen platzen auf, Blut lief über Kinn und Hals, und vor den Augen Irenes drehte sich das Zimmer, und die Decke zerfloß in gelbe Wellen. Von ganz weit hörte sie die Stimme Borokins, als säße sie in einem Karton voller Watte.

»Den Mund hältst du, du Hure«, sagte Borokin. Er hielt ihre Arme fest und schwang sich auf den Tisch, setzte sich auf ihre Beine und preßte sie damit völlig auf die Platte. »Wo ist Dimitri?« fragte er, als er sah, daß Irenes Benommenheit nachließ. Ihre Augen, voller Entsetzen, begannen zu flattern.

»Ich weiß es nicht«, sagte sie. Jedes Wort brannte auf den zerschlagenen Lippen. Borokin schüttelte den Kopf.

»Sei kein Held, Hürchen! Keinen Zweck hat es.« Mit beiden Händen riß er ihren Bademantel auf, zerfetzte das Nachthemd, das sie darunter trug, und holte aus der Tasche ein zusammengeklapptes Messer.

»Ich weiß es nicht!« schrie Irene. Grauen lähmte sie, ihr Körper versagte die geringste Gegenwehr. »Ich schwöre es ... ich weiß es nicht!«

»Die Mongolen sind Meister im Fragen«, sagte Borokin kalt. »Meistens sind es die Männer, die Mut bis zu einem gewissen Grad beweisen. Kommt ihnen einmal eine Frau in die Hand, die verhört wird, so hat man folgende Methode: Man zieht sie aus, man fesselt sie, legt sie auf einen Tisch und nimmt ein scharfes Messer. Nach dem ersten Nein schneidet man die linke Brustwarze ab, nach dem zweiten Nein die rechte. Nach dem dritten Nein schlitzt man die linke Brust auf, nach dem vierten Nein die rechte. Bisher hat noch keine Frau über das erste Nein hinaus gelogen.« Borokin klappte sein Messer auf. Mit starrem Gesicht sah er hinunter auf den schönen weißen Körper Irenes und auf ihre festen, runden Brüste. »Wo ist Dimitri?« fragte er dumpf.

»Ich weiß es nicht!« schrie Irene. Ihr Mund klappte auf, Schweiß überzog plötzlich ihren Körper, sie starrte auf die blanke Messerklinge und fühlte, wie die Hand Borokins nach ihrer linken Brust tastete. »Bei Gott! Bei meiner Mutter! Bei allem, was es gibt, ich weiß es wirklich nicht! Er ist weggegangen, er ist geflüchtet . . . es hat Streit gegeben zwischen Wolfgang und seinem Vater, wegen Dimitri. Da ist er weg . . . Borokin . . . Borokin . . . glauben Sie mir . . .«

Dann wurde sie besinnungslos, als sie sah, wie sich das Messer auf ihre linke Brust senkte.

Nach einer halben Stunde verließ Borokin die Wohnung von Irene Brandes. Er hatte ihren leblosen Körper zur Couch getragen und mit einer Decke zugedeckt.

Nichts, dachte er, als er draußen im Treppenhaus stand. Dimitri ist geflüchtet. Wo auf der weiten Welt soll man jetzt einen Menschen suchen? Unmöglich ist's, auch die Genossen werden es einsehen müssen.

Doch wenn Moskau es nicht einsah?

Jurij Alexandrowitsch Borokin verließ fast traurig das Haus, stieg in seinen Wagen und fuhr hinaus in die Nacht. Irgendwohin, planlos, nach Westen oder Osten, er kannte nicht die Richtung. Sie war auch gleichgültig. Denn wo immer er auch hinkam – überall blieb das Bewußtsein, daß sein Leben nichts mehr galt.

*

Bettina hatte viel Zeit, sich Algier, die weiße Stadt auf den roten Felsen, anzusehen. Sie stand oben an der Hafenstraße und sah hinunter auf das Gewimmel an den Molen, sie ging mit einem eingeborenen Führer durch die Kasbah, die alte Berberstadt, und sie fuhr hinaus zum Botanischen Garten, diesem Märchen aus 1001 blühenden Pflanzen.

Die Ölgesellschaft im Marseille hatte alles bestens vorbereitet. Der Flug verlief glatt. Die Paßkontrolle war nur eine Formsache. Von einem Beauftragten der Ölfirma wurde sie nach der Ankunft vom Maison-Blanche, dem Flugplatz Algiers, abgeholt. Sie erhielt ein schönes großes Zimmer im Hotel Oasis unter den Kolonnaden der Hafenstraße. Und dann kaufte sie erst einmal ein, um

Dimitri mit Geschenken zu überraschen. Eine goldene Armkette kaufte sie, lang und mit dicken Gliedern; die wollte sie Dimitri um das Handgelenk schlingen und dann um ihren Arm und zu ihm sagen: »So, nun kannst du nicht mehr weglaufen! Du müßtest mich schon hinterherziehen.« Dann würde Dimitri sicher lachen, dieses herrliche, jungenhafte Lachen, das sie zuerst geliebt hatte, damals, an der nächtlichen Ölleitung von Tiflis, und er würde mitkommen zum nächsten Flugzeug und zurückfliegen nach Deutschland, wo seine neue Heimat war.

Vier Tage wartete Bettina im Hotel Oasis auf das Schiff »Liberté«. Der Hotelportier wollte es ihr sofort mitteilen, wenn das Einlaufen im Hafen gemeldet wurde. Drei Tage lang kam überhaupt kein Schiff. Die Kais und Molen waren wie ausgestorben. Nur die Bettler standen herum oder das Heer der Nichtstuer, das die afrikanischen Straßen und Märkte bevölkert.

Am vierten Tag rief sie endlich die Ölgesellschaft an, das Kontaktbüro in Algier, nahe der Präfektur. Dort saß ein verschlafener Mann, der ins Telefon gähnte, denn es war mittags 13 Uhr, eine Zeit, in der sich ein anständiger Mensch ausruhte und vor der Hitze verkroch.

»Die ›Liberté‹?« fragte der Verschlafene. »Wieso, Mademoiselle? Sie warten auf die ›Liberté‹?«

»Seit drei Tagen! Sie müßte längst in Algier sein. Ist etwas passiert? Haben Sie irgendwelche Nachricht?« Bettina wischte sich den Schweiß aus dem Gesicht. Weniger die Hitze war es, die sie seufzen ließ, als die Angst um Dimitri.

»Die ›Liberté‹ kommt nicht nach Algier«, antwortete der schläfrige Mensch. »Wissen Sie denn nicht... seit zwei Tagen haben wir in Algier einen Hafenarbeiterstreik. Alle französischen Schiffe werden umgeleitet nach Oran oder Bône. Die ›Liberté‹ wird wahrscheinlich Oran angelaufen haben.«

»In Oran...«, stammelte Bettina. »Und ich warte hier in Algier... Was geschieht mit den Angestellten Ihrer Gesellschaft, die mit dem Schiff gekommen sind?«

»Sie kommen sofort an ihre Stellen.«

»Und die Bohringenieure?«

»Werden am nächsten Tag in die Wüste geflogen.«

Bettina legte auf. Ihr Kopf sank nach vorn gegen das Fenster. Unten, unter der Kolonnade, stand ein einbeiniger Bettler und sang leise vor sich hin. Ein Schwarm Fliegen umsurrte ihn.

In die Wüste.

Dimitri ist schon in der Wüste... und ich warte hier...

Mein Gott, hilf mir... ich werde in die Wüste müssen, um Dimitri zu holen.

Und plötzlich verließ sie alle Kraft, sie legte das Gesicht auf die Arme und weinte und wußte doch, daß sie, so schnell es möglich war, in die Sahara ziehen würde, in die unendlich Schweigende, wie der Araber sie nennt.

In die Einsamkeit aus Sand, Felsen, Salzseen, Geröll, glutender Sonne und brennendem Himmel.

»Und wenn ich auf Kamelen und Mauleseln quer durch die Wüste reite«, sagte Bettina zu sich, als sie sich wieder gefaßt hatte und vor dem großen Spiegel in der Brausekabine ihres Hotelzimmers in Algier stand, »ich werde Dimitri mitbringen! Eher komme ich nicht zurück nach Deutschland.«

Sie begann damit, daß sie das algerische Büro der Ölgesellschaft aufsuchte und nach langem Warten endlich einem Subdirektor gegenübersaß, der Grenadine-Limonade trank und stinkende schwarze Zigaretten rauchte.

»Ein ausgesprochenes Pech, Mademoiselle«, sagte er höflich, wie alle Franzosen höflich gegenüber einer schönen Frau sind, auch wenn sie – wie Bettina – im Augenblick störte, denn der Hafenarbeiterstreik von Algier lähmte einen sonst reibungslosen und für Algerien lebensnotwendigen Betrieb: den Schiffsverkehr zwischen Afrika und Frankreich. Es war zu erwarten, daß der wilde Streik auch auf die anderen Häfen übergriff, auf Oran und Bône vor allem. Das bedeutete, daß der Nachschub zu den Öl-Oasen gefährdet war. »Wer konnte das ahnen, als Sie von Marseille abflogen? Die ›Liberté‹? Ich muß einmal in der Liste nachsehen.« Der Subdirektor sah nach und nickte mehrmals, was Bettina durchaus nicht beruhigte. »In Bône. Dachte ich es mir doch. Nicht in Oran. Die ›Liberté‹ hatte Material für die Stationen Fort Lallemand, Hassi el Gassi und Ain Taiba an Bord. Von Bône aus können die Dinge in die Wüste geflogen werden.«

»Und Dimitri auch ...«, sagte Bettina.

»Ich nehme an, daß Monsieur Sotowskij ebenfalls schon in Ain Taiba eingetroffen ist.« Der Subdirektor war so höflich, sogar an eine große Karte zu treten und mit seinem gelben Nikotinfinger auf einen Flecken inmitten eines gelbgetönten Gebietes zu zeigen.

»Hier.«

»Mitten in der Wüste also?«

»Ja.«

»Veranlassen Sie bitte, Monsieur, daß auch ich dorthin fliegen kann«, sagte Bettina mit fester Stimme. Der Subdirektor ließ die Hand von der Karte fallen, als sei sie plötzlich aufgeglüht.

»Nach Ain Taiba?«

»Ja.«

»Unmöglich, Mademoiselle.«

»Warum?«

»Es gibt da viele Gründe. Die wichtigsten sind: Keine Frau, keine europäische Frau, darf in dieses Gebiet. Dort leben einige hundert wilde Männer, die wochen- oder monatelang keine Frau sehen. Sie verstehen, Mademoiselle? Ein Berberlöwe ist ein Schoßkätzchen gegen diese

Kerle, wenn sie eine schöne Frau sehen. Zweitens sind die Ölgebiete sowieso Sperrzonen. Drittens muß – falls man eine Ausnahme macht – diese vom Ministerium in Paris eingeholt werden, und das ist, Sie sehen das ein, aussichtslos. Und viertens – warum schreiben Sie nicht Monsieur Sotowskij? Wenn er den Willen hat, doch wieder nach Europa zurückzukehren, wird er das auch tun, wenn er weiß, daß Sie in Bône auf ihn warten. Denn bis Bône kann ich Sie bringen lassen.«

»Sie kennen Dimitri nicht«, sagte Bettina leise und sah auf die große gelbe Karte. Einöde, Sand, glutende Hitze. Und irgendwo in der grenzenlosen, heißen Einsamkeit ein paar Bohrtürme, ein paar Baracken um einen Brunnen, ein paar armselige Palmen, eine weiße Fahnenstange mit der Trikolore – und Dimitri, der Heimatlose, der Mann, dem nichts mehr blieb als das Ende der Welt. »Er ist Russe. Was sind Worte bei ihm? Geschriebene Worte. Er wird sie hundertmal lesen, auf ihnen schlafen, sie küssen, Buchstaben nach Buchstaben . . . aber er wird bleiben, wo er ist. Nein. Ich muß ihn selbst sehen, ich muß ihn an der Hand nehmen und zu ihm sagen: ›Komm, Dimitri, du großer Dummkopf, benimm dich nicht wie ein alter Bär, der nicht mehr tanzen kann und sich brummend verkriecht. Komm!‹ Und dann wird er mitgehen, nur dann!«

Der Subdirektor steckte sich eine neue Zigarette an. Sie roch wie versengte Matratzenfüllung. Was soll man sagen, dachte er, während er das Streichholz bis zum Ende in der Hand hielt und die Flamme bis zu seiner Fingerkuppe kriechen ließ, nur um Zeit zu gewinnen. Sie ist ein so hübsches Mädchen – muß es gerade ein Russe in Ain Taiba sein? So viele schöne, junge Männer gibt es.

»Es ist unmöglich«, wiederholte er. Ihm fiel nichts anderes ein.

»Dann gehe ich allein zu dieser Oase«, sagte Bettina fest. Der Subdirektor lächelte mild, wie über einen faden

Witz, der aus Höflichkeit wohlwollend aufgenommen werden will.

»Ain Taiba liegt am Rande des Großen Östlichen Erg. Wenn Sie wissen, was das bedeutet ... ein Meer aus Sand, aus glühendem weißem Sand, und der Wind darüber ist nicht erfrischend wie an der Küste, sondern ist ein Sandsturm, der Sie begräbt, der Sie erstickt. Staubfeiner Sand, der selbst zwischen die zusammengepreßten Lippen in den Mund dringt.«

»Ich bin aus Rußland herausgekommen, ich werde auch in die Wüste hineinkommen!« rief Bettina und sprang auf. Der Subdirektor sah sie bewundernd an, aber das änderte nichts daran, was er jetzt sagen mußte.

»Ich werde Sie festsetzen lassen müssen, um solchen Wahnsinn zu vereiteln, Mademoiselle«, sagte er fast bedauernd. »Die Suchaktionen, die Sie dann bestimmt auslösen, würden den Staat Hunderttausende kosten! Ganz davon abgesehen, daß Sie keinerlei Möglichkeiten hätten, bis Ain Taiba zu kommen.«

»Mit der Eingeborenenkarawane.«

»Nur bis Fort Lallemand.«

»Das ist weit genug.«

»Luftlinie bis zur Oase dreihundertfünfundsiebzig Kilometer.«

Der Subdirektor lächelte wieder. »Das hört sich winzig an. Aber dreihundertfünfundsiebzig Kilometer durch Wüste. Ohne eine Wasserstelle zwischendurch. Bei fünfzig Grad Hitze in der Sonne, denn Schatten gibt's da nicht. Sehen Sie doch ein, daß es Wahnsinn ist, Mademoiselle. Zwingen Sie mich nicht, Sie in eine Art Schutzhaft nehmen zu lassen oder Sie nach Europa abzuschieben.«

»Ich sehe es ein«, sagte Bettina und nickte. Aber sie blickte dabei den Subdirektor nicht an, denn es wäre möglich gewesen, daß er in ihren Augen die Lüge erkennen konnte. »Wenn ich von Bône aus schreiben könnte... wenn Sie mich nach Bône bringen könnten. Ich will es mit dem Brief versuchen.«

Gegen Abend flog Bettina mit einer Privatmaschine von Maison-Blanche nach Bône. Die algerische Vertretung hatte noch einmal in Marseille nachgefragt, ob es tatsächlich notwendig sei, diese Privataffäre eines jungen Mädchens mit einem Russen in französischen Diensten derart bevorzugt zu behandeln. Die Direktion in Marseille sagte ja, was in Algier niemand verstand, aber respektierte. »Ich finde«, sagte der Subdirektor zu seinem Sekretär, »Galanterie ist schön. Aber sie kann auch zum Blödsinn werden. Doch wir kennen ja Monsieur Janeune, den Direktor. Dreiundsechzig Jahre alt, und wenn er ein nacktes Mädchenknie sieht, bekommt er eine Hitzewelle und bläst die Nüstern wie ein im Hafer stehender Hengst. Also gut, bringen wir das Mädchen nach Bône! Aber jede Verantwortung lehne ich ab.«

Das war ein kluges Wort, denn Bettina dachte gar nicht daran, in Bône brav im Gasthaus der Ölfirma zu warten und Dimitri einen sehnsuchtsvollen Brief in die Wüste zu schreiben. Allerdings sprach sie nicht mehr von dem Gedanken, in die Wüste zu gehen, zumal sie sah, daß man ihr in Bône, anders als in Algier, eher feindlich gegenüberstand. Hier hatte man überhaupt kein Verständnis mehr für eine romantische Liebesgeschichte. Hier ging es um Öl, um Frankreichs Monopol in Algerien, das letzte Bollwerk, das der Grande Nation nach der Unabhängigkeit Algeriens geblieben war. Hier ging es um Milliarden Francs, durch eine blitzende Pipeline gepumpt von den einsamsten Wüstenstationen zur Küste, und um die Ausbeutung unvorstellbarer Erdgasvorkommen, die man gewissermaßen so nebenbei entdeckt hatte und die eine völlig neue Energieversorgung Frankreichs für die Zukunft bedeuteten.

Ein deutsches Mädchen, das einen Russen liebt! Blödsinn! Und so ließ man Bettina völlig ungeschoren, nahm sie wahr, mehr aber auch nicht, betrachtete sie als Gast der Gesellschaft, um den man sich so wenig wie möglich kümmern sollte, und ließ ihr so alle Freiheit, sich in Bône umzusehen und einen Plan zu zimmern, wie ihn noch keine Frau erdacht hatte.

Bettina war nicht arm nach Algerien gekommen. Alles Geld, das sie sich erspart hatte, hatte sie von dem Bankkonto abgehoben, bevor sie nach Marseille geflogen war. Nun sah sie, daß die Bank in Bône sehr gern deutsche Mark annahm und einen hohen Kurs in algerischen Franken berechnete. Nur die Hälfte ihres Geldes wechselte sie um, und war für afrikanische Begriffe ein reicher Mensch.

Fünf Tage sah sich Bettina in der Hafenstadt um, dann wußte sie genau, was sie tun würde. Mit der Kaltblütigkeit und dem Mut, die sie schon in Rußland zur eigenen Verwunderung gezeigt hatte, ging sie zu einem arabischen Autovermieter und verlangte einen Jeep und einen wüstenkundigen Fahrer.

»Das ist eine gar nicht so einfache Sache, Mademoiselle«, sagte der Autoverleiher Habib Marmoud. Er sprach ein gepflegtes Französisch und war stolz darauf, vier Jahre die höhere Schule in Constantine besucht zu haben. »Es kommt vor allem darauf an, wohin Sie wollen!«

»Nach Ain Taiba«, sagte Bettina unbefangen.

»Sie wissen, Mademoiselle, daß ich mich strafbar mache, wenn ich Ihnen helfe?« fragte Marmoud zurück.

»Ja. Dafür zahle ich Ihnen auch das Doppelte.«

Es gibt keinen Nordafrikaner, der ein gutes Geschäft vorübergehen läßt. Erst kommt Allah, dann kommt das Geld, und es ist der Wille Allahs, daß jeder auf Erden gut leben soll. Nichts steht im Koran, daß man Geld ausschlagen soll, wenn man es verdienen kann.

»Es gibt nur einen, der den Weg nach Ain Taiba kennt, der nicht über die Ölstraße geht, und das ist Achmed Arbadja. Aber Achmed ist ein merkwürdiger Mensch,

Mademoiselle. Man darf keine Angst haben, wenn man mit ihm reist.«

»Ich habe keine Angst, Habib Marmoud«, sagte Bettina fest. »Ich fahre mit diesem Achmed zur Hölle, wenn es sein muß.«

»Dann ist es gut, Mademoiselle.« Marmoud lächelte. »Sie haben es richtig gesagt . . . zur Hölle. Denn Achmed ist ein Teufel.« Am Abend dieses Tages stand im Hinterhof der Garage, die Marmoud auch noch betrieb, ein Jeep bereit, und im Büro wartete ein Mensch, der Bettina trotz aller Vorwarnungen zutiefst erschreckte.

Er war kein Riese, aber er wirkte wuchtig durch seine breiten Schultern und die Muskelpakete, die durch das dünne Hemd sich wölbten wie hölzerne Kegel. Eine flache, eingeschlagene Nase hatte er, kurzes, schwarzes, wolliges Haar, kleine, stechende Augen, und der Kopf saß fast ohne Hals auf den Schultern wie bei einem Schneemann – Rumpf und Kopf in einem. Über seine breite Stirn zog sich eine wulstige Narbe, auf die Bettina erschrocken starrte, als Marmoud den finsteren Gesellen vorstellte.

»Die Narbe bekam Achmed Arbadja bei einem Überfall auf eine französische Patrouille in den Aumalebergen. Mit einem Messer schlitzte man ihm die Stirn auf, bis auf den Knochen. Aber trotz der Verwundung kämpfte Achmed weiter, und keiner der Franzosen überlebte. Dann wurde er gesucht. Zehntausend Francs auf seinen Kopf. In den Bergen von Ouled Nail leitete er eine Partisanengruppe. Wie viele hast du getötet, Achmed?«

»Vierhundertdreiundvierzig«, sagte Arbadja. Er hatte eine tiefe, rauhe Stimme, aber sie klang nicht unangenehm.

»Vierhundertdreiundvierzig! Er allein! Mit eigener Hand!«

»Auch neunzehn Deutsche waren dabei.« Achmed sah Bettina ernst an. Sie zog die Schultern hoch, aber hielt seinem Blick stand. Unter ihrer Kopfhaut zuckte es, aber sie dachte an die Wochen in Grusinien, und da wurde sie ruhig und mutiger. »Fremdenlegionäre. Ich mußte sie töten, Mademoiselle. Sie hätten sonst mich getötet. Und es war noch etwas anderes: Sie mordeten für Geld . . . ich kämpfte für das Vaterland!«

Habib Marmoud setzte sich hinter seinen Bürotisch. Für ihn war die Lage klar, er wartete nur auf Bettinas Worte. Aber als sie nichts sagte, hob er die Schultern.

»Es ist schade, Mademoiselle, aber dieses Geschäft wird wohl nichts, nicht wahr?«

»Warum?« Bettina drehte sich zu Habib um. »Ich nehme Achmed Arbadja! Morgen früh fahren wir los!« Sie griff in die Tasche und zog einen Bündel Geldscheine heraus. »Hier ist das Geld.«

»Nicht morgen früh!« Arbadja erwachte wie aus einer Starrheit. Lautlos glitt der schwere, massige Körper an Bettina vorbei zur Karte des Gebietes Bône, die an der Wand hing. Eine normale Autokarte. »Wir fahren gleich, in der Nacht. Dann ist es kühl für Mademoiselle. Und am Tag schlafen wir. Aber nur, wenn Sie wollen.«

Bettina nickte. »Ich vertraue ganz Ihnen, Achmed. Tun Sie, was Sie für richtig halten. Bringen Sie mich nur bis Ain Taiba und zurück nach Bône.«

»Sie . . . Sie vertrauen mir, Mademoiselle?« fragte Arbadja leise. Es war, als habe er so etwas zum erstenmal gehört.

»Ja Achmed; wie einem Bruder.«

»Ich werde Ihr Bruder sein«, sagte Arbadja feierlich. »Und ich bringe Sie nach Ain Taiba.«

Habib Marmoud wartete, bis Arbadja das Büro verlassen hatte und sich um den Jeep kümmerte. Von dem kleinen Auto hing in einer Stunde ihr Leben ab; von dem Motor, dem Getriebe, dem Benzinvorrat, dem Wasserreservoir, den Reifen und Achsen und Bremsen. Um alles würde sich Achmed Arbadja kümmern, auch um das

Zelt, die Decken, die Büchsenverpflegung und die Waffen, die er heimlich mitnahm.

»Sie haben einen Teufel gebändigt«, sagte Marmoud anerkennend, als sie Arbadja im Hof rumoren hörten. »Allerdings ... er ist auch noch nie einem so mutigen Engel begegnet.«

Ein Stunde später fuhr der Jeep durch das nächtliche Bône den Medjerda-Bergen entgegen. Hinter dieser Bergkette, dem letzten Riegel vor der heißen Unendlichkeit, begann die Wüste.

Bettina sah auf ihre Uhr, als sie Bône verlassen hatten. 23.12 Uhr.

Sie merkte sich diese Zeit, auch wenn es sinnlos war. Aber zu dieser Stunde begann die Fahrt in die Hölle, von der sie nicht wußte, wie sie ausgehen würde. Es war wie damals in Tiflis, als sie aus dem brennenden Flugzeugwrack kroch und wegrannte in die Berge.

Achmed Arbadja saß schweigend hinter dem Steuer. Der Jeep kletterte die Bergstraße hinauf, bog dann ab und verließ die normale Route.

Das Abenteuer hatte begonnen.

Ein Abenteuer?

Es war nur die Verzweiflung um Dimitri ... und eine Liebe, für die es keine Worte mehr gibt.

*

Das Ende Jurij Alexandrowitsch Borokins war gekommen. Er hatte es erwartet, und er trug es mit Fassung, wie ein echter Russe, wie ein sowjetischer Offizier.

Wolfgang Wolter hatte seine Braut Irene Brandes eine Stunde nach Borokins Weggang noch immer ohnmächtig auf der Couch gefunden. Nachdem er dreimal angerufen hatte und immer das Besetztzeichen ertönte, war er unruhig geworden und trotz seines Nachtdienstes zu Irene gefahren. Schon während der Fahrt dachte er an

Borokin. Um ihn war es in den letzten Wochen so still geworden, das schien verdächtig. Das deutete auf einen veränderten sowjetischen Plan, den keiner kannte.

Nun sah man plötzlich klarer. Die Mißhandlung Irenes, die Frage Borokins nach Dimitri Sotowskij, die Verlagerung der Agententätigkeit von dem nun uninteressant gewordenen deutschen Oberleutnant auf den für die Russen anscheinend wichtigeren Flüchtling aus Liebe ließen vermuten, daß Borokin den Auftrag erhalten hatte, massiv zu werden und notfalls aus dem Schatten der versteckt arbeitenden Spionage herauszutreten. Mit anderen Worten: Borokin wurde gefährlich. Er war zu einem jagenden Wolf geworden.

»Er genießt den Status eines Diplomaten«, sagte der Chef des MAD zu Wolfgang Wolter, der in der Nacht noch um die Erlaubnis bat, Borokin bei der nächsten Gelegenheit auszuheben.

»Er hat Irene zugerichtet wie ein Vieh!« schrie Wolter. Seine Wut kannte keine Grenzen mehr. »Es ist unmöglich, einen solchen Kerl straffrei ziehen zu lassen. Ich werde mit ihm abrechnen.«

»Das würde Sie die Uniform und den Offiziersrang und Ihren Job kosten. Wir müßten Sie bestrafen wie einen normalen Verbrecher, Oberleutnant Wolter. Sie kennen doch die Spielregeln.« Der Oberst schüttelte den Kopf, als er Wolfgangs Augen sah. »Haß ist kein guter Berater.«

»Sie haben Irene nicht gesehen, so wie ich sie gefunden habe, Herr Oberst«, knirschte Wolter. »Wenn es Ihre Gattin – ich bitte um Verzeihung – oder Ihre Tochter gewesen wäre . . .«

»Wir sind Soldaten, Wolter. Persönliche Gefühle haben zurückzutreten ins dritte Glied! Natürlich würde ich empfinden wie Sie – aber erst kommt die Vernunft.«

»Er darf also mißhandeln, wenn es sein muß, sogar töten, und kommt straffrei aus. Nur, weil er den diplomatischen Status hat? Ist der Diplomatenpaß ein Freibrief?«

»Bei gewissen Nationen ja. Es ist nun einmal so, mein lieber Wolter. Faust in der Tasche geballt, das ist alles. Und wenn Sie sich abreagieren müssen, dann gehen Sie in die Turnhalle und boxen Sie am Sandsack.« Der Oberst sah auf den grünen Schnellhefter, der das Zeichen O/III-b enthielt. Die Akte Borokin. »Wir werden jetzt das Auswärtige Amt benachrichtigen und den Vorgang überstellen. In achtundvierzig Stunden wird er die Bundesrepublik verlassen haben, als unerwünschte Person. Vielleicht tröstet es Sie, Wolter, daß sie Sowjets mit Versagern wie Borokin nicht gerade glimpflich umgehen.«

Wolfgang Wolter schwieg. Was in Rußland mit Borokin geschah, war ihm gleichgültig. Irene lag im Krankenhaus. Schlimmer als ihre an sich harmlosen Verletzungen war der Schock, den sie davongetragen hatte. In Abständen von zehn Minuten schrie sie immer wieder auf und bettelte dann mit unverständlichen Worten wie um Gnade. Was im einzelnen mit ihr geschehen war, konnte noch nicht festgestellt werden. Sie gab keine Antworten, sondern starrte jeden, auch Wolfgang, wie einen Fremden an, mit weiten, entsetzten, glasigen Augen. Nur »Borokin! Borokin!« sagte sie ganz deutlich.

Zwei Tage lauerte Wolfgang Wolter in Rolandseck auf Jurij Alexandrowitsch Borokin. Er saß in seinem Wagen an der Ausfahrt des Privatweges, der zu dem weißen Schlößchen der sowjetischen Botschaft führte. Wie er handeln würde, wenn Borokin wirklich die Straße herunterkam, wußte er nicht; er wollte es dem Augenblick überlassen. Bei seiner Dienststelle hatte er sich einfach krank gemeldet.

»Der Junge dreht durch!« rief der Oberst vom MAD, als er die Krankmeldung am Morgen auf dem Tisch liegen sah. »Nie und nimmer hat er die Grippe, jetzt,

Ende September! Gestern war er noch gesund wie ein Baum. Meine Herren, schaffen Sie Wolter heran! Der Junge ist in einer Verfassung, in der Vernuftgründe nicht mehr akzeptiert werden.«

Die Kameraden Wolfgang Wolters bemühten sich einen Tag lang redlich, ihn zu finden. Aber in Göttingen war er nicht gesehen worden, eine Rundfrage bei allen Bonner und Kölner Hotels war eine Fehlanzeige, und als schon alle ziemlich ratlos waren, kam ein Gefreiter – man bedenke, ein Gefreiter! – auf die Idee: »Ich schlage Herrn Hauptmann vor, einmal in Rolandseck nachzusehen. Vielleicht ist der Herr Oberleutnant dort.«

Im allgemeinen sind Ideen aus dem Mannschaftskreis von vornherein Mist. Wo käme man hin, wenn ein Rekrut klüger ist als der Kompaniechef?! Die gesamte Dienstmoral geriete ins Wanken.

In diesem besonderen Fall jedoch ließ man sich dazu herab, den Gedanken des Gefreiten aufzugreifen. Der Hauptmann gab den Befehl: »Ein Wagen zur Botschaft Rolandseck!« Und als dieser Wagen wirklich kurz darauf per Sprechfunk meldete, man sehe den Oberleutnant Wolter wartend wie eine Katze vor einem Mauseloch, bekam der Hauptmann ein Lob vom Herrn Oberst. Denn der Weg von der Idee zum Befehl ist der Weg eines Feldherrn. Man muß das wissen, wenn man den Marschallstab im Tornister trägt.

Mit verkniffenem Gesicht sah sich Wolfgang Wolter von vier Kameraden in Zivil umringt, die die Tür seines Wagens öffneten und ihn mit freundlichem Schulterklopfen vom Sitze auf die Straße zogen.

»Deine Zwiebel fährt der Jupp nach Hause«, sagte der Kamerad, der Wolter freundschaftlich eingehakt zu dem anderen Wagen führte. »Mensch, Wolfgang, aus dem Alter, Old Shatterhand zu spielen, bist du doch heraus!«

»Ihr verhaftet mich?« fragte Wolfgang leise. Seine Augen waren ausdruckslos.

»Der Oberst hat nur gesagt, wir sollten uns etwas um dich kümmern. Ein kranker Mensch, ohne Pflege, der herumirrt.«

»Leckt mich am Arsch!« sagte Wolter dumpf.

»Später, wenn wir Appetit darauf haben.« Sie drückten Wolter in die Polster, sprangen dann in den Wagen und fuhren ab. Aus dem Rückfenster sah Wolter, daß ihnen ein Wagen folgte, am Steuer Leutnant Josef Lobegans, den sie beim MAD den »verhinderten Schwan« nannten.

Die »Entführung« Wolfgang Wolters geschah – ohne daß man es wußte – zum richtigen Zeitpunkt. Eine halbe Stunde später verließ ein dunkler Wagen die sowjetische Botschaft und fuhr den Rhein entlang, über die Kennedy-Brücke und auf der anderen Seite zum Flugplatz Wahn. Hinten im Fond saß zurückgelehnt Jurij Alexandrowitsch Borokin, bleich, eingefallen, um Jahre gealtert. Abgeschoben nach Rußland, das ihn nicht als schützende Heimat, sondern als anklagende Beleidigte erwartete.

Die sowjetische Botschaft und auch Moskau hatten schnell reagiert, als das AA in Bonn die Ausweisung Borokins verfügte. Es gab keinen üblichen Protest, keine Presse- und Rundfunkkommentare in Rußland, es wurde nicht einmal darüber debattiert. Aus dem Kreml kam der Befehl: Zurück mit Borokin! Und reibungslos, fast gespenstisch still schaffte man Borokin nach Wahn zum Flugzeug.

Nur erfolgte, ebenso still, der Gegenzug in Moskau. Ein Attaché der Kulturabteilung der deutschen Botschaft wurde von der sowjetischen Regierung für unerwünscht erklärt und nach Deutschland zurückgeschickt. Das AA nahm es gelassen hin. Attachés gab es genug. Und außerdem war es kindisch, dieses Mann-für-Mann-Spiel. Ein Nadelstich mehr in dem durchlöcherten Ballon, an dem die Verständigung zwischen Ost und West hing.

Was mit Borokin geschah, wer weiß es? Er kam in Moskau an, und keiner sprach mehr von ihm. Rußland hat fast zweihundert Millionen Einwohner; wenn man sich um jeden kümmern wollte, wo käme man dann hin? Es kann sein, daß er jetzt in Alma Ata lebt, oder am Ladogasee, oder in Irkutsk oder sogar in Smolensk. Auch in Jalta wäre möglich oder – seien wir verwegen – sogar in Tiflis. Es kümmerte keinen. Auf jeden Fall verschwand der Name Jurij Alexandrowitsch Borokin aus der Politik, und es kann sein, daß man ihn wiedertrifft als Leiter eines Heimes pensionierter sowjetischer verdienter Offiziere.

Es kann sein . . .

Kritisch – in Bonn wußte man das zunächst nicht, denn niemand kannte ihn – wurde es, als statt Borokin ein neues Mitglied der sowjetischen Botschaft am Rhein eintraf: Ein gewisser Safon Kusmajewitsch Jassenskij. Ein schiefnasiger Mensch mit braunen Nikotinfingern, unhöflich und grob, und jeder wunderte sich, daß gerade so ein Individuum die Kulturabteilung übernahm.

Und nun geschah etwas in Bonn, das typisch ist: Der MAD war ratlos. Das Amt für Verfassungsschutz dagegen war von der Harmlosigkeit Jassenskijs überzeugt. Der Bundesnachrichtendienst atmete auf. Daß Borokin durch diesen ungebildeten Menschen ersetzt wurde, schien alles leichter zu machen. Nur im Amt Gehlen bekam man helle Augen – und schwieg.

»Es beginnt interessant zu werden«, sagte der Intimus des Generals, ein Oberst aus dem alten Amt Canaris. »Sieh an, der gute Jassenskij! Man kann jetzt Überraschungen erwarten.«

Schon am Abend nach den Eintreffen Jassenskijs in Rolandseck wurden die V-Männer informiert und begann die Organisation der Exilrussen in München und Frankfurt zu arbeiten.

Bis in die Botschaft reichten die geheimen Fäden . . .

wie das unterirdische Wurzelwerk einer Pilzknolle war es.

Oberst Jassenskij tat keinen Schritt mehr, den nicht der General in München-Pullach wußte.

Aber er war auch der einzige, der informiert war.

*

Es gibt Menschen – und davon eine ganze Menge –, die behaupten, sie liebten die Sahara.

Sie haben auch allerhand Erklärungen für diese Liebe, ebenso wie jemand stundenlang reden und schwärmen kann, wenn man ihn fragt: Warum lieben Sie Sibirien? Dabei ist diese Liebe auf den ersten Blick genauso widersinnig wie die Liebe zur Wüste, denkt man an die unendlich glühenden Sanddünen und den bleiernen, gnadenlosen Himmel hier – oder die eisigen Schneestürme und die ewigen, unerforschten Wälder, in denen Bären, Wölfe und Tiger hausen, dort. Und doch, irgendwie kann man diese seltsamen Menschen auch verstehen, die da von der Lena oder dem Jenisseij schwärmen oder von den Salzseen im Hochland der Schotts oder dem geheimnisvollen Hoggar-Gebirge im Inneren der Sahara oder der Wüstenstadt Tamanrasset, wo die Männer schwarz verschleiert gehen und das Recht der Frauen im Stamme der Tuaregs mehr gilt als das der Männer. Für Afrika fast unvorstellbar.

Am herrlichsten aber ist der Nachthimmel über der Wüste. Ein mit Millionen glitzernder Brillanten bestickter Samt liegt über der ewig Schweigenden, und der Mensch, irgendwo in einem Zelt zwichen zwei Sanddünen, umgeben von seinen Kamelen und ganz in der Hand Gottes, begreift die Unendlichkeit und seine eigene Winzigkeit. Und er beginnt, sein Leben zu lieben, denn er erkennt die Gnade, atmen zu dürfen.

Das ist es, was die Menschen immer wieder ergreift, ob

in der Sahara oder irgendwo im Urwald, in der Taiga Sibiriens: Der Himmel und das Grandiose der Natur und die Gegenwart Gottes, ohne die man ein Nichts wäre in dieser Fülle von Schweigen, von urweltlicher Einsamkeit.

Es zeigte sich, daß Achmed Arbadja richtig handelte, indem er nur nachts fuhr und am Tage sein Zelt um Jeep und Luftmatratzen aufbaute, das Zelt mit Sand bewarf und so zu einem unerkennbaren Hügel werden ließ, denn als am Morgen im Gästehaus die Demoiselle Wolter fehlte, fragte man nicht weiter, wo sie geblieben war, sondern alarmierte die Suchstaffel. Drei Hubschrauber stiegen auf und flogen die Route nach Fort Lallemand ab. Aber da sahen sie nichts. Und die Kamelkarawanen, die sie ausmachten, und vor denen sie landeten, führten zwar Frauen mit sich, aber es waren Ouled-Nails-Mädchen, junge Weiber aus dem Stamm, der in Nordafrika fast ausschließlich die Dirnen stellt und die – nach einer gründlichen Ausbildung in den Liebeskünsten – mit Karawanen zu den einzelnen Oasen transportiert werden, um den Wüstensöhnen die Einsamkeit zu versüßen. Denn das Weib ist geboren für den Mann, sagt Allah durch den Mund Mohammeds. Eine Lehre, die kein Mann verneinen wird.

»Da haben wir es!« schrie der Subdirektor in Algier, als man ihn anrief und mitteilte, Bettina Wolter sei verschwunden. »Sie wollte in die Wüste! Diese Irre! Aber da sitzen in Marseille so alte Lustknaben, die mit den Ohren wackeln, wenn sie gespannte Blusen sehen! Nun haben wir die Schweinerei! Und die algerische Regierung wird wieder mit uns herummeckern und uns vorwerfen, wir könnten unsere Leute nicht unter Kontrolle halten. Scheiße, meine Herren!«

Die Hubschrauber suchten weiter. Unterdessen schliefen Achmed und Bettina in ihrem getarnten Zelt. Und wenn auch um sie herum die Hitze eines Brutofens herrschte – sie schliefen vor Erschöpfung und vor allem durch ein leichtes Mittel, das Achmed aus einer grünen Knolle gewann und das eine wundervolle Müdigkeit erzeugte. Wie betäubt war Bettina nach ein paar Tropfen dieses Saftes. Sobald dann die Nacht kam, fühlten sie sich wieder munter und erfrischt. Es war, als sei ihr Leben völlig verändert, als sei sie dazu geboren, nur nachts zu leben.

Drei Nächte waren sie unterwegs, über eine Piste, die auf keiner Landkarte stand und die Achmed Arbadja von seiner Tätigkeit als Rebell her kannte; eine jener Wüstenpisten, über die die Berber in den Rücken der französischen Truppen gelangten und wie höllische Gespenster plötzlich über sie hereinbrachen.

Doch dann bekam Bettina Fieber. Ganz harmlos fing es an, mit einem Druck im Nacken, mit ständigem Gähnen und später mit leichten Schmerzen in den Gliedern. Bettina verschwieg diese Anzeichen. Es ist nichts, sagte sie sich vor. Es ist ein Muskelkater Die Nerven reagieren jetzt auf das wahnwitzige Abenteuer. Morgen ist alles vorbei. Morgen hat sich der Körper an die anderen Verhältnisse gewöhnt.

Aber dieser Morgen war anders.

Bettina hatte einen glühenden Kopf, die Kehle brannte, ihre Arme und Beine konnte sie kaum bewegen, und der Himmel drehte sich um die Wüste, und die goldenen Sanddünen wurden zu Wolken, die hoch am Firmament dahinzogen wie riesige beladene Schiffe.

Achmed Arbadja hob sie aus dem Jeep und legte sie auf einen Teppich in den Sand. Dann baute er sein Zelt um alles auf, bewarf es wieder mit Sand, und kümmerte sich dann um Bettina, die in einer für sie angenehmen Schwäche schwamm, so leicht wie eine Feder auf einem Bach, und so fühlte sie sich auch, weggetragen im leichten Schaukeln.

Arbadja gab Bettina zu trinken. Aus der Autoapotheke

hatte er Tabletten gegen Fieber geholt, widerlich bittere, sicherlich Chinin. Er zwang sie, diese Tabletten zu schlucken, und dann tat er etwas, was Bettina fast um den Verstand brachte. In dicke Wolldecken wickelte er sie ein, so daß sie sich nicht rühren konnte, und so lag sie unter der dünnen Zeltleinwand wie in einem Backofen, ihr Körper löste sich in Schweiß auf, keinen Atem bekam sie mehr, das Herz jagte, und Arbadja saß neben ihrem Kopf und überschüttete ihn mit Wasser, wenn sie glaubte, nun müsse er endgültig auseinanderspringen.

»Luft!« röchelte sie einmal. »Achmed, du bringst mich um! Nimm die Decken weg... die Decken... ich zerplatze!«

»Wir treiben das Fieber hinaus, Mademoiselle«, sagte Achmed ganz ruhig. »Haben Sie keine Angst. Sagten Sie nicht, Sie hätten keine Angst vor mir?«

»So ist es, Achmed.«

Bettina schloß die Augen. Ganz ruhig wurde sie auf einmal, der Druck fiel von ihr ab, die Hitze spürte sie nicht mehr, der Hals brannte nicht, und der Kopf zersprang nicht.

Sie wurde besinnungslos und glitt in das Vergessen mit dem Gedanken: Nun wird es besser... ich habe keine Angst vor Achmed Arbadja...

Zwei Tage und Nächte saß Arbadja neben Bettina, kühlte ihre Stirn, flößte Wasser zwischen die verkrampften Lippen, rieb ihre Brust mit Öl ein und wickelte sie wieder in die höllischen Decken. Zwei Tage und Nächte war Bettina ohne Besinnung und phantasierte. Sie glühte und war eiskalt, und der Wechsel wurde immer schneller und die Miene Achmeds immer ernster. Dann, in der dritten Nacht, lag sie ruhig und atmete nicht mehr stoßweise, sondern langgezogen und tief. Aus der Ohnmacht war richtiger Schlaf geworden... der Schlaf der zur Gesundheit führte.

Mit glänzenden Augen stand Achmed Arbadja auf und

trat hinaus in die kalte Wüstennacht. Nach Osten wandte er sich, dort wo Mekka lag, und kniete sich in den pulverfeinen Sand. Dann beugte er den Kopf weit vor und legte ihn auf seine in den Sand gedrückten Hände.

»Allah sei Dank!« sagte er laut. »Ich war ein kleingläubiger Mensch. Du läßt sie weiterleben.«

Und dann schlief auch er, eng an Bettina gepreßt, wie ein Hund, der sich mit Anhänglichkeit bei den Menschen bedankt für ein Streicheln, ein liebes Wort oder eine Scheibe Wurst.

*

Drei Bohrtürme, sieben Baracken, eine Energiestation, ein Magazin und vier Garagenhallen – das ist die Bohrstelle VI südlich der winzigen Oase Ain Taiba.

Hier leben siebenundvierzig Männer, und sie kommen sich vor wie siebenundvierzig Verdammte.

Jeden Tag landen Transportflugzeuge auf dem gewalzten Sandsteifen hinter den Bohrtürmen. Zweimal wöchentlich kommt eine Lastwagenkolonne von Ouargla herunter, der nächsten größeren Wüstenstadt, wo sich auch die Büros, die Magazine und vor allem die Mädchen befinden, die monatlich einmal für zwei Tage Pause von Staub und Hitze besucht werden dürfen. Hier gibt es Bars und Bistros, von denen die siebenundvierzig Männer in der glühenden Einsamkeit träumen, und jeder hat einen Kalender im Spind hängen, auf dem er die Tage abstreicht . . . noch vierzehn Tage bis zu Jeannes weichen Armen . . . noch zehn Tage, noch neun, noch fünf Tage, und dann hat man ein Bett und einen weißen Körper neben sich und pfeift auf die Wüste, den Ölgestank, das schal schmeckende Wasser und auch auf die guten, harten Francs, denn man wird gut bezahlt für die Kraft und den Mut, mitten in einem Sandmeer zu leben und sich mit Sandflöhen und Skorpionen zu unterhalten.

Dimitri hatte sich schnell in die Gemeinschaft der rauhen Burschen von Ain Taiba eingelebt. Man nannte ihn schlicht Iwan, dem Sammelbegriff für Russen, und Dimitri ließ es über sich ergehen. Ihm war alles Äußere gleichgültig, auch daß man ihn als ausgebildeten Ingenieur zunächst in den Maschinensaal – wie man die glutheiße Baracke mit den Elektromotoren nannte – steckte, wo er stundenlang nur eine Schalttafel bewachte, die Lager ölte, dauernd Kurzschlüsse zu beheben hatte, weil das Stromnetz überlastet war; eine sture Arbeit, vor der sich jeder andere drückte. Dimitri war es recht so. Hier hatte er Zeit, an Bettina zu denken und an sein schönes Leben, das in Tiflis geblieben war.

Drei Tage nach seiner Ankunft in Ain Taiba kam einer der leitenden Ingenieure zu ihm – mit einem Hubschrauber war er extra wegen Dimitri von Ouargla gekommen – und bestellte ihn in die Vorarbeiterbaracke.

»Es wird Schwierigkeiten geben, Sotowskij«, sagte er ohne lange Einleitung. »Ihre Braut ist in der Wüste verschwunden.«

»Wer?« fragte Dimitri. Er begriff nicht, was der Oberingenieur von ihm wollte. Er hatte keine Braut in Afrika.

»Sie wissen nicht, daß Ihre Braut in Algerien ist?« fragte der Mann aus Ouargla verblüfft.

»Ich habe keine Braut«, sagte Dimitri. »Sie verwechseln mich, Monsieur.«

»Unmöglich!« Der Oberingenieur sah Dimitri irritiert an. »Aus Bône kam die Meldung, daß Ihre Braut, Bettina ...«

»Wanduscha!« schrie Dimitri auf. Er schnellte hoch und warf die Arme in die Luft. »Wanduscha ist hier?« Sein Gesicht glänzte, fast wäre er durch das Zimmer getanzt wie ein Tscherkesse. »Brüderchen Oberingenieur, sie ist mir nachgefahren? Sie hält zu mir! Wo ist sie? Wo? Sag schnell, wo ich meine Wanduscha finden kann!«

»Es scheint wirklich ein Irrtum zu sein«, sagte der

Oberingenieur und wischte sich über die Augen. »Nicht Wanduscha – Bettina heißt das gesuchte Mädchen.«

»Sie ist es! Sie ist es!« jubelte Dimitri. Er riß den verblüfften Oberingenieur an sich, küßte ihn auf beide Wangen und drehte ihn um sich selbst, als sei er ein großer Kreisel. »Wo ist sie?« schrie Dimitri dabei. »Brüderchen, wo ist sie denn? Ich fahre ihr entgegen.«

»Einen Dreck werden Sie!« sagte der Oberingenieur grob. Er flüchtete aus dem Griffbereich Dimitris und wischte sich den perlenden Schweiß aus dem Gesicht. »Ihre Wanduscha, oder wie das Weibsstück heißt, beschäftigt schon die algerischen Behörden. Allein ist sie in die Wüste, anscheinend, um nach Ain Taiba zu kommen.«

»Ein mutiges Weibchen, ein tapferes Weibchen ... sie war es immer«, sagte Dimitri glücklich.

»Ein idiotisches Weibchen!« schrie der Oberingenieur aus Ouargla. »Allein durch die Wüste! Das macht nicht einmal ein Irrer! Und wir haben die dicken Köpfe! Himmel und Hölle noch mal, wir haben hier einen knallharten Job, für den es ebenso harte Francs gibt, wir schlafen nicht auf Rosen, sondern auf Pritschen, und als Sie sich bei uns meldeten, wußten Sie, was Sie hier erwartet! Hier ist eine Bohrstelle nach Öl, aber kein Privatpuff!«

Dimitri sah den schreienden Oberingenieur stumm und wehmütig an. Meine Wanduscha, dache er. Kommt durch die Wüste zu mir, und er nennt sie eine Hure. Oh, was sind dies nur für Menschen? Haben sie kein Herz mehr? Verstehen sie nicht mehr, was die Liebe alles vermag? Daß es weder Grenzen noch Völker noch nackte Vernunft gibt, wenn man liebt? Ist er eine Maschine, die Geld produziert?

Und dann tat er etwas, was er in Rußland getan hätte, wenn ein Genosse seine Wanduscha eine Hure genannt hätte: Er trat einen Schritt vor und gab dem Oberingenieur eine schallende Ohrfeige.

An diesem Tage wurde Dimitri von neunzehn Arbeitern der Bohrstelle VI von Ain Taiba zusammengeschlagen. Er ahnte es vorher, als der Oberingenieur nach dieser Ohrfeige stumm die Baracke verließ und der Vorarbeiter nach einer halben Stunde ins Zimmer kam, mit dem Daumen zur Tür zeigte und sagte: »Komm mal raus, Iwan, aber schnell!«

Und Dimitri trat vor die Tür und sah vor sich eine Gasse von halbnackten, muskelstarken Männern, die ihn mit ausdrucklosen Gesichtern anstarrten und die Hände zu Fäusten ballten.

»Lauf, Iwan!« sagte der Vorarbeiter hinter ihm dumpf und gab ihm einen Stoß in die Nieren. »Bei uns benimmt man sich nicht wie in Sibirien.« Dimitri wollte etwas erklären. Sibirien, wollte er sagen. Was habt ihr bloß alle gegen dieses herrliche Land? Wie benimmt man sich denn da, he? Friedliche Menschen sind's. Menschen wie wir. Und Freunde hat man in der Taiga, Freunde bis an den Tod! Aber er schwieg. Sinnlos war's, jetzt noch zu reden. Er sah in die harten Augen der Männergasse, er fühlte einen neuen Stoß in seinem Rücken, und er sah den Oberingenieur an einem Auto stehen und das Strafgericht beobachten.

Da ging er ... ja, er ging, ganz langsam, nicht wie man erwartet hatte, daß er renne wie um sein Leben ... die Hände auf dem Rücken, den Kopf weit in den Nacken, schritt er durch die Gasse der halbnackten schwitzenden Männerleiber, und die harten Fäuste hatten plötzlich keine Kraft mehr, nicht die, die man gern hineinlegen wollte, denn so einen Menschen hatte man noch nicht gesehen, auch nicht in der Wüste, der durch eine schlagende Gasse ging und die Hiebe hinnahm wie ein Streicheln.

Am Ende des Weges fiel Dimitri in den Sand, mit dem Gesicht zuerst, ebenso stumm, wie er seinen Weg gegangen war. Man ließ ihn liegen, nur der Vorarbeiter schüttete einen Eimer Wasser über ihn, das aber verdunstete, bevor Dimitri aus seiner Ohnmacht erwachte.

Er kroch in seine Baracke und legte sich auf sein Bett, aber in der Nacht schlich er sich wieder hinaus, kletterte auf das Dach der Garage und hockte sich hier auf das Wellblech, sah hinaus in die jetzt kalte, unter den Sternen herrliche Wüste und wartete auf Bettina.

Am nächsten Tag kümmerte sich keiner um ihn. Seinen Arbeitsplatz hatte ein Türke eingenommen. Er bekam von der Küche kein Essen mehr. Er war wie Luft, man sah durch ihn hindurch und rannte ihn um, wenn er jemandem im Wege stand. Ain Taiba hatte ihn ausgestoßen. Er war vogelfrei.

Dimitri kümmerte es nicht. Er hatte noch etwas zu essen, ein paar Büchsen, die er kalt hinunterschlang, denn ein offenes Feuer war verboten. Man hätte ihn erschlagen, wenn er es getan hätte. In der Nacht aber saß er wieder auf dem Garagendach und starrte in die Wüste.

Und dann, in der dritten Nacht, sah er weit hinten über den Sanddünen eine kleine Staubwolke gegen den Nachthimmel steigen, aus einer Richtung, die genau entgegengesetzt der Route nach Fort Lallemand war. Eine Staubwolke, die größer und größer wurde, als schabe jemand durch den Sand und werfe ihn dann gegen den Himmel.

Wanduscha ... dachte Dimitri und kroch an den Rand des großen Wellblechdaches. Ist sie es? Und dann richtete er sich auf, stand auf dem Dach und winkte mit beiden Armen, und der Mond schien auf ihn und hob ihn gegen den Nachthimmel ab, und die Staubwolke kam näher, und es sah aus, als hüpfe ein großer schwarzer Floh durch die Wüste.

Dimitri kletterte von dem Dach und rannte um den letzten Bohrturm herum. Eine Sanddüne versperrte ihm den Blick, aber er hörte schon das Brummen des Motors.

»Wanduscha!« schrie er. »Wanduscha!« Und dann lief er durch den knietiefen Sand, stolpernd und ächzend wie ein Verdurstender, mit ausgebreiteten Armen und wie im Fieber glänzenden Augen, und ganz sicher war er sich, daß dort aus dieser Staubwolke Bettina auftauchen und daß sein Leben wieder schön werden würde.

Aus den Sanddünen tanzte der kleine graue, mit gelbem Sand bestäubte Wagen. Die Staubwolke, die ihn einhüllte, verhinderte jede Sicht, aber Dimitri taumelte mit flatternden Armen weiter, und seine Schreie »Wanduscha! Wanduscha!« prallten nach kurzer Zeit gegen eine Sandwand, die ihn einhüllte, ihm den Atem nahm, seine Mundhöhle mit Tausenden kleinen, harten Körnern füllte und ihn umwarf. Er kniete im Sand, mit erhobenen Armen, als bete er die Sterne an, die im Staubnebel versunken waren.

»Himmel! Wer ist denn dieser Idiot?« schrie eine Stimme auf französisch. Der Jeep bremste einen Meter vor dem knienden, vom wirbelnden Sand blinden Dimitri, und die Wolke sank in sich zusammen und überfiel den ächzenden Menschen wie ein Wasserguß. »Den hätte ich bald überfahren!« schrie die Stimme wieder. »Was läuft so ein Vollidiot auch in der Nacht herum! He! Aufstehen! Wohl besoffen, was?«

Dimitri Sotowskij öffnete langsam die sandverklebten Augen. Seine Kehle war ausgedörrt, sein Körper schien wasserlos, wie eine verdorrte Tamariske war er, ein toter Baum in der Wüste.

»Wanduscha...«, stammelte er und starrte um sich, als erkenne er seine Umwelt nicht mehr.

»Was sagt das betrunkene Schwein?« rief die Stimme wieder. »Mann, steh auf!«

Aus dem Jeep kletterten vier Männer in Uniform. Ein Offizier war dabei, der nun zu Dimitri ging und ihn aus dem Sand hochriß. Wie einen nassen Hund schleifte er ihn zum Jeep und lehnte ihn dagegen.

Dimitri sah um sich. Vier Männer. Uniformen. Soldaten. Er begriff es zunächst nicht. »Wo ist Wanduscha?« fragte er. Während er sprach, spuckte er Sand aus. Seine Augen wurden rot; der Staub brannte wie Pfeffer. »Habt ihr sie nicht mitgebracht?«

»Aha! Das ist ja der Russe!« Der junge Leutnant betrachtete Dimitri mit Interesse. Er war aus Fort Lallemand abkommandiert worden, Patrouille bis zur Oase Ain Taiba zu fahren und alle Fahrzeuge auf der Route zu kontrollieren.

Aus Bône war die verrückte Meldung gekommen, daß ein Mädchen allein quer durch die Wüste fahren würde, um aus Ain Taiba ihren Bräutigam, einen russischen Ingenieur, wegzuholen. Zuerst hatte man in Fort Lallemand darüber gelacht und Witze darüber gerissen, aber als es hieß, daß der Wagen des Mädchens nirgendwo zu sehen sei und alle Hubschrauber ohne Ergebnis zurückkamen, wurde es ernst, und von allen Militärstationen wurden Patrouillen ausgeschickt, die Wüste rund um Ain Taiba zu überwachen.

»Ihretwegen haben wir vielleicht einen Zirkus hier!« sagte der junge Leutnant zu Dimitri. Ein Soldat hatte ihm zu trinken gegeben, und nun lehnte Dimitri am Wagen und verfiel sichtlich in Hoffnungslosigkeit.

»Wo ist Wanduscha?« fragte er und starrte auf die Sanddünen. Der Himmel war wieder klar, die Sterne glitzerten wie auf blauschwarzen Samt gestickt. Und es war wieder kalt.

»Wenn wir das wüßten, lägen wir jetzt im Bett.« Der junge Leutnant steckte sich eine Zigarette an und bot seine Packung Dimitri an. Dieser schüttelte den Kopf. »Seit ein paar Tagen ist sie verschwunden.«

»Verschwunden?« stammelte Dimitri mit hohlen Augen.

»Genau gesagt: Wir haben sie nie gesehen. Sie ist aus Bône weg. Womit, ob allein oder mit Führer, in welche

Richtung, das alles wissen wir nicht. Sicher ist nur, daß sie nach Ain Taiba will.«

»Zu mir«, sagte Dimitri dumpf. »Freunde, zu mir!«

»Über die normalen Routen ist sie nicht gefahren, das ist auch sicher. Sie muß also einen der Karawanenwege der Nomaden gefahren oder geritten sein, und das ist absoluter Wahnsinn.«

»Wir müssen sie suchen!« schrie Dimitri. Erst jetzt kam ihm voll zum Bewußtsein, in welcher Gefahr sich Bettina befand. »Brüder, wir müssen sie suchen! Sie verdurstet! Der Sand weht sie zu! Die Sonne dörrt sie aus! Freunde, sucht sie!«

»Was meinst du, was wir seit Tagen tun?« Der junge Leutnant spuckte in den Sand, warf die Zigarette weg und zertrat sie mit den Stiefelspitzen. »Sag mal, Russki, was hast du dir da bloß für ein Weibsstück angelacht? Das muß ja eine Furie sein.«

»Ein Engel ist's, Freunde. Ein wahrer Engel«, sagte Dimitri leise. »Wenn ich wüßte, wo sie jetzt ist, ich liefe ihr zu Fuß entgegen.«

Der Leutnant wandte sich ab, stieg in den Jeep und winkte den anderen Soldaten. »Der ist genauso blöd. Muß in der Familie liegen. Los, Jungens, weiter! Zurück nach Hassi el Gassi! Von dort muß sie kommen. Wenn sie in den Erg geraten ist, sehen wir sie sowieso nie wieder. Aber das sag ich dir, Russki«, der Leutnant beugte sich zu Dimitri vor, der starr hinaus in die Wüste sah, »wenn wir deine Mamuschka oder wie du sie nennst, in die Finger bekommen, hauen wir ihr erst den süßen kleinen Hintern voll. Sie hat's verdient.«

Dimitri schwieg. Er sah dem ratternden, tanzenden kleinen Jeep nach, der wieder zur Straße wendete und neue Staubwolken über ihn schüttete. Wieder füllte sich sein Mund mit Sand, jeder Atemzug knirschte, und als die Wolke sich verzogen hatte, war er wieder allein zwischen den Sanddünen, unter dem kalten nächtlichen

Wüstenhimmel, und er kam sich so einsam vor wie nie zuvor.

Wanduscha, dachte er. Wenn ich dir helfen könnte, wenn ich dir wirklich entgegenlaufen könnte .. mein Fehler war's, einfach wegzugehen. Meine wilde grusinische Art hatte ich nicht in der Gewalt, und nun mußt du büßen für mich. O Wanduscha, ich bin ein Lump gewesen!

Und dann stand er im Sand zwischen den Dünen, ein langer, dürrer Schatten, und schluchzte. Und er hatte unsagbares Heimweh nach Tiflis und den Weinhängen rund um die Stadt. Heimweh nach den blühenden Aprikosenbäumen und den wilden Kirschen. Heimweh nach Rußland . . . es ist stets das größte Gefühl eines Russen in der Fremde.

*

Bis heute weiß keiner, welchen Weg Achmed Arbadja gefahren war. Er selbst schwieg darüber, Bettina konnte es nicht erklären. Für sie sah die Wüste in allen Himmelsrichtungen gleich aus... Sand, Himmel, flimmernde Hitze, Staubwolken, das Gefühl unendlicher Verlassenheit. Nur ein Mensch wie Arbadja hatte Namen für Sandhügel, die keinem anderen auffallen. Nur für ihn war ein gebleichtes Kamelgerippe, ein ausgetrocknetes Wadi, ein unbekannter Salzsee, von Wanderdünen zugewehte Bäume und Büsche ein Zeichen am Wege. Wie das Innere seiner Tasche kannte er die Sahara.

Dimitri lag auf seinem Bett und schlief, als Arbadja und Bettina in Ain Taiba eintrafen. Nicht von Fort Lallemand, wie alle vermuteten, sondern von Süden her, aus dem Erg heraus, von der geheimnisvollen Karawanenstraße, die von Ghadames bis nach In Salah führt und die noch kein Europäer entdeckt, geschweige denn entlanggezogen war.

Plötzlich waren sie da, spukhaft aus den Dünen auftauchend, fast lautlos umfuhren sie die drei Bohrtürme, die wie Skelettfinger in den Nachthimmel ragten, und hielten vor der großen Verwaltungsbaracke. Die Nachtwache, in einem Wachhäuschen neben dem Maschinenhaus, schlief. Es war gegen drei Uhr morgens. Was sollte hier schon passieren? Die Zeit der Rebellenüberfälle war vorbei. Niemand zerstörte mehr die Pipeline oder steckte die Bohrtürme in Brand, denn auch Algerien verdiente gut an den Erdöl- und Erdgasvorkommen, die französische Geologen entdeckt und erschlossen hatten. Wozu also noch die dumme Wache?

Der leitende Ingenieur von Ain Taiba staunte nicht schlecht, als man an seine Tür klopfte. Er sah auf die Uhr, fluchte und sprang aus dem Bett. Als er die Tür aufriß und auf dem Flur ein staubbedecktes Mädchen mit einem grinsenden Araber stehen sah, fragte er nicht lange, wer das sein könnte. Er seufzte tief auf, schüttelte den Kopf, trat zur Seite und zeigte ins Zimmer. »Treten Sie ein, Mademoiselle«, sagte er nicht gerade ausgesprochen freundlich. »Seit Tagen erwarten wir Sie. Entschuldigen Sie meine Aufmachung, aber ich bin auf nächtliche Besuche nicht eingerichtet.« Er war einen Bademantel über seinen Schlafanzug, machte Licht und betrachtete Bettina, die zögernd ins Zimmer kam. Eingefallen und elend sah sie aus, mit tiefliegenden Augen und unendlich müde. Arbadja, der ihr folgte, zeigte keinerlei Ermüdungserscheinungen. Nur machte er den Eindruck, als sei er in einen Mehltrog gefallen, so mit Staub überzogen war er.

»Sind Sie krank?« fragte der Ingenieur und holte aus einem Eisschrank Wein und Mineralwasser.

»Ich habe gerade mit knapper Not ein Fieber überstanden.« Bettina setzte sich an den Tisch, der vor dem Fenster stand. Nun, da sie am Ziel war, verließen sie alle Kräfte. Sie kam sich vor wie hundert Jahre alt, gebrechlich und von einer unstillbaren Sehnsucht nach ewiger Ruhe.

»Trinken Sie.« Der Ingenieur hielt ihr ein großes Glas mit kaltem Wasser vermischten Weins vor den Mund. Dann sah er sich um zu Achmed Arbadja und musterte ihn mit einer gewissen Hochachtung. »Ihr seid durch den Erg gekommen?«

»Ja!« antwortete Arbadja kurz.

»Ds war doch Selbstmord!«

«Für einen Europäer«, sagte Arbadja stolz.

Es dauerte eine halbe Stunde, bis Bettina sich soweit erholt hatte, daß sie klarer denken und handeln konnte. »Ich werde Sotowskij holen«, sagte der Ingenieur. »Nein, bleiben Sie sitzen, Mademoiselle, ich hole ihn allein.«

Das hatte seinen guten Grund. Die Gemeinschaft von Ain Taiba hatte Dimitri nach der Prügelszene formell ausgestoßen. Man warf sein Bettgestell aus der Baracke, und er schleppte es in den alten, baufälligen, nicht mehr gebrauchten Materialschuppen, der noch aus den Anfängen der Bohrtätigkeit übriggeblieben war, und zwischen alten Maschinenteilen, verrosteten Eisenträgern und abgeschabten Bohrköpfen, zwischen Kisten und Säcken, in denen sich Skorpione und Sandvipern eingenistet hatten, schlief Dimitri, hauste wie ein Einsiedler, mußte von seinem ersparten Geld sich das Essen kaufen – aber erst dann, wenn die anderen des Trupps schon gegessen hatten, und meist war es nur ein halber Teller, der übrigblieb, und niemand kümmerte sich um den verrückten Iwan, der sibirische Manieren einführen wollte, wie der Vorarbeiter gebrüllt hatte.

Dimitri schrak hoch, als ihn jemand an den Schultern rüttelte. »Aufstehen!« schrie ihm eine Stimme ins Ohr. »Besuch aus Deutschland.«

»Wanduscha!« schrie Dimitri hell. Mit einem Satz war er aus dem Bett, stieß den Ingenieur zur Seite, rannte hinaus, sah den Jeep vor der Verwaltungsbaracke stehen, und dann wiederholte sich die nächtliche Szene von drei Tagen vorher, er warf die Arme hoch und brüllte in die Nachtstille hinein und stolperte durch den Sand, und Arbadja ließ ihn vorbeilaufen und ging ihm aus dem Weg, als er ihm im Flur begegnete. »Wanduscha!« stöhnte Dimitri, als er die Tür aufriß. »Ich habe gebetet ... zum erstenmal im Leben habe ich gebetet ... und du bist da! Du bist da! O mein Gott!«

Vor dem Haus hielt Arbadja den Ingenieur fest, der Dimitri folgen wollte. »Laß sie jetzt allein, Herr«, sagte er. »Das Glück der Liebenden ist ein Geschenk Allahs und gehört nur ihnen allein.«

»Ihr habt für alles einen Spruch«, meinte der Ingenieur und lächelte sauer. »Aber ich will nur in die Telefonzentrale. Erlaubt das mein Wüstenfuchs?«

Achmed Arbadja zog die Lippen hoch. Sein weißes Gebiß leuchtete aus dem staubigen Gesicht. Er gab keine Antwort, aber er ließ den Ingenieur los. Stolze Teufel sind sie alle, diese Weißen, dachte er. Aber was hilft's? Man muß mit ihnen leben.

In Bône fluchte der Direktor nicht minder kräftig wie sein Ingenieur in der Sahara, als ihn das Telefon aus dem schönsten Morgenschlaf schreckte. Neben ihm lag eine dunkelhaarige Schöne, die trotz des Klingelns weiterschlief.

»Was ist?« schrie der Direktor ungnädig. »Ain Taiba? Himmel noch mal, was soll das? Brennt ihr ab? Das wäre der einzige Grund, mich aus dem Schlaf zu holen.«

Aber es zeigte sich, daß es auch noch einen anderen Grund gab. Mit immer größerer Verblüffung hörte er sich den Bericht aus der Wüste an und schabte sich dabei mit den Fingernägeln über die Brust.

»Das hat es noch nicht gegeben!« sagte er ehrlich, als der Ingenieur in Ain Taiba schwieg. »Wie sieht das Weib denn aus?«

Direktor Paul Servante war einen Tag später aus dem

Urlaub gekommen, nachdem Bettina aus Bône verschwunden war. Er hatte auf seinem Schreibtisch nur die Berichte vorgefunden und Bettina eine »hysterische Ziege« genannt. Zu Hause in Lyon hatte er eine liebende Gattin und drei Kinder, womit erklärt ist, daß die schwarzhaarige Schönheit in seinem Bett lediglich zur Wüstenverpflegung gehörte.

»Hübsch ist sie auch noch?« rief Direktor Servante verblüfft. »Was man nicht alles erlebt! Natürlich, ich spreche heute morgen gleich mit Marseille. Wenn dieser Dimitri nach Hause will ...«

»Er hat einen Dreijahresvertrag unterschrieben«, sagte der Ingenieur in Ain Taiba. »Aber, ehrlich, wir sind froh, wenn er wieder geht. Er mag ein hervorragender Fachmann sein, aber für die Wüste ist er nichts. Wenn es möglich ist, lassen Sie ihn ziehen. Annullieren Sie den Vertrag.«

Die Antwort aus Marseille kam schnell, und Direktor Servante in Bône freute sich darüber. Der Vertrag war ungültig, wenn Dimitri das Handgeld zurückzahlte, das er bekommen hatte.

»Ich zahle jede Summe, wenn Dimitri zurück kann nach Deutschland«, sagte Bettina in Ain Taiba, als der Ingenieur die Nachricht überbrachte.

»Wir sind ja keine Raubtiere«, antwortete der Ingenieur mit einem Anflug von Galanterie. »Und gerade wir Franzosen haben das größte Verständnis für die Liebe.«

Es war lustig anzusehen, wie Bettina darauf rot wurde und zu Boden sah wie ein kleines, verliebtes Mädchen, und Dimitri umarmte den Ingenieur, was dieser gar nicht gern hatte, auf jeden Fall nicht von Dimitri.

Von nun an ging es sehr schnell. Mit einem Lastwagen fuhren sie nach Fort Lallemand, und weder Bettina noch Dimitri blickten zurück, als sie Ain Taiba verlassen hatten und die einsamen Bohrtürme zwischen Wüste und glutendem Himmel wegschwammen. Sie wollten nicht zurücksehen. Einem Irrtum trauert man nicht nach. Was Ain Taiba aber für Dimitri bedeutet hatte, das sagte er keinem, weder Bettina noch seinem Ziehvater Kolka. Nie mehr sprach er über die kleine Oase. Nur zwei Narben an seinem Körper erinnerten ihn stumm an jenen Tag, an dem er durch die Gasse der Schlagenden gegangen war, hocherhobenen Hauptes wie ein Bär, der aufrecht stirbt, weil er der König Grusiniens ist.

Hinter dem Lastwagen hüpfte der Jeep mit Achmed Arbadja am Steuer. Auch er hatte einen Triumph im Herzen. Nicht das verdiente Geld machte ihn fröhlich, sondern der Sieg über die Weißen. Er hatte Ain Taiba erreicht trotz Patrouillen, Hubschrauber und Bewachung. Er hatte die Wüste bezwungen, und Allah war sichtbar bei ihm gewesen.

Welcher Mann kann da nicht stolz sein?

Zwei Tage später landeten Dimitri und Bettina in Düsseldorf und verließen Hand in Hand das Flugzeug.

Unten, an der Gangway, stand Karl Wolter, und er benahm sich wieder wie der alte Kolka Iwanowitsch Kabanow. Er winkte und rief und schrie auf russisch: »Willkommen, mein Söhnchen! Willkommen!« Aber er kam ihm nicht entgegen, sondern blieb stehen.

Dagegen trat ein großer, schlanker, blonder Mann in der Uniform eines Bundeswehr-Oberleutnants an Dimitri heran und streckte ihm beide Hände entgegen. Und er schämte sich auch nicht, als Bettina sich von Dimitri löste und ihm weinend um den Hals fiel.

»Ich freue mich, Dimitri«, sagte Wolfgang Wolter mit fester Stimme, »daß du zurückgekommen bist. Laß uns Freunde sein.«

»Das wollen wir«, sagte Dimitri. »Die Welt ist so leer, wenn man keine Freunde hat. Ich habe es gesehen.«

Und dann erst trat Karl Wolter heran, umarmte Dimitri und küßte ihn nach alter russischer Sitte dreimal auf jede Wange.

»Christus sei mit dir!« sagte er wie ein alter Bauer.

Und Dimitri antwortete ergriffen: »Er sei auch mit dir, Väterchen.«

Die Flucht war zu Ende, das spürte er jetzt. Endgültig war sie nun vorbei. Er war wieder zu Hause.

Denn die Heimat – Mütterchen Rußland – lebt in uns, Freunde. Es ist ganz unmöglich, von ihr wegzulaufen.

*

Ein Mensch wie Oberst Safon Kusmajewitsch Jassenskij kann einem den Glauben verleiden, der Mensch stammte aus der formenden Hand Gottes. Man kann höchstens annehmen, daß Gott, als er das Geschlecht der Jassenskijs schuf, denkbar schlechter Laune war.

In der sowjetischen Botschaft hatte man noch nie solche Ausdrücke gehört, wie sie Jassenskij durch die Räume schrie, als man ihm meldete, daß Dimitri wohlbehalten zurück sei und man im MAD ziemlich spöttisch über die sowjetische Spionage in Deutschland sprach, die im Falle Wolter mehr als einen Tritt in den Hintern bekommen hatte.

»Schluß damit!« schrie Jassenskij wie ein Paralytiker. »Schluß! Schluß! Es muß etwas geschehen! Ein Exempel muß statuiert werden! Jawohl, ein Exempel! Und ich will in lauwarmer Eulenscheiße ersticken, wenn es diesmal ein Mißerfolg wird!«

Das war gut gebrüllt, aber es war auch ein unerfüllbarer Wunsch – denn wo bekam man soviel Eulen her, um Jassenskijs letzten Willen zu erfüllen? Das stille Lächeln seiner Umgebung aber verflog, als Jassenskij wirklich aktiv wurde und auf die Methoden der alten, seligen GPU zurückgriff.

»Genossen!« sagte er zu seinem kleinen Stab, sah zum Fenster und blickte über den Rhein hinüber nach Bad Honnef. »Oberleutnant Wolter befindet sich auf einer

Dienstfahrt entlang der Grenze der DDR. Er wird dabei auch einen Streifen berühren, der nicht vermint ist, was keiner im Westen weiß. Es ist der sogenannte Sickergraben, über den wir unsere Agenten einschleusen. Ich bin der Ansicht: Wenn jemand von Osten nach Westen kann, kann man auch von Westen nach Osten. Verstehen wir uns, Genossen?«

Die um Jassenskij Stehenden nickten. Wer verstand das nicht? Nur war es ein Rückschritt, einen Menschen zu entführen, und dann noch auf so plumpe Art, wie es Jassenskij plante.

Der Oberst schien die Gedanken zu erraten. Er lächelte böse, als er sich wieder der Karte der Grenzgebiete zwischen Hünfeld und Coburg zuwandte.

»Natürlich ist es altmodisch«, sagte er. »Aber wir essen unseren Kascha auch schon seit tausend Jahren, und er schmeckt noch immer.«

Man wundert sich immer wieder, wie leicht es ist, ein Verbrechen auszuführen, wenn man keinerlei Hemmungen hat und die Sicherheit der Menschen ausnutzt, in der sie sich wiegen. In dieser Hinsicht war Oberst Jassenskij eine Art Naturtalent, was er bei der Entwicklung eines Plans bewies, über den seine Untergebenen staunten, als habe man ihnen einen Blick in einen Mondkrater gewährt.

»Es ist so einfach, Genossen«, bemerkte Jassenskij völlig richtig. »Man muß nur am richtigen Tage an der richtigen Stelle das Richtige tun. Oberleutnant Wolter fährt also, wie gesagt, seit gestern entlang der Grenze. In Hünfeld hat er begonnen. Sehen Sie, hier ist die wunde Stelle.« Jassenskij legte seinen tabakgebeizten Zeigefinger auf einen Punkt der Karte. Es war ein dichtes Waldgebiet, das auf westdeutscher Seite so belassen worden war, während auf seiten der Ostzone ein Kahlschlag von hundert Metern Breite als Schußfeld gerodet war. An den Stacheldrahtzäunen hingen in Abständen von fünfzig

Metern Schilder: Achtung! Lebensgefahr! Minen! Aber diese Schilder waren nur eine Tarnung. Gerade in diesem Todesstreifen lag nicht eine einzige Mine. Auch waren die Pfähle des Stacheldrahtes nicht fest in den Boden gerammt, sondern steckten in unsichtbaren Buchsen, so daß man den Zaun einfach herausheben konnte und gefahrlos hinüberkam auf westdeutsches Gebiet. An dieser Stelle waren bisher neunundvierzig Agenten mit sowjetischem Propagandamaterial über die Grenze gekommen. Männer und Frauen, bepackt mit Flugblättern, Broschüren, Aufrufen, Falschgeld und insbesondere Magazinen für die jungen Bundeswehrsoldaten.

Jassenskij tippte mit dem braunen Finger immer wieder auf diese Stelle der Karte. »Wir wissen, daß Wolter die Grenze nachts inspiziert, um einen günstigen Ort für die Aufstellung eines der fahrbaren Propagandasender zu suchen. Er fährt mit zwei Feldwebeln als Begleitung in einem grünen Volkswagen. Am Freitag wird er hier eintreffen. Es ist eine Lappalie, ihn im Wald aus dem Wagen zu holen und hinüber in die DDR zu schaffen. Er wird einfach verschwunden sein, und man wird sich die Köpfe darüber zerbrechen, am Zaun stehen, hinüber auf das Minenfeld starren und nicht verstehen können, was hier passiert ist.« Jassenskij sah seine Mitarbeiter mit dem Ausdruck unterdrückten Stolzes an. »Sagte ich nicht, es ist so einfach wie Kascha essen? Noch Fragen, Genossen?«

Man hatte keine Fragen mehr. Es war wirklich alles so klar, wie weiß einfach weiß ist und nicht rot.

»Dann an die Arbeit!« sagte Jassenskij fröhlich. »Kleine Nadelstiche in den Bauch sind wirksamer als grobe Ohrfeigen. Und Wolter wird ein besonders gut sitzender Stich sein.«

Es lief alles wie ein Uhrwerk ab.

Mit einem unauffälligen Privatwagen fuhr Jassenskij über die Autobahn und betrat bei Herleshausen das

Gebiet der Zone. Dort wurde er von zwei sowjetischen Majoren mit großer Ehrfurcht begrüßt, denn Jassenskij flog der Ruf voraus, ein Abkömmling vom Schwanzhaar des Satans zu sein. Ohne Aufenthalte, nur eine Tasse Tee trank er, fuhr er weiter nach Meiningen und kehrte von dort an die Grenze zurück, an den hundert Meter breiten Todesstreifen, der hier nur eine Attrappe war. In einem Bauernhaus, das man beschlagnahmt hatte und in dem der Abschnittskommandant der Grenztruppe wohnte, stieg Jassenskij ab und lächelte dünn, als die deutschen Grenzsoldaten ihn begeistert mit »Freundschaft! Freundschaft!« begrüßten und in die Hände klatschten.

Sklavenvolk, dachte Jassenskij angewidert. Ihre Väter haben noch »Heil! Heil!« gebrüllt. Und ihre Söhne schreien vielleicht »Amerika! Amerika!«, was der Himmel und der Kommunismus verhüten mögen. Er legte sich hin, schlief zehn Stunden und inspizierte dann die Grenze. Er war danach sehr zufrieden. Blinkzeichen aus dem dichten westdeutschen Wald sagten ihm, daß seine Mitarbeiter zur Stelle waren.

Oberleutnant Wolfgang Wolter konnte kommen.

*

In Göttingen waren der Rückkehr Dimitris aufregende Tage gefolgt. Nicht nur Agnes Wolter und viele gute Bekannte begrüßten Dimitri, auch die Presse war wieder da – keiner wußte, woher die Journalisten die Informationen hatten –, und Karl Wolter hatte alle Grobheiten aufzubieten, um auch diesmal sein Familienleben vor Tatsachenberichten und Bildreportagen zu retten. Dann kamen die Behörden. Als erste trafen drei Offiziere aus Bonn ein, um Dimitri in aller Freundlichkeit zu verhören und dann etwas verwirrt abzufahren.

»Ja«, sagte Dimitri nämlich, »ich bin Kommunist. Warum soll ich etwas anderes sein, ich kenne ja nichts anderes. Nein, ich weiß nichts, was den Westen interessieren könnte. Ich war Angestellter des Ölkombinats – wissen bei Ihnen die Angestellten etwa die Geheimnisse der Betriebsleitung? Ja, ich will in Deutschland bleiben, weil ich Bettina liebe und heirate. Nein, ich stelle mich nicht irgendeiner politischen Organisation zur Verfügung. Politik ist ein Verbrechen; das ist das einzige, was ich jetzt erkannt habe. Man sollte es allen Menschen sagen: Lebt als Freunde und jagt die weg, die immer behaupten, die anderen hätten unrecht.«

Man sieht, es waren Ansichten, die so fremdartig waren wie etwa die Liebe der Tataren zu saurer Eselsmilch. »Man wird noch viel an ihm erziehen müssen, lieber Wolter«, sagte der die Untersuchung leitende Hauptmann aus Bonn zu Wolfgang Wolter. »Er ist noch weltfremd. Man sollte nicht meinen, daß in einer so großen Stadt wie Tiflis solch eine politische Kurzsichtigkeit vorherrscht.«

»Wir haben Zeit«, antwortete Wolter ausweichend. Plötzlich sah er eine Kluft zwischen sich und seinen Kameraden aus Bonn. Plötzlich verstand er Dimitri und wunderte sich, daß die anderen ihn nicht verstanden oder nicht verstehen wollten.

Frieden! Ruhe in der Welt! Laßt jeden leben, daß er satt und zufrieden ist. Seid Brüder. Alle!

Ist das verwerflich? Ist das kommunistisch?

Es ist nur undurchführbar ... aber das ist eine Tragödie der Menschheit für sich.

*

Irene Brandes hatte man ins Allgäu in ein Sanatorium gebracht. Dort heilte man ihren tiefen seelischen Schock aus, den die letzte Begegnung mit Borokin hinterlassen hatte. Jeden zweiten Tag schrieb sie sehnsuchtsvolle Briefe an Wolfgang.

»Mir geht es immer besser. Wann holst Du mich zurück? Keine Nacht vergeht, ohne einen Traum von Dir. Ich liebe Dich. Ich vermisse Deine Zärtlichkeit. Nie habe ich geglaubt, daß ich einmal so lieben könnte . . .«

»Noch drei Wochen muß sie bleiben«, sagte Wolfgang nach dem letzten Brief Irenes. »Ich habe mich beim Chefarzt erkundigt.«

»Und wenn sie wiederkommt, heiraten wir alle!« rief Dimitri.

»Hast du's so eilig?« lachte Wolter.

»Er nicht, aber ich«, sagte Bettina und umarmte Dimitri. »Oder soll ich ihn wieder aus irgendeiner Wüste zurückholen?«

Dann fuhr Wolfgang fort zur Zonengrenze, und Dimitri bekam am nächsten Tag einen Anruf aus Frankfurt.

»Für dich«, sagte Agnes Wolter, die das Gespräch angenommen hatte. »Es klingt, als ob ein Russe deutsch spricht.«

Nachdenklich, mit harten Augen und zusammengepreßten Lippen nahm Dimitri den Hörer ans Ohr. Die Blicke Agnes', Karl Wolters und Bettinas verfolgten sein Mienenspiel.

»Dimitri Sergejewitsch«, sagte er laut. Und dann schwieg er, denn jemand sprach russisch zu ihm und erzählte ihm etwas, das fast nicht zu glauben war. »Wer ist da?« fragte Dimitri dazwischen, aber die Stimme antwortete nur:

»Seien Sie nicht neugierig, Brüderchen. Glauben Sie uns, daß wir unser Vaterland lieben wie Sie. Und handeln Sie. Mehr kann ich Ihnen nicht sagen.«

Langsam legte Dimitri den Hörer zurück. Karl Wolter trat einen Schritt auf ihn zu.

»Wer hat angerufen?«

»Ich weiß es nicht. Es müssen russische Emigranten sein, die Mittelsmänner in der Botschaft haben.« Dimitri wischte sich über das Gesicht, und damit löste sich seine Erstarrung. »Wir müssen Bonn anrufen!« rief er erregt. »Die Dienststelle Wolfgangs. Er ist in Gefahr. Man will ihn entführen. Ein Oberst Jassenskij hat einen ganz sicheren Plan ausgearbeitet. Er muß sofort gewarnt werden.« Er drehte sich zu Bettina, die ihn aus weiten Augen ansah. »Wie lange fahren wir bis Fladungen?«

»Fladungen? Wo liegt denn das?« rief Wolter und nahm den Hörer ab.

»Südöstlich von Fulda, an der Wasserkuppe«, sagte der Anrufer.

»Himmel! Das ist eine lange Fahrt!«

»Was will man mit Wolfgang machen?« stammelte Agnes und begann zu weinen. »Hört das denn nie auf? Was ist aus unserer Welt geworden...«

»Entführen will man ihn. Nach drüben!« Dimitri rang die Hände. »Und wenn wir ihn nicht warnen können, gelingt es auch. Oh, ihr kennt nicht die GRU. Dem Teufel sägen sie ein Horn ab, wenn es verlangt wird!«

Es wurde ein turbulenter Tag.

Das Ministerium in Bonn bedankte sich höflich für die Information und beendete das Gespräch mit einem kurzen, militärischen »Ende«. Aber dann summte der Draht zur Zonengrenze, wurden Befehle weitergegeben, zirpte es in den kleinen Kurzwellensendern bis zu den Posten an den Stacheldrahtzäunen. Von Fulda fuhr ein Mannschaftswagen zur Wasserkuppe und von dort in der Nacht bis Fladungen. In der Turnhalle der Schule wurden die Soldaten wieder zu Zivilisten verwandelt, und zwar in Waldarbeiter mit durchschwitzten, nach Moos und Harz riechenden Anzügen. Auf Bauernwagen fuhren sie in den Wald, und dort verschwanden sie spurlos, nach einem Aufmarschplan, der in aller Eile von Spezialisten des MAD ausgearbeitet worden war.

Und auch die Familie Wolter traf in Fladungen ein. Ohne Unterbrechung waren Karl Wolter und Bettina gefahren. Als sie ankamen und im »Hessischen Hof«, einem Landhotel, abstiegen, kam ihnen Wolfgang entgegen.

»Wenn das stimmt, Dimitri«, sagte er und legte den Arm um Sotowskijs Schulter, »wenn es nicht bloß ein blinder Alarm ist, um Unruhe zu stiften und zu sehen, wie wir reagieren, hast du uns einen Dienst erwiesen, den wir dir gar nicht genug danken können.«

»Das ist ein Irrtum«, sagte Dimitri und sah Wolfgang dabei ernst an. »Ich will keinen Dienst erweisen. Mich kümmert nicht die Politik. Ich will nur dich retten... weil du mein Bruder geworden bist. Es geht schlicht um dein Leben, um weiter nichts.«

Die Experten des MAD dachten allerdings anders, und sie taten gut daran. Unbemerkt von allen Einwohnern, begann an der Zonengrenze ein gefährliches, ein bitterernstes Theater. Darsteller waren Wolfgang Wolter und seine beiden Feldwebel mit ihrem kleinen grünen Wagen. Den Chor bildeten die als Waldarbeiter verkleideten Soldaten. Und die Gegenspieler saßen irgendwo entlang des Todesstreifens im Wald. Man hatte sie noch nicht entdeckt, denn alle Streifen wurden eingestellt, um die Leute Jassenskijs in völlige Sicherheit zu wiegen.

Als sei er wirklich ahnungslos, fuhr Wolter mit seinen Begleitern seine vorgeschriebene Strecke ab. Einige Kontaktmänner gaben kurze Funkberichte zu dem Bauernhaus auf der anderen Seite, wo Jassenskij ungeduldig der großen Stunde entgegenfieberte.

»Alles in Ordnung, Genosse Oberst«, sagte der Abschnittskommandeur der Grenztruppe, ein sächsischer Hauptmann.

»Wir können uns gratulieren.«

In der Nacht stand Jassenskij selbst im Todesstreifen und überwachte das Herausziehen der Stacheldrahtpfähle. Bis zum vordersten Wachtum war ein kleiner geschlossener Lastwagen gefahren. Mit ihm sollten Wolter und seine beiden Feldwebel sofort nach Meiningen gebracht werden.

»Es kann nicht mißlingen«, sagte Jassenskij immer wieder. »Sie wissen nichts von der minenlosen Strecke. Wir werden den Kapitalisten ein Wunder vormachen.«

»Eene scheene Sache, Genosse Oberst. Die wär'n gukken ...«, sagte der sächsische Hauptmann. Er war stolz, mit dieser Aufgabe betraut worden zu sein.

Ab Mitternacht rollte das Schauspiel wie in einer vorzüglichen Inszenierung ab.

Oberleutnant Wolter kam in das Gebiet, von dem aus er entführt werden sollte. Und siehe da ... zur größten Verblüffung der MAD-Männer, die im Wald in Deckung lagen, saßen plötzlich vier scheinbar harmlose Zivilisten neben der Straße, die durch den Wald entlang der Zonengrenze führte. Woher sie plötzlich kamen, hatte keiner gesehen. Wie müde, verirrte Wanderer saßen sie auf einem Baumstamm, aßen hartgekochte Eier und tranken Tee aus einer Thermosflasche.

»Von den Waffen wird nur im Notwehrfalle Gebrauch gemacht!« hatte der wichtigste Befehl geheißen, aber Wolfgang Wolter umkrampfte doch den Griff seiner Pistole in der Tasche, als sich der Wagen den letzten Metern näherte.

Es war eine normale Nacht von durchschnittlicher Helligkeit, schon etwas kühl und herbstlich. Die Wachtürme auf der Zonenseite ragten dunkel in den Himmel, als seien sie unbewohnt. Auch der Turm, unter dem Oberst Jassenskij wartete, lag in völligem Schweigen.

»Da gommt er«, flüsterte der Hauptmann der Volksarmee und zeigte zum Wald. Ein Lichtstreifen kroch über die Straße, schwach vernahm man das Brummen des Motors. Oberst Jassenskij nickte. Er schwitzte trotz der Nachtkühle, und immer wieder mußte er die Okulare seines Nachtglases wischen, weil sie beschlugen.

»Gleich gommt der Gnall!« flüsterte der Hauptmann

erregt. Für einen Mann aus Pirna an der Elbe ist so eine Nacht ein unvergeßliches Erlebnis.

Oberst Jassenskij verfluchte den Mann an seiner Seite. Jetzt hätte er allein sein müssen, um diese Minuten zu genießen.

Die vier Männer auf dem Baumstamm legten ihre Thermosflaschen ins Gras, als sie den Wagen von weitem kommen sahen. Dann gingen zwei auf die andere Straßenseite, zwei blieben am Baumstamm stehen, und zwischen ihren Händen hielten sie nun ein dünnes Nylonseil, strafften es und spannten es in Brusthöhe über die Straße.

»Eine Sauerei!« sagte der Hauptmann, der mit drei »Waldarbeitern« zehn Meter seitlich der vier Männer lag. »Die im Wagen sehen das dünne Seil nicht. Die Schrecksekunde, wenn sie dagegenfedern, nutzen die Burschen aus und überwältigen sie. Ein verrückt einfacher Anhalterplan.« Was dann geschah, war keineswegs romantisch oder aufregend. Es hatte nichts von der Dramatik überspitzter Agentenfilme oder der sprudelnden Phantasie von Romanschreibern. Die Wirklichkeit ist trocken und einfach logisch.

Oberleutnant Wolter prallte gegen das straffe Nylonseil. »Scheiße!« brüllte der Feldwebel am Steuer, würgte den Motor ab und riß die Tür auf.

Vier Männer stürzten auf den Wagen, so schnell, wie sich Jagdfalken auf ein Kaninchen fallen lassen. Geübte Boxer waren es, denn die beiden Feldwebel erhielten einen gut gezielten Hieb gegen das Kinn, so wunderbar geschlagen, daß sie lautlos umsanken und die Besinnung verloren.

Das war die einzige Tat, die gelang. Bevor sie Oberleutnant Wolter überwältigen konnten, der den völlig Erstarrten spielte, aber den Finger an den Abzugsbügel seiner Pistole gelegt hatte, wurde es um den Wagen herum lebendig, man hörte Keuchen und Stöhnen,

Schläge klatschten dumpf durch die Finsternis, ein Körper fiel gegen den Wagen, über die Straße wälzten sich zwei Leiberknäuel, jemand fluchte russisch und wimmerte dann auf, und plötzlich war die Straße hell erleuchtet, ein Militärlastwagen raste heran und stoppte mit kreischenden Bremsen vor den noch immer miteinander ringenden Menschen.

Drüben am Wachturm ließ Jassenskij sein Nachtglas sinken. Als die Schweinwerfer aufflammten, wußte er, daß alles verloren war. Er senkte den Kopf und lehnte sich gegen die Stützen des Turmes. Der Volksarmee-Hauptmann nagte an der Unterlippe.

»Das ist verraden wor'n«, sagte er heiser. »Nu gucke mal da, wie die loofen.«

Jassenskij ging zurück zu dem dunklen Bauernhaus. Er war jetzt der einsamste Mensch auf der Welt. Ihn interessierte nicht mehr, was jetzt an der Grenze geschah. Seine Niederlage war so vollkommen, daß ihm jeder Atemzug in der Brust schmerzte.

Nicht nur Wolter war für immer verloren, auch der minenfreie Streifen war nun bekannt. Selten war ein Mann glückloser zurückgekehrt.

Und plötzlich blieb er stehen, wie von einer Faust zurückgestoßen. Von drüben dröhnte eine Stimme durch ein Elektromegaphon.

»Leben Sie wohl, Oberst Safon Kusmajewitsch Jassenskij! Dimitri Sotowskij bittet Sie, für ihn das schöne Tbilisi zu grüßen.«

Jassenskij heulte innerlich wie ein angeschossener Wolf.

Diese Schmach, dachte er. Dieser Spott! Ist jemals ein Mensch so tief gedemütigt worden?

Er ging weiter, mit hängenden Schultern, und es war bezeichnend, daß niemand ihm folgte, nicht einmal der sächsische Hauptmann, der »Freundschaft! Freundschaft!« geschrien hatte, als Jassenskij eintraf.

Ratten, alles Ratten, dachte er bitter. Und für sie soll man seinen Kopf hinhalten?

Er spuckte aus, und danach wurde es ihm viel wohler.

Auf der anderen Seite wurden vier Männer in Handschellen in den Militärlastwagen geschoben. Sie hatten verquollene, zerschlagene Gesichter, denn sie hatten sich gewehrt wie eingekreiste Bären.

»Ein guter Fang«, sagte zwei Tage später der General in Bonn und bot Wolfgang jovial eine Zigarette an. »Nur wieder ein Schlag ins Wasser. Haben alle vier den diplomatischen Status. Sind schon auf dem Rückweg nach Moskau. Und die Botschaft reagiert so kalt, als stehe sie auf dem Nordpol.«

Auch Jassenskij flog von Meiningen über Berlin nach Moskau zurück. Genau wie bei Borokin war es: Nie wieder hörte man etwas von ihm. Rußland ist ein weites Land, es hat genug Platz für einen kleinen, glücklosen Menschen.

*

Heiraten ist, entgegen der Ansicht alter Ehemänner, nicht nur ein schöner Brauch, sondern in erster Linie ein Herzensbedürfnis und eine öffentliche Bestätigung, daß man für ein ganzes Leben zusammenbleiben will. Zumindest hat man am Tage der Hochzeit diese Absicht und tut sie mit seinem Ja in bester Überzeugung kund.

Bevor man aber zu dieser öffentlichen Meinungsäußerung kommt, organisieren die Behörden ein kleines Hürdenlaufen – nicht, um den Heiratswilligen menschenfreundlich Zeit zum Nachdenken zu geben, sondern um zu beweisen, daß es keinen Schritt im Leben gibt, der nicht aktenkundig und mit Schwierigkeiten verbunden ist. Zur Zeit Moses schickte Gott als Plage die Heuschrekken, wir Modernen haben statt dessen die Verwaltung. Heuschrecken fliegen weiter, Verwaltungen bleiben und vermehren sich sogar. Wie herrlich waren die Plagen des Altertums!

Mit Wolfgang Wolter und Irene Brandes gab es keinerlei Schwierigkeiten; sie hatten alles, was ein richtiger Mensch braucht, um überhaupt Mensch zu sein: Geburtsurkunde, Taufschein, Impfschein, Heiratszeugnis der Eltern. Ein rundes, glattes, beamtenwohlgefälliges Leben. Aber Dimitri und Bettina... das war ein Kreuzweg, den Karl Wolter mit dem Dickschädel eines Kolka Iwanowitsch zu gehen begann.

»Es geht nicht!« sagte man ihm, als er Dimitri in das Amtszimmer schob und schrie, man solle ihn ansehen und auch anfassen, er sei wirklich ein Mensch, er sei geboren, erwachsen und geschlechtsreif. »Wir können keinem trauen, der keinerlei Papiere hat.«

»Die sind in Rußland!« schrie Wolter. »Er ist geflüchtet!«

»Dann hätte er *mit* Papieren flüchten sollen.«

»Man hat sie ihm abgenommen!«

Das sind Grenzfälle, die kein subalterner Beamter entscheiden kann. In den Ehegesetzen steht, daß nur heiraten darf, wer großjährig oder für großjährig erklärt ist, wer seine Identität nachweisen kann, kurzum: Wer beweisen kann, daß er wirklich er ist.

Wolter rannte herum, fluchte wie ein Muschik, dessen Kuh eine Euterentzündung hat, rief Bonn an und bat durch Wolfgang um Unterstützung der vorgesetzten Behörden. Aber auch das war keine Lösung des Problems; selbst das Wohlwollen von Generälen und Ministerialräten kann nicht überdecken, daß hier ein Mensch heiraten will, der keine Papiere besitzt.

»Er nennt sich Sotowskij«, sagte ein Beamter bedauernd. »Ebensogut kann er Malinowskij heißen und bereits in Rußland verheiratet sein. Wissen wir es?«

»Er *ist* Sotowskij! Ich kenne doch meinen Stiefsohn! So wahr ich Kolka Iwanowitsch Kabanow bin.«

»Da haben wir es ja«, sagte der Beamte fast traurig. »Sie sind doch Karl Wolter. Bringen Sie bitte keine Verwirrung in die Dinge. Besorgen Sie die Papiere, und alles ist gut.«

Wolter seufzte tief, bedauerte, nicht in Tiflis zu sein, wo man in solchen Fällen fluchen durfte, und ging. Und dann tat er etwas, von dem ihm jeder abgeraten hätte, wenn er darüber mit anderen gesprochen hätte. Er fuhr nach Bonn und ließ bei der sowjetischen Botschaft in Rolandseck anfragen, ob man ihn empfangen könne.

»Um Himmels willen!« schrie Wolfgang Wolter, als er durch das Telefon von seiner Mutter erfuhr, was Wolter plante. »Sie halten ihn dort fest! Für die Russen ist er doch ein flüchtiger Genosse! Und keine Macht der Welt kann verhindern, daß sie ihn zurück nach Rußland bringen und dort aburteilen!«

Aber es war bereits zu spät, um etwas zu unternehmen.

Karl Wolter war schon im Gebäude der sowjetischen Botschaft, bevor Wolfgang in ohnmächtiger Verzweiflung unten am Rhein stand und hinaufstarrte zu der weißen, pompösen Villa aus der Gründerzeit.

Der Besucher brauchte nicht lange zu warten. Man war begierig, den Mann zu sehen, dem es gelungen war, mit einem Fischerkahn über das Kaspische Meer Rußland zu verlassen. Man behandelte ihn höflich, ja wie einen Freund, bot ihm eine Papirossa an und servierte ihm einen grusinischen Kognak.

Und dann saß er einem Mann gegenüber, der ihn mit schiefgestelltem Kopf betrachtete und auf russisch sagte:

»Sie haben uns schwere Köpfe gemacht, Kolka Iwanowitsch. Und daß Sie jetzt so keck hier in der Botschaft sitzen, hat doch einen Grund, nicht wahr? Bedenken Sie, daß wir uns nur bis zu einer gewissen Grenze provozieren lassen.«

Karl Wolter – oder sollen wir ihn jetzt wieder in dieser

Umgebung Kolka Iwanowitsch nennen? – beugte sich etwas vor. Merkwürdig war es ihm ums Herz, als er wieder russisch sprechen konnte und irgendwie, er spürte es fast auf der Zunge, lag um sein Herz der Duft der Gärten von Tiflis.

»Ich will nicht provozieren«, sagte er langsam und mit Bedacht. »Ich bin gekommen, um zu bitten.«

»Und der Oberleutnant, der unten am Rhein vor unserer Auffahrt hin und her geht? Ihr Sohn, Kolka Iwanowitsch?«

Kolka hob die Schultern und lächelte mild. »Ich weiß nicht, daß er unten auf mich wartet. Aber wenn er es tut . . . er ist ein guter Sohn, Genosse. Ich bin ein glücklicher Mensch, wer hätte das gedacht?«

»Ein Verräter sind Sie!« schrie der Mann hinter dem Schreibtisch, der – wie sich später herausstellte – Pjotr Nikiforowitsch Lepka hieß. »Und ich betrachte es als Frechheit, daß Sie hier vor mir sitzen und lächeln wie eine Kaulquappe! Was wollen Sie?«

»Menschlichkeit«, sagte Kolka still.

»Was bitte?« stotterte Lepka verblüfft.

»Ich habe fast zwanzig Jahre, fast die Hälfte meines bisherigen Lebens, in Rußland gelebt. Ich habe gelernt, nach Doktrinen zu leben, ich bin hinter der roten Fahne hermarschiert und habe zu Lenins Geburtstag und zur Feier der Oktoberrevolution im Sprechchor mitgebrüllt. Frieden! Freiheit! Brüderlichkeit!« Kolka wischte sich über die Augen. Der Alte aus Tiflis war er wieder, und er sehnte sich jetzt nach einem kleinen, hohen Gläschen Wodka, damit seine Stimme klarer klang. »Frieden . . . das ist ein Wort, über dessen Sinn man sich noch einigen muß. Freiheit . . . sie habe ich mir genommen. Aber um die Brüderlichkeit, Genosse, da steht's schlecht! Darum sitze ich hier.«

»Was soll's?« sagte Lepka rauh. »Stammeln Sie nicht herum, Kolka Iwanowitsch!«

»Ich bitte um die Papiere für meinen Ziehsohn Dimitri Sergejewitsch Sotowskij.«

»Ach!« Lepka lächelte böse.

»Heiraten will er, mein Söhnchen.«

»Die deutsche Stewardeß Bettina Wolter.«

»Mein leibliches Töchterchen. Empfinden Sie die Freude und das Glück eines Vaters nach, Genosse.«

»Man sollte weinen«, sagte Lepka böse. »Oder man sollte Ihnen den Schädel einschlagen. Hat man je schon solche Frechheit gesehen? Flüchtet dieser Kerl Dimitri aus der Sowjetunion, nutzt den ehrenvollen Auftrag in Beirut aus, um sein Vaterland zu verraten . . .«

»Er hat nichts verraten!« schrie Kolka und hieb mit der Faust auf den Tisch. »Nichts hat er verraten! Verhört haben sie ihn, und er hat gesagt: Ich liebe mein Rußland! Ich bin Kommunist! Aber ich bin nach Deutschland gekommen, weil ich ein Mädchen liebe.«

»Ist das Charakter?« schrie Lepka zurück. »Die Liebe zum Vaterland hat stärker zu sein als die Liebe zu einem Weiberrock! Ein schwacher, haltloser Mensch ist dein Dimitri! Und da kommt er noch hierher und will um Papiere betteln! Sage ich es nicht: Eine Provokation ist's!«

»Brüderlichkeit!« brüllte Kolka. »Ohne Papiere kann er nicht heiraten!«

»Was braucht er heiraten? Wozu Papiere? Um sich ins Bett zu legen und Kinder zu machen, braucht man keine Fragebogen!«

»O Himmel, welch ein Mensch sind Sie!« stöhnte Kolka. »Welche Gemeinheit! Kein Herz hat er!«

Lepka stand auf. So plötzlich sprang er auf, daß der Stuhl umkippte. Im Nebenzimmer erhob sich der Sekretär. Man konnte nie wissen, was gleich passierte.

»Um es klar zu sagen, Kolka Iwanowitsch: Dimitri Sergejewitsch bekommt weder einen Paß noch ein einziges Fetzchen Papier von uns. Wenn er heiraten will . . . bitte, er soll zurück nach Tbilisi kommen. Dort wird man ihm die Genehmigung erteilen, ausnahmsweise eine Deutsche zu heiraten. Das ist alles, was ich zu sagen habe.« Lepka grinste breit. »Einer Einreise steht nichts im Wege.«

»Aber nach der Einreise zehn Jahre Zwangsarbeit in Karaganda«, sagte Kolka dumpf.

»Man wird das Verhalten des Genossen Sotowskij natürlich untersuchen müssen. Schließlich sind wir ein Rechtsstaat.«

Kolka Iwanowitsch erhob sich gleichfalls. Er sah ein, hier war mit Bitten nichts zu erreichen. Gedacht hatte er es sich von Anfang an, und er hatte sich selbst gesagt, daß es Dummheit sei, in die Botschaft zu gehen – aber was unternimmt ein Vater nicht alles, wenn es um das Glück seines Kindes geht?

»Es ist ein trauriger Tag«, sagte er langsam und sah an Lepka vorbei aus dem Fenster und auf den spiegelnden Rhein. »Dimitri wird aufhören müssen, ein Russe zu sein.«

»Das hat er bereits.« Lepka tat es wohl, solches zu sagen. Man sah es ihm an. Nichts ist befriedigender als die billige Rache eines kleinen Mannes. »Wir haben daran gedacht, daß Sotowskij Schwierigkeiten machen könnte. Das Innenministerium hat ihn ausgebürgert. Wir verzichten auf Menschen, die keine Ehre haben.«

Kolka atmete tief auf. »Dimitri ist nun Staatenloser?« fragte er heiser.

»Ja! Er ist vogelfrei! Von uns aus kann er sich wie eine Schwalbe auf einen Telefondraht setzen und sich dort paaren. Sotowskij interessiert uns nicht mehr!«

»Aber er will doch Russe bleiben!« schrie Kolka. »Er liebt seine Heimat! Sie können einem Russen alles nehmen, das wissen Sie doch . . . nur nicht das Bewußtsein, noch Russe zu sein!«

»Wenn er zurückkommt, wird man mit ihm darüber sprechen.«

Kolka Iwanowitsch hob die Schultern. Das Gespräch war beendet, er wußte es. Er kannte so etwas aus Tiflis, er hatte es selbst so gemacht, tausendmal. Man senkte die Stimme beim letzten Wort, und das hieß Punkt. Schluß. Keine Diskussionen mehr, Brüder. Macht den Mund zu, Genossen, und geht.

Und Kolka ging. Ungehindert ließ man ihn aus der Botschaft gehen, ohne Belästigung stieg er den Weg hinunter zur Rheinstraße. Der Posten in seinem Wachhäuschen am Wege ließ ihn passieren, als sei er eine unsichtbare Wanze. Und während er so hinunterging zum Rhein, wo noch immer Wolfgang hin und her lief und sich sagte, daß er noch eine Stunde warten würde, ehe er Alarm schlug, kam er sich vor wie ein schmählich Verjagter; wie ein Schuft, den man mit Fußtritten weggetrieben hatte, und nicht wie ein Mensch, der mit seinem Leben um seine Freiheit gekämpft und sie endlich erreicht hatte.

»Komm, Vater«, sagte Wolfgang Wolter und legte den Arm um die Schulter des Alten, als Kolka auf die Rheinstraße trat und sich umschaute, als blicke er geblendet in die grelle Sonne. »Komm. Wir warten alle auf dich. Mein Gott, haben wir Angst gehabt.«

»Angst? Um mich? Warum?«

»Du weißt nicht, in welcher Gefahr du warst.«

»Dort oben?« Kolka sah zurück auf den Weg und die hohen Büsche und Bäume, hinter denen sich das weiße Haus undeutlich abhob. »Ihr verkennt sie alle. Sie sind nicht gefährlich. Sie sind nur Fachleute im Zerreißen von Seelen.«

In sich versunken, mit hängendem Kopf, saß Karl Wolter hinten im Wagen, als Wolfgang zurück nach Bonn fuhr. Alle waren in der kleinen Wohnung versammelt, als sie eintraten, und Agnes lief mit einem Aufschrei der Erleichterung auf ihren Mann zu und umarmte ihn.

Über ihren Kopf hinweg sah Wolter mit großen Augen Dimitri an. Er erwiderte seinen Blick, und Dimitri wußte, was geschehen war.

»Nun bist du ganz hier, Söhnchen«, sagte Wolter auf russisch. »Die Welt hört wenige Werst östlich von hier für uns auf.«

Dimitri nickte. Um seine schönen dunklen Augen legte sich ein Schleier. »Ich kann nie mehr zurück?« fragte er leise.

»Nie mehr, Dimitri.«

»Sie haben mich verstoßen?«

»Ein Staatenloser bist du. Man wird dir eine Aufenthaltsgenehmigung für Deutschland geben, du darfst hier arbeiten, du darfst hier Steuern zahlen, sogar heiraten darfst du und Kinder bekommen – aber du wirst nie mehr ein Vaterland haben.«

»Ich habe es im Herzen, Väterchen«, sagte Dimitri heiser. »Im Herzen stirbt Rußland nie.«

Karl Wolter nickte. Er empfand es auch so. Ein merkwürdiges Gefühl war es, nicht zu erklären und nicht zu verstehen für den, der nicht sein Leben geführt hatte: Er stand auf dem Boden seiner Heimat, und er träumte von den Weinhängen in Tiflis. Er war ein doppelter Mensch, und er konnte sich mit sich selbst unterhalten: Hör mal, Karl Wolter, sagte dann Kolka Iwanowitsch. Und Karl Wolter antwortete: Ich höre, Kolka Iwanowitsch.

Wer von uns kann so etwas?

Und Wolter begriff plötzlich, daß dies ein Leben war, das man wunderbar nennen konnte.

*

Kurz vor Weihnachten war die große Hochzeit im Hause Wolter. Dimitri und Bettina und Wolfgang und Irene unterschrieben vor dem Standesbeamten die Heiratsurkunde und knieten nebeneinander in der Kirche. Für

Dimitri war es ein besonders anstrengender Tag, denn er heiratete gleich dreimal: Nachdem sie die Kirche verlassen und in einer Hochzeitskutsche mit Schimmeln davor nach Hause gefahren waren, wartete im Hause Wolter ein emigrierter Pope, den die Vereinigung russischer Emigranten in Frankfurt zu dieser Feierlichkeit nach Göttingen geschickt hatte.

Und wieder knieten sie auf zwei Kissen nieder, und der Küchentisch war zum Altar geworden, der Pope sang mit seiner tiefen Baßstimme und Wolfgang und Irene hielten nach dem alten orthodoxen Ritus zwei kleine goldene Kronen über die gesenkten Köpfe von Dimitri und Bettina, während der Pope ihre Hände ineinander legte.

Dimitri schloß die Augen, und auch Wolter, der gute alte Kolka, träumte.

Die alte Klosterkirche bei Tiflis. Die Ikonostase mit den uralten Ikonen und Heiligenfiguren, fast farblos an den Füßen von den Millionen Küssen der Gläubigen in fünf Jahrhunderten. Im Hintergrund singt der Chor, eine Riesenorgel aus menschlichen Stimmen. Die Kerzen flakkern, nach Wachs riecht es und nach Erde und Moos; ein Geruch, der aus den Kleidern der Bauern und Bäuerinnen strömt, ein Geruch von der Ewigkeit russischer Erde.

Und der Pope segnet das Brot, und jeder weiß, daß Gott die Sonne und den Regen, den Wind und die Wolken schickt, und es blühen, reifen und Frucht tragen läßt, unabhängig von Fünfjahresplänen und Sollbestimmungen. Der Mensch vergeht, aber die Erde Rußlands wird bleiben, ein fruchtbarer Schoß bis zur Unendlichkeit.

Gott segne es, das Mütterchen Rußland.

Es war eine feierliche Trauung auf den beiden Sofakissen, vor dem mit einer Brokatdecke und mit drei Ikonen geschmückten Küchentisch.

Viel hatte sich in diesen Wochen geändert. Dimitri hatte eine Stelle bei einer deutschen Erdölgesellschaft in Niedersachsen bekommen. Bettina hatte bei der DBOA gekündigt, und es ist ihr nicht schwergefallen, was sie sehr verwunderte, denn nie hatte sie geglaubt, daß sie im Leben etwas anderes sein könnte als Stewardeß und in der ganzen Welt zu Hause. Nun hatte sie Dimitri, und ihre Welt war zusammengeschrumpft zu einer kleinen Dreizimmerwohnung, aber sie war so glücklich, als habe sie das Paradies gefunden.

»Nun ist Ruhe!« sagte Karl Wolter, als die beiden Paare am nächsten Tag das Haus verlassen hatten und auf die Hochzeitsreise gegangen waren. Wolfgang und Irene nach Rom, Dimitri und Bettina in die Dolomiten, wo sie in einem ganz kleinen Bergdorf wohnten, nahe den Zinnen, die aussehen wie ein riesiger Kamm, der den Himmel kämmt und die Wolken frisiert. »Nun ist endlich Ruhe, Agnes ...«

»Wir haben sie verdient, Karl.« Agnes Wolter sah über den Rand der Brille auf ihren Mann. Sie stopfte an einer Küchenschürze, und er saß unter der Stehlampe und las die Zeitung. Das sind wir nun, dachte sie. Zwei alte Menschen, die ihre beste Zeit mit Warten vertan haben. Niemand gibt uns die Jahre wieder ... nun stopfe ich, und er liest die Zeitung, und in der Ecke brummelt der Ölofen. Gleich wird er aufstehen, in die Küche gehen und sich eine Flasche Bier aus dem Kühlschrank holen. Dann kommen die Nachrichten im Fernsehen und dann ein Bericht über die alpinen Skimeisterschaften, die er sich ansehen wird, obgleich er gar keine Ahnung vom Skilaufen hat. Und so werden die Tage und die Abende hingehen, und man wird weiter immer älter und ist doch glücklich, daß man beisammensitzen kann, an einem Tisch, beim Bier, beim Stopfen, beim Fernsehen. Ein gemeinsames Leben, das so lange Zeit brauchte, bis es gemeinsam wurde.

»Bist du nun glücklich?« fragte sie leise. Wolter hob den Kopf und lächelte.

»Sehr, Agnes. Du nicht auch?«

»Ja, Karl. Soll ich dir Bier holen?«

»Das wäre schön, Agnes.«

»Ich stell auch den Apparat an. Ist gleich acht Uhr.«

Karl Wolter nickte und streckte die Beine aus. Kolka und Karl verschmolzen miteinander... so hatte er auch immer in Tiflis gesessen, nach dem Essen, beim Klang seiner alten Schallplatten, und Dimitri hatte ihm zweihundert Gramm Wodka geholt, und das Pfeifchen mit Machorka dampfte. Ein schöner Abend. Wie rund und glatt kann doch die Welt sein!

»Wann kommen die Kinder wieder?« fragte Agnes, als sie die Flasche Bier entkorkte.

»In genau fünf Tagen.«

»Ich freue mich auf sie, Karl.«

»Ich auch, Agnes.« Er legte den Arm um ihre Hüfte, und tatsächlich, sie wurde sogar noch rot. »Es ist schön, alt zu sein«, sagte er tief aufatmend. »Ich hätte es nie gedacht.«

»Die Welt sieht ganz anders aus«, sagte Agnes leise.

»Wie ein reifer Aprikosenbaum.«

»Oder wie ein reich gedeckter Tisch.«

»Das ist es, Agnes. Das ist es! Ein Tisch voller Köstlichkeiten. Man sieht, wofür man gelebt hat.«

*

Es war ein sanfter Winterabend. Draußen schneite es.

Am Fenster des Bauernhauses gegenüber den Zinnen der Dolomiten saß Dimitri und starrte in die weißschimmernde Dunkelheit. Bettina schlief fest in dem breiten, geschnitzten Bett, und er hatte sich leise weggeschlichen und an das Fenster gesetzt. Fast jede Nacht saß er dort, wenn Bettina schlief, und sah auf die Berge, auf den

Schnee, in den Himmel, auf die vorbeitreibenden Wolken, auf die Bergwälder und die Lichtschimmer der anderen Häuser.

Ein paarmal schrak er zusammen. Bettina wälzte sich im Bett und murmelte im Schlaf . . . da lief er zurück und beugte sich über sie.

Sie lächelte im Schlaf, und auf ihren Lippen lag es wie Tau auf einem Rosenblatt.

Bettina Sotowskija träumt von einem Kind, dachte er dann glücklich.

O Gott, wie glücklich ich bin.

Und dann ging er doch wieder zurück zum Fenster, setzte sich, und in der hohlen Hand hielt er eine kleine Taschenlampe und beschien mit ihr eine billige grellbunte Postkarte, die ihm der Pope beim Abschied in die Hand gedrückt hatte wie ein Heiligenbildchen.

Tiflis. Die weiße Stadt zwischen den Berghängen. Rosen leuchteten, und der Wein kletterte die Felsen hinauf, und es war, als röche man die Blüten und Früchte, wie es immer war, wenn der Wind von den Bergen herabwehte.

Grusinien und seine süßen Trauben. Im Morgennebel tappt der Bär durch die Felsen des Kaukasus. Dann bricht die Sonne über die Gipfel der Berge, und es ist, als schütte Gott flüssiges Gold über dieses Land, von dem die Dichter sagen, daß sich Gott hier in seine eigene Schöpfung verliebt habe. Dann leuchtet die Stadt auf wie ein riesiger geschliffener Diamant, und die Wärme des Himmels taucht ein in das Herz der Trauben.

Wer kann das vergessen?

Und so saß Dimitri am Fenster, es schneite draußen, und der dünne Strahl der Taschenlampe beschien das blühende Tiflis, und das Heimweh ergriff ihn und schüttelte ihn und ließ seine Zähne klappern wie im Frost.

Doch als der Morgen kam, lag er glücklich neben Bettina und zog sie an sich.

»Wanduscha«, sagte er dann. »Ich könnte nie mehr anders leben!«

Seht, so schön, weit und herrlich kann eine liebende Seele sein. Mann sollte Dimitri um sie beneiden.